Das Buch

»Vom 4.–8. Oktober 1947 fand im noch ungeteilten Berlin der erste gesamtdeutsche Schriftstellerkongreß nach dem Kriege statt ... Ziel des Treffens war ein klares, eindeutiges Bekenntnis zur demokratischen Einheit Deutschlands ...« Ricarda Huch war angereist, Elisabeth Langgässer, Anna Seghers, aus dem mexikanischen Exil zurückgekehrt. Emigranten trafen auf Dagebliebene, und eine jüngere Generation kam zu Wort, die endlich frei sprechen konnte. Ruth Rehmann ging den Wünschen und Hoffnungen nach, stöberte in den Archiven und befragte die heute noch Lebenden und Schreibenden (auch sich selbst), wie das damals war, als noch niemand wußte, daß es eine Bundesrepublik Deutschland und eine Deutsche Demokratische Republik geben würde. Und sie gerät dabei mitten hinein in den Strudel und Jubel der Wiedervereinigung dieser beiden Staaten und in den abermaligen Streit zwischen Schriftstellern aus Ost und West ...



Die Autorin

Ruth Rehmann, geboren am 1. Juni 1922 in Siegburg, stammt aus einer rheinischen Pastorenfamilie. Sie studierte Kunstgeschichte, Archäologie und Musik und begann nach dem Krieg mit der Veröffentlichung von Kurzgeschichten. Später folgten Hörspiele, Essays, Romane. Ruth Rehmann lebt als freie Schriftstellerin im Chiemgau. Werke u.a.: ›Illusionen‹ (1959), ›Die Leute im Tal‹ (1968), ›Paare‹ (1978), ›Der Mann auf der Kanzel‹ (1979), ›Abschied von der Meisterklasse‹ (1985), ›Die Schwaigerin‹ (1987), ›Bootsfahrt mit Damen‹ (1995).

Ruth Rehmann

# Unterwegs in fremden Träumen

Begegnungen mit dem
anderen Deutschland

Deutscher
Taschenbuch
Verlag

dtv

Von Ruth Rehmann
sind im Deutschen Taschenbuch Verlag erschienen:
Der Mann auf der Kanzel (1726)
Abschied von der Meisterklasse (10744)
Die Schwaigerin (25079)
Bootsfahrt mit Damen (25102)

Ungekürzte Ausgabe
Juli 1996
Deutscher Taschenbuch Verlag GmbH & Co. KG,
München

ISBN 3-446-17213-0
Gestaltungskonzept: Max Bartholl, Christoph Krämer
Umschlagbild: »Emigration – Gespräch« (1986)
(© Galerie Michael Werner, Köln und New York)
Satz: Fotosatz Reinhard Amann, Aichstetten
Gedruckt auf säurefreiem, chlorfrei gebleichtem Papier
Druck und Bindung: C. H. Beck'sche Buchdruckerei,
Nördlingen
Printed in Germany · ISBN 3-423-12200-5

Nichts ist flüchtiger und vergeblicher als menschliche Worte und Taten; wenn sie nicht erinnert werden, überleben sie kaum den Augenblick des Vollzugs.

Hannah Arendt

Victrix causa Diis placuit,
sed victa Catoni.
(Die siegreiche Sache gefällt den Göttern,
die unterlegene gefällt Cato.)

Meinen Freunden

Vom 4.–8. Oktober 1947 fand im noch ungeteilten Berlin der erste gesamtdeutsche Schriftstellerkongreß nach dem Kriege statt. Rund 250 Autoren, Publizisten, Verleger, Lektoren, Kritiker, Berichterstatter aus verschiedenen Ländern und den vier Besatzungszonen Deutschlands, unter ihnen zahlreiche Exilierte des Dritten Reiches, vor allem aus der Sowjetunion, trafen sich zu ersten Verständigungsgesprächen, eingeladen vom Schutzverband deutscher Autoren, der für Kunst und Schrifttum zuständigen Sektion des FDGB. Ziel des Treffens war ein klares, eindeutiges Bekenntnis zur demokratischen Einheit Deutschlands. Es konnte nicht erreicht werden, weil die politische Entwicklung bereits eine andere Richtung eingeschlagen hatte. Wie dieses Scheitern vor sich ging und was in den ersten Nachkriegsjahren über die Zukunft Deutschlands geträumt, geplant, gestritten wurde, kommt in den Reden und Diskussionen der Schriftsteller zur Sprache. Die Dokumentation – 800 Schreibmaschinenseiten – verschwand gleich nach dem Ende des Kongresses in den Katakomben der Bürokratie, unzugänglich für die Westforschung, die sich seitdem auf das Gedächtnis der Teilnehmer, auf Medienbeiträge und auf zensierte DDR-Publikationen beschränken mußte.

Davon wußte ich nichts, als ich mich im Frühjahr 1989 entschloß, über den Kongreß zu arbeiten, um die Bilderwechsel zwischen Nachkriegszeit und Kaltem Krieg besser zu verstehen. Bei meinen einsamen Versuchen, an das Material heranzukommen, stieß ich in Ostberlin auf Formen der Abweisung, die ich zunächst nicht begriff. Ohne jemals Nein zu sagen, aber auch ohne den geringsten Fortschritt zu gewähren oder Gründe für die Verweigerung zu nennen, hetzte man mich wochenlang zwischen Behörden und Kulturinstituten herum. Schließlich gab ich das Projekt auf und war gerade im Begriff, die Vorarbeiten auf den Dachboden zu räumen...

Wir sitzen mit Freunden beim Abendessen. Nachrichtenzeit. Einer dreht den Fernseher auf. Die anderen protestieren: Nicht schon wieder! Westmikrophone im Ansprung auf Ost-Gesichter: Was fühlen Sie in diesem Augenblick?

Moment mal! sagt der, der den Fernseher aufgedreht hat. Dann kommt die Stimme, drahtlos über 800 Kilometer. Und trifft. Wir fahren herum, kauend, Gabel in der Hand. Menschenmassen wogen über den Schirm, eine alte dicke Frau auf dem Podium, Stimme einer Schauspielerin, die es versteht, Gefühle zum Wort zu bringen und mit der Stimme dorthin zu tragen, wo eben diese Gefühle sitzen und aufstehen und antworten: Wir sind das Volk!

Ich weiß nicht, was mit den anderen war. Mir kamen die Tränen. Ich täuschte einen Hustenanfall vor und rannte ins Bad, saß da, im Dunkeln auf dem Rand der Badewanne, Hände vorm Gesicht, immer noch Tränen lau zwischen den Fingern und die Unterarme hinunter. Wo kommt das her?

Als ich zurückkam, waren sie schon im Aufbruch, Tisch abgeräumt, Geschirr gewaschen, nun griffen sie nach den Mänteln, streitend, wie sie wahrscheinlich schon lange gestritten hatten. Es ging um das Wort »Volk«, ob man das noch gebrauchen könne nach allem was passiert sei. Brecht, vorsichtig wie er war, ist auf »Bevölkerung« ausgewichen. Das war Nachkriegszeit. Jetzt schreiben wir 1989. Wie willst du die Hunderttausende auf dem Alexanderplatz nennen? Bevölkerung? Masse? Sie haben sich Volk genannt. Willst du ihnen das wegnehmen?

Das Volk hat auch Ja gebrüllt, als Goebbels fragte: Wollt Ihr den totalen Krieg?

Ein infamer Vergleich! Ich empöre mich, verteidige eine Sache, die nicht meine ist. Wir werden laut. Die Hausbewohner werden sich beschweren, mit Recht! Es ist schon nach Mitternacht, und wir stehen immer noch im Treppenflur, können nicht aufhören zu streiten. Alle reden, keiner hört. Unsere Worte, auch wenn es die gleichen sind, meinen Verschiedenes, Unvereinbares. Wir sind doch Freunde, haben jahrelang in der gleichen Hoffnung gelebt. Jetzt stellt sich heraus, daß wir verschiedene Bilder sehen. Wann hat das angefangen? Warum kommt es gerade jetzt, bei diesem Anlaß, heraus?

Noch während wir streiten, fühle ich eine schreckliche Fremdheit. Ich gehöre zu einer anderen Generation. Bisher hat das nichts bedeutet. Nun rastet die Schranke ein. Ich versuche am Widerhall meiner Stimme den Raum auszumessen, in dem ich plötzlich allein bin. Nachdem sie gegangen sind, sitze ich noch lange am Tisch, versuche zu schreiben, die Turbulenzen auf Fäden zu ziehen, schwarz auf weiß. Der Fußboden bedeckt sich mit zerknüllten Blättern. Im Aschenbecher schmoren die Kippen. Am Schreibtischrand, in den Regalen, türmen sich die Vorarbeiten zu dem aufgegebenen Thema; ein gescheiterter Versuch, die Strecke bis zum letzten großen Knotenpunkt zurückzugehen, Signale, Weichen, Geleise ausfindig zu machen. Warum so und nicht anders? Was ist wo falschgelaufen, und warum? Oder war schon der Anfang verkehrt? Gab es überhaupt einen Anfang?

Nun wird das Material zugänglich sein, genau in dem Augenblick, da alles, was dort gehofft, geglaubt, gestritten, geplant wurde, endgültig zu Bruch geht. Haben die Schriftsteller, die sich damals »Parlament des Geistes« nannten, den Einfluß gehabt, den wir ihnen von jenseits der Mauer zuschrieben? Haben Schriftsteller überhaupt Einfluß? Bei uns lesen die Menschen! haben die Freunde von drüben immer gesagt. Aber das haben sie bei uns auch getan. Bis zur Währungsreform!

Ich öffne das Fenster und horche in die stille Straße hinab. Die letzten Trinker sind heimgegangen, die Fernseher hinter den Scheiben erloschen. Jeden Abend spült ein Bilderstrom durch die müden Köpfe. Was bleibt hängen? Wie mischt sich das mit dem, was schon vorher drin war? Nehmen wir wahr, daß wir uns in einem rasanten Bilderwechsel befinden? Wie er an uns vorbei und durch uns hindurchzieht? Ein ununterbrochener Film. Aus den alten Bildern wachsen die neuen. Das geht so schnell, Zersetzung und Wachstum in einem einzigen fließenden Vorgang. Die Wirkung ist nur bei den anderen sichtbar, spürbar an plötzlichen Fremdheiten, an übereilten Fluchten, an der feindseligen Schärfe, mit der die neuen Positionen verteidigt werden. Was mit den eigenen Bildern geschieht, bleibt im Dunkeln.

So unauffällig vollzieht sich der Wechsel, daß man beim Anblick der neuen Bilder vergißt, je andere gesehen zu haben. Zum Überprüfen bleibt keine Zeit. Alle Züge sind immer schon abgefahren. Es sei denn, man tritt zurück und läßt laufen was läuft. Aus der Distanz gesehen, verlangsamt sich die Bewegung. Größere Strecken, längere Zeiträume treten ins Blickfeld. Aber auch der Blick ändert sich. Was habe ich, kleines, teilweise unerforschtes Stück Volk, von den Bildwechseln meiner Lebenszeit gemerkt? Was haben sie mit mir gemacht – 1933, 1945, 1968?

Der alte Schuster fällt mir ein, dem ich vor kurzem bei einer Wanderung begegnet bin. Froh, daß ihm einer zuhörte, erzählte er von seiner Wanderschaft als Handwerksbursche. Von 1932 bis 1934 war er in Süddeutschland und der Schweiz unterwegs. Zur Zeit der »Machtergreifung«! sage ich.

Da schaut er mich erstaunt an und sagt: Ach so, davon habe ich gar nichts gemerkt.

Später im Krieg haben sie ihm den Fuß zerschossen, so daß er den Rest seines Lebens als Humpler verbringen mußte. Er hat seine Lehre daraus gezogen, indem er sich auf die Herstellung orthopädischer Schuhe spezialisierte. Eine andere Lehre hat ihm keiner vermittelt.

Um mir die Flucht zu verstellen, schreibe ich beim ersten Tageslicht einen Brief an den Schriftstellerverband-Ost Abteilung Archiv mit der Bitte, das Protokoll des Kongresses 1947 bereitzulegen. Im Mai 1990, anschließend an den PEN-Kongreß in Kiel, werde ich nach Berlin kommen und mit der Lektüre beginnen.

Wochen später habe ich gelesen, was die Schauspielerin Steffie Spira am 4. November 1989 auf dem Alexanderplatz gesagt hat: »1933 ging ich allein in ein fremdes Land. Ich nahm nichts mit. Aber im Kopf hatte ich einige Zeilen eines Gedichtes von Bert Brecht, *Lob der Dialektik*: ›So, wie es ist, bleibt es nicht. Wer noch lebt, sage nicht niemals! Wer seine Lage erkannt hat, wie soll der aufzuhalten sein? Und aus niemals wird: heute noch.‹...«

Die Begeisterung war ungeheuer. Körbe von Briefen, Blumen. Lieben wollte man sie, umarmen, ans Herz drücken. Das Fernmeldeamt Leipzig legte ihr seine Verehrung zu Füßen. Einer der dabei war, erinnert sich an die Wärme zwischen den Menschen, wie gut es war, »den Nachbarn zu spüren, mit ihm einverstanden zu sein. Wir haben eine Regierung gestürzt, es war schön und ganz leicht«. Das hat etwas von Freude-schöner-Götterfunken, von Alle-Menschen-werden-Brüder, von Staunen und Stolz, von Aufatmen und Aufrechtgehen, von einer tänzerischen Leichtigkeit, die in unserem Bild von DDR-Bürgern nicht vorkommt. Aber es war nur ein Augenblick. Das Auswechseln eines kleinen Wortes signalisierte den jähen Umschlag: nicht mehr »Wir sind das Volk«, sondern »Wir sind ein Volk«.

Als Stephan Heym mit dem häßlichen Wort von den »Grabbeltischen« seine Enttäuschung herausließ, war die Schlammschlacht eröffnet: Schriftsteller, Schauspieler, Intellektuelle, sanfte Revolutionäre im Osten, linke und grüne Spinner im Westen – weg mit ihnen! Invektiven hinüber herüber, eine phantastische deutsch-deutsche Verwirrung. Das Ausland sah verständnislos zu. Wozu der Aufwand? Der wirkliche Gegner war ja gar nicht in der Manege: das humanistische, sozialistische, demokratische, pazifistische, kurz »das andere Deutschland«, auch dritter oder besonderer Weg genannt – ein hartnäckiger Jahrhunderttraum, der gelegentlich in die Wirklichkeit drängte und blitzschnell zugeschüttet wurde, so daß kein Mensch Zeit hatte zu sehen, ob es wirklich ein Weg hätte sein können.

Ein Jahr später, am 4. November 1990 trug ein Mann ein kleines Plakat durch die im kühlen Herbstwind fröstelnde Menge: »Wir waren das Volk!«

Silvester 89/90 habe ich mit Freunden in Berlin gefeiert, zu Füßen des Käfermanns, einer riesigen Schrottfigur am Rand des Görlitzer Bahngeländes, das irgendwann Park werden soll, aber noch liegen die Kultivierungsinseln verloren in der vom Krieg eingeebneten Brache, immer wieder verwüstet von den Autonomen, deren politischer Widerstand sich mit der Zeit auf Rückzugsgefechte gegen die vordringende Ordnung reduziert hatte. Das Niemandsland zwischen Görlitzer- und Wienerstraße war ihr Reich, ihr Chaos-Spielplatz. Hier hielten sie ihre Palaver, ließen die zottigen Hunde laufen, säten Bierbüchsen in den verschlammten Boden, und die Kinder vom Kiez spielten Fußball, bauten Höhlen in die Trümmerhügel und fütterten die Tiere des Kinderbauernhofes, der immer noch einen Teil des Geländes besetzte.

Der Käfermann, mindestens drei Meter hoch, war von einer britischen Gruppe erbaut worden, die sich auf Schrottkonstruktionen spezialisiert hatte. Beim Vorüberfahren im Auto konnte man ihn nur teilweise sehen, weil seine Riesengestalt weit über das Maß der Fenster hinausragte. Irgendwann, nahm ich mir vor, würde ich anhalten und ihn in Ruhe von Kopf bis Fuß anschauen. Aber dazu ist es nicht gekommen.

In dieser Nacht, vor dem von farbigen Lichtbahnen und Funkenschwärmen erleuchteten Himmel, schien er mir himmelhoch – ein Trümmergott von barbarischer Mächtigkeit, der mich an die bizarren Formen der Bombenzerstörung erinnerte, an gebäumte Rohre und verbogenes Eisengestänge, das der Zufall zu Bildern von monströser Schönheit gezwungen hatte. Ihm voraus flog, auf ein dünnes Gestänge gepflanzt, ein

Vogel, aus Blechstreifen locker zusammengefügt. Das Leuchten des Himmels durch die Lücken verlieh seinem Fliegen eine märchenhafte Leichtigkeit, als sei er gar kein Ding, sondern ein entflohener Gedanke, ein Hoffnungsbild, dem das Monstrum hinterhertrottete, ohne es je zu erreichen.

Sektflaschen zwischen den Füßen hockten wir auf einer Erhöhung aus Steinen oder Schienen, bibbernd vor innerem Frieren, weil wir alle eine Grippe hinter uns hatten, – ein schnelles hohes Fieber, Tage der Mattigkeit danach. Ich war die letzte gewesen, hatte über Weihnachten im Bett gelegen, mitten in den Turbulenzen der Vereinigungsfeiern in einer unwirklichen Stille. Frühmorgens, wenn das Fieber herunter war, hatte ich *Schwierigkeiten mit der Wahrheit* gelesen, Jankas Bericht über seinen Prozeß 1956, in dem er des Verrats am Sozialismus angeklagt und verurteilt wurde und keiner der anwesenden Schriftsteller widersprach.

In Fieberträumen sah ich die Dichter sitzen und schweigen, unter ihnen die von mir verehrte Anna Seghers, die in einer Rede im mexikanischen Exil vom »furchtbaren Schweigen der Schriftsteller« im Dritten Reich gesprochen hatte, »denn sie sind von Natur und Gesellschaft dazu bestimmt, ausdrücklich dazu bestimmt, nicht zu schweigen. Wer könnte toter sein als ein stummer Schriftsteller«. In meiner fiebrigen Empörung habe ich sie von ihrem Podest heruntergezerrt, was mir selbst, die sie auf dieses Podest erhoben hatte, am meisten wehtat. Dabei hatte ich ihr Gesicht vor Augen, das ich so oft auf Fotos bewundert hatte: unbewegt, verschlossen, in sich zurückgenommen, ruhte es im schönen Oval der Kontur, der Mund an den Winkeln abgesenkt, mürrisch, Augen schräg, braun, bei besonderer Beleuchtung scheinen sie blau; starke Augenbrauen, skeptisch hochgezogen in die Stirn, die sich zum Haaransatz zurückbiegt. Ein uneuropäisches, unjüdisches Gesicht von fernöstlicher Harmonie.

Warum schweigen Sie? habe ich das Gesicht gefragt. Wovor haben Sie Angst? Was kann Ihnen passieren, international berühmte Autorin, daß Sie den Mund halten, wenn ein Melsheimer redet, der bis April 1945 sein Gehalt vom nazideutschen Justizministerium bezogen und nie einen Finger für den antifaschistischen Widerstand gerührt hat, in dem Sie und Walter Janka Ihr Leben aufs Spiel gesetzt haben? Scheuen Sie die Öffentlichkeit des Prozesses? Fürchten Sie, Ihr prominenter Einspruch werde eine Krise auslösen? Finden Sie es besser, hinter den Kulissen zu agieren, durch Becher zum Beispiel, der Macht und Beziehungen hat und Janka wohl nicht im Stich lassen wird?

Aber Becher hat längst Selbstkritik geübt, und Janka ist nicht der erste Freund und Genosse, den er fallen läßt. Einer von ihnen sitzt hier im Saal, der Schriftsteller Paul Merker, 1955 als »Agent des Imperialismus« verhaftet, vor kurzem rehabilitiert. Aber die Angst steckt noch drin. Mit der Angst werden sie ihn kleinkriegen beim Verhör. Beim Verlassen des Zeugenstandes wird er in Tränen ausbrechen.

Oder verlassen Sie sich auf Beziehungen? »Du hast Freunde außerhalb der DDR«, haben Sie zu Janka gesagt, als die Stasi schon hinter ihm her war, »die Manns, Feuchtwanger, Laxness, Frank. Auch Aragon und Fedin werden sich für dich einsetzen. Sogar der Baron in München, Johannes von Günter...« Aber die Freunde sind zum Prozeß nicht zugelassen, und Sie, von Janka als Zeugin benannt, dürfen nicht aussagen.

Das lassen Sie sich gefallen? Oder ist es Ihnen ganz recht so? Erspart es Ihnen die Wahrheit? Oder die Lüge? Ich weiß, Klarheit ist nie Ihre Sache gewesen. Die Helden Ihrer frühen Erzählungen, der Grubetsch, der Hull, sind zwielichtige Gestalten, die aus dem Nichts auftauchen und an undefinierbaren Orten die Sehnsucht der Menschen nach einem anderen Leben entzünden. Als der junge Andreas im *Aufstand der Fischer von St. Barbara* das Schiff mit Hull ankommen sieht, geht auf seinem Gesicht ein Schimmer von Hoffnung auf. So zündet der Funke und setzt sich fort von Mensch zu Mensch, in den unter Mühsal begrabenen Wünschen der Armen. Irgendwann schießen die Kräfte zusammen und entladen sich wie ein Naturereignis: eine Woge aus Menschenwut und Hoffnung, die aufwallt, ihre Opfer fordert und niedersinkt. Am Ende ist Hull verhaftet, Andreas erschossen, die Fischer entmutigt. Das ist die Sache wert. Auch wenn der Aufstand diesmal niedergeschlagen ist, bleibt er doch gegenwärtig in den Sätzen, die ganz zu Anfang der Erzählung das Dennoch der Hoffnung ausdrükken: »Aber längst nachdem die Soldaten zurückgezogen, die Fischer auf See waren, saß der Aufstand noch auf dem leeren, weißen, sommerlich kahlen Marktplatz und dachte ruhig an die Seinigen, die er geboren, aufgezogen, gepflegt und behütet hatte für das, was für sie das Beste war« – ein unvergeßliches Bild, mächtig, suggestiv, aber keineswegs klar.

Große Worte von Freiheit und Opfer, von Liebe und Leidenschaft kommen nicht vor. Es sind andere Regungen, wortlose, die Ihre Menschen treiben: die Sehnsucht der Armen nach einem Leben ohne Fron und Ausbeutung; die Sehnsucht der Hulls und Grubetschs nach dem »kleinen gewöhnlichen Glück«, das ihnen, den Zündlern, versagt ist; die Freundschaft unter Kampfgefährten, wie sie zwischen Hull und Andreas ist und zwischen dem Flüchtling Georg Heisler im »Siebten Kreuz« und seinen im Untergrund wirkenden Genossen. Er sieht sie nicht, manche von ihnen kennt er gar nicht, aber sie sind da – ein Netz von Solidarität, das ihn unsichtbar trägt und schützt, bis er an Bord des Rheinschleppers das verfluchte Land verläßt.

Diese Art Freundschaft ist in allen Ihren Werken gegenwärtig, stärker, wärmer, haltbarer als die Liebe zwischen Mann und Frau. Sollte sie nicht auch zwischen Ihnen und Janka gewesen sein? Wie Sie hat er im antifaschistischen Widerstand gekämpft, dann in Spanien, floh wie Sie ins mexikanische Exil, leitete dort den Exilverlag »El Libro Libre«, verlegte als erster *Das Siebte Kreuz*, kehrte wie Sie 1947 zurück, wählte wie Sie das östliche Deutschland und leitete dort den Verlag, in dem Ihre Bücher erschienen. Wenige Monate vor diesem Prozeß haben Sie ihn für die heikle Lukács-Aktion ausgesucht. Da war er noch Ihr Freund. Jetzt nicht mehr?

Was ist das für eine Art Freundschaft, die nicht den einzelnen Menschen meint, sondern seine Funktion in der gemeinsamen Sache? Wolfgang Leonhard hat als Schüler im sowjetischen Exil die Verhaftung seiner Mutter erlebt und wußte, daß sie unschuldig war. Und schwieg. Die exilierten Schriftsteller wußten von Verleumdungen, Deportationen, Verhaftungen, Justizmorden, die oft ihre nächsten Freunde betrafen. Und schwiegen.

Wirkt so die Erziehung, die es sich zum Ziel gesetzt hat, den neuen Menschen zu bilden, das gesellschaftliche Wesen, das seine subjektive »kleinbürgerliche« Moral der großen sozialistischen Moral unterordnet, deren Anspruch in der Auslöschung der Besonderheit und im Zusammenfallen der individuellen Existenz mit dem gesellschaftlichen Sein besteht?

Haben Lukács in Budapest und Janka in Ostberlin dem gesellschaftlichen Sein geschadet, als sie in einer kritischen Zeit, die auch eine Zeit der Hoffnung war, über einen besseren Weg zum Sozialismus nachdachten? Haben sie durch ihre Kritik am Bestehenden dem Feind in die Hände gearbeitet, der jenseits der damals noch grünen Grenze jedes Zeichen der Schwäche als Waffe im Propagandakrieg benutzte? Haben Sie es deshalb für richtig und notwendig gehalten, kritische Denker aus dem Weg zu räumen, auch wenn die Anklage ungerecht und lügenhaft war? Kann man auf dem Weg zu einer höheren Gerechtigkeit Unrecht und Lüge in Kauf nehmen, ohne das Ziel zu beschädigen? – »Die Wahrheit, die manchmal unsichtbar ist, aber doch vorhanden«, für die sie sich einmal entschieden haben.

Aber das war eine andere Zeit. Der Vormarsch der Nazis zwang zu extremen Entscheidungen. Nun ist das Dritte Reich niedergeschlagen. Die Gleichsetzung von Faschismus und Kapitalismus folgt der falschen Logik des Kalten Krieges, die nicht die der Schriftsteller sein darf. Sie verdeckt die Gefahren, die Ihr Land von innen bedrohen, die Lüge, die Gewalt, die schreckliche Engstirnigkeit des Regimes, das blind dem sowjetischen Vorbild nachläuft. Auch Sie haben den Sog der Hoffnung verspürt, als sie im gleichen Jahr, auf dem IV. Schriftstellerkongreß, gegen den »Schematismus als größte Schwäche unserer Literatur« polemisierten, womit die platte ideologische Plakatierung literarischer Figuren gemeint war, die einige Autoren Ihres Landes erfolgreich betrieben. Sie müssen von dem Petöficlub gewußt haben, jenem Kreis aufmüpfiger Intellektueller um Lukács, der dem ungarischen Aufstand das geistige Rüstzeug lieferte. Es kann Ihnen nicht entgangen sein, daß auch in Ostberlin, in der Gruppe um Wolfgang Harich, über eine Öffnung und neue demokratische Formen diskutiert wurde. Ist Ihnen nicht das Herz aufgegangen, als Imre Nagy unter dem Jubel der Bevölkerung die Macht in Ungarn ergriff und Lukács in seine Regierung berief? Was ist in Ihnen vorgegangen, als mit den sowjetischen Panzern in Ungarn und der Verhaftungswelle in Ihrem Land eine Eiszeit einsetzte, in der alle Hoffnungskeime erfroren? Man darf die Menschen nicht allein lassen, haben Sie einmal im Interview gesagt. Ein Ausweg muß sichtbar sein. Ein Licht am Ende der Finsternis.

Ist das der Grund Ihres Schweigens? Haben Sie das Licht, das Sie den anderen zeigen wollten, selbst gesehen? Oder war der Wunsch so stark, daß Sie das Gewünschte sahen, auch wenn es gar nicht da war?

In Ihrer Rede zum VII. Schriftstellerkongreß kommt der Satz vor: »Er (der Schriftsteller) muß den heftigen Wunsch haben, sich selbst und seinen Mitmenschen das klarzumachen, wovon er zutiefst überzeugt ist. Dieser Wunsch ist so heftig geworden wie Hunger und Durst.« Mit diesem Wunsch wie Hunger und Durst sind Sie aus dem Exil zurückgekommen und haben nicht wie andere Emigranten Ihre Enttäuschung über die kaputten Menschen in dem kaputten Land veröffentlicht. Die Berichte, die die ausländische Presse bei Ihnen bestellt hatte, lieferten Sie nicht ab, weil Sie keine »unmittelbaren Eindrücke« schreiben wollten, sondern »die Richtung auf etwas«.

Haben Sie um dieser Richtung willen Ihre Wahrnehmung verschwiegen oder sogar abgeschaltet, so daß Sie nicht bemerkten, was heute schrecklich herauskommt: daß Ihre mit Lügen traktierten Menschen nun gar nichts mehr glauben können; daß man in Ihrem Land das Wort Sozialismus nicht mehr aussprechen darf; daß ein Teil der von Ihnen erzogenen Jugend ausländerfeindlich, antisemitisch, neonazistisch gesinnt ist? Darf ein Schriftsteller um einer unsichtbaren Wahrheit willen auf die eigene Wahrnehmung, auf Fragen und Zweifel verzichten?

Es hat Jahre gedauert, bis die lange erwarteten, angemahnten Romane über die neue Wirklichkeit Ihres Landes erscheinen konnten: *Die Entscheidung* 1959, *Das Vertrauen* 1968. Zwischen den vielfältigen, ineinander verschränkten Szenen aus dem Leben der arbeitenden Menschen, ihren Pannen, Rückschlägen, Streitigkeiten, Neuanfängen, tauchen immer wieder pädagogische Merksätze auf: »Auf die Veränderung von Menschen ist dieser Staat gebaut«, »Hier werde ich gebraucht, hier gehöre ich hin«, »Das Werk ist unser«, »Aufmerksamkeit für den anderen macht schön«, »Einer des anderen Helfer«. Die Postulate verraten, daß an die Stelle der Zündler Ihrer frühen Erzählungen der Lehrer getreten ist, an die Stelle des Funkens, der die Sehnsucht weckt, die zielgerichtete Unterweisung. Nicht nur die Perspektive wird von dieser Ausrichtung bestimmt, sondern auch die Art des Schreibens. Zwar gibt es immer noch die kurzen, lakonischen, hart nebeneinander-gebauten Sätze, aber sie sind flacher geworden, die Reihung flüchtiger, die Wortwahl beliebiger. Es ist, als hätten Sie tief innen, da, wo Wille und Verantwortung nicht hinkommen, die schöpferische Lust an diesem Werk verloren und schrieben nun weiter als eine, die ihr Handwerk beherrscht und ihre Pflicht erfüllt. Es fehlt der Sog ins Unheimliche, Amoralische, Untergründige, das Zwielicht, das den Hinterhof der Armen und die Insel des Aufstandes in ein zeitloses Zwischenreich zwischen Mythos und Wirklichkeit entrückt.

Sie wollen das Zwielicht nicht mehr, nicht wahr? Sie wollen klar, verständlich, belehrend sein, auch und gerade für Menschen, die das Bücherlesen erst lernen müssen. Die Wahrnehmung soll durchsichtig werden für das, was für Sie »Wachstum des Sozialismus« heißt. Dafür verzichten Sie auf die Magie, die einmal Ihre Stärke war. Oder können Sie nicht mehr so schreiben, wie Sie früher geschrieben haben, »früher, ja früher, als noch Erwartung im Leben drin war«, sagt der Arbeiter Janausch im *Vertrauen*. War Ihre dichterische Kraft an dieses Früher der Erwartung und Hoffnung gebunden, das nun vorüber ist, abgelöst von einer Wirklichkeit, die Brecht »die Mühen der Ebene« nennt? In einem Aufsatz 1974 nehmen Sie auf diesen Satz Bezug und fügen hinzu: »Ich glaube aber, die Menschen haben Berge vor sich, die sie früher, vor der ersten Bergkette, noch gar nicht sehen konnten.«

Mit dem Älterwerden hätten Sie sich immer weiter zurückgezogen, heißt es, an Diskussionen nicht mehr teilgenommen, auf Fragen ausweichend oder unwillig geantwortet, Neues nicht mehr an sich herangelassen, sich nicht mehr eingemischt in politische Entscheidungen, für andere sich nicht mehr eingesetzt. Ihr Schweigen sei immer dichter geworden.

Ist Ihnen angesichts der unvorhergesehenen Berge die Hoffnung abhanden gekommen, die Sie den anderen mitteilen wollten? Oder hat »das kleine gewöhnliche Glück« Sie eingeholt, die Geborgenheit Ihrer privilegierten Situation als verehrte, gefeierte, in staatlicher Fürsorge aufgehobene Autorin? Das sorglose Leben zwischen großen Erinnerungen und kleinen geliebten Dingen? Sind Sie müde vom Kämpfen und Fliehen? Wollen Sie endlich Ihre Ruhe haben?

Walter Janka, der einmal Ihr Freund war, ist am 26. Juli 1957 schuldig gesprochen und verurteilt worden. Als er nach Jahren harter und unwürdiger Haft entlassen wurde, war er ein kranker Mann. Sind Sie ihm jemals wiederbegegnet? Haben Sie ihm ins Gesicht schauen können?

Als ich in der Silvesternacht zu Füßen des Käfermanns saß, hatte die Mattigkeit der Genesung meine Gefühle besänftigt.

Ich fühlte mich leicht und leer, weit offen für die freudige Erregung dieser Nacht, die ich auch in den anderen zu spüren meinte, als sei mit dem Fall der Mauer auch für uns eine Zukunft geöffnet. Von allen Seiten, auch aus dem Treptower Park, der vor kurzem noch zum Osten gehörte, stiegen Raketen hoch. Winzige schwarze Figuren tanzten auf den Flachdächern der Görlitzerstraße. Jedesmal wenn der Himmel aufflammte, stand neben uns der Käfermann auf wie aus der Erde herausgewachsen mit seinen mächtigen Röhrenbeinen in eisernen Schuhen. Als es zwölf schlug, hoben wir die Gläser auf das neue Jahr, umarmten und küßten uns und nebenan, aus einer anderen Gruppe, schrie einer: Prost Käfermann, der Kalte Krieg ist aus!

Das war die Nacht, in der Hunderttausende aus Ost und West am Brandenburger Tor Silvester feierten, und obwohl wir nicht am Brandenburger Tor waren, fühlten wir uns ihnen nah.

Im März kommt ein Brief, Luftpost aus USA, am Tag des Mauerfalls datiert, wochenlang unterwegs gewesen, der Umschlag über und über mit Nachsendeadressen bekritzelt. Das beigelegte Foto zeigt einen feisten alten Mann, der lässig in einem Korbsessel lehnt. Er trägt abenteuerlich gemusterte Bermudas und eine Goldmünze auf der reichlich behaarten Brust. Der obere Teil des Gesichts ist von riesigen Sonnengläsern verdeckt. Im Hintergrund blaut irgendein Meer.

The wall is down, schreibt er, Berlin and Germany reunited. You must be happy! Es folgen Fragen nach den neuen Verhältnissen, darunter eine nach der Möglichkeit, alte Besitzrechte im ehemaligen Ostsektor geltend zu machen. Eine Berliner Adresse ist beigefügt... Bei einem Berlintrip mit Freunden (some cultural meeting in oct 47) habe er das fragliche Objekt vor lauter ruins and rubble nicht finden können. Ein Besuch wird angekündigt. We could meet again if you wish...

Nein, ich wünsche das nicht! Mit alten Besitzrechten und alten Affären will ich nichts zu tun haben! Im PS erkundigt er sich nach meiner Krankheit, ob man sie damals ganz auskuriert habe. Tell me all about you and Germany! Die gekrakelte Unterschrift: J.F. Fisher, sagt mir nichts.

Wenn das »cultural meeting oct 47« nicht wäre, könnte ich den Brief vergessen. Nun bleibt er liegen, und jedesmal, wenn ich ihn sehe, spüre ich einen Stich Nötigung und gleichzeitig eine Unlust, ihr nachzugeben. Die Zeit, in die ich hinabmüßte, ist mit dem Kalender nicht zu greifen. Irgendwann in den Turbulenzen der letzten Kriegsmonate ist mein Lebensweg eingebrochen und abgesackt. Dort unten, in einer Flucht dämmriger Räume, fängt sich die Zeit in Kreisen. Keine Chronologie ordnet die Bilder und Szenen. Das Subjekt entzieht sich. Den einzigen Anhaltspunkt bietet die Krankheit, vom Körper erinnert als eine trübe uferlose Müdigkeit im Unterwasserlicht ewig verdunkelter Räume.

Die Rekonvaleszenz dieser Krankheit bezeichnet das Ende der Unordung. Auftauchen, umschauen, wiedererkennen: die Sonne, die Bäume, der Wind, ich ... Frühling 1948.

Ich schreibe an Mr. Fisher in USA, daß meine Erinnerung an die Nachkriegszeit lückenhaft und ungenau sei, der Name Fisher sei darin nicht enthalten. Vielleicht könnte intensives Nachdenken mich auf die Spur der Bekanntschaft bringen, aber zur Zeit sei ich mit einer größeren Arbeit beschäftigt, die meine ungeteilte Aufmerksamkeit in Anspruch nehme. Von der Wende könne ich Repräsentatives nicht berichten. Zwar sei ich zur fraglichen Zeit in Berlin gewesen, aber gerade die Nähe habe meine Wahrnehmung auf zufällige Einzelheiten beschränkt. Gegenwärtig lebe ich im äußersten Süd-Ost-Zipfel des Landes, also in jeder Beziehung weit vom Schuß. Wenn ich im Mai in Berlin bin, werde ich mich mit der Haus-Angelegenheit befassen. So long...

Ich lege eine Ansicht vom Fall der Mauer bei und trage den Brief zur Post, obwohl mir jetzt schon klar ist, daß er nicht alles enthält, was meine Erinnerung hergeben könnte, wenn sie bereit wäre, die Bilder zu verknüpfen, die mir in unbewachten Augenblicken und Träumen durch den Kopf gehen. Eins davon, noch heute mit Angst besetzt, ist eine von oben, durch einen Jalousiespalt gesehene Straße. Verkehr flutet auf und ab, aber es gibt einen Punkt, wo nichts sich rührt, zwei Leute Arm in Arm auf der gegenüberliegenden Straßenseite, die Frau mächtig, voluminös, mit einer Flechtenkrone auf dem Kopf und einem gewaltigen Busen; der junge Mann, den sie mit ihrem Arm aufrechthält, hager, gebeugt, offenbar behindert. Seine Kleidung verrät den ehemaligen Offizier. Beide Gesichter sind nach oben gewandt, das ihre formlos vom rosa gepuderten Altersspeck, das seine bleich, bis auf die Knochen ausgemergelt, darin schwarze Gläser wie zwei Löcher im Kopf. Obwohl sie mich im Schatten der Jalousie kaum wahrnehmen können, fliehe ich ins Innere der Wohnung zurück und verkrieche mich im Bett. Aber der Blick bleibt. Er sagt mir, daß ich in dieser Wohnung nicht sein sollte.

Mai 1990 – PEN-Tagung in Kiel. Zum großen Podium im Kieler Schloß komme ich zu spät, dränge mich möglichst unauffällig in die letzte Reihe, zwischen junge Leute aus Kiel, Schüler der Kollegstufe, Studenten, nette Typen, nett angezogen, ausgewaschene Jeans, helle Pullover, helle Gesichter, erwartungsvoll: Was hat er uns zu sagen, der versammelte Geist auf dem Podium? Sieben Leute, zwei Frauen, fünf Männer. Eine mir unbekannte Frau spricht grade, nein, sie klagt, klagt sich an, hat ihr Ich an das Kollektiv verloren, klagt ihrem Ich nach, will es wiederhaben, will es herausholen aus dem Schutt der Utopie, von der sie endgültig genug hat.

Soll das eine Beichte sein? Wer, in diesem Raum, ist befugt, Beichten abzunehmen, Buße zu verordnen? Ich will das nicht hören. Wenn ich im Kino wäre, würde ich hinausgehen. Das Fernsehen würde ich abdrehen. Hier praktiziere ich eine alte bewährte Fähigkeit, erworben bei langatmigen Predigten, bei Festakten, die ich musikalisch untermalte, auf Kriegsbahnsteigen beim Warten auf Züge nach irgendwohin: Abschalten. Im Innenraum versinken. Die eigenen Körpergeräusche als Lärmschutz von innen in die Ohrlöcher stemmen. So vergeht

Zeit. Bei der Diskussion schalte ich versuchsweise wieder an, versuche, im Gewirr der Wortgefechte die gegnerischen Fronten zu erkennen: Die am heftigsten schießen, sind die Ausgebürgerten aus der ehemaligen DDR. Die Beschossenen sind die zum PEN delegierten Dableiber, die teils Schuldbekenntnisse ablegen teils vorsichtige Rückzugsgefechte führen. Die Westler halten sich mehr oder weniger raus. Sie sind nicht im Schußfeld.

Einer aus der ersten Kategorie macht kurzen Prozeß mit Idealen, Ideologien, Utopien, Visionen, Gesinnungen, Hoffnungen. Sie hätten in der Literatur nichts zu suchen. Schluß mit Verpflichtung und Verantwortung, mit der Hoffnung auf Wirkung, mit dem Anspruch, Gewissen der Nation zu sein...

Unter den jungen Leuten um mich herum entsteht eine Unruhe – Kopfschütteln, Flüstern, Schulterzucken. Was stört sie? Erwarten sie von Büchern mehr als Kunstgenuß?

Heinrich Mann hat einmal gesagt, daß Literatur niemals nur Kunst sei. Sie könne so kindlich nicht geliebt werden, wie die Musik. »Denn sie ist Gewissen – das aus der Welt hervorgehobene und vor sie hingestellte Gewissen. Sie wirkt und handelt immer.« Ich stelle mir vor, was passieren würde, wenn jetzt einer aufstünde und diesen Satz ausspräche. Wie sie ihn fertigmachen würden. Die jungen Leute aus Kiel wissen nicht viel von Heinrich Mann. Sie sind in einer Gesellschaft aufgewachsen, in der Literatur auf eine Art Abenteuerspielplatz abseits der politischen Wirklichkeit verwiesen ist. Sollte als ungewolltes Nebenprodukt der Konsumfreiheit eine Unterströmung entstanden sein, die nach Gedächtnis und Vision verlangt?

Der Saal leert sich. Im Gedränge am Ausgang fliegt mir der Name der Klagefrau zu: Helga Königsdorf. Ich kenne sie nicht. Ein anderer Name, ebenfalls im Flug aufgefangen: »Wenn der Böll noch lebte!« lenkt meine Gedanken in eine andere Richtung. Eine fast vergessene Szene taucht auf:

Aufenthalt zwischen zwei Zügen in Bonn, meiner alten Heimat, nun nur noch Durchreisestation. Ich bummle auf den unsichtbaren Spuren meiner Schulwege den Kaiserplatz hinauf und gerate in einen Sog junger Leute, die Richtung Hofgarten strömen. Von fern Musik, Hall eines übersteuerten Mikrofons. Der Rasen zwischen den alten Bäumen ist schwarz von Menschen, die auf der Erde lagern, so eng, daß ich kaum einen Fuß dazwischenbringe. Weicher, vermatschter Boden – ich zögere, mich niederzusetzen. Ein Pärchen bietet mir ein Stück Luftmatratze an. Was ist hier los? Wer spricht?

Der Schriftsteller Heinrich Böll! im Ton liebevoller Hochachtung ausgesprochen. Fern, winzig auf der Tribüne steht die bekannte Gestalt in Regenmantel und Baskenmütze. Hallverquollene Stimme an meinen Ohren vorbei. Ehe ich den Faden gefunden habe, ist er schon abgetreten. Beifall, Sprechchöre, Musik. Eine warme Welle von Solidarität, zum erstenmal gespürt und genossen. Was hat er gesagt? Protest gegen die Notstandsgesetze, sagt der Junge. Ich schäme mich zu fragen, was das ist: Notstandsgesetze. Der Junge beugt sich zu seiner Freundin und sagt, daß der Schriftsteller krank sei. Wenn der mal stirbt ... Die Freundin schaudert: Wenn der stirbt, wird es kalt in Deutschland.

Im Mai 1968, auf dem Höhepunkt der Studentenbewegung, wurden die Notstandsgesetze verabschiedet. Um diese Zeit habe ich angefangen, über meinen Vater, meine Kindheit, mein Aufwachsen im Dritten Reich nachzudenken.

Am Abend sind die jungen Leute aus Kiel nicht mehr dabei, die Schriftsteller sind unter sich. Gemütliches Zusammensein im Schloß. Sieht auch so aus, als ich, wieder zu spät, in der Tür stehe. Ich steuere einen freien Platz an, irgendein Tisch am Rande, und spüre, als ich mich niedersetze, daß dies nicht irgendein Tisch ist, sondern ein Rettungsboot, in dem sich die Noch-immer-DDR-Bürger zwecks gegenseitiger Stärkung aneinanderklammern. Am anderen Ende des Raumes, so weit entfernt wie nur möglich, sitzen die Ausgebürgerten, auch sie isoliert, schmorend in ihrem gerechten Zorn. An einem langen Tisch in der Mitte sitzen die fröhlich zechenden Westler.

Ich bin ins falsche Lager geraten, spüre giftige Blicke hinüber, herüber, horche den Stimmen nach, hier leise konspirativ, dort heftig, aggressiv. Ab und zu kommt einer vom Westlertisch zu uns herüber und legt seine Hand auf Ossi-Schultern, nett, locker, kollegial, angefüllt mit gutem Wein und Good-will. Die Ossis nehmen es dankbar entgegen, angeln nach Westbeiträgen für ihre vom Untergang bedrohten Zeitschriften. Von den Ausgebürgerten kriegen sie keine Zeile. Die Westler wundern sich. Man sollte das nicht so eng sehen. Weil die Ossi-Schultern geduckt sind und die Wessi-Hände von oben kommen, erscheint die freundliche Geste als Herablassung, was sicher nicht Absicht ist, sondern eine private Projektion aus meinem verworrenen Unbehagen, nirgendwo dazuzugehören, weder zu den Geduckten, noch zu den Gerechten, noch zu den Handauflegern.

Verzweifelt löffle ich meine Suppe, streue verlegenes Lächeln um mich herum, während die Füße unter dem Tisch schon den Aufbruch üben. Wo ist der Ober zum Zahlen? Keine Sorge, für den Katzentisch der Minderbemittelten zahlt der Präsident.

Im Ausgang stoße ich mit einem kleinen alten Herrn zusammen, der wie ich ins Freie strebt.

Auch auf der Flucht?

Und Sie?

Ach wissen Sie, sagt er, seinen Mantel zuknöpfend, ich habe das alles schon einmal erlebt, äußere und innere Emigration...

Waren Sie zufällig auf dem Schriftsteller-Kongreß 1947? Könnten Sie mir davon erzählen?

Er schlägt den Mantelkragen hoch, wickelt den weißen Seidenschal enger um den mageren Hals. Der Seewind macht ihm zu schaffen. In seinem Alter kann man sich keine Erkältung leisten. Wozu erzählen, ist doch immer das gleiche. Der Kongreß von 1947 war schon vorbei, ehe er anfing.

Wie meinen Sie das?

Aber er geht schon, entfernt sich mit kleinen, vorsichtigen Schritten.

Nachts im Hotel, während der Seewind gegen die Scheiben brandet, halte ich Ansprachen an die jungen Leute aus Kiel: Daß eine Aussage wie die des Bilderstürmers vom Podium unausgesprochen zwei weitere Elemente enthält, nämlich eine Ansage und eine Absage. Die Absage bezieht sich auf ein Ekelbild von etwas, was vorher war und »nie wieder« sein soll. Die Ansage zeichnet ein Wunschbild, das »ganz anders« heißt und das Gegenteil des »nie wieder« meint. Nie wieder soll der Schriftsteller als Bildner des öffentlichen Bewußtseins, als Kritiker, Mahner, Vorreiter einer Veränderung auftreten. Was immer er schreibt – er soll es für sich tun, für den Markt, für die Kunst, für seine private, subjektive, für niemanden als ihn selbst gültige Wahrheit. Das ist das ganz andere, das sein soll.

Ähnlich, nur andersherum, muß die Argumentation beim Schriftstellerkongreß 1947 gelaufen sein. Da zeigte das Ekelbild die literarischen Anpasser und Ausweicher des Dritten Reiches, die in Naturidyllen, Innerlichkeitsklausen, Elfenbeintürmen Werke produzierten, die die häßliche Wirklichkeit ästhetisch überhöhten oder verschleierten. Und das Wunschbild forderte eine politisch engagierte, den Idealen der neuen Gesellschaft verpflichtete Gesinnungsliteratur, also genau das, was auf dem Podium 1990 als Ekelbild erscheint, während das Wunschbild von 1990 dem Ekelbild von 1947 gefährlich nahekommt. Sollte der vorgeschlagene Kurs einer nach rückwärts sein?

Laßt die Schriftsteller reden und nehmt ihre Werke, wie ihr sie braucht, rate ich den jungen Leuten aus Kiel. Es gibt ohnehin zu viele, ihr Einfluß ist politisch irrelevant und, was das Bewußtsein betrifft, nicht zu messen. Paßt lieber auf, daß ihr den anderen Bildermachern nicht auf den Leim geht, den Werbepsychologen, den Politagitatoren, den Medienlenkern. Die kennen sich aus im kollektiven Unbewußten und sind von keiner Verantwortung gebremst außer von der Sorge ums eigene Konto.

Darüber schlafe ich ein, und auf dem Weg zum Bahnhof am anderen Tag kaufe ich mir *Respektloser Umgang* und *Ungelegener Befund* von Helga Königsdorf und lese darin im Zug nach Berlin, weil nicht das Große, Allgemeine meine Sache ist, sondern das Kleine, Einzelne – die Leute, die auf der Suche nach Orientierung und Ausblick im Nebel der Geschichte herumirren. Wie ich.

Helga Königsdorf, erfahre ich aus der Lektüre, ist eine in der DDR renommierte Mathematikerin, die literarische Bücher schreibt; Großmutter Jüdin, im Rahmen der Euthanasie umgebracht; der Vater ein braver Bürger im Nazistaat, »von Jugend an auf den Glauben an Recht und Ordnung ausgerichtet ... der Gedanke an Widerstand war in seinem logischen System nicht vorgesehen«. Die Autorin selbst von einer Krankheit zum Tode gezeichnet, die, unaufhaltsam fortschreitend, Lähmungen und Halluzinationen erzeugt und durch harte Medikamente in Schach gehalten wird. Aus diesen Strängen ist das Buch *Respektloser Umgang* geflochten – eine Annäherung an Lise Meitner, Physikerin, Atomforscherin wie Otto Hahn, mit dem sie zusammenarbeitete, allerdings doppelt benachteiligt als Jüdin in der Nazizeit und als Frau in einer männlich-beherrschten Wissenschaft.

In der Auseinandersetzung erfährt die Autorin sich selbst – ihre Prägung im Kampf um Anerkennung in der Männergesellschaft, ihre Verantwortung als Mitwisserin menschheitsbedrohender Entwicklungen vor dem Hintergrund der deutschen Schuld und der persönlichen Bedrohung durch die Krankheit. Als Ausweg und Kraftquelle zum Weitermachen dient ihr die Vorstellung, für das Kollektiv, dem sie sich verpflichtet fühlt, eine Aufgabe zu erfüllen: »Mobilisierung der Humanität« ... »Von der Würde des Menschen werde ich sprechen, die nicht aus naturwissenschaftlicher Kalkulation folgt. Von der Verantwortung, die er übernehmen muß, weil es zwischen Verantwortung und Mitschuld in Zukunft nichts mehr gibt. Mitschuld am Mißbrauch von Erkenntnis, Mitschuld am Abstempeln zu Untermenschen. Zu Objekten. Zu Megatoten.«

Eine ähnliche Fragestellung mit verschobenem Schwerpunkt ist in der 1991 erschienenen Erzählung *Ungelegener Befund* enthalten. Ein Biologe der mittleren Generation steht zwischen seinem verstorbenen Vater, der vielleicht an »wissenschaftlichen« Versuchen in Nazi-Konzentrationslagern teilgenommen hat, und einem jungen Studenten, der egozentrisch, ohne humane und soziale Skrupel in prekären Gebieten der Gen-Forschung arbeitet. Auch hier geht es um die moralische Problematik zwischen Grenzbereichen der Forschung und der Würde des Menschen.

»Der Mensch hat sich zur Herrschaft aufgeschwungen, und er muß sie wahrnehmen«, schreibt sie. »Die moralische Bewertung seiner Handlungen hängt offenbar von deren Zeitpunkt ab ... Aber ist er dann noch, was der Mensch einst war? Oder löst sich alles auf in ein Raster von Informationsquanten und programmierbaren Algorhythmen? Besteht nicht die Gefahr, daß bei diesem Zerfallen das Gefäß der Seele undicht wird? Daß ihm etwas verloren geht, wodurch er zugleich unfähig wird, diesen Verlust zu bemerken?«

Es geht also in beiden Fällen um eine moralische Aufgabe im globalen Zusammenhang, in der die Defizite des eigenen Systems zwar enthalten, aber nicht speziell thematisiert sind.

Da ich vor kurzem über Elisabeth Langgässer gearbeitet habe, die als Vertreterin der Inneren Emigration zum Kongreß 1947 geladen war, bemerke ich, daß diese christliche Dichterin, auch sie von einer Todeskrankheit gejagt, ihre Rolle ganz ähnlich verstanden hat – als Erfüllung eines auf die Menschheit bezogenen christlichen Auftrags. Aus ihrer Biographie geht hervor, daß sie vor der eschatologischen Größe der Aufgabe das Kleine und Nahe, die Menschen ihrer Umgebung, die Mechanismen des Nazisystems übersehen oder für unwesentlich gehalten hat, als einen Teilaspekt dessen, was sie »Sündenfall« nennt und was im Denkzusammenhang der Königsdorf als »Mißbrauch der Erkenntnis« erscheint. Und wenn die Königsdorf beim Zusammenbruch ihres Systems in Selbstanklagen verfällt, so hat auch diese Haltung ihre Entsprechung in christlichen Schuldgefühlen, unter denen die Langgässer ihr Leben lang litt, wobei sie allerdings einen Ansprechpartner hatte, nämlich Gott, und eine Hoffnung, nämlich das göttliche Gnadenversprechen, während die Königsdorf sich vor einer Öffentlichkeit anklagt, deren Vorwürfe auf einer anderen Frequenz laufen.

Ob ihr nicht klar sei, daß das westliche Publikum mit ihrer Bußübung nichts anzufangen wisse, habe ich sie gefragt, als ich sie später in ihrer Wohnung besuchte. Sie sah mich an mit einem Blick, in dem ich, aufgewachsen im Bannkreis eines protestantischen Pfarrhauses, ein Blitzen von Märtyrerstolz erkannte. Und als sie sagte, es ginge ihr ausschließlich um das eigene Ich, seine Wahrheit, seine Würde, kamen mir die Ermahnungen meiner Kindheit in den Sinn: Die Schuld zuerst bei sich selber suchen, vor der Gemeinde bekennen, Buße tun. Wer sich selbst erniedrigt, der wird erhöht werden.

Offenbar ist es dem sozialistischen System gelungen, in einer moralisch gestimmten Minderheit einen hohen Grad an verantwortlicher Identifikation zu erzeugen (und zu mißbrauchen), die sich, ausgehend von der deutschen Schuld, auf globale, vor allem dem Kapitalismus angelastete Fehlleistungen richtete und die Fehler des eigenen Systems als zu überwindende Entwicklungsschwierigkeiten negierte oder bagatellisierte, wobei das Gefühl, auf dem richtigen, weil historisch notwendigen Wege zu sein, als ein nichtbezweifelbares Vorverständnis diente, ähnlich wie der christliche Glaube an einen siegreichen, die Menschen zum Guten verpflichtenden Vatergott den Christen als Vorverständnis und Sinngebung dient.

Die moralische Verpflichtung zur Identifikation mit dem als grundsätzlich-richtig erkannten Weg kommt in einem Teil der DDR-Literatur deutlich zum Ausdruck und hat sicherlich zu der westlichen Akzeptanz der Werke von Christa Wolf, Brigitte Reimann, Volker Braun, Maxie Wander, Helga Königsdorf und anderen beigetragen. Der Anspruch, ein Ziel und eine Verpflichtung zu haben, stieß auf die in unserer Gesellschaft unbeantwortete Sinnfrage und auf ein Defizit an Moral, das viele Menschen angesichts sich nähernder sozialer und ökologischer Katastrophen als quälendes Vakuum empfinden.

Aber nicht nur in der Literatur ist diese fragende, zweifelnde, schmerzlich um Identifikation bemühte Haltung zu spüren. Jahre vor der Wende, bei einer Freizeit eines christlichen Verlages, an der ich als einziger West-Gast teilnahm, habe ich mit Staunen wahrgenommen, daß die Teilnehmer, auch solche, die system-kritisch eingestellt waren und mit ihrer Kritik nicht hinter dem Berg hielten, Worte wie »bei uns« und »wir« und »unser Land« in einem Ton selbstverständlicher Identifikation aussprachen. Unwillkürlich kam mir ein Vers aus Brechts Kinderhymne in den Sinn:

> ... und weil wir dies Land verbessern
> lieben und beschirmen wirs
> und das liebste mags uns scheinen
> so wie andern Völkern ihrs.

Ich habe darüber mit Hartmut gestritten, einem jungen DDR-Dozenten, der sich in zynischen Bemerkungen über seinen Staat gefiel und die Worte »bei uns« höchstens in Zusammenhängen wie »bei uns klappt eben überhaupt nichts« verwendete. Er hielt die Trotz-allem-Identifikation, die ich wahrzunehmen meinte, für ein Produkt des Konkurrenzkampfes zwischen den beiden Deutschland: Wenn man äußerlich nichts Positives aufzuweisen hat, muß man eben auf die inneren Werte pochen. Aber als ich gegen Ende einer gemeinsamen Mahlzeit nach dem »vornehmen Küchenchef« fragte, einem distinguiert aussehenden Herrn in Schwarz, der in der Küche das Essensgeschirr abwusch, war es Hartmut, der mich zurechtwies: Der vermeintliche Küchenchef sei niemand anderes als der hochwürdige Bischof Forck. Es sei nun mal sozialistische Sitte, daß diejenigen, die den Dreck verursachten, denselben auch wieder entfernten. Wie er das aussprach, mit einer ironisch-verpackten moralischen Strenge, war eben doch der »schwer zu machende«, in den »Mühen der Ebene« gelegentlich verschwindende, aber doch als Bild in den Köpfen vorhandene »unser Sozialismus« gemeint. Und am Abend, nach etlichen Gläsern Wein, erzählte er mir, daß die härteste, von den Machthabern am meisten gefürchtete Kritik am System von links käme, und als ich spottete, daß davon aber wenig zu merken sei, wurde er zum erstenmal zornig: ob er mir tatsächlich erklären müsse, warum westliche Medien für den Transport dieser Kritik nicht geeignet seien.

Seitdem habe ich Hartmut für einen Dissidenten von links gehalten und bei den Fernsehübertragungen der Demonstrationen nach seinem Gesicht gesucht. Denn auch bei den Wortführern der sanften Revolution, unter denen sich erstaunlich viele protestantische Theologen befanden, war diese Identifikation, nicht mit dem verrotteten Regime, aber mit dem ursprünglichen Entwurf zu spüren, wie auch in dem später durch Krenz und Genossen versauten Aufruf zur eigenständigen Entwicklung, wie in den frühen Äußerungen von Pfarrer Schorlemmer, mit denen er für einen neuen Anfang in Zusammenarbeit mit kritischen SED-Genossen plädierte, wie in dem Beitrag der Königsdorf im Neuen Deutschland vom 22. November 1989, in dem sie über »unseren Weg zum Sozialismus« nachdachte und »der Partei eine Chance« geben wollte.

Sie findet sich auch in den Briefen der Lehrer, Schüler, Eltern, die als Reaktion auf provozierende Artikel von Christa Wolf in dem Bändchen *Angepaßt oder mündig* gesammelt sind und sogar in den Wutausbrüchen der gegen ihren Willen ausgebürgerten Schriftsteller, nachzulesen bei Biermann, der als Junge in das Land seines kommunistischen Vaters emigriert war und 1976 zwangsweise während einer Konzerttournee im Westen blieb, nachdem er im gleichen Jahr ein Lied gegen das »Abhaun« gesungen hatte. Seine Wut auf Anpasser, Ausweicher, Spitzel, Opportunisten, Arschlöcher, verdorbene Greise, auf eine »neue Generation der DDR«, die sich »in einer Allerwelts- und Aller-Umweltspose gefällt« und mit dem »weltgeschichtlichen Konflikt um den Kommunismus nichts mehr am Hut hat« speist sich aus dem emotionalen

Kern einer betrogenen Hoffnung und hat deshalb mit westlichen Schuldzuweisungen wenig gemeinsam; um so mehr mit den Verzweiflungen der aus Überzeugung Dagebliebenen, zu denen sicher auch Biermann gehört hätte – als begeisterter und begeisternder Sänger am 4. November 1989 auf dem Alexanderplatz. Wenn sie ihn nur gelassen hätten.

»Mir lacht das Herz und es gab mir einen Stich«, schreibt er nach der Fernsehübertragung an Sarah Kirsch. Das alte Elend des Exilierten spricht aus den Worten: »Er hofft, daß es zu Hause besser wird, aber wenns besser wurde, hat er gar nichts mehr, nicht mal die alten treuen und liebgewordenen Feinde. Und er hat keinen Anteil am Sieg gegen die alten Unterdrükker. Ich spürte es: die brauchen mich zum Glück gar nicht mehr, aber ich brauche, leider! sie zu meinem Glück. Meine ureigenste Sache wird da verhandelt … und ich selber darf nicht dabei sein.« Mit Bitterkeit nimmt er zur Kenntnis, daß der Kollege Heym in keinem Nebensatz die exilierten Schriftsteller erwähnt, und zitiert aus einem 1980 geschriebenen Gedicht:

… und ich werde wie besoffen
durch vertraute Straßen rennen
aber keiner wird mich kennen
keiner kann sich groß erinnern
und kein Schwanz kann mich noch brauchen
und dann bin ich ganz am Ziel
dann beginnt erst mein Exil.

Allmählich wird mir klar, warum ich auf die Veranstaltung in Kiel mit Gefühlen der Peinlichkeit reagiert habe. Sowohl die Selbstanklage der Königsdorf, die mich an protestantische Bußübungen erinnerte, als auch der Zorn der Ausgebürgerten im Pathos der Propheten des Alten Bundes liefen auf einer Gefühlsebene ab, die den Streitenden gemeinsam, mir aber fremd und unzugänglich war. Es schien mir, als sehnten sich beide Parteien nach einer höheren Gerechtigkeit, die es nicht geben wird, weil weder im Westen noch sonst irgendwo auf der Welt eine Instanz existiert, die die Leiden der Gesinnungsopfer belohnt und die Sünden der Gesinnungstäter bestraft. Und wenn Schädlich in einem späteren Beitrag für die FAZ (Juli 1990) von den Werken der »literarischen Repräsentanten der Diktatur« als von »Bergen von Makulatur« spricht, wird er vermutlich genauso enttäuscht werden wie Thomas Mann, der die mit dem »Geruch nach Blut und Schande behaftete« Literatur des Dritten Reiches »eingestampft« sehen wollte. Gottfried Benn hat inzwischen mehrere Renaissancen erlebt; Ernst Jünger verfügt heute noch über eine stattliche Lesergemeinde, und was der Markt in Zukunft mit DDR-Autoren anstellt, wird wohl niemand als Werke der Gerechtigkeit bezeichnen.

Später erfahre ich aus der Zeitung, daß der richtige Eklat in Kiel erst nach meiner Abreise stattgefunden hat. Heinz Knobloch, Präsident des DDR-PEN und Leiter der Delegation, hatte einen schriftlichen Beitrag hinterlassen, den er wegen seiner verfrühten Abreise nicht mehr mündlich vorbringen konnte. Er enthielt die Entkräftung eines Vorwurfs (der allerdings gar nicht erhoben worden war), indem er aussagte, daß PEN-Mitglied Höpcke am 1. März 1989 einer vom DDR-PEN einstimmig angenommenen Resolution für Václav Havel seine Stimme gegeben habe und deshalb seiner Funktion als Stellvertreter des Ministers für Kultur enthoben worden sei.

Daß dieser Beitrag verlesen oder zur Kenntnisnahme ausgelegt werden sollte, löste Empörung aus. Er wurde als »Ehrenrettung« für einen Zensur-Funktionär bezeichnet, dessen Mitgliedschaft im DDR-PEN ohnehin ein »Wahnsinn«, eine »Lüge« und »grauenhaft« sei. Es war die Rede vom PEN »als Waschanlage für Leute, die eine weiße Weste brauchen«, vom »Gemauschel« des Vorstandes, von der Einführung dieses Beitrags »durch die Hintertür«, von »Harmonisierungspolitik auf eigene Faust«, von »stalinistischer Sprachregelung« – Worte, die von der Presse breitgewalzt wurden und als einziges Signal der Veranstaltung in der Öffentlichkeit hängenblieben. Das Ergebnis war, daß etwas, was gar nicht beabsichtigt war, tatsächlich nicht stattfand, nämlich die Vereinigung von BRD- und DDR-PEN.

Noch fahre ich wie ehedem über Bahnhof Friedrichstraße nach »drüben«. Zwar ist die Mauer vielfach durchbrochen, man könnte von Kreuzberg über die Oberbaumbrücke zur S-Bahnstation Warschauer Straße gehen, aber der alte Weg hat sich eingeschliffen: U-Bahn zum Zoo, S-Bahn über Lehrter Bahnhof und umsteigen zur Friedrichstraße und die Treppe hinunter dorthin, wo früher die Warteschlangen sich wanden und Vopos auf höfliche Fragen barsche Antworten gaben; Könnse nich lesen? Das ist vorbei. Die Kontrollhäuschen sind leer, die Erinnerung an Aufenthalte, Verhöre, Leibesvisitationen absurd wie Alpträume aus vergangenen Nächten. Man geht einfach durch und taucht in eine bizarre Mischung aus östlicher Schäbigkeit und westlichem Glitzer: Verkaufsbuden, Reklamen, fliegende Händler. Der Portier im Verbandshaus schaut weg, als ich an ihm vorbei die Treppe hinaufgehe. Am Ende des langen, von getürmten Büromöbeln flankierten Ganges steht die Archivtür offen. Ein West-Mann – noch kann man West und Ost unterscheiden! – wühlt in Büchern, die auf Tischen ausgelegt sind. Ausverkauf der Verbands-Bibliothek?

Die Archivarin hat mich schon erwartet und das Gewünschte bereitgelegt: zwei Ordner mit insgesamt achthundert schlechtkopierten Schreibmaschinenseiten Kongreß-Dokumentation. Das Original ist »in Bearbeitung«, noch ist nichts veröffentlicht, das wird wohl auch nicht so bald passieren, weil der Bearbeitungsmodus sich inzwischen geändert hat wie alles in diesem anderen Deutschland, dem das andere eben ausgetrieben wird. Sie führt mich in ein verlassenes Büro, blanke Schreibtische, verschlossene Schränke, leere Regale. Hier können Sie in Ruhe lesen! Eine junge freundliche

Frau, ungewohnt in diesem Milieu. Früher war die Stimmung eher grämlich, die Bewegungen waren schleppend, das Personal angegraut wie die Wände.

Wie lange arbeiten Sie schon hier?

Seit einem Monat. Die Vorgängerin ist in Pension gegangen.

Im vergangenen Jahr war sie nie anzutreffen, das Archiv geschlossen, der Schlüssel nicht verfügbar. Diesmal geht alles ganz leicht, fast wie im Springer-Haus, wo man mir heute morgen infame Artikel über Christa Wolf zur Ansicht herausgesucht hat, ganz locker, unkompliziert bis auf die Clearance am Eingang, in einer angenehmen Atmosphäre, die das Lesen komfortabel, den Ekel neurotisch erscheinen ließ. Ein bißchen Gift, so what? Man darf das nicht so eng sehen. Wem das nicht paßt, der brauchts nicht zu lesen. Das ist die Freiheit, meine Dame.

Bei uns hat sich eben vieles geändert, sagte die Archivarin, Erregung in der Stimme, eine angestrengte, zerbrechliche Munterkeit.

Auf dem Weg vom Bahnhof Friedrichstraße hierher hat mich ein Mann angesprochen. Schreiben Sie nur, sagte er mit Blick auf den Notizblock, in dem ich Preisstürze und Westreklamen notierte, schreiben Sie nur, was hier passiert. Heute habe ich meine Gastwirtschaft zugemacht – ein kleiner Laden für kleine Leute.

Und warum?

Es läuft nicht mehr. Früher hab ich das Bier für fünfzig Pfennig verkauft, da kam schon mal einer nach der Arbeit vorbei und warf eine Runde für alle. Jetzt kostet das Bier 4.50, Westbier natürlich, was anderes liefern die Brauereien nicht mehr. 4.50 für ein Bier, da können meine Gäste nicht mithalten.

Und wenn ich eine Runde werfe?

Grußlos trottet er weiter. Hat mich schon vergessen. Hat nicht mit mir gesprochen, sondern gegen die Wand, die in seinem Kopf gewachsen ist an Stelle der anderen.

Der Leiter des christlichen Verlages, der eins meiner Bücher herausgebracht hat, findet seine gute alte Ost-Zahnpasta nicht mehr. Sie war vielleicht nicht so fein, aber man hatte sich an die Dinge gewöhnt. Nun gibt es nur noch Blendax und Chlorodont. Auf dem frommen Kalender, den der Verlag jedes Jahr herausbringt, sind sie diesmal sitzengeblieben. Ein Westverlag hat ein ähnliches Produkt besserer Qualität auf den Markt geworfen, weit unter Produktionspreis. Das können die sich leisten. Jeden Tag rufen Buchhandlungen an: sie nehmen keine Ostbücher mehr ab, nicht mal Vorbestelltes, nicht mal Lizenzausgaben.

Werden Sie weitermachen?

Ich kann in Pension gehen, aber was wird aus den Leuten?

Von zwölf bis eins gibt es Mittagessen in der Kantine, sagt die Archivarin, wenn Sie mitessen wollen ... es ist zwar einfach ...

Ich lasse es offen. Meine Zeit ist knapp: drei Tage zur ersten Durchsicht der achthundert Seiten, dann muß ich zurück nach Westdeutschland – so nennt man das hier – und wenn ich wiederkomme, kann alles anders sein. Ich wollte in Ruhe eine historische Arbeit machen, distanziert, objektiv, über ein abgeschlossenes Thema der Vergangenheit. Nun ist mein Thema aufgebrochen und ergießt sich unübersichtlich in die Zeit. Wenn ich wenigstens fotokopieren könnte! Aber soweit sind sie hier noch nicht. Zwar gibt es einen Copy-Shop in der Nähe, aber die Dokumentation darf diesen Raum nicht verlassen.

Kennen Sie Berlin? fragt die Archivarin.

Nur besuchsweise. Und dann fällt mir ein, daß ich fast ein Jahr, von April 44 bis kurz vor Kriegsende in Berlin gewohnt habe, früher, in einem anderen Leben.

Im Krieg habe ich hier Musik studiert, sage ich und bemerke an ihrem erstaunten Blick, daß sie sich Musikstudieren im Krieg nicht vorstellen kann.

In welchem Viertel ich denn gewohnt hätte.

Der Name der Straße fällt mir nicht ein, nur die U-Bahnstation: Stadtmitte.

Das ist ganz in der Nähe, sagt sie. Da müßten Sie sich eigentlich auskennen.

Wie denn, war ja alles kaputt.

Ich sehe mich, Geige im Arm, im U-Bahntunnel Stadtmitte hocken, Gemurmel um mich herum, das bei jedem Bombeneinschlag aufwogt. Keine Beleuchtung. Der Strom ist zusammengebrochen. Im eisigen Durchzug flackern die Hindenburglichter. Der Bahnsteig ist so voll, daß die Leute am Rand sich nach hinten stemmen müssen, damit der Druck sie nicht auf die Schienen wirft. Plötzlich erglänzen die Wände des Treppenschachtes in einem silbrigen Weiß, als sei soeben der Mond aufgegangen. Christbäume! flüstert einer. Nun geht es erst richtig los.

Ein ungeheurer Schlag erschüttert den Raum. Die Hindenburglichter erlöschen. Geröll poltert die Treppe herunter. Wir werden verschüttet! kreischt eine Frau. Wie eine Lawine setzt die Menge sich in Bewegung, überrollt, was nicht schnell genug hochkommt, schwemmt den Bahnsteig entlang bis zum Ende, dann auf die Schienen, ins Enge, Stockdunkle hinein...

Als ich herauskam, war mein Haus nicht mehr da, sage ich, einfach weg, ein Loch in den Himmel hinein, darunter ein Steinhaufen...

Und die Leute, die darin gewohnt haben? fragt sie.

Ich kannte keinen, sage ich. Meine Vermieter waren aufs Land evakuiert. Abgesehen von Bach-Mozart-Beethoven war ich ganz allein in Berlin. Trotzdem, wenn das Haus noch gestanden hätte, wäre ich wahrscheinlich geblieben, aus Trägheit, und weil man immer zu müde war, große Entschlüsse zu fassen. Dann wäre ich jetzt eine Ostberlinerin, wie Sie.

Wie das Leben so spielt, sagt sie und geht hinaus.

Da sitze ich nun, atme die abgestandene Luft in einer unnatürlichen Stille mitten im Stadtkern. Wird hier überhaupt noch gearbeitet? Haben sie schon Leute entlassen? Das Schicksal des Verbandes ist ungewiß wie alle Schicksale hier.

Ich zerre die angegraute Gardine zur Seite, rüttle am Fensterknauf, stolpere rückwärts, als er plötzlich nachgibt. Taubendreck auf der Fensterbank. Blick in einen grauen Hof, von Wänden umstellt, schmutzblinde Fenster. Durch das winzige Himmelsviereck schleifen Wolkenbäuche. Draußen steht die Berliner Luft, abgasgeschwängert mit einem Einschuß von süßem Lindenduft, von Unter-den-Linden hergeweht. Wie sich das durchsetzt gegen den Trabigestank! Also doch Frühling, Mai 1990 im chaotisch zusammenwuchernden Berlin...

Ich schlage den ersten Ordner auf.

Auch der Kongreß 1947 hat in den Turbulenzen eines jähen Bildwechsels stattgefunden. Im nachhinein gilt das, was nun einmal geschehen ist, als das einzig Mögliche, Richtige, Notwendige. Für die Teilnehmer des Kongresses war es noch Zukunft, und die war, wenn auch beschränkt und bedingt, offen für Hoffnung.

Noch steht die öffentliche Meinung in Europa und Gesamtdeutschland mehrheitlich gegen die Spaltung. Bis auf Unverbesserliche, die darauf brennen, »mit den Amerikanern gegen den Russen zu gehen«, sind die Menschen des geschlagenen Deutschland kriegsmüde. Dritte Wege entzünden die Geister: ein vereinigtes Europa als dritte Kraft zwischen den Supermächten; ein besonderer deutscher Weg als dritte Möglichkeit zwischen Kapitalismus und Kommunismus.

Nur diejenigen, die näher am Puls der Weltpolitik sind, auch die heimgekehrten Schriftsteller in den damals noch paritätisch, also auch mit Kommunisten besetzten Westredaktionen, spüren ab Februar 1947 den Richtungswechsel in der amerikanischen Politik, der unter dem Namen Truman-Doktrin oder Eindämmungspolitik in die Geschichte eingegangen ist. Für die publizistische Arbeit, die sich bisher unter der Ägide großzügiger Kulturoffiziere fast frei entfalten konnte, gelten plötzlich restriktive Richtlinien. Kritik an der Besatzungsmacht wird untersagt, Kritik am östlichen Bündnispartner ermutigt. Eine verschärfte Handhabung der Lizenz- und Registrierverfahren erinnert an die Zensur der Reichsschrifttumskammer. Zeitschriften werden verboten, Redakteure gefeuert oder mit Maulkörben versehen. Unter dem Schlagwort Totalitarismus verschmelzen Nazismus und Kommunismus zu einem einzigen Feindbild, dem auf der anderen Seite die Kombination Kapitalismus-Faschismus entgegensteht.

Das ist die Zeit der schwindenden Hoffnung, in der Hans Mayer, Ernst Bloch und andere Emigranten einen Wechsel in die östliche Zone ins Auge fassen, wo sie sich einen größeren Spielraum für Mitwirkung versprechen. Schulreform, Bodenreform, Verstaatlichung der Betriebe sind dort durchgeführt, Parteien aus dem Boden gestampft, die Vereinigung der Linksparteien vollzogen. In zahlreichen neugegründeten Schulungsstätten wird die Umerziehung vorangetrieben. Da gibt es Arbeit für Dichter, Denker, Wissenschaftler, Lehrer, die mit dem leidenschaftlichen Wunsch, ein neues Deutschland zu bauen, aus dem Exil zurückgekommen sind. Es sieht tatsächlich so aus, als unterstütze die sowjetische Besatzungsmacht die Grundthesen Anton Ackermanns vom besonderen deutschen Weg. Zwar hat Ulbricht gleich nach seiner Ankunft im Mai 1945 alle Ansätze demokratischer Selbstverwaltung abgewürgt und die leitenden Positionen mit Moskau-Emigranten besetzt, aber das ist nur dem inneren Kreis bekannt, nach außen ist der demokratische Schein durch die Mitwirkung unterschiedlicher politischer Kräfte gewahrt. Anders als im Adenauer-Land hat man mit den großen Nazis abgerechnet, die kleinen entlastet und einbezogen.

Indessen läuft auf internationalen Konferenzen das Gerangel um Reparationen, die die kriegsverheerte Sowjetunion verlangt und die Westmächte verweigern. Nachdem Stalin im Juli 1947 die Teilnahme der Sowjetunion am Marshallplan als »mit der Wahrung der nationalen Souveränität unvereinbar« abgelehnt hat, nachdem die Konferenz der deutschen Ministerpräsidenten in München unter wechselseitigen Schuldzuweisungen geplatzt ist, beschließt der SED-Parteitag im September 1947 eine engere Bindung an die sowjetische Bruderpartei. Die Entwicklung im Westen läuft auf die Gründung der NATO zu, die östlichen Länder schließen sich zum COME-

CON zusammen. Von beiden Seiten in seltener Einigkeit zugeschüttet, verliert sich der dritte Weg, genau zu der Zeit, als sich die Schriftsteller des Kongresses für die deutsche Einheit ereifern unter dem Motto: »Die Bücher von heute sind die Taten von morgen.«

Die Vorbereitungen hatten schon kurz nach Kriegsende begonnen, inspiriert von der Idee der geistigen Volksfront, an deren Verwirklichung bereits im Exil mit allerhand Pannen und Unterbrechungen gearbeitet worden war. Bürgerliche, liberale, sozialdemokratische, kommunistische Schriftsteller sollten sich zusammenschließen, um am Aufbau eines neuen, besseren Deutschland mitzuwirken. Die Initiative kam aus dem 1945 gegründeten Kulturbund für die demokratische Erneuerung Deutschlands, der im Herbst 1947, unter der Präsidentschaft von Johannes R. Becher, bereits 120000 Mitglieder zählte. Querelen im Vorfeld hatten den Termin verzögert. Während die Vertreter des Schutzbundes die Rechts- und Fachfragen einer privatkapitalistischen Neuordnung des Literaturbetriebes in den Vordergrund stellten, ging es in dem von heimgekehrten Emigranten dominierten Kulturbund vorwiegend um politische Klärung mit dem Ziel, Spaltungstendenzen zu überwinden und die Schriftsteller, soweit sie nicht mit den Nazis paktiert hatten, zu einem »Parlament des Geistes« zusammenzuschließen. Dem Verlauf des Kongresses ist zu entnehmen, daß der Kulturbund sich durchgesetzt hat.

Es hat verschiedene Einladungslisten gegeben, Namen wurden gestrichen, neue hinzugefügt. Die Auswahl war kompliziert, vor allem, was die in Deutschland verbliebenen Schriftsteller betraf, die für sich einen schwer definierbaren »Inneren Widerstand« reklamierten. Die Moskau-Heimkehrer, die ein Ziel vor Augen hatten, drängten zu Toleranz und Versöhnlichkeit. Alte Streitigkeiten sollten vergessen sein. Man einigte sich auf das Kriterium: Wer im Dritten Reich nicht publizieren durfte, war einladungswürdig. Bei näherer Betrachtung zeigt sich aber, daß es prominente Ausnahmen gab. Ricarda

Huch, Wolfgang Weyrauch und andere hatten in der Nazizeit veröffentlicht. In der Praxis galt, daß eingeladen werden konnte, wer das Hitlerregime nicht propagandistisch unterstützt hatte. Die engere Auswahl wurde hinter den Kulissen getroffen. Angesichts der immer deutlicher sich abzeichnenden Spaltung sollte der Kongreß als glanzvolle Demonstration der Einigkeit wirken.

Mit der Prominenz war es allerdings nicht weit her. Viele Emigranten zögerten noch im Exil. Über die Hälfte kam nie nach Deutschland zurück. Es gab eine Reihe Absagebriefe – gefühlvolle, formelle, bittere, von Lukács aus Budapest, von Kurt Hiller aus London, von Leonhard Frank und Albert Ehrenstein aus New York, von Ernst Bloch aus Cambridge. Arnold Zweig schrieb aus Haifa von »gesundheitlichen und wirtschaftlichen Umständen, die es mir unmöglich machen, jetzt in unser gemartertes Europa und sein zerstückeltes deutsches Herz zu fahren oder zu fliegen«. Seinem Freund Alfred Kantorowicz hat er in einem späteren Brief anvertraut, daß er das Wort Umerziehung hasse, »weil die Kräfte selbst nicht erzogen sind, die es den Deutschen verordnen«. Erst 1948 ist er nach Ostberlin zurückgekehrt.

Oskar Maria Graf in New York fühlte sich »keineswegs in der Lage, die teuren Reisekosten aufzubringen. Ich habe nicht einmal so viel Geld, um ein Absagetelegramm an Sie zu senden«. Außerdem sei er immer noch »ein juristisch anerkannter Staatenloser. Für solche Individuen gilt nur ein Satz: ›Bleibe, wo man dich duldet und verhalte dich entsprechend.‹« Heinrich Mann hatte schon im März 1946 geschrieben: »Ich wüßte nicht wohin auf unserem einst herrlichen Kontinent.« Döblin war zwar zur Zeit des Kongresses in Berlin, zog es aber vor, sich in der Uniform eines französischen Kulturoffiziers nicht in der Öffentlichkeit sehen zu lassen. Bert Brecht stand kurz vor seiner Anhörung vor dem Ausschuß für Unamerikanische Aktivitäten in Washington. Karl Jaspers in Heidelberg und die Münchner Autoren Alfred Andersch und Hans Werner Richter, die sich kurz vorher zur Gruppe 47 zusammengeschlossen hatten, folgten der Einladung nicht. Auch Kästner blieb fern. Die Bemühung, bürgerliche Schriftsteller heranzuziehen, verhüllte die Tatsache, daß eine Vor-Auswahl bereits getroffen war, deren Alternativen nicht »faschistisch-antifaschistisch« hießen, sondern »kommunistisch-kapitalistisch«.

Führend in der Kulturpolitik der SBZ waren die Moskauemigranten, die ihre mit dem ZK abgestimmten, teils zweigleisigen Kulturprogramme in der Schublade hatten. Die kulturelle Entwicklung in den Westzonen wurde dagegen mehr und mehr (nach Abwanderung linker Intellektueller) von flüchtig entnazifizierten Daheimgebliebenen bestimmt, während Emigranten mit sozialistischen oder sozialdemokratischen Vorstellungen durch administrative Hindernisse in ihrem Exil festgehalten wurden. Im Juli 1946 klagt der Schweden-Exilant Walter Sassnick: »Laßt uns nach Hause kommen. Hebt die Sperre auf. Wir fragen, warum man eigentlich auf Hitler schimpft, daß er durch seine Brutalität die Menschen ins Exil gezwungen habe, wenn man hinterher kaltblütig auf administrativem Wege den Menschen, die ihr Opfer für Demokratie und Freiheit gebracht haben, die Heimkehr in ihr Heimatland verweigert...« Robert Neumann in den USA kommt zu der traurigen Einsicht, daß niemand in Deutschland ihn und seinesgleichen zurückhaben wolle, »die restaurative Rechte begreiflicherweise nicht: unter diesen Heimkehrern wären zu viele mit einem peinlicherweise guten Gedächtnis. Aber auch die sogenannte literarische Linke, also die Leute, die ihre Malaise gegenüber der Restauration an sich schon für eine Gesinnung halten ... was sollten die, um Gottes willen, mit lebendigen Heimkehrern machen? Tote – das ginge noch. Aber lebendige?«

Auf dem Kongreß war eine prominente Vielfalt eigentlich nur durch drei Frauen vertreten: die alte Dame der deutschen Literatur, Ricarda Huch, die christliche Dichterin Elisabeth Langgässer und die Kommunistin Anna Seghers, die kurz zuvor aus dem mexikanischen Exil zurückgekehrt war.

Es war nicht leicht, im zerstörten Berlin einen angemessenen Rahmen für die Veranstaltungen zu finden. Als feierlichen Ort für die Totenfeier wählte man das Hebbeltheater mit seinem Ruinengarten im Westsektor. Die Arbeitssitzungen sollten in den Kammerspielen im Ostsektor stattfinden. Die Gäste waren teils in Hotels, teils in Privatquartieren untergebracht. Die aus den Westzonen kamen, hatten lange beschwerliche Reisen in überfüllten Interzonenzügen hinter sich. Major Alexander Dymschitz, ein Kenner deutscher Literatur, im Zivilleben Professor an der Universität Leningrad, holte sie am Bahnhof ab und begleitete sie in die Quartiere. Er war es auch, der die Organisation des Kongresses aus dem Hintergrund leitete.

Schlag zwölf steht die Archivarin in der Tür: Essenszeit! Ich zögere, dann laufe ich ihr hinterher, obwohl ich nicht hungrig bin. Sie soll nicht denken, das »einfache Essen« sei mir nicht gut genug. So kompliziert werden die einfachsten Dinge, wenn Menschen nach vierzigjähriger Trennung rücksichtsvoll miteinander umgehen wollen.

Die Kantine ist ein abgeteiltes Stück Gang im oberen Stockwerk. Die Tische sind an der Wand entlang aufgestellt. In einem zur Aufwärmküche umfunktionierten Büroraum stehen riesige Kessel, zwei mit siedenden Würsten, einer mit Suppe, daneben eine Schüssel mit Kartoffelsalat, alles lächerlich billig. Frauen in Kittelschürzen hantieren mit mächtigen Kellen.

Peinlich genau befolge ich die Anweisungen der Archivarin, nehme Teller, Bestecke, reihe mich ein in die langsam vorrükkende Schlange, in das Gespinst erregten Geflüsters, das mich ausspart wie einen störenden Gegenstand. Ob etwas Besonderes los sei, frage ich, als wir am Tisch sitzen, und erfahre, daß zur Stunde in diesem Haus eine Konferenz stattfindet, in der über die Zukunft des Verbandes entschieden wird. Es wird Entlassungen geben, vielleicht Auflösung. Möglich, daß das Archiv in einem anderen Kulturinstitut unterkommt. Darüber kann die Konferenz nicht entscheiden, weil die hiesige

Kultur zu der Konkursmasse gehört, über die andere verfügen werden. Es ist eben alles ungewiß: ihre Stellung und die ihres Mannes bei der NVA, das Weiterbestehen des Hortes, in dem sie ihre zwei kleinen Kinder untergebracht hat, die künftige Höhe der Bezüge, der Miete, der Sozialabgaben. Wir müssen ganz von vorn anfangen, sagt sie.

Nach der Währungsreform wird es aufwärtsgehen, sage ich, langsam vielleicht, aber Sie sind ja noch jung.

Auf den faden Trost geht sie nicht ein, löffelt schweigend, kämpft etwas aus. Plötzlich wirft sie den Kopf hoch und sagt mit einer klaren, von Gefälligkeiten gereinigten Stimme: Es ist nicht alles schlecht, was wir hier haben! und korrigiert: was wir hier hatten.

Zum erstenmal schaue ich sie genauer an: das bleiche gespannte Gesicht, die glatte Stirn mit einer einzigen senkrechten Falte zwischen den zusammengezogenen Brauen, die dunklen Augen schwimmend zwischen geröteten Rändern, als hätte sie geweint oder die letzten Nächte zu wenig geschlafen. Nun, da die Munterkeit abgefallen ist, sieht sie jünger aus – ein bockiges Kind, das mißtrauisch aus seiner Ecke hervorschaut. Ich schätze sie auf Mitte bis Ende zwanzig, hier aufgewachsen, erzogen, ausgebildet, früh verheiratet. Beide haben Arbeitsplätze, die sie bisher für sicher hielten. Vielleicht sind sie in der SED, vielleicht haben sie Stasi-Kontakte. Vielleicht gehörte sie zu denen, die auf dem Alexanderplatz »Wir sind das Volk« gerufen hatten. Es wird noch lange dauern, bis es uns gelingt, in den Gesichtern zu lesen.

Der Zusammenbruch eines Staates, der Verfall seiner Währung beschädigen das Selbstgefühl jedes Bürgers, egal, ob er seinen Staat geliebt oder gehaßt hat. Die meisten hier reagieren mit einer schwer-erträglichen Unterwürfigkeit, stets bereit, ihren Tribut an Schmähungen zu entrichten, um in der neuen herrschenden Meinung unterzukriechen. Diese reagiert mit Trotz.

Ich kenne das. Ich war jünger als sie, als mein Staat zusammenbrach. Beim Anblick der Erbärmlichkeiten, die die ältere

Generation uns vorspielte, entwickelten wir eine trotzige Arroganz im Umgang mit den Siegern, als wollten wir uns an ihnen für unsere verdorbene Jugend rächen. Wir hatten nichts gegen die Amerikaner. Politik war uns gleichgültig. Kindisch und ungerecht holten wir einen Widerstand nach, den wir zur rechten Zeit versäumt hatten. Was hätten wir darum gegeben, bei der Weißen Rose, der Roten Kapelle, im »Untergrund« gewesen zu sein. Aber es hatte uns niemand gefragt, und wir hatten nichts begriffen. Zu Lasten der harmlosen Sieger reparierten wir unser beschädigtes Selbstgefühl, nicht fair, aber effektiv!

Ich sage der Archivarin, daß es in ihrem Staat Errungenschaften gegeben habe, die man bei uns nicht durchsetzen konnte. Die sollten sie sich nicht wegnehmen lassen.

Sie hebt die Schultern. Mit Rückzugsgefechten wird sie sich nicht aufhalten. Wenn man sie entläßt, wird sie sich um eine Umschulung bemühen, möglichst im Bankfach. Am Wochenende fährt sie zu Verwandten nach Westberlin, um sich in der Technik des Einkaufens unterweisen zu lassen: Preise vergleichen, mit Geld umgehen. Wenn das das Höchste im Leben sein soll, wird sie es lernen. Bis zur Währungsreform wird sie fit sein.

Ich erinnere mich an eine Szene heute früh in der S-Bahn. Als wir zwischen Lehrter Bahnhof und Friedrichstraße in den ehemaligen Ostsektor einfuhren, nahm der Penner neben mir den Flachmann vom Mund und sagte mit einer großen Geste zum Fenster hin: Alles Schrott! dafür müssen wir nun bezahlen!

Das kleine Mädchen auf der Bank gegenüber warf einen erschrockenen Blick auf die Mutter, die starr zum Fenster hinaussah. Über mehrere vollgepackte Plastiktüten hinweg griff es nach ihrer Hand, die die Kinderhand dann ganz fest ganz lange drückte, als wollte sie ein Bündnis bekräftigen.

Beim Verlassen des Bahnhofs habe ich die beiden wiedergesehen. Sie gingen an den West-Blumenständen vorbei, die am Rand der Friedrichstraße aufgebaut waren. Das Kind blieb zurück, um die in zarten Tönen gefärbten Blüten anzuschauen. Mit spitzem Finger rührte es an eine Blüte und rief der vorauseilenden Mutter zu: Sie sind echt! Echte Blumen! Da drehte die Mutter sich um und rief mit wutverzerrtem Gesicht: Komm jetzt! sofort! Das Kind schnitt eine Grimasse, ließ die Blüte los und trottete mit hängendem Kopf hinterher. Die Hand, die die Mutter nach hinten ausstreckte, nahm es nicht.

Nun sitze ich wieder an meinem Schreibtisch und kämpfe um Konzentration. Immer wieder muß ich zurücklesen, meinen Kopf zur Ordnung rufen gegen die Unruhe, die durch die Wände in mich hineinwächst. Wenn ich es nicht mehr aushalte, trete ich auf den Flur und horche. Aber alles ist still, das Büro der Archivarin abgeschlossen. Langsam gehe ich an den Türen entlang, stelle mir vor, wie sie da drinnen die Köpfe zusammenstecken. Es ist eine lautlose Unruhe, ein Atemanhalten, ein Stau verwirrter Gefühle. Ich blättere in den Büchern, die in Kisten und auf Tischen zum Verramschen ausgelegt sind: Unterhaltung der mittleren Garnitur, die interessanten Sachen sind schon aussortiert. Als am Ende des Ganges ein Mann erscheint, kehre ich mit betont festem Schritt an meinen mit Protokollen und Kommentaren bedeckten Schreibtisch zurück.

Die Begrüßung der Kongreßgäste am Abend des 4. Oktober 1947 findet im Clubhaus des Kulturbundes in der Jägerstraße statt. Dort hat, ein paar Jahre früher, der Herr von Papen seine Gäste empfangen. Ein Pressebericht zum Kongreß beginnt mit den salbungsvollen Worten: »Wohl selten blickte das Porträt Goethes auf eine so drangvolle Enge, auf ein so lebhaftes Kommen und Treiben wie am Eröffnungsabend des Schriftstellerkongresses...«

Sie kommen aus Mexiko und den USA, aus Moskau, New York, Zürich, London, Paris, aus Gefängnissen, Zuchthäusern, Konzentrationslagern, Kriegsgefangenenlagern, Behelfswohnungen, Bunkern, Elfenbeintürmen. Es gibt Umarmungen, Händeschütteln, verstohlenes Erschrecken beim Anblick des Alters im Gesicht der anderen. Wie lang hat man sich nicht gesehen, zwölf, dreizehn, vierzehn Jahre. Was ist inzwischen alles geschehen, Sagbares, Unsagbares. Junge Gesichter sind selten: Hermlin, Hagelstange, Harich und ein paar Unbekannte. Endlos ziehen sich die Begrüßungsansprachen: Vertreter des Schutzbundes, der französischen, englischen, amerikanischen, sowjetischen Militärregierung, der Stadt Berlin, der Volksbildung, des Buch- und Büchereiwesens.

Die Stiftung eines Literaturpreises der Stadt Berlin wird verkündet. Er soll Fontane-Preis heißen und jährlich mit 10000 Mark an den Autor des besten fortschrittlichen Romans vergeben werden. Zum Schluß spricht, besonders herzlich begrüßt, Major Dymschitz von der sowjetischen Militärregierung. Großes Aufatmen, als der offizielle Teil ausläuft. Später am Abend werden sie beim Wein zusammensitzen, erzählen, fragen nach denen, die nicht dabei sind. Morgen werden sie streiten…

Ich kenne das Haus mit der düster bombastischen Gründerfassade am Ende der von Röhren und Bauzäunen blockierten Otto-Nuschkestraße, die wohl bald wieder Jägerstraße heißen wird. Vor einem Jahr etwa, nach einem Tag vergeblicher Suche nach den Kongreßunterlagen, bin ich einmal hier vorbeigekommen, habe die Schrift am Eingang gelesen und versuchweise gegen die Tür gedrückt, die tatsächlich zurückwich. Zögernd, jeden Augenblick gewärtig, daß mich ein Wächter hinausweisen würde, bin ich die Stufen hinauf und am Portier vorbeigegangen, immer geradeaus durch eine hohe Halle mit Fenstern zum Hof hinaus zu einer Flügeltür, die einen Spalt offenstand. Dahinter sah ich Bücherreihen dicht an dicht bis zur hohen Decke hinauf, eine hölzerne Galerie in halber Höhe daran entlang, unten ein mit Zeitungen bedeckter Tisch, tiefe Sessel, eine altmodische Stehlampe, die sanftes Licht in der Dämmerung verbreitete. So mächtig überkam mich der Wunsch, in der Bücherstille auszuruhen, daß ich hineinschlüpfte, in einem der Sessel zusammenkroch und eine Zeitung vors Gesicht nahm in der Hoffnung, ein paar Minuten unbemerkt zu bleiben.

Nach einer Weile hörte ich ein Geräusch hinter mir, sah mich verstohlen um und bemerkte einen grauhaarigen, graubärtigen Herrn am anderen Ende des Raumes, der vermutlich die ganze Zeit da gesessen und mir zugeschaut hatte. Nun nickte er mir lächelnd zu und fragte, ob das Licht zum Lesen ausreiche oder ob er mir eine stärkere Lampe bringen solle. Da wußte ich, daß ich in eine der Nischen geraten war, die den Menschen das Leben in diesem System erträglich gemacht haben und an die sie sich eines Tages, wenn die totale Effektivität sie ausgeräumt hat, erinnern werden als an einen guten Ort zum Lesen, Träumen, Vergessen, so abgeschieden und friedlich wie die Eremitage des Heiligen Hieronymus in der Wüste...

Um 17 Uhr muß ich den Arbeitsplatz räumen, weil die Archivarin geht und vorher die Ordner einschließen will. Ich muß mich in Listen eintragen und Formulare unterschreiben. Solange sie noch hier arbeitet, wird der Betrieb ordnungsgemäß abgewickelt!

Die Konferenz ist immer noch im Gange.

Wollen Sie das Ergebnis nicht abwarten?

Das erfahre ich morgen noch früh genug.

Sie gibt mir eine Broschüre mit, die auf dem Deckblatt drei mit dickem Pinsel hingewischte Farben trägt: schwarz, rot, hellgelb, darüber ein Stempel in Weiß: Schwerter zu Pflugscharen, mit der bekannten Abbildung in der Mitte. Lesen Sie das mal, wenn Sie Zeit haben, sagt sie. Es ist der Verfassungsentwurf für die DDR, wie ihn die Leute vom Runden Tisch ausgearbeitet haben...

Draußen gibt es Sonne und milde Luft. Vor den Arkadencafés der Friedrichstraße sitzen die Touristen, löffeln Eis, schlürfen Kaffee, genießen das Schauspiel aus Logenplätzen:

Welt im Umbruch, historischer Augenblick live. Die Bedienung, schwarzes Kleid, Spitzenschürzchen, flitzt zwischen den Tischen herum, beugt sich über die Gäste, lächelt, freundlich wie nie, der harten Währung zu. Bald wird man Ossis und Bundis nicht mehr unterscheiden können. Auch Hiesige werden hier sitzen, zuschauen, lässige Kommentare loslassen. Natürlich nicht alle. Die einen schaffens, die anderen nicht. Das Sortieren hat schon begonnen. Wer es anders wollte, hält besser den Mund. Die alte Hoffnung ist mindestens ebenso unbeliebt wie die alte Schuld.

Ich beschließe, meinen Kaffee im Westen zu trinken, bei den Vierlinden in Kreuzberg, wo die jungen Mütter und Väter mit ihren vom Kinderladen abgeholten Kindern bei Milchkaffee, Müsli und Zwiebelkuchen sitzen, während die Kleinen frei herumstreunen, der Bedienung zwischen den Füßen, die nichts dagegen hat. Das Lokal wird von einem Team junger Leute betrieben, die sich in nichts von den Gästen unterscheiden. Es geht locker zu, man duzt sich, kein Kommandoton bei den Bestellungen, kein Streß hinter der Theke, Small Talk im Szenejargon. Am Gartenzaun häufen sich die Fahrräder, sorgfältig abgeschlossen, weil sie hier als Gemeingut gelten.

Während ich meinen Milchkaffee trinke, will es mir scheinen, als wäre doch etwas geworden in den vierzig Jahren unserer Republik, und sei es nur der lockere Umgang zwischen Gästen und Personal, zwischen Männern und Frauen, Erwachsenen und Kindern, Deutschen und Ausländern, Berlinern und Zugereisten, und der Gleichmut, mit dem Andersartiges hingenommen wird: verrückte Kleider und Haare, Kinderlärm, versunkene Leser, brettspielende Türken, vorübertorkelnde Alkis. Hier kann man die Beine auf den Stuhl legen und bei einer Tasse Kaffee stundenlang Zeitung lesen. Gezahlt wird am Ausgang. Obwohl das Publikum meist aus jungen Leuten besteht, ist es nicht peinlich, alt und anders zu sein. Unterschiede der Herkunft, des Standes und Berufes, der Bildung sind nicht wahrnehmbar. Es herrscht eine lässige unangestrengte Toleranz, in der sich jeder so geben kann wie er ist.

Urban nennt man das, und natürlich hat das etwas mit Wohlstand zu tun und mit Kreuzberg und den Achtundsechzigern und den Kinderläden, mit dem provisorischen Zustand dieser Stadt, der bald Vergangenheit sein wird. Sieht so die Civil Society aus?

In die hinter Parkbäumen untergehende Sonne blinzelnd stelle ich fest, daß es gut ist, wieder zu Hause zu sein.

In der Wohngemeinschaft, die sich ausnahmsweise zu einem gemeinsamen Abendessen versammelt hat, lese ich die von Christa Wolf verfaßte Präambel des Verfassungsentwurfes vor:

»Ausgehend von den humanistischen Traditionen, zu welchen die besten Frauen und Männer aller Schichten unseres Volkes beigetragen haben
eingedenk der Verantwortung aller Deutschen für ihre Geschichte und deren Folgen,
gewillt, als friedliche, gleichberechtigte Partner in der Gemeinschaft der Völker zu leben, am Einigungsprozeß Europas beteiligt, in dessen Verlauf auch das deutsche Volk seine staatliche Einheit schaffen wird,
überzeugt, daß die Möglichkeit zu selbstbestimmtem verantwortlichem Handeln höchste Freiheit ist,
gründend auf der revolutionären Erneuerung,
entschlossen, ein demokratisches und solidarisches Gemeinwesen zu entwickeln, das
Würde und Freiheit des einzelnen sichert,
gleiches Recht für alle gewährleistet
die Gleichstellung der Geschlechter verbürgt
und unsere natürliche Umwelt schützt,
geben sich die Bürgerinnen und Bürger der Deutschen Demokratischen Republik diese Verfassung.«

Betretenes Schweigen.

Wie findet ihr das? frage ich.

Literatur, sagt einer. Man wird es vom Runden Tisch fegen und den Tisch gleich mit.

Findest du das richtig?

Sie haben gewählt, sagt er. Jetzt wird Tacheles geredet. Geschäft ist Geschäft. Hast du den Schmus mit den Brüdern und Schwestern ernstgenommen?

Das Gespräch geht in die Breite: Veränderungen des berliner Ambiente durch den Einbruch trüber Spießigkeit, Überfüllung der Billigläden, unsägliches Verkehrsverhalten, Null Gemeinsinn. Dann kommen die Ossi-Witze: Da drängelt einer murrend in der Warteschlange bei Bilka und der Türke hinter ihm weist ihn zurecht: Du Klappe halten! Wir dich nicht gerufen ... Angeblich sind sich die Kreuzberger Kleinbürger einig: »Unsere« Türken sind uns lieber als die...

Ich stecke die Broschüre weg und verschwinde in meinem Zimmer.

Im Halbschlaf überfällt mich das schlechte Gewissen, daß ich mich um das Anliegen des Mr. Fisher in den USA immer noch nicht gekümmert habe. Morgen werde ich früh aufstehen und einen zurückhaltenden aber nicht unfreundlichen Brief schreiben:

Daß ich noch nicht dazu gekommen bin, Nachforschungen wegen des Hauses in Ostberlin anzustellen. Daß Regelungen wegen alter Besitzrechte noch nicht getroffen sind und ich persönlich der Meinung bin, daß man möglichst nicht darauf bestehen sollte; daß sein Brief zwei Bemerkungen enthielte, die zu Fragen Anlaß gäben: Handelt es sich bei dem »cultural meeting« um den Ersten gesamtdeutschen Schriftstellerkongreß im Oktober 1947 in Berlin? In diesem Fall wäre ich dankbar, wenn er mir seine Eindrücke mitteilen würde ... Die ebenfalls im Brief erwähnte Krankheit brächte mich auf ein Datum, das inmitten verworrener Erinnerungen feststeht, weil es ins Familiengedächtnis eingegangen ist: In der Nacht vom 24. auf den 25. Dezember (Christmas Eve 1947) bin ich in miserablem Zustand bei meiner Familie in der britischen Zone abgeliefert worden. In der Reisetasche befand sich ein Beutel mit amerikanischen Medikamenten und die Diagnose eines amerikanischen Militärarztes. Ein Amerikaner in Zivil habe mich gebracht, hieß es. Näheres konnte ich nicht erfahren...

Habe ich versucht, Näheres zu erfahren? Gab es nicht Hinweise in Gesprächen mit meiner Schwester, denen ich hätte nachgehen können? Spuren in meiner eigenen Erinnerung? Die Wohnung – OFF LIMITS – die feindseligen Möbel, die ewig geschlossenen Jalousien, die Müdigkeit, das Bett...

Jemand zieht die Jalousie hoch, beugt sich über mich, hält meinen widerstrebenden Kopf fest, zieht das rechte untere Augenlid herunter: It's jaundice! I'll call the doctor ... und mein kindisches Gewimmer: ich will keinen Doktor ... ich bin nicht krank, nur müde ... laß mich schlafen ... ich will nicht weg hier ... Und dann fahren wir. Winter, die Straßen vereist. Er muß mehrmals anhalten, um Hindernisse aus dem Weg zu räumen. Ich liege auf den hinteren Sitzen. Wenn ich mich übergeben muß, zerre ich an seiner Jacke. Dann hält er an, öffnet die hintere Tür, hält meinen Kopf, während ich würge ... Bei Kontrollen muß ich in der Lücke zwischen den Sitzen verschwinden, Decken über dem Kopf, stillhalten, Mund zuhalten, bis der Wagen wieder fährt. Es ist verboten, Deutsche unkontrolliert über die Zonengrenze zu transportieren!

Merry Christmas! ruft der Posten hinterher.

Stimmt das? ist wirklich Weihnachten?

Christmas Eve, sagte er, don't you see the angels? und lacht. Hieß er nicht Jean?

Ich muß diesen J.F. Fisher (J für Jean?) fragen, ob er der amerikanische Engel war, der für Arzt, Medikamente, Transport zur Familie in der britischen Zone gesorgt hat: Wenn das so ist, teilen Sie mir bitte mit, auf welche Weise ich Ihnen meine Dankbarkeit bezeugen kann...

Die Emigranten der Nazizeit waren nicht die ersten dieses Jahrhunderts, die in der Vorahnung schrecklicher Entwicklungen Deutschland verließen. Hermann Hesse ging schon 1923 für immer. In einem späteren Brief (1945 an Landesbischof Wurm) schrieb er: »Als ich nach den Jahren nach dem 1. Krieg sah, wie ganz Deutschland nahezu einmütig seine Republik sabotierte und nicht das mindeste gelernt hatte, wurde es mir leicht, die Schweizer Staatsangehörigkeit anzunehmen, was ich während des Krieges, trotz meiner Verurteilung der deutschen Machtpolitik, nicht hatte tun können.«

1924 zog Kurt Tucholsky nach Paris und hat sich seitdem nur besuchsweise in Deutschland sehen lassen. Zur Zeit des Nazi-Aufstiegs war er ein erfolgreicher Autor, beachtet, diskutiert, gelobt als Satiriker und Literat. Die andere Seite, die des politischen Mahners und Warners, wurde nicht zur Kenntnis genommen. Bitter schreibt er: »Nichts ist bei uns peinlicher und verhaßter als konkret gewordene Geistigkeit.«

Kein anderer Berufsstand hat sich so früh, so entschieden gegen den Nationalsozialismus gewandt. Von den Hunderttausenden, die Nazideutschland freiwillig oder gezwungen verließen, waren etwa zweitausend in irgendeiner Form literarisch tätig, unter ihnen die bedeutendsten und erfolgreichsten Autoren der Weimarerzeit. Die meisten Politischen verließen Deutschland 1934. Bis zu ihrer Heimkehr vergingen mindestens elf Jahre. Mehr als die Hälfte kam nie zurück. Inzwischen füllt die Exilliteratur Bibliotheken. Aus den verschiedensten Blickwinkeln wurden diese Jahre beschrieben, analysiert, hochgelobt, niedergemacht, propagandistisch benutzt und propagandistisch unter den Teppich gekehrt. Vieles ist im Dunkeln geblieben, vieles durch Streitigkeiten verzerrt. Jeder Bildwechsel verändert von neuem die Sicht.

Was immer die Emigranten erlebt und erlitten haben, eins gilt für alle: die Bilder, die sie sahen, die historischen und politischen Zusammenhänge, die ihr Selbstverständnis bestimmten, hatten mit denen der geschlagenen deutschen Bevölkerung nichts gemein. Da sie zu Anfang der Naziherrschaft fortgegangen waren, bezogen sie ihre Ekelvorstellungen aus den Nachrichten, die sie aus der Heimat erreichten, aus den Enttäuschungen im Weimarstaat und aus seiner Vorgeschichte, in der die kritische Intelligenz entweder an den Rand des Geschehens oder aus Deutschland hinaus, ins Exil, gedrängt worden war. Das war ihr Nie-Wieder, dem sie ein Ganz-anders entgegenstellen wollten: Antifaschismus, Zusammenschluß der »progressiven Kräfte«, politische Verantwortung der Intelligenz. Die Moskau-Emigranten unter ihnen – sie waren es, die den Kongreß gewollt und geplant hatten – fühlten sich als Träger und Getragene einer Weltrevolution, die in der Sowjetunion erfolgreich begonnen hatte und nun Deutschland ergreifen sollte. Ihr persönlicher Erlebnishintergrund war der Widerstand gegen den Nazismus, an dem sie mit der Feder, manche auch mit der Waffe teilgenommen hatten und den sie als Fortsetzung vergangener Revolutionen begriffen. Aus dieser in Deutschland unterdrückten Geschichte nahmen sie ihre Vorbilder: Danton, dem Büchner das Wort in den Mund gelegt hatte: »Wir haben nicht die Revolution, die Revolution hat uns gemacht«, die Helden der Bauernaufstände und der mißlungenen Revolution von 1848, die ausgestoßenen, am deutschen Wesen zerbrochenen Dichter Lenz, Büchner, Hölderlin, Kleist, Heine, der französische Schriftsteller Zola und sein einsamer Protest gegen Unrecht und Lüge in der Affäre Dreyfus. Um den historischen Hintergrund solcher Bewegungen dem Volk zu vermitteln, orientierten sie sich an den Verfassern der großen Zeitromane des 19. Jahrhunderts: Balzac, Hugo, Zola, Scott, Dickens, Tolstoi.

Diejenigen, die in bürgerlichen Kreisen aufgewachsen waren, führten einen verzweifelten Kampf gegen ihre Väter, ihre Herkunft, ihre Schicht und gegen sich selbst. Bechers unzählige »Häutungen« zeugen von dem unbändigen Drang, aus der niedergehenden Klasse auszusteigen, um auf der Seite der Hoffnung zu kämpfen, und die Hoffnung hieß: der Arbeiter. Er war das große Wunschbild, das in den Werken linker Emigranten immer wieder auftaucht: Der ruhige, starke, einfache (ganz andere!) Mensch, der ohne viele Worte zur rechten Zeit tut, was getan werden muß. Seine Erscheinung ist unauffällig. Man vergißt sein Gesicht, weil es ein allgemeines, überpersönliches ist – das Gesicht der Klasse, die von der Geschichte zur

Herrschaft bestimmt ist. Sie alle, Kommunisten und Sozialisten, haben ihr Initiationserlebnis mit diesem Bild gehabt. Hermlin sah es, als er – noch als Junge – die Gespräche zwischen Arbeitern und Arbeitslosen belauschte. Stephan Heym entdeckte in Fabrikarbeitern »etwas in sich Ruhendes, das von einer inneren Kraft zu zeugen schien«. Aus dieser Faszination und der Erkenntnis, »daß aus der Haut und den Knochen der Arbeiter alles kommt, was geschaffen ist«, entstand eine lebenslängliche Orientierung, nicht zur Partei, aber zur Idee des Kommunismus. Ossietzky schrieb in einer seiner letzten Veröffentlichungen: »Noch immer bekennt sich mein Verstand zu der heute verschmähten Demokratie, aber mein Herz folgt unwiderstehlich dem Zuge der proletarischen Massen; nicht dem in Doktrinen eingekapselten Endziel, sondern dem lebendigen Fleisch und Blut der Arbeiterbewegung, ihren nach Gerechtigkeit brennenden Seelen.«

Sie alle, Kommunisten, Sozialisten, Sozialdemokraten, sogar Bürgerliche wie Thomas Mann und Zuckmayer, gehörten trotz erbitterter Streitigkeiten um Wege und Mittel in den Dunstkreis eines ethischen Sozialismus, der im Bild des von Unterdrückung befreiten Arbeiters die alte Menschheitshoffnung auf Gerechtigkeit für alle verkörpert sah. Der Nazismus, den sie Faschismus nannten, erschien ihnen als letzte barbarische Ausprägung des sterbenden Kapitalismus, dessen verrottete Reste weggeräumt werden mußten, um der Neuen Klasse Platz zu machen.

Die Kommunisten zwangen sich zu der »historischen Einsicht«, daß um der antizipierten Zukunft willen dieser Kampf mit allen Mitteln geführt werden müßte, und weil einige Mittel ihr Gewissen belasteten, bezeichneten sie dieses Gewissen als kleinbürgerliches, rückständiges Relikt der verhaßten Klasse und versuchten, mehr oder weniger erfolgreich, es an die Partei zu delegieren, die für sie die einzige historische Kraft war, die im Kampf um die Zukunft dieser schon zugehörte, das »große Subjekt«, in dem aller Klassenkampf, alles Wissen versammelt war – Lebensraum aller progressiven Individuen, außer dem nichts war als Abspaltung vom historischem Strom und Sinnlosigkeit. Welche Schmerzen, Zweifel, Kämpfe, Niederlagen von den einzelnen erlitten wurden, kann man nur ahnen. Sie sprachen nicht darüber. Der Partei zu schaden, dem Gegner Munition zu liefern, den Renegaten Gehör zu schenken, bedeutete Schuld und Ausstoßung, Verrat an der Hoffnung, der sie sich verschrieben hatten, trostlose Einsamkeit.

An diesen Bildern und ihren Variationen im Bewußtsein der einzelnen hatten die jeweils verschiedenen Erfahrungen des Exils gearbeitet: das unabsehbare Warten, das Heimweh, die Sehnsucht, das Verdorren der Erinnerung, die Entfernung vom lebendigen Strom der Sprache, die Angst vor dem Versiegen der Arbeitskraft, die wachsende Enttäuschung, daß das deutsche Volk sich nicht gegen Hitler erhob. Erhöht, verklärt, entrückt wurden die Bilder zum einzigen Reservoir für Hoffnung. Nur ihre Verwirklichung am Tag X konnte dem Erlittenen mitsamt seinen dunklen Seiten von Streit, Intrigen, inneren und äußeren Kämpfen, verschwiegenem Unrecht, Sinn und Würde verleihen.

Mit diesen Wünschen, diesem Sendungsbewußtsein kamen sie nach Deutschland zurück, und schon das erste Wort, mit dem sie die Daheimgebliebenen benannten, stieß auf eine Wand dumpfen Widerstandes. »Befreit« sollten die Deutschen sein, aber diese fühlten sich nicht befreit, sondern geschlagen. So wie die Daheimgebliebenen die Bilder der Emigranten nicht sehen konnten, so konnten diese die Wirklichkeit der Nazizeit nicht begreifen: daß nämlich die Mehrheit das Hitler-Regime nicht als Terror erfahren hatte und deshalb die Leiden des Krieges nicht Hitler sondern den Siegern zuschrieb. Diese Mehrheit – und damit sind nicht die Kritischen, Mitleidenden, Einsichtigen, Schuldbewußten gemeint und auch nicht die Fanatiker, Organisatoren, Verbrecher, Aktivisten und bewußten Mittäter – war eben nicht so anders als die Mehrheiten anderer Völker und Zeiten, vielleicht ein bißchen untertäniger, von herrischen Vätern, Lehrern, Meistern erzogen, ein wenig anfälliger für dumpfen Volkszorn und herrschende Meinung, ein wenig frenetischer für Arbeit, Leistung, Ordnung, Sauberkeit, ein wenig ängstlicher, den Mund aufzumachen, ein wenig geübter im Trennen von Privatleben und Beruf, ein wenig geneigter, zu übersehen, zu überhören, zu ignorieren, was sie und ihre Familie »nichts anging«.

Auch heute schauen Leute weg, wenn jemand auf der Straße zusammengeschlagen wird. Diesen Anblick hat es in der Nazizeit nicht so oft gegeben, wie die Emigranten sich vorstellten, die aus ihren Informationen Bilder eines ständigen, allgegenwärtigen Terrors entnahmen. Spektakuläre Gewalt am hellichten Tag war selten. Verhaftungen und Abtransporte wurden bei Nacht vorgenommen. Die organisierte Demolierung jüdischer Geschäfte und Synagogen war propagandistisch vorbereitet als Aufwallung des Volkszorns. Die Gepeinigten in den Konzentrationslagern und ihre Peiniger schwiegen. Gegenöffentlichkeit, Gegeninformation gab es nur, wenn man sich darum bemühte und dabei Risiken in Kauf nahm. Wer keine Betroffenen im Familienkreis hatte und keine Freunde, die ihm ein Licht aufsteckten, sah nichts, weil er nichts wußte, und wußte nichts, weil er nichts wissen wollte. Sein eigenes Funktionieren im Räderwerk eines verbrecherischen Apparates blieb ihm verborgen.

So lebte die Mehrheit ihren ganz normalen Alltag in dem Gefühl, daß es aufwärtsginge. Letzte Ausprägung dieses Aufwärts-Gefühls war der hartnäckige Glaube an die Wunderwaffe und den Endsieg. Es gab Arbeit, Lohn, Wohnung, Essen, Ausbildung für die Kinder, Urlaubsreisen, Feste, Sportveranstaltungen, Mütter- und Kinderheime. Für »höhere Bedürfnisse« sorgten gute Filme, erstklassige Konzerte (moderne Musik hatten sie ohnehin nie gemocht), »schöne« Kunstwerke und jede Menge Geist, nicht nur der deutschen Klassiker, sondern auch Jünger, Carossa, Bergengruen, Benn. Daß es Beschränkungen gab, fiel nicht besonders auf, weil sie sich meist auf Werke bezogen, die ohnehin unbeliebt waren,

»Asphalt-Literatur«. Auch ausländische Literatur gab es massenhaft. Die Leser in Deutschland waren nicht »abgeschottet«, wie später immer wieder behauptet wurde. Aus den von Hans-Dieter Schäfer in dem Buch *Das gespaltene Bewußtsein* zusammengetragenen Informationen und Statistiken ist abzulesen, daß in der Zeit von 1933–1945 eindreiviertel Millionen übersetzter Titel erschienen und zum Teil in Zeitschriften kommentiert wurden, darunter Autoren wie Maurois, Bernanos, Claudel, Mauriac, Howard Fast, Virginia Woolf, Sinclair Lewis, Thomas Woolfe, Faulkner und viele andere.

Dieses »normale Leben« durch alle Schichten in einem Land, in dem jahrelang ein organisierter Massenmord ablief – das konnten die Emigranten sich nicht vorstellen, und auch, daß die Bilder dieses Alltags denen, die ihn erlebt hatten, unendlich viel wirklicher waren als alles, was man ihnen später erzählte.

Statt der erwünschten Einsicht erzeugte der große Hammer der Kollektivschuld bei ihnen das Gefühl, unverstanden und ungerecht verurteilt zu sein. Sie verstummten, und das individuelle Erleben blieb endgültig unter der Decke, wo es, giftige Dämpfe ausscheidend, vor sich hinrottete, verdorben für Begreifen, Lernen, Bessermachen.

Die Unvereinbarkeit der Bilder, die Unfähigkeit, die Wirklichkeit des anderen zu sehen, führte zu wechselseitigen Enttäuschungen und Mißverständnissen. Die Emigranten fanden ein »vermurkstes, uneinsichtiges, selbstgerechtes Volk« (Friedrich Wolf). Das geschlagene Volk erlebte die Emigranten als Privilegierte, die sich dem »deutschen Schicksal« entzogen hatten und nun mit den siegreichen Armeen, manche in Uniform, als Besserwisser und Rechthaber zurückkehrten. Die jungen Kriegsheimkehrer sahen in ihnen die etablierten, vom »Feind« begünstigten Alten. Unter den literarischen Anfängern der Gruppe 47 ging das böse Wort von der »goldenen Emigrantenhorde« um. Auf den pädagogischen Eifer der Heimgekehrten antwortete ein dumpfer kindischer Widerstand, ein Ausweichen, für das das sichtbare Elend und die Notwendigkeit, am Leben zu bleiben, willkommene Gelegenheiten bot. Aus der Not und der Arbeit, sie zu bewältigen, machten die Geschlagenen eine Tugend, die sie von Erinnerung und Trauer entband. Die Leichen blieben im Keller, jede Erschütterung schwemmte sie wieder an die Oberfläche.

Die Schriftsteller reagierten mit der Bitterkeit der Enttäuschten. Elisabeth Langgässers Ekel beim Anblick einer Wandschmiererei im Dezember 1945: »Gebt uns zu fressen, sonst können wir Hitler nicht vergessen« stammt aus der gleichen Verwundung wie die Empörung Stephan Heyms über die Konsumgier seiner Landsleute 1989. Ach, sie hätten das Volk so gern geliebt, wenn, ja wenn es nicht so gewesen wäre, wie es nun einmal war...

Berlin – Reichstrümmerstadt – in zahllosen Emigrantenberichten, realistischen und literarisch überhöhten, geschildert: Heimkehrende, die ihre Stadt, ihre Straße, ihr Haus nicht wiederfinden. Ruinenfelder und Steingebirge, über die sich die Trampelpfade der einstigen Bewohner schlängeln. Zum Himmel gebäumte Rohre und Eisengestänge, Schornsteine, Brandmauern, an denen die bloßgelegten Innereien bürgerlicher Gemütlichkeit im Ruinenwind klappern. Rattenhaftes Gehusche aus Kellerlöchern, Schwarzmarktgetuschel, Banden von blassen Kindern, die stehlend und bettelnd herumziehen. Auf Mauerreste und Türstöcke gekritzelt Suchinschriften, Hilferufe, Totenkreuze. Und immer wieder die Stille, das Gefühl, sich in einem Alptraum zu bewegen – Zwischenreich, Totenstadt, Gespenster, Lemuren, Larven. »Die Vaterstadt, wie find ich sie, folgend den Bomberschwärmen komm ich nach Haus. Wo denn liegt sie...« schreibt Brecht.

Der Winter 46/47 ist ein einziger Horror. Immer neue Wellen verheerender Kälte, Brennstoffmangel, Stromsperre. Die Kohlenkähne bleiben in den vereisten Kanälen stecken. Ganze Viertel sind ohne Wasser. Rohrbrüche können nicht repariert werden, weil Lötzinn nicht zu haben ist, überhaupt fehlt es an Baustoffen, Glas, Dachschindeln, Nägeln, an allem, was zum Dichten und Ausbessern der zerstörten Wohnungen gebraucht wird. In Notunterkünften, Bunkern, Kellerlöchern sterben die Leute wie die Fliegen. Nachts hört man Hämmern und Brechen. Fensterrahmen, Türen, Budenbretter, Treppen wandern in die Öfen. Wer Stubbenscheine hat, darf Baumwurzeln aus dem Tiergarten ausgraben. In den überfüllten Wärmeräumen gibt es undefinierbare Heißgetränke. Die Lebensmittelmarken im Ostsektor werden in fünf Kategorien ausgegeben. Karte V, »Himmelfahrtskarte« genannt (300 g Brot, 20 g Fleisch, 7 g Fett, 15 g Zucker), erhalten nichtarbeitende Erwachsene, unter ihnen Hausfrauen und Mütter. In Scharen melden sie sich zum Trümmerräumen. Man sieht sie jeden einzelnen Stein umdrehen, sorgfältig abklopfen und zum Wiederaufbau beiseite legen.

Fremd und verloren streifen die Emigranten durch die Ruinenlandschaft: Wo ist es, das andere Deutschland, dessen Ehre sie im Ausland verteidigt haben? Wo sind die Nazis, die begeisterten Heilrufer, die erbarmungslosen Schergen? Wo ist das vom Terror befreite Volk, das angesichts schrecklicher Strafen seine Verfehlungen einsieht und sich dankbar den Bemühungen um Reinigung und Belehrung öffnet? »Erretten wir Deutschland aus der tödlichen Umstrickung, in der der Faschismus es gefangenhält. Alles für Deutschland, das ist das innerste glühende Bekenntnis, das jede unserer Zeilen durchdringt.« So spricht Johannes R. Becher, gefühlvoll, pathetisch, schmelzend vor Liebesbereitschaft und Liebesverlangen.

»Beim Hitler gab es wenigstens Kartoffeln!« sagt das Volk.

Verwirrung, Zerrissenheit spiegelt sich in den Aufzeichnungen des Kritikers Alfred Kerr, der im Juli 1947, nach 14 Jahren Exil, die alte Heimat besucht: »Land meiner Liebe, meiner Qual, meiner Jugend. Und meiner Sprache ... Wie kommt man sich vor nach allem Vergangenem? ... Nicht wie ein nachtragender Feind, wahrhaftig nicht. Sondern wie ein erschütterter Gefährte. Erschüttert – aber mißtrauisch ... Doch weich. Nein, viel eher weich als mißtrauisch ... Und trotzdem ... Etwas mißtrauisch. Zuletzt behält der romantische

Begriff Deutschland die Oberhand. Es ist ja doch nicht auszurotten, was man solange belacht und geliebt hat.« Und dann der gewaltsame, von Skepsis bedrohte Aufbruch der Hoffnung: »Wir wär's denn, wenn diese zumal durch deutsche Schuld heruntergekommene Welt justament durch Deutsche wieder hochgebracht würde? Nicht nur im durchschnittlichen, pflichthaften Reihentrott, sondern durch deutsche Seelenstreiter, weit vor der Linie. Deutsche ... sichtbar vor allem Volk? (Nicht lachen! Nur nicht lachen!) Ihr könnt es. Ihr habt das Zeug dazu. Sogar dazu. Dann würde (nicht lachen!) was heute Widerspruch ist, euch und allen Licht sein, eine Klarheit, die Luft entgiftet, und der verwünschte Zweifel über Bord. Los!«

Der exotische Volksstamm, der da zwischen Ruinen herumkriecht, immer auf der Suche nach Menschen, Kleidern, Wohnung, Zigaretten, spricht eine andere Sprache. Ob sie sich scheu verdrücken oder geräuschvoll jammern, ob sie schimpfen oder nach dem Mund reden, Schicksalsgenossen verraten oder unterwürfig um Zigaretten betteln – Verständigung findet nicht statt. Nazis gibt es ohnehin keine, alle waren dagegen. Selbst ehemalige Freunde sind fremd geworden. Die amerikanische Publizistin Dorothee Thompson erzählt: »Wenn es still zwischen uns wurde, während wir meinen mitgebrachten Nescafé tranken, wurde mir klar, daß es dasselbe Schweigen war, das beim Erscheinen eines Kindes in eine ungezwungene Unterhaltung von Erwachsenen einzutreten pflegt. Es lag da eine diskrete Höflichkeit in der Luft, wie um jemand, der seine Unschuld noch nicht verloren hat, behutsam abzuschirmen.«

Margaret Mead, die zu einem Besuch nach Deutschland kommt, entsetzt sich über die emotionslose Sachlichkeit, mit der Mütter sich über die Vergewaltigung einer Tochter unterhalten, als wäre das eine bedauerliche, aber doch quasi normale Angelegenheit, die praktisch bewältigt werden muß.

Von Stumpfheit, Starrkrampf, Lähmung ist die Rede, aber auch von einem schwelenden Haß: Jetzt sind wir unten, aber wartet nur ... Die Amis brauchen uns noch gegen die Russen!

Die Emigranten klagen über die leeren Schubladen der daheimgebliebenen Dichter und über das Schweigen der Jugend. Was soll man mit einem Deutschland anfangen, in dem schon die Kinder den verdorbenen Blick haben?

Die Städte bröckeln noch in grauen Nächten
es weht noch Asche unterm Blütenstaub
die Toten stöhnen manchmal in den Schächten
und auf den Märkten stehen die Gerechten
und schreien schreien ihre Ohren taub

(Wolfgang Bächler)

Aber es gibt auch die andere Seite, funkelnd, schillernd, erregend. »Hier tut sich was wie vielleicht nirgends auf der Welt!« sagt ein Berliner zu Max Frisch, der kurz nach dem Kongreß Berlin durchwandert und Eindrücke notiert. In notdürftig hergerichteten Räumen läuft allenthalben Kabarett, Theater, Kino, Konzert, internationale Geselligkeit. Kleider aus Fallschirmseide im Dior-New-Look zwischen den Uniformen der Besatzungsmächte, berühmte Stars aus UFA-Filmen: Käthe Dorsch, Hans Albers, Gustaf Gründgens, Heinrich George, Fritz Kortner. Ernst Busch begeistert mit den alten Revolutionsliedern. Im Mai 47 dirigiert Furtwängler, im Oktober spielt Menuhin. Es wird offen, kritisch, rabiat diskutiert, geschimpft, gespottet. »Die Amerikaner wollen Tanks mit den Teelöffeln abräumen«, witzelt man über die Umerziehung.

»War das zu verantworten? War das gesund?« fragt Friedrich Luft, zurückblickend auf das Jahr 1946 in seiner Silvesteransprache. »Noch brannte nur an wenigen Stellen elektrisches Licht. Die Versorgung war ungewiß. Verkehrsmittel fuhren nur sehr vereinzelt. Die Sorge sah über jede Schulter. Aber da wurde gespielt und Theater gemacht mit einer Hingabe, einem Ehrgeiz, einer Besessenheit, als gäbe es nur diese Sorge und sonst keine: Daß ein jeder bald vor einem rauschenden Vorhang säße und sich der Traumwelt eines Dramas hingäbe ...

Man spielte alles. Wedekind kam wieder auf die Szene. Ein paar hundert Meter weiter war es das weiße Rössl. Man griff zu Bert Brecht, und man spielte Shakespeare. Georg Kaiser wurde gezeigt und Lessing entdeckt. Und daneben unwichtigste Posse mit Gesang, leichte Stücke, die man schon jahrelang hatte sehen können. Zu schweigen von den mehr als 800 Cabarets, die allenthalben aus der Erde schossen, kaum war der letzte Schuß in Berlin gefallen ... Zwei große Opernhäuser spielten allabendlich. Welche Großstadt Europas hat das sonst?«

Bei aller Bereitschaft der Emigranten, sich dem Volk anzunähern, gibt es Barrieren, die sie vielleicht gar nicht bemerken. Sie leben anders. Sie erhalten Lebensmittelkarte I, »für Führungskräfte«, und als solche werden sie von der Besatzungsmacht angesehen: Ingenieure der Seele, Promoter der Veränderung, die im Bewußtsein des verseuchten Volkes stattfinden soll. In Zusammenarbeit mit Militärbehörden organisieren sie das Kulturleben. Die sowjetischen Kulturoffiziere sind ausgesuchte Leute, die in deutscher Kultur und Literatur zu Hause sind. »Offensichtlich entsenden sie ihre besten Leute, denen auf der anderen Seite, von Ausnahmen abgesehen, viele freundliche Nullen gegenüberstehen«, urteilt Max Frisch. Von Kantorowicz weiß man, daß die sowjetischen Offiziere sich großzügiger verhalten als die Leute der Ulbricht-Gruppe, die allen Emigranten, die nicht aus Moskau kommen, mit Mißtrauen begegnen. Die Heimgekehrten sind die Elite, die beim Kantinenessen in die oberste Kategorie eingestuft ist, die in ihren Clubs ohne Marken speist, die von sowjetischen Lebensmittelpaketen, den Pajoks, und anderen Vergünstigungen profitieren, die in bevorzugten, von sowjetischen Posten bewachten Häusern wohnt. Alte Kommunisten, Gäste aus dem Westen, finden solche Bevorzugung peinlich und müssen sich von den Genossen »Rückfall in kleinbürgerliche Gleichmacherei« und »revolutionäres Schwärmertum« vorwerfen lassen. Überdurchschnittliche Arbeit muß überdurchschnittlich belohnt werden. Das ist sowjetische Gerechtigkeit. Die Rote Armee hält es ebenso.

Von ihrer »überdurchschnittlichen Arbeit« rasten die Funktionäre in ländlichen Erholungsheimen, deren gepflegte Parks hermetisch von der Außenwelt getrennt sind. Die Schriftsteller bevorzugen das Ostseebad Ahrenshoop, das noch nicht den Massen preisgegeben ist. Im Volk geht eine böse Geschichte um: Nach einem lukullischen Mahl lehnt ein Funktionär sich in seinem Sessel zurück und ruft begeistert aus: »Es ist doch schön, zur herrschenden Klasse zu gehören.«

Während die Schriftsteller ihren Kongreß gegen die Spaltung Deutschlands veranstalten, während die Menschen in den Trümmern ums Überleben kämpfen, rollt unaufhaltsam der Kalte Krieg auf sie zu. Keine Chance zum Lernen. Schlußverkauf. Auf den Schwarzmärkten am Brandenburger Tor, auf dem Potsdamer Platz, in der Stresemannstraße gilt die Zigarettenwährung. Fünfzig Stück zahlen die Amerikaner für ein Ritterkreuz, zwanzig für ein Eisernes Kreuz Erster Klasse, fünfzehn für ein Mutterkreuz, fünf für ein Parteiabzeichen. Für fünf Amizigaretten bekommt man drei Pfund Brot, für zwölf ein Pfund Fleisch, Zucker oder Vollmilchpulver.

Bei uns in der britischen Zone steht am Tag vor der Währungsreform, am 19. Juni 1948, die Amizigarette bei 10 Reichsmark. Auf der Kirmes in Bonn, für Kettenkarussell und Schiffschaukel auf dem Friedensplatz, der vor kurzem noch Adolf-Hitler-Platz hieß, haben wir den Rest der Institutskasse durchgebracht – Studenten der Hungerjahre, die Jungens noch mit Wehrmachtsklamotten um die mageren Glieder, die Mädchen mit Fähnchen aus Vorhangstoffen und Fallschirmseide. Am Sterntor kaufen wir für die letzten zehn Mark eine Zigarette und rauchen sie gehend von Mund zu Mund. Der letzte verbrennt sich die Lippen. Dann tanzen wir über die ganze Breite des Kaiserplatzes abwärts. Give me five minutes more, only five minutes more, let me stay let me stay in your arms. Wie müßten sie uns hassen, die Trümmerfrauen, die trauernden Witwen, Eltern, Bräute, wenn sie uns sehen könnten!

Aber der Platz ist leer, die Fenster am Rande dunkel. Die

Turmuhr der Kaiserkirche zeigt fast die richtige Zeit: Mitternacht. So steht sie seit letzten Sommer, als gegen Mittag die Bombe einschlug und die Leute im Keller unter den Trümmern begrub. Wir schauen nicht hin. Wir sind das gewöhnt. Mit solchen Bildern sind wir erwachsen geworden, in den frühen zwanziger Jahren geboren, gerade zeitig genug, um zum Arbeitsdienst, Kriegsdienst, Rüstungseinsatz zurechtzukommen. Vom Elternhaus in die Schule gefallen, von der Schule in den Krieg, vom Krieg in die Auflösung. Erklärung und Hintergrund haben die ratlosen Elternhäuser nicht mitgeliefert, dafür Anweisungen, die für eine andere Art Leben gemeint waren, Werte, die einer nach dem anderen zerfielen, auch bei denen, die sie gelehrt hatten. Und keiner da, der Orientierung geboten hätte.

Was hätten sie auch mit dieser Jugend anfangen sollen, Bürgerkinder, unwissend, arrogant, vollgepumpt mit heiligen Worten und Werten. Die Jungens verschwinden aus der Schule, sind plötzlich Männer, Helden, opfern sich für das Vaterland. Die Mädchen packen Feldpostpäckchen mit Blümchen, Zweiglein, Kerzchen, Plätzchen, Socken, Pulswärmern, ein Büchlein für den Tornister dazu: Trost bei Goethe ... Bomben fallen, hier und da stürzt ein Haus, Ordnung treibt ab, in den Lücken riecht es brenzlig nach Chaos und Freiheit. Verbotene Gefühle brechen auf: Lust an der Unordnung. Man darf es niemandem sagen, daß es Spaß macht, in Bombennächten über Dächer zu turnen, einsam vor Flammenkulissen zu stehen wie Ernst Jünger über dem brennenden Paris, überhaupt Jünger, die *Marmorklippen*, das *Abenteuerliche Herz*, Désinvolture ... Das Chaos wird Gewohnheit, die Opferworte nützen sich ab.

Unbemerkt schlüpft aus der brüchigen Hülse ein neues erstaunliches Ich. Es ist wendig, geschickt, verschlagen, zäh. Fit für das Chaos. Es hört nicht auf Mahnung und Anspruch. Es kommt überall durch und immer noch grade davon. Man könnte es gut gebrauchen im Widerstand zum Fluchtwegeaufspüren, Flugblätter-einschmuggeln, aber keiner weist ihm den Weg und es hat keine Botschaft. Seine Kunststücke macht es nur für sich selbst. Es kann in verdunkelten Nächten sehen, durch Mauerdurchbrüche von Keller zu Keller schlüpfen, auf Eisenbahnpuffern reisen, in Trümmern wohnen, Kälte aushalten, unendlich warten, Feuer im Nassen entzünden, schlafen und wach sein zugleich, besorgen, organisieren, klauen, betteln, arbeiten, faulenzen, Sonne und Leben genießen, von Tag zu Tag, von der Hand in den Mund. Sind wir schon hinter der Front oder noch davor? Waren das eben deutsche Panzer oder russische oder die Amis? Soll das der Friede sein?

Allmählich beginnt die neue Ordnung zu greifen. Eine Weile noch kann man sie ignorieren, die alten heimlichen Wege benutzen. Aber eines Tages sind sie versperrt, die Kellerdurchbrüche zugemauert, die Haustüren und Sicherheitsschlösser an ihrem Platz, die Ämter wieder im Amt: Passierscheine, Aufenthaltsgenehmigungen, Lebensmittelkarten, Bezugsscheine, Fragebögen, die Währungsreform ... Nun tanzen wir über den Kaiserplatz, ein bißchen betrunken, das geht schnell, wenn man nichts im Magen hat, tanzen und bilden uns ein, mit einem einzigen Mitternachtstanz könnten wir alle die Tänze nachholen, die das Vaterland uns gestohlen hat. Wenn jetzt einer käme und würde uns von einem anderen besseren Deutschland erzählen, von Dienst, Opfer, Verzicht, von Verpflichtung, Verantwortung, Schuld, würden wir nur die Achseln zucken und weitertanzen.

Jetzt handeln sie wieder, jeden Morgen, wenn ich zur S-Bahn gehe, rund um den Bahnhof Zoo. Bis in die U-Bahntunnels hinunter schwenken sie Bündel Papiergeld, Stangen Zigaretten, schreien es in die Ohren: Marlboro, Camel...

Im Osten läuft das gleiche gedämpfter, ein Zischeln, Flüstern, Murmeln im schmutzigen Licht der Unterführung Friedrichstraße. Einzeln, mit Abstand, stehen sie an den Wänden entlang, nur Männer, viele Vietnamesen darunter, schmale, zartgliedrige Gestalten, wispern ihr Angebot wie Gebete, schauen niemanden an, halten die Bündel Ostmark verdeckt, dicht neben der Hosentasche, um sie blitzschnell verschwinden zu lassen, wenn Gefahr droht. Aber es gibt keine Gefahr. Die Volkspolizisten schlendern vorbei, ohne hinzuschauen, im Dienst außer Dienst.

Seit Mitternacht stehen die Menschen Schlange vor den Banken, um Formulare für den Kontenumtausch zu empfangen. Das Schlangestehen wäre nicht nötig. Es gibt genug Formulare, genug Banken, wie Pilze schießen sie aus dem Boden. Die Öffnungszeiten sind großzügig angesetzt. Warum stellen sie sich an?

Sie haben Angst, sagt die Archivarin. Könnte ja plötzlich die Schalterscheibe heruntergehen: Schluß, aus, der Vorrat ist erschöpft. Sie trauen keinem, nicht den alten, nicht den neuen Herren. Wer weiß was kommt. Sie wollen es jetzt, cash auf die Hand.

Aber es sind doch nur Formulare?

Sie kramt in verstaubten Akten. Hat sie selbst seit Mitternacht in der Schlange gestanden? Ich lasse das Thema fallen.

Das Ergebnis der Konferenz ist jetzt heraus. Keine Subventionen mehr für den Verband und die anderen Kulturinstitutionen. Das ist ein Todesurteil. Die Geier sind schon unterwegs. Sie zeigt mir eine Seite aus dem Neuen Deutschland. Die Herren der Block-CDU finden es an der Zeit, die Leitung der Kulturinstitute, bisher in der Hand der SED, mit ihren Leuten zu besetzen. Ein Theologe erklärt sich gnädig bereit, das »Museum für deutsche Geschichte« in ein »Museum für Kirchengeschichte« umzuwandeln.

Heute ist die Archivarin eilig, zu Gesprächen nicht aufgelegt. Obwohl über ihre Stellung noch nicht endgültig entschieden ist, will sie sich einen Antrag auf Umschulung abholen. Für alle Fälle. Ihre Unsicherheit steckt mich an. Wer weiß, wie lange das Protokoll noch zur Verfügung steht. Ich mache mich an die Arbeit.

Sonntag, den 5. Oktober 1947, Vormittag, Totenehrung im Hebbeltheater. Im Hintergrund der Bühne ist eine Tafel mit den Namen der Opfer aufgestellt. Als die Ehrenpräsidentin Ricarda Huch ans Rednerpult tritt, erhebt sich das Auditorium und applaudiert minutenlang stehend – ein großer Moment, in allen Kommentaren gewürdigt: Einigkeit in der Verehrung.

Die Schriftsteller lieben solche Momente der Weihe – gemeinsames Schweigen, gemeinsame Ovationen, Ergriffenheiten. Sie stärken das Gefühl der Zusammengehörigkeit, das ihnen vom Volk versagt wird und zwischen einzelnen dieses Berufsstandes schwer herzustellen ist. Stehend haben sie dem Widerstandskämpfer Jan Petersen gehuldigt, als er 1935 zum Kongreß in Paris mit einer schwarzen Ledermaske das Podium betrat. Feierlich tauschten Spanienkämpfer die Feder mit der Waffe und, nach der Niederlage, die Waffe mit der Feder, um zu demonstrieren, daß der gemeinsame Kampf weitergeführt werde.

Die alte Frau auf dem Podium hat zu lange gelebt, zu viel gesehen, um bei pathetischen Akten ungeteilte Gefühle zu produzieren, aber eine gewisse Befriedigung schwingt trotz Understatement mit, als sie das Ereignis im Brief kommentiert: »Es war aber auch manches Hübsche dabei, auch hatte ich das Gefühl, daß der weiße Elefant nicht nur angestarrt, sondern auch geliebt wurde.«

Die Einigkeit der Verehrung hat Ricarda Huch sich nicht durch Gefälligkeiten verdient. Ihr Weg ist zwischen allen Fronten verlaufen und nur sie konnte ihn gehen, privilegiert durch ihr Alter, ihre Berühmtheit, ihren persönlichen Mut: eine überzeugte Konservative, die keinen Augenblick auf die Nazis hereinfiel; eine Verehrerin großer Führerpersönlichkeiten, die Hitler verachtete und Bismarck ablehnte, weil sie zentralisierte Macht für ein Unglück hielt. In den europäischen Nationalismen der Neuzeit sieht sie eine Art Geisteskrankheit, die notwendig zum Bürokratenstaat, zum verwalteten Menschen, zur Diktatur führen müsse. In ihrer Begeisterung für Revolutionen – sie schrieb Bücher über das italienische Risorgimento, über Garibaldi, Confalonieri, Bakunin, den deutschen Vormärz – bevorzugt sie den anarchistischen Trend: Bakunin vor Marx.

Mit Gleichheit hat sie nichts im Sinn, wohl aber mit Freiheit und Brüderlichkeit. Die bloß abstrakte staatsbürgerliche Gleichheit sei für das Volk kein Gewinn. Sie brächte ihm nichts als die Freiheit, Abgeordnete zu wählen und die Freiheit des Eigentums im Privatrecht. Und die wiederum führe, als Folge ungezügelter Wirtschaftsliberalität, zum Gegenteil des Erstrebten, nämlich zur größtmöglichen Ungleichheit. Als Beispiel einer wünschenswerten Gesellschaft sieht sie das Heilige Römische Reich deutscher Nation mit seinen lockeren, vielfältigen Organisationsformen von unten: den Gilden, den Zünften, den Ständen, den konkurrierenden Fürsten, dem rechtsprechenden, in seiner Macht eingeschränkten Kaiser, »ein Zustand, der dem nahekommt, was man heute Anarchie nennen würde«. Während ihres Geschichtsstudiums in Zürich hatte sie eine Sympathie für das schweizerische Gemeinwesen gefaßt. Seine Art der Bürgerbeteiligung und Bürgerverantwortung erscheint ihr als eine Form der Demokratie, die Deutschland zu seinem Unglück versäumt habe.

Aber die Schweiz, die ihr vorschwebt, gibt es nicht mehr, und das Heilige Römische Reich ist nur noch ein Kyffhäusertraum. Mit ihrer eigenwilligen Mischung aus Traditionalismus und einer Modernität, die wir heute vielleicht besser zu würdigen wissen als die Leute von 1947, steht sie allein. Die Begeisterung der Kollegen gilt weniger ihren Gedanken als ihrer Tapferkeit. Sie hat im Dritten Reich eine Möglichkeit jenseits von innerer und äußerer Emigration praktiziert: die des offenen Protestes. Ihre empörte Kritik in Briefen und Äußerungen vor aller Öffentlichkeit hätten andere ins KZ gebracht. Es gab wütende Presseangriffe und einen Prozeß, einige ihrer Werke wurden verboten. Sie selbst blieb ungeschoren, vielleicht weil man hoffte, sie doch noch als Gallionsfigur zu gewinnen. Zwischen giftiger Diffamierung und verstohlener Werbung hielt sie ihren individualistischen Kurs – ein imposantes Fossil oder, wie sie ironisch von sich sagt: »Das Rhinozeros steht unerschüttert im Glasschrank.«

Bei ihrem Auftritt im Hebbeltheater ist sie 83 Jahre alt. In Furchen und Falten ist ihr Gesicht zu Ende geschrieben. In wenigen Wochen wird es das Gesicht einer Toten sein. Sie muß das Kinn heben, die Augenbrauen hoch in die Stirn ziehen, um unter den schweren Lidern ihrer berühmten Eulenaugen hervorzuschauen. Fast alle Fotos zeigen sie in dieser zurückgenommenen Haltung, skeptisch – distanziert, prüfend, zurückhaltend, hoheitsvoll. Mit der Disziplin hat sie schon als junge Lehrerin keine Probleme gehabt. Nun haben ihre Lippen die sinnliche Wölbung verloren, sind schmal und welk geworden – ein Strich zwischen den tiefen Furchen, die die hervortretende Mundpartie von den Wangen scheiden. Auch heute trägt sie die duftige Schleife, die auf allen Altersfotos den faltigen Hals verbirgt – letztes Attribut weiblicher Eitelkeit.

Sie ist aus Jena gekommen, wo sie die Kriegsjahre in der Familie ihrer Tochter gelebt und gearbeitet hat, zuletzt an einem Werk über den deutschen Widerstand gegen die Nazis, zu dem sich inzwischen Berge von Material angehäuft haben, zuviel, als daß sie es noch bewältigen könnte. In ihrem Berliner Hotel hat sie Günther Weisenborn gebeten, die Arbeit fortzuführen. Seit die Sowjets nach kurzer US-Besetzung die Verwaltung Thüringens übernommen haben, ist sie mit Ehrungen und Ämtern überschüttet worden: Ehrenpräsidentin des Thüringer Kulturbundes, Ehrendoktor der Universität Jena, Mitglied der Beratenden Landesversammlung, Alterspräsidentin des Landtages, Ehrenpräsidentin dieses Kongresses. »Ich bin jetzt prominent geworden, das ist sehr zeitraubend«, schreibt sie an die Freundin. Öffentlichkeit hat sie nie gereizt. Nur aus Pflichtbewußtsein gibt sie Interviews und Statements, deren »Plattheit« sie manchmal »ganz rabiat« macht. In der US-Zone hätte sie Ruhe zur Arbeit, »weil dort niemand etwas von mir will«.

Was bisher niemand weiß außer der Tochter, die sie begleitet: Sie wird nicht nach Jena zurückkehren, sondern von Berlin aus in den Westen fahren, wohin der Schwiegersohn und der geliebte Enkel vorausgereist sind. Die Heimlichkeit der Abreise ist ihr in der Seele zuwider: Daß sie, Ricarda Huch, die bisher offen und stolz ihren Weg gegangen ist, durch die Hintertür verschwinden muß!

Der Abschiedsschmerz schwingt in ihrer Stimme mit, die von den Hörern als zart, leise, bebend beschrieben wird. Sie spricht über das deutsche Nationalgefühl, dessen Schwanken zwischen Extremen sie aus der deutschen Geschichte erklärt:

»Man hat den Deutschen ein zu starkes Nationalgefühl vorgeworfen; ich möchte eher sagen, wir hätten ein zu schwaches, oder besser ein teils zu schwaches, teils zu starkes. Das hängt, wie ich glaube, mit dem historischen Erbe zusammen, das uns zuteil geworden ist. In den Anfängen unserer Geschichte übernahmen die Deutschen vereint mit den Italienern den römischen Weltreichgedanken und waren demzufolge universal und partikularistisch eingestellt; Universalismus und Partikularismus pflegen zusammenzugehen. Das Einheitsgefühl war schwach, die deutschen Kaiser mußten sich jeweils ihr Reich erst erobern, und keiner hat es ganz in seine Hand bekommen. Allmählich bildeten sich die anderen Nationen, zum Teil an Deutschland angrenzend, zu Einheitsstaaten mit starkem Nationalgefühl. In den Beziehungen zu diesen bekam der deutsche Universalismus einen anderen Charakter – er(!) wurde zur Schwäche, beinahe zur Charakterlosigkeit. Man weiß, daß lange Zeit nur die unteren Volksklassen deutsch sprachen, die höheren Schichten sprachen französisch. Ein preußischer König sagte von sich selbst, er spreche deutsch wie ein Kutscher. Noch Napoleon verhöhnte die Deutschen, sie seien leicht in die Netze gegangen, die er ihnen gestellt habe, befehdeten sich untereinander und merkten den äußeren Feind nicht. Als dann endlich, von Preußen unterbaut, ein deutscher Einheitsstaat mit entsprechendem Nationalgefühl entstand, waren die Deutschen voll Glück und Stolz, daß sie nun auch das besaßen, was die anderen schon lange hatten, und äußerten ihren Stolz wohl etwas prahlerisch. Das Ausland, das sich durch diese Veränderung einer neuen Kombination gegenübergestellt sah, empfand das Neue als störend und beinahe unberechtigt, und es gab auch Deutsche, die dem so stark betonten Nationalgefühl gegenüber zurückhaltend waren, zum Teil, weil sie es nicht mitempfanden, zum Teil, weil sie den lauten Patriotismus geschmacklos fanden. Es blieb etwas Unorganisches; auf der einen Seite die Neigung, fremde Nationen schwärmerisch zu bewundern und die eigene herabzusetzen und zu bemäkeln, auf der anderen im Gegensatz dazu ein heftig hervorbrechendes, herausforderndes Nationalgefühl. Hier wäre eine Besserung wünschenswert. Allerdings ist es außerordentlich schwer, etwas zu lehren oder beizubringen, was naiv sein soll, was eigentlich seine Berechtigung daraus zieht, daß es natürlich und selbstverständlich ist. In der Bibel ist uns gesagt: *Liebe deinen Nächsten wie dich selbst*. Es gilt auch von den Nationen; daß jede sich selbst liebt, ist selbstverständliche Voraussetzung. Über die Selbstliebe sollte sich dann die Liebe zu den anderen entfalten. Die Schriftsteller müßten wohl, um ihrer Aufgabe zu genügen, ihre Lehren weniger vorschreiben als vorleben, indem sie Weltbürger werden, aber zugleich und in erster Linie Deutsche. Was mich betrifft: ich habe Geschichte studiert und kenne nicht nur die Geschichte unseres eigenen Volkes, sondern auch die der anderen Nationen gut; ich habe jahrelang in der Schweiz gelebt und fühle mich dort zu Hause. Ich war mit einem Italiener verheiratet, und ich habe sehr gerne in Italien gelebt; all diese Umstände haben bewirkt, daß ich ganz frei von einseitigem Nationalismus bin, aber national fühle ich durchaus. Ich bin in den schrecklichen letzten Jahren oft an meinem Volk verzweifelt; aber gleichzeitig habe ich so viel Seelengröße, Opferbereitschaft, Heroismus und hohe Tugend gesehen, und nach dem Zusammenbruch so viel Geduld und Haltung im Ertragen unermeßlichen Elends, daß für mein Gefühl das Schlechte dadurch ausgeglichen ist. Deutschland zu dienen, Deutschland zu retten, haben in den letzten

Jahren viele ihr Leben geopfert. Ihrer soll jetzt in Treue und Verehrung gedacht werden.«

Sie spricht frei, ohne Konzept, ohne Stichworte. Den Text hat sie nachträglich in ihrer spitzen fliehenden Deutschschrift für die Presse festgehalten. Ihre Sprache ist klar, einfach, trokken. Kein Pathos übertönt den Ton der Wahrheit, der durch ihre Erscheinung und das Leben, das sie gelebt hat, belegt ist. Als sie mit dem Lutherzitat schließt: »Für meine Deutschen bin ich geboren und ihnen diene ich auch«, geht eine Welle der Rührung durch den Saal. Patrioten sind sie alle, vielleicht die letzten, die dieses Land hervorgebracht hat...

Im Trümmergarten hinter der Bühne kommen nun, in einem gesprochenen Requiem, die Toten zu Wort: Erich Mühsam, einstmals Mitglied der Münchner Räteregierung, 1934 im Gefängnis zu Tode geprügelt; Albrecht Haushofer, Professor für politische Geographie, Lyriker, Dramatiker, 1944 verhaftet, wenige Tage vor Kriegsende erschossen; Carl von Ossietzky, Herausgeber der »Weltbühne«, Pazifist, Friedensnobelpreisträger, an den Strapazen des KZs 1938 gestorben; Walter Hasenclever, der wie Ernst Weiß und Alfred Wolkenstein beim Einmarsch deutscher Truppen in Frankreich Selbstmord beging; Ernst Toller, der sich am Türhaken seines Hotels in New York erhängte, als ihm die Hoffnung auf das andere Deutschland ausging; Adam Kuckhoffs letzte Briefe vor seiner Hinrichtung in Plötzensee.

Für die Toten spricht Günther Weisenborn, der selbst nur knapp dem Tod entgangen ist. »Wir können sie lesen«, sagt er, »wir können ihren Leidenschaften, ihren Kämpfen, ihren Erschütterungen folgen. Aus dem Opus eines jeden Toten läßt sich unsere Zeit ablesen in ihrer blinden Wildheit, ihrem fahlen Wahn, ihrem finstern Sinn ... Wenn wir die Worte der toten Dichter als Beispiele nehmen, die wir heute hören, so finden wir, daß die wahren Dichter als die Verkünder der natürlichen Humanität sich erweisen, als die Brüder der Güte, die Diener des Friedens...«

Auf der Suche nach dem Dorotheen-Städtischen Friedhof an der Chausseestraße laufe ich mehrmals am Eingang vorbei, bis ich den unauffällig zwischen Häusern sich öffnenden Gang entdecke, der zu den Gräbern führt, in die vom Verkehrsgetöse wie von einer Muschel umfangene Stille der Toten. Zwischen Bäumen, Büschen, Monumenten, Gräberreihen, die in verschiedenen Richtungen verlaufen, verliere ich bald den Überblick. Ein paar alte Frauen, auf einer Bank im Baumschatten, blicken mir flüsternd und kichernd nach. Beim dritten Vorüber erhebt sich eine und weist mit einer theatralischen Reverenz in die Richtung, aus der ich gekommen bin: Dort liegt die Intelligentsia!

Endlich finde ich, was ich suche: die Grabstätten von Johannes R. Becher, Heinrich Mann, Bert Brecht, Helene Weigel – die beiden letzten in einem frisch-bepflanzten Geviert, ein großer Stein für Brecht, ein kleiner für die Weigel, der größere sehr hell, fast weiß. Sie müssen ihn gründlich geputzt haben, um die Schrift zu entfernen, die Unbekannte darübergepinselt haben: SAUJUD! An dem Heinrich-Mann-Monument lehnt unten eine kleine Tafel zur Erinnerung an Nelly Mann, »die Rotblonde vom Kurfürstendamm«, die den Schriftsteller fünfzehn Jahre begleitet hat, als Geliebte, in den letzten fünf Jahren als Ehefrau.

Ob es ihm recht gewesen wäre, daß ihr Grab in Los Angeles zurückblieb, als seine Urne in Ehren zwischen den Prominenten dieses Friedhofs beigesetzt wurde? Er hat sie geliebt, ihren Weg vom Fischerdorf in die Nachtbar im Roman nachgezeichnet, ihre frische sinnliche Jugend in der Gestalt der Gabrielle D'Estrée, der Geliebten des Henri IV., verewigt. Beim beschwerlichen Gang über die Pyrenäen hat sie den siebenundzwanzig Jahre Älteren gestützt und in den USA für den gemeinsamen Unterhalt gearbeitet, als ihr berühmter Gatte von Warner Brothers vor die Tür gesetzt wurde – ein Scriptwriter mit Achtstundentag, dem es nicht gelang, seinen Stil den Ansprüchen Hollywoods anzupassen. Von den Schriftstellerfreunden herablassend bis argwöhnisch beobachtet, vom

Exilklatsch und Existenzängsten bedroht, hatte sie schon in Frankreich Selbstmordversuche gemacht, den letzten, in Los Angeles 1944 erfolgreich. Von der Trauer um sie hat Heinrich Mann sich nie mehr erholt. Im Januar 1945 schreibt er an die Freundin Eva Lips: »Vier Mal konnte ich sie retten, warum nicht das fünfte? Waren wir hier seit vier Jahren nur unglücklich? Das ist man nie, so wenig wie immer glücklich. Unsere acht Jahre Frankreich waren ganz gewiß vorwiegend glücklich, in jeder äußeren, jeder menschlichen Beziehung. Beide um vieles jünger, noch nicht eigentlich emigriert, ganz ohne Schicksalsschläge; aber schon damals hat ihre Kraft versagt. Einem schuldloseren Leiden war ich niemals nahe. – Personen, die nichts wissen, versuchen mir anzudeuten, es sei ›besser so‹. Nein! Ihr leidendes Gesicht der schlimmen Tage, wenn sie weiß ... mit verstörten Augen in die Tür trat: ich wollte alles wiederhaben, ich würde nochmals hoffen, alles könnte gut werden, für sie, für uns ... Wir waren fünfzehn Jahre vereint. Erinnerungen, tragische und wunderbare, lebten in ihr, sind aber jetzt schattenhaft wie der mir gebliebene Rest vom Dasein.«

Fünf Jahre später – die Passage nach Europa war schon gebucht, der Platz des Präsidenten der Akademie der Künste Ost für ihn freigehalten – starb Heinrich Mann an einer Gehirnblutung. Das Schiff, das ihn heimbringen sollte, mußte ohne ihn abfahren.

Tote können sich nicht wehren. Man kann mit ihnen verfahren, wie es die Staatsraison verlangt. Ein berühmter Dichter wird einverleibt, das Grab seiner Freundin bleibt im Exil, das nicht das ihre war. Immerhin eine kleine Erinnerungstafel zu seinen Füßen.

Brecht wollte keine Feierlichkeiten zu seiner Beerdigung. Natürlich haben sie stattgefunden. Wenn er nicht grade rechtzeitig, im August 1956, das Zeitliche gesegnet hätte, wäre er in den Strudel der Wende geraten, die nach dem Ungarnaufstand die DDR erschütterte. Immerhin hatte er mit den Reformern um Harich und den Aufbauverlag sympathisiert. Aber das interessierte nicht mehr, er war tot, die Reformbewegung brutal abgewürgt, die Protagonisten im Gefängnis, die Kollegen verstummt, der Zwangsstaat gefestigt. »Ein schöner Platz zum Ausruhen, wie?« hat er zu Weisenborn gesagt, als sie einmal vom Fenster seiner Wohnung im Haus nebenan auf den Friedhof hinabschauten. Einen Grabstein wollte er nicht. »Wenn aber ihr einen benötigt, wünschte ich, es stände darauf: Er hat Vorschläge gemacht. Wir haben sie angenommen. Durch eine solche Inschrift werden wir beide geehrt.« Auch diesen Wunsch hat man ihm nicht erfüllt.

Die Urne von Oskar Maria Graf, der nicht heimkehren wollte, hat man ein Jahr nach seinem Tod nach München geholt und am Bogenhausener Berg beigesetzt. Bürgermeister Vogel, der sich redlich um die Übersiedlung des Schriftstellers nach Bayern bemüht hatte, sagte in der Grabrede, daß Graf nicht zurückwollte in ein Land, »in dem nach seiner Meinung und nach seinem Gefühl noch nicht alle Kräfte erloschen waren, die einst seine Flucht bewirkten«. Vogel rechtfertigte die unfreiwillige Heimkehr mit einem Versprechen, »alles zu tun, damit künftig aus diesem Land und dieser Stadt niemand mehr fliehen muß«. Ob der alte Grantler ihm das abgenommen hätte?

Über die Gebeine von Walter Benjamin kann keine Staatsraison verfügen. Wie viele deutsche Emigranten ist er im September 1940 auf Schmugglerpfaden über die Pyrenäen gegangen, um von Portugal aus in die Staaten zu reisen. In dem spanischen Grenzort Port-Bou erfuhr er, daß man ihn nach Frankreich zurückschicken werde, weil er keine Ausreisegenehmigung besaß. Er wußte, daß er zu schwach war, um den mühsamen Übergang ein zweites Mal zu schaffen. In der Nacht nahm er das Gift, das er schon lange bei sich trug. Seine sterblichen Überreste wurden in einem Nischengrab beigesetzt und später in ein Gemeinschaftsgrab überführt. Hannah Arendt, die Monate später nach Port-Bou kam, suchte vergeblich nach seinem Grab. »Nirgends stand sein Name«, schreibt sie. »Der Friedhof geht auf die kleine Bucht, direkt auf das

Mittelmeer; er ist in Terrassen in Stein gehauen; es ist bei weitem eine der phantastischsten und schönsten Stellen, die ich je in meinem Leben gesehen.«

Ich stehe noch vor den Gräbern, als ein Mädchen mit einer vollgepackten Plastiktüte den Weg entlangstürmt zu einem Gittertor, das einen Teil der Gräber vom übrigen Friedhof trennt. Verwünschungen ausstoßend rüttelt sie mit beiden Händen an den Eisenstäben. Als das Tor nicht nachgibt, schlägt sie mit der Plastiktüte dagegen, immer wieder, mit einem scheppernden Geräusch, als sei die Tüte mit Metallstükken gefüllt. – Plötzlich fährt sie herum und schreit mich an: Glotz nicht so blöd, Alte! Dann geht sie schimpfend und fluchend, mit der Tüte um sich schlagend zwischen den Gräbern davon.

Was hat sie? warum ist sie so wütend? frage ich die Alte auf der Bank. Sie steht auf und kommt mir ganz nah mit ihrem welken zitternden Mund. Sie schlägt um sich, weil sie nicht fliegen kann, flüstert sie mir ins Ohr. Sie hängt nämlich in der Luft, sehen Sie das nicht? Schief, mit mageren Armen flatternd trippelt sie um mich herum. Die Frauen kichern. Ich fühle mich verhöhnt und weiß nicht warum. Erst langsam, dann immer schneller, fast laufend, verlasse ich den Friedhof.

Den letzten Abend dieses Berlin-Aufenthaltes verbringe ich mit meiner Jugendfreundin Amelie in ihrer Atelierwohnung über den Dächern von Friedenau.

Meine Frage: Wo und wie befanden wir uns im Oktober 1947, habe ich schon beim Kommen ausgesprochen. Amelie verwahrt Briefe, Fotos, Souvenirs und führt ein Stichwort-Tagebuch in Kalendern, die nach Jahren geordnet in einem antiken Rohrkoffer den Krieg überdauert haben. Sie wird sich mit der Frage befassen, aber nicht jetzt, da der Balkon noch Sonne hat und die Hibiskusblüte, auf die sie seit Tagen wartet, jeden Augenblick aufblühen kann. Auf Matten, Kissen im Rücken, sitzen wir im rötlichen Abendlicht, Amelie, elegant wie gewöhnlich, in einem nachtblauen Seidenkimono, das

Gesicht im Markisenschatten, der das feine Krakelé um Augen und Mundwinkel galant verdeckt. Immer noch bezaubernd – Amelie –, die in diesem Sommer ihren Siebzigsten feiern wird, mit einem großen Picknick im Tiergarten, zu dem Freunde aus aller Welt eingeladen sind.

Jahrzehnte ihres Lebens hat sie auf einer Mittelmeerinsel verbracht, weil der jüdische Dichter, mit dem sie verheiratet war, ein Leben im Nachkriegsdeutschland verschmähte. Nun ist sie zurückgekehrt und hat die Mittelmeerfarben mitgebracht – das blendende Weiß der Wände, überbuscht von Oleander und Hibiskus, das veilchenfarbene Meer in Türen- und Fensterrahmen. Wenn die Flugzeuge nicht wären, die im Anflug auf Tegel und Tempelhof eine Schleppe ohrenzerreißenden Dröhnens hinter sich herziehen, könnte man diesen Ort für eine südliche Insel halten und den Verkehrslärm, der aus der Tiefe emporgrollt, für Meeresbrandung. Gedämpft aus der Anlage im Hintergrund spielt Wolfgang Schneiderhan die kleine Schubert-Sonatine a-moll, Deutsch-Verzeichnis 385. Wir trinken aus dünnen Schalen den Tee, der für Balkonnachmittage reserviert ist, und unterhalten uns mit Geschichten aus unserem langen Leben, die von der Wirklichkeit gerade soviel enthalten, daß sie die Stimmung nicht stören, die Bilder nicht trüben, die wir einander zeigen wollen: zwei alte Damen von besonderer Art, denen Besonderes zustößt, die sich besonders verhalten, die Sonnenfarbe eher auf meiner Seite, die nachtblaue Melancholie auf der ihren.

Nur mit Amelie führe ich solche Gespräche. In meinem, vom 68er Bildwechsel geprägten Milieu würden sie den Fragen und Hinterfragen nicht standhalten. Der deutsche Herbst hat ihre Sonneninsel nur als belangloses Geplätscher erreicht. Nicht daß sie es leichter gehabt hätte in ihrer verspäteten Emigration, nur anders, unter einer anderen Sonne, mit anderen Bildern und Freunden, von unseren Sit-ins und Teach-ins und der Mühsal unserer Vergangenheits-Grabungen nicht nur Meilen, sondern auch Jahre entfernt. Ihren Geschichten zuzuhören ist wie ein Untertauchen in frühere Schichten – Mädchengeplauder auf der äußersten Spitze der Rheinbuhne, die nackten Füße im Wasser, die Blicke sehnsuchtsvoll den Schleppkähnen nach, die von kleinen, berserkerhaft stampfenden Dampfern gezogen werden, stromaufwärts in die unerreichbare Schweiz, stromabwärts in das unerreichbare Holland.

Mit der vertrauten Stimme und der Musik, die wir einmal zusammen gespielt haben, Amelie Klavier, ich Geige, kommt mir der Duft unserer Mädchenjahre zurück – die weiche, mit Feuchtigkeit vollgesogene Luft, der perlige Dunst über den Schieferdächern der kleinen, täleraufwärts kletternden Städtchen, die Gärten und Weinberge, die blühenden Obstbäume am Ufer, und wie es riecht an den Anlegebrücken, wie die Taue ächzend sich reiben an den geteerten Pfosten, wie verliebt wir waren, immer verliebt in diesen und jenen, in die Musik, in uns selbst, in das Leben und was daraus werden sollte.

Nazizeit, Krieg – was war das für uns?

Nichts Wirkliches, sagt sie. Ein schlechter Geruch, von dem wir uns fernhielten.

Ich muß an Anna Seghers denken, die gegen Ende ihres Exils, nach dem schweren Unfall in Mexico-City, eine Geschichte geschrieben hat, in der mit der ihren auch meine rheinische Kindheit unvergänglich aufbewahrt ist. Aus dem blendenden Licht eines mexikanischen Mittags, aus dem sonnengedörrten Boden, in dem nichts wächst als flammende Essigbäume und stachlige Kakteen, hat sie mit der Kraft ihres Heimwehs einen schattigen Wirtsgarten am Ufer des grauen Stromes gezaubert – helle Kleider zwischen den Büschen, Gelächter, Stimmengewirr einer Mädchenklasse aus Mainz beim Schulausflug, sie selbst dabei als das Mädchen Netty, das sie einmal war, aber auch als die vertriebene Frau, die vom Rande zuschaut und weiß, was geschehen wird und schon geschehen ist in diesem Land, das sie liebt, nach dem sie sich sehnt, vor dem ihr graut. Wie ein düsterer Basso Continuo liegt dieses Wissen unter dem Mädchengeplauder, und hinter den hellen Gestalten erscheint ein von der deutschen Geschichte vorgezeichneter Lebenslauf. Wie sie die beiden Ebenen verschränkt – einmal sinnlich-lebendig mit Farben, Klängen, Gerüchen und den je verschiedenen Menschen, zum anderen mit harten unerbittlichen Sätzen, die wie das Stampfen des Steinernen Gastes dem bösen Ende entgegenschreiten – das ist Wahrheit und hohe Kunst und zugleich ein Zeugnis für das Unüberbrückbare zwischen lebendiger Erinnerung und übermittelter Information. Aus der erzwungenen Ferne gesehen, rasten die Kategorien ein. Lebendiges erstarrt zum Exempel: Täter-Opfer; Verräter-Verratene, jedes der Mädchen mit dem vorprogrammierten Tod im Rücken – Selbstmord, Bomben, KZ, keine kommt mit dem Leben davon. Aber wir leben noch. Kein Platz für uns in diesem Totentanz. Was war das für eine Jugend, die über Abgründe hinweghüpft wie flache Steine übers Wasser. Zwei Wahrheiten schauen mich an.

Was hast du? fragt Amelie. Ist dir kalt? Sie holt eine Stola und legt sie mir um die Schultern.

Sie ist sicher, daß wir immer dagegen waren, quasi im Widerstand, wenn auch nicht aktiv im Untergrund, mit Flugblättern und geheimen Zusammenkünften, eher »ästhetisch-intellektuell«: verbotene Bücher lesen, verbotene Sender hören, verbotene Reden führen, verfemte Bilder übers Bett hängen – sie, Amelie, eher auf der Kultur-Kunst-Schiene, ich auf der christlichen. Sie hats noch im Ohr, wie ich den Religionsunterricht störe: nicht auf einem Schlachtroß sei Jesus in Jerusalem eingeritten, sondern auf einem Esel! Auch sei er kein strahlender indogermanischer Heiland gewesen, sondern Jude, Jude, Jude. War das nun Widerstand oder nicht?

Ich fürchte, daß es eher Theater war – eine Show ohne Risiko, veranstaltet für den Jungen, in den ich damals verliebt war – Jürgen, groß, blond, blauäugig strahlend, wie geschaffen für Hitlers SS. Aber er wollte nicht.

Weißt du, was aus ihm geworden ist?

Ich weiß es, aber ich sage es nicht, nicht hier, in diesem sorgfältig abgestimmten Ensemble aus schönen Dingen, Farben,

Klängen, weil in der Geschichte, die ich erzählen müßte, ein Mädchen auftritt, das ich nicht Ich nennen möchte, eine pathetische, sentimentale Person in einer Telefonzelle mitten im zerbombten Berlin.

Mit zitterndem Finger wählt sie eine Nummer, die auf einem abgerissenen Zettel notiert ist, und noch während sie wählt, gehen die Sirenen los und sie muß warten, bis sie verstummt sind, ehe sie Jürgens Stimme erkennt. Er wird Deutschland verlassen.

Frag jetzt nicht! Hör zu! Ziel ist Mexiko. Papiere und Schiffskarten hat er schon in der Tasche. Auch für dich, wenn du willst. Aber du mußt dich sofort entscheiden!

Am Himmel gehen die Christbäume auf. Ferne Bombeneinschläge mischen sich mit dem Donner der Flakgeschütze. In eine gläserne Stille inmitten des Lärms hört sie – dramatisch-überspannt – ihr eigenes Geflüster vom armen niedergebombten Vaterland.

Ratten verlassen das sinkende Schiff.

Ich bin keine Ratte! Dann nichts mehr als Atemzüge und, nach einer quälend hingezogenenen Weile, das Klicken des Aufhängens auf der anderen Seite, das sie augenblicklich in Panik versetzt. Verzweifeltes Wühlen im Geldbeutel, in allen Taschen nach Groschen, um zurückzurufen, den idiotischen Entschluß zu revidieren: Ja natürlich! ich komme mit! Wo treffen wir uns? Findet keinen Groschen, gibt auf, rennt hinter den Leuten her, die mit Koffern und Kinderwagen zum Bunker strömen, heulend, das fällt im Gedränge nicht auf.

Irgendwie, sage ich, irgendwie waren wir alle Nazis.

Ach hör doch auf mit deinem 68er-Masochismus! sagt Amelie.

Im Winter 43/44 haben wir uns getrennt. Amelie fuhr ins besetzte Paris, ich ins zerbombte Berlin. 1948 haben wir uns wiedergetroffen, zufällig, in einem Bonner Kellertheater. Dazwischen vier Jahre, aus denen es keine Geschichten gibt. Seltsam! Haben wir nicht darüber gesprochen?

Einmal, erinnert sie sich, sei ich im gleichen Theater als Sängerin amerikanischer Schnulzen aufgetreten und hätte den ersten Preis gemacht, 50 DM, mit denen wir bis zum Morgen feiern konnten. Wo ich das herhätte, die Songs und die besondere Art, sie zu singen, hätte mich einer gefragt, und ich hätte gesagt, daß unter den Gelegenheitsjobs, mit denen man sich »in jener Zeit« über Wasser hielt, ein Engagement als Sängerin in einem amerikanischen Club gewesen sei.

Stimmt! sage ich. Das hatte ich ganz vergessen.

Amelie schaut auf mit ihren seltsamen Augen, die je nach Beleuchtung die Farbe wechseln und jetzt hellgrün in der Dämmerung leuchten. Solange sie mich anschaut, kommt es mir so vor, als wüßte sie mehr, als sie sagt.

Die Sonne ist gewandert und wird gleich hinter der Hausecke verschwunden sein. Amelie tut einen leisen Schrei. Unbemerkt hinter unserem Rücken ist der Hibiskus aufgeblüht, rosig leuchtend im letzten Sonnenstrahl.

Im Atelier mit dem großen Oberlichtfenster, hinter dem es nie ganz dunkel wird, öffnet sie den Souvenirkoffer, löst Bändchen, legt Lavendelsträuße beiseite. Aus dem Kalender 1947 liest sie murmelnd Stichwortnotizen. Auch sie hat »in jener Zeit« verschiedene Jobs gemacht, unter anderem Fahrten mit einem britischen Kulturoffizier zwecks Registrierung ausgelagerter Kunstschätze, Musik- und Theaterkritik für verschiedene Zeitungen und natürlich das Studium. Der Name Jupp, häufig vermerkt, erinnert an einen Kollegen von der *Volksstimme*, Mitglied im Kulturbund für die demokratische Erneuerung Deutschlands, Kommunist. So etwas gab es in Bonn am Rhein, wenn auch nicht lange. Und dann kommt ein Datum, das mich elektrisiert: 4. bis 8. Oktober Schriftstellerkongreß in Berlin. Mein Kongreß!

Ich muß dich enttäuschen, sagt Amelie. Nicht wegen der deutschen Literatur hat sie Jupp begleitet, der als Berichterstatter eingeladen war. Damals las sie Sartre, Camus, Bernanos, Claudel. Sie ist mitgefahren, weil sie weg wollte, irgendwohin, möglichst weit, möglichst ans Meer. Und das habe ich fertiggebracht, frag mich nicht wie. Ahrenshoop steht im Kalender. Quartier in einem riedgedeckten Haus, das aus unbekannten Gründen leerstand, außen rustikal, innen luxuriös, Bad mit Meerblick. Kannst du dir vorstellen, was das für mich war, heißes Wasser zu jeder Tages- und Nachtzeit und die Ostsee im Fenster. Als Amelie das Bad gesehen hatte, hat sie zu Jupp gesagt: fahr du zu deinem Kongreß. Ich bleibe hier!

Sie kramt ein Foto aus dem Koffer und hält es ans Licht. Es zeigt eine junge romantische Amelie an einer Meeresküste, das Gesicht im Profil der grauen Weite zugewandt. Der Wind weht ihr Kleid zur Seite, so daß die zarten Formen ihres Körpers hervortreten – eine professionelle Arbeit, durchaus geeignet, das Titelblatt einer Illustrierten zu zieren. Dafür war es auch bestimmt, sagt sie, leider hat sie den Abdruck nie zu sehen gekriegt. Ein Seufzer verrät, daß eine neue Geschichte unterwegs ist: Ahrenshoop nach dem Kongreß.

Jupp hatte eine ganze Meute Journalisten verschiedener Nationalität angeschleppt in der hinterlistigen Absicht, sich einen Transport für die Heimfahrt zu besorgen. Der Amerikaner, der das Foto gemacht hat, fuhr einen dicken Chevrolet. Er war ein guter Typ, nicht laut wie die meisten Amerikaner, eher schweigsam, vielleicht melancholisch, dunkle Augen, in denen man nicht lesen konnte. Es hätte vielleicht was draus werden können, mindestens eine Sympathie, ein gutes Gespräch, wenn die Männer nicht angefangen hätten zu trinken, zu streiten – politisch –, dafür hat sich Amelie noch nie interessiert. Worum es ging, weiß sie nicht mehr, nur, daß der Fotograf enttäuscht war von dem Kongreß und seinen Teilnehmern. Offenbar hatte er etwas anderes erwartet – mehr Stolz, mehr Würde, irgendeine Spur von einem anderen Deutschland, das nach seiner Meinung unter den Trümmern zu finden sein müßte.

Nur die alte Ricarda Huch hat ihm imponiert. Er hat eine ganze Serie Fotos von ihr geschossen, die er herumgehen ließ. Eins davon hat Amelie sich ausgebeten. Sie kramt im Koffer, zwischen Stößen von Briefen und Fotos, dann hat sie es in der

Hand. Es zeigt die Dichterin beim Einsteigen in ein Militärauto. Einen Fuß schon im Innern wendet sie sich um, winkt, lächelt, Wind im Haar und in der duftigen Schleife an ihrem Hals.

Beim Anschauen durchfährt es mich, daß ich genau dieses Foto schon einmal gesehen habe, nicht vor kurzem, bei meinen Recherchen in Marbach, sondern in einer fernen, von Schlaf und Krankheit verdunkelten Vergangenheit hinter geschlossenen Jalousien. Und daß dieses Sehen von unangenehmen Gefühlen begleitet war.

Diese Dame sei nun wirklich nicht repräsentativ, hat Jupp gesagt. Ein Fossil! Ebensogut könne man Ina Seidel oder Agnes Miegel aus der Kiste holen. Darüber gab es Streit. Amelie ist zum Meer hinuntergegangen in der Hoffnung, der Amerikaner werde ihr nachgehen, aber der hat sich festgeredet und festgetrunken, und als sie zurückkam, war seine Stimme von betrunkener Sentimentalität aufgeweicht, deutsche Brocken dazwischen, Worte, die man nicht an amerikanischen Colleges lernt – eine verstümmelte, hilflose Sprache, auch das Amerikanische ärmlich, der Wortschatz mager, keineswegs ausreichend für die Gefühle, die er ausdrücken wollte.

Amelie mit ihrem feinen Ohr für Nuancen hatte den Eindruck, daß er in keiner der beiden Sprachen richtig zu Hause sei. Sie hat Jupp beiseite genommen und gefragt, ob der Amerikaner tatsächlich ein Amerikaner sei oder ein Emigrant oder Emigrantensohn aus Deutschland, wahrscheinlich jüdisch, dafür hat sie einen Blick, wahrscheinlich als Junge in die Staaten gekommen, mit den Eltern oder allein, zu Verwandten, die ihm das Heimweh nach dem anderen Deutschland eingepflanzt hätten: Eichendorff, Schubert, Beethoven, blaue Blume, Waldeinsamkeit... Aber mit Jupp war nicht mehr zu reden. Zuviel Wodka und Whisky war geflossen. Der Wodka-Spender hat angefangen, schwermütige Lieder zu singen, und aus dem Garten nebenan haben deutsche Stimmen geantwortet. Da saß wohl auch eine sentimentale Runde und sang. Amelie, die nie trinkt und deshalb immer einen klaren Kopf behält, hat gesehen und gehört, wie der Amerikaner mitsang: *Kein schöner Land in dieser Zeit* ... so schrecklich falsch, daß sie ein Kichern nicht unterdrücken konnte. Damit hat sie alles verdorben. Der Fotograf hat ihr einen schweren Blick zugeworfen, ist aufgestanden, ins Haus gegangen, nicht wiedergekommen, und am anderen Morgen, als man sich zum Frühstück traf, war er schon abgefahren mit seinem Chevrolet, obwohl er versprochen hatte, sie bis Bonn mitzunehmen. Das ist alles – eine Affäre in nuce, die sie sich selbst vermasselt hat wie so vieles.

Amelie schließt die Augen. Es ist Zeit zu gehen und das ist mir auch recht, weil der Bordeaux und die Geschichte aus Ahrenshoop eine Verwirrung in meinem Kopf angerichtet haben, mit der ich lieber allein sein will.

Später in der Nacht wähle ich noch einmal Amelies Nummer, lasse aber nur kurz durchklingeln, weil mir zum Bewußtsein kommt, daß es schon nach Mitternacht ist, Amelie mit Oropax und Augenbinde im ersten Schlaf – unverantwortlich sie hochzuscheuchen, nur um zu erfahren, ob auf der Rückseite des Fotos Name und Adresse des Fotografen gestempelt ist...

Hier, im grünen Abseits der bayerischen Provinz ist von Ost-West-Turbulenzen wenig zu spüren. Die Freunde erzählen, daß es zur Zeit der Massenausreisen auf dem Sportplatz vor der Stadt eine vom Roten Kreuz betreute Zeltstadt gegeben habe, zu der die Bürger anfangs ihre Abendspaziergänge lenkten. Es entstand eine Art Korso – langsames Auf und Ab, verstohlene Blicke auf die Trabis am Straßenrand und die unansehnlich gekleideten Fremden, die, geleitet von Lautsprecheranweisungen, eine Schlange vor dem provisorischen Anmeldestand bildeten. Ein Vorstandsmitglied der hiesigen Chemieindustrie erklärte allen, die es hören wollten, daß der Zustrom aus dem Osten ein Gewinn für die bayerische Wirtschaft sei: fleißige, strebsame, bescheidene Leute, die unseren sogenannten Arbeitslosen schon Beine machen würden.

In der Altstadt, die sich als ein Ensemble aus mittelalterlichen Fassaden, Geschäften und Gaststätten präsentiert, sah man sie an Schaufenstern kleben. Zum Kauf kam es selten. Nur die Supermärkte verließen sie mit vollgepackten Plastiktaschen. In den Gasthäusern traf man sie nie. Eines Tages waren die Trabis mitsamt den Fremden verschwunden. Die Zeltstadt stand noch eine Weile, dann wurde sie abgebaut, und die Bürger gingen wieder den gewohnten Weg zum Abendschoppen am Stammtisch.

Meine Arbeit und die Gefühle, die sie begleiten, finden hier keine Resonanz. Nur wenige haben die Spaltung als persönlichen Schmerz empfunden. Schließlich war nicht Bayern gespalten, sondern Deutschland – ein abgehobener Begriff für Wahlkämpfe, Stammtischreden und Fußball-Weltmeisterschaften, zu blaß, um im Leben Fuß zu fassen. Nun gleitet die Wiedervereinigung auf Fernsehschirmen vorüber wie ein fernes Schiff, das, kaum wahrgenommen, schon unter dem Horizont verschwunden ist.

Ich sortiere meine Notizen und beginne zu schreiben. Die ruhige, regelmäßige Arbeit gibt mir das Gefühl, in einem Altwasser zu kreisen, abseits vom großen Strom endlich in meiner eigenen von Tag und Nacht, Herzschlag und Atem bestimmten Zeit. Gelegentlich arbeite ich in den Bibliotheken der Landeshauptstadt, und bei einer dieser Fahrten besuche ich Walter Kolbenhoff, der 1947 mit Süskind, Penzoldt und Nino Erné von München nach Berlin fuhr, um an dem Schriftstellerkongreß teilzunehmen.

Mir gegenüber, dem Licht abgewandt, sitzt er sehr klein, sehr still in seinem Sessel, den er nur einmal verläßt, um mit winzigen Schritten, kaum die Füße vom Teppich hebend, zum Bücherregal zu gehen und das Buch herauszugreifen, das er mir schenken will: *Von unserem Fleisch und Blut*. Er hat es vor 45 Jahren in der amerikanischen Kriegsgefangenschaft geschrieben, aufgerührt von der Begegnung mit einem jungen Deutschen, der immer noch, fanatisch, unbelehrbar, an den Führer, die Wunderwaffe, den Endsieg glaubte. »Nach dem Krieg werden wir mit euch abrechnen«, droht er den Mitgefangenen, und »Wenn ich jetzt in Deutschland wäre, würde ich kämpfen bis zum Tode.«

Walter Kolbenhoff hat diesen Wahn nie geteilt. Sohn eines sozialdemokratischen Arbeiters, 1908 in Berlin geboren, gelernter Chemograph und Fabrikarbeiter mit einem mächtigen Drang nach Bildung und politischer Mitsprache, ist er früh in die KP eingetreten. Wie Willi Bredel und Erich Weinert wollte er ein Arbeiterdichter werden und mit der Feder für einen sozialistischen Weltfrieden kämpfen. Er schrieb Reportagen, Feuilletons, Erzählungen für die *Rote Fahne* und andere Zeitungen, bis der Reichstagsbrand ihn wie viele seiner Genossen aus Deutschland vertrieb.

In Kopenhagen hat er Wilhelm Reich wiedergetroffen, der zu dieser Zeit mit der Parteiführung in Konflikt geraten war.

Wegen dieser Freundschaft und seinem ersten Buch *Untermenschen*, dessen Tendenz den Genossen nicht paßte, wurde Kolbenhoff aus der Partei ausgeschlossen, ließ sich aber doch 1940 bewegen, als Agitator in die deutsche Wehrmacht einzutreten und am Endkampf in Italien teilzunehmen. Bei Monte Cassino geriet er in amerikanische Kriegsgefangenschaft und wanderte im üblichen Sechsmonatstakt von Lager zu Lager. Die Kameraden nannten ihn »Shorty« wegen seiner kleinen Gestalt. Sie mochten ihn, weil er als Sprecher und Dolmetscher ihre Interessen vertrat und sich im persönlichen Kontakt als ein verständnisvoller und verläßlicher Freund erwies. In Fort Kearny, dem liberalen Umerziehungslager für ausgewählte Gefangene, lernte er Formen der Demokratie kennen, die ihn mit Hoffnung für einen deutschen Neubeginn nach dem Kriege erfüllten. Ein demokratisches, sozialistisches, pazifistisches Deutschland sollte es sein. Von der kommunistischen Partei hatte er sich inzwischen auch innerlich gelöst.

Als er im Februar 1946 entlassen wurde, hatte er das Buch über einen Werwolfjungen im Berlin des Endkampfes gerade beendet und gab es seinem Mitgefangenen und Freund Hans Werner Richter mit der Bitte, das Manuskript an den emigrierten Bermann-Fischer-Verlag zu senden, der einen Preis für den besten Roman eines Kriegsgefangenen ausgeschrieben hatte.

Erst als er wieder in Deutschland war und unter Erich Kästner im Feuilleton der amerikanisch-lizenzierten Neuen Zeitung arbeitete, erfuhr er, daß sein Roman den ersten Preis gewonnen hatte. Der plötzliche Ruhm und sein Engagement für politische Erziehung durch Literatur mögen die Moskau-Emigranten in Berlin bewogen haben, Kolbenhoff auf die endgültige Einladungsliste zum ersten Gesamtdeutschen Schriftstellerkongreß im Oktober 1947 zu setzen.

Um ihn danach zu fragen, sitze ich hier.

Walter Kolbenhoff erinnert sich ungern. Seine Stimme, leise, eintönig, stockend, verrät eine tiefe Unlust, die sich mir mitteilt. Immer schwerer fällt es mir, mit Fragen in ein Schweigen vorzustoßen, das mit dieser Vergangenheit abgeschlossen hat und nur aus Solidarität ein dünnes Rinnsal lustloser Informationen herausläßt. Während er spricht, suche ich in seinem Gesicht nach Spuren des Mannes, der in den schlimmen Nachkriegsjahren Freundschaft für die Geschlagenen, Verirrten, Erniedrigten aufbrachte, der in leidenschaftlichen Kontroversen kämpfte: um eine humanistische Moral mit Elisabeth Langgässer, um erzieherisches Engagement mit Wolfdietrich Schnurre und Günter Eich, gegen den Haß und die pauschale Schuldzuweisung der Sigrid Undset. »Es steht alles in den Büchern«, sagt er und meint, daß ich dort nachlesen soll, was er einmal gewollt und gehofft hat. Jetzt hofft er nicht mehr. Enttäuschungen, Jahre des Vergessenseins, der Lauf der Dinge in Deutschland Ost und West haben den Funken gelöscht. Sein Schreiben hat nur kurze Zeit die Menschen bewegt, dann schlug die Stimmung um. Währungsreform und Wiederaufbau überrollten die garstige Vergangenheit und alles, was an sie erinnern wollte. Mit der Kahlschlagliteratur verschwanden auch Kolbenhoffs Bücher aus den Verlagsprogrammen, das letzte dieser Jahre konnte 1952 nicht mehr erscheinen. Spätere Arbeiten fanden wenig Resonanz.

Erst 1984, als aus der Erinnerung Geschichte geworden war, kam der Fischer-Verlag auf den vergessenen Autor zurück und nötigte ihn, noch einmal seine Erinnerungen zusammenzufassen. So entstand *Schellingstraße 48*, die kurze Geschichte einer freien Presse, die schon 1947 mit dem Verbot der Zeitschrift *Der Ruf* zu Ende ging. Eine ständig verschärfte Zensur führte zu Spannungen, die schließlich unerträglich wurden. Am 31. März 1949 kündigten sieben deutsche Redakteure der Neuen Zeitung: Peter Boehnisch, Hildegard Brücher, Carl Heinz Ebbinghaus, Gustav René Hocke, Walter Kolbenhoff, F. Steppat, Lotte Stuart. Boehnisch und Ebbinghaus gaben folgende Erklärung ab: »Die Neue Zeitung soll auf Befehl der Informationsabteilung von OMGUS (Office of Military Government for Germany, United States) in Zukunft ausschließlich ein Hausorgan der amerikanischen Militärregierung sein.

Dieser Befehl – die Militärregierung ist natürlich berechtigt, sich ein Hausorgan zu schaffen – bedeutet, daß die NZ nicht mehr Zeitung, sondern nur noch Mitteilungsblatt sein kann. Dem Blatt ist von nun an verboten, ein Forum für deutsche Meinungen zu sein. Deutsche Auffassungen, die sich von den offiziellen amerikanischen unterscheiden, dürfen nicht mehr wiedergegeben werden. Diese Direktiven – eine scharfe Zensur durch amerikanische Beamte kommt hinzu – sind mit unserer Auffassung von fairem Journalismus nicht zu vereinbaren. Sie stellen einen Zustand her, wie er selbst im Jahr 1945 nicht bestand. Wir bedauern, daß der Weg der NZ, der zu einer amerikanisch-deutschen Verständigung führen sollte, damit unterbrochen ist. Der neue Zustand scheint unserer Ansicht nach das Ergebnis einer extremen Skepsis gegenüber Deutschland zu sein, die sich in jüngster Zeit in einer planmäßigen antideutschen Kampagne geäußert hat. Von dieser Haltung haben sich offensichtlich auch maßgebende Beamte der US-Militärregierung irreführen lassen. Der daraufhin erfolgte Rückfall in die schärfste Zensur ist den offiziell verkündeten außenpolitischen Zielen der USA konträr entgegengesetzt.«

Die Redakteure durften die Redaktionsräume nur noch einmal betreten, um ihre persönlichen Sachen aus den Schreibtischen zu räumen. Danach galt striktes Hausverbot. Die Wohnung Schellingstraße 48, Mittelpunkt eines großen Freundeskreises, wurde gekündigt. Aber noch gaben sie nicht auf. Die Mitarbeiter des *Ruf*, zu denen auch Walter Kolbenhoff gehörte, setzten sich auf Anregung von Hans Werner Richter zusammen und schmiedeten Pläne für eine neue Zeitschrift, die die Nachfolge des *Ruf* antreten sollte: *Skorpion*. An einem sonnigen Septembertag 1947 fuhren siebzehn Schriftsteller zum Landhaus der Dichterin Ilse Scheider-Lengyel bei Füssen, um eine Redaktionssitzung für die Nullnummer abzuhalten.

Staubig und müde nach einer endlosen Reise im Personenzug nach Weilheim, dann in einem stinkenden Holzgaser nach

Füssen, werfen sie die Kleider ab und springen in den Bannwaldsee, der zum Haus gehört. Zum Abendbrot gibt es frischgefangene Hechte – eine lustvolle Erinnerung, die in allen Berichten auftaucht: wie hungrig sie waren, wie köstlich das Mahl. Später sitzen und liegen sie auf dem Boden in einem der kleinen, mit Möbeln vollgestopften Zimmer und lesen einander unveröffentlichte Texte vor. Es ergibt sich ganz selbstverständlich, daß Hans Werner Richter die Kritik leitet. Sie ist genau, ehrlich, manchmal hart, nie böswillig, weil alle das gleiche Ziel verfolgen: eine neue, ehrliche, realitätsbezogene Literatur. Mit Mißtrauen reagieren sie auf große Worte und Phrasen, auf Weiheton und O-Mensch-Vibrato. Der Sprechstil dominiert, Landsersprache, reduziert auf das Notwendige. Gertrude Stein und Ernest Hemingway sind im Geiste dabei. Gegen Morgen der dritten Nacht, als die Zuhörer, ermattet von einer endlosen Romanlesung Schnurres, mit dem Schlaf kämpfen, sagt Walter Kolbenhoff: »Nun hör man auf, Wolfdietrich, jetzt ist es genug.«

Hoffnungsvoll fahren sie nach München zurück und müssen erleben, daß die Bemühungen um eine Lizenz erfolglos bleiben. Die Konzeption der Zeitschrift paßt nicht in das veränderte Klima der amerikanischen Containment-Policy, die Roosevelts Great Design abgelöst hat. *Skorpion* ist gestorben, ehe er das Licht der Welt erblickt hat. Geboren ist die Gruppe 47, die von nun an Jahr für Jahr zusammentreten wird und sich, allerdings um den Preis des Verzichtes auf politische Stellungnahme und Wirkung, bis in die späten sechziger Jahre gehalten hat.

»Und ich war dabei!« sage ich, stolz, etwas Eigenes beizutragen. Walter Kolbenhoff winkt ab: »So wie am Anfang war es nicht mehr, als du dabei warst.« Und wie er das sagt, leise, mit unbewegtem Gesicht und trübem Blick, weiß ich plötzlich, von welcher Art seine Traurigkeit ist, weiß es von innen her, als hätte ich sie selbst schon einmal erlebt. Es ist die Trauer um eine Hoffnung, die allmählich erlischt und mit ihrem Erlöschen die Menschen, die sie getragen haben, voneinander entfernt. Solange sie gemeinsam an eine gute Sache glaubten und für sie arbeiteten, bestand zwischen ihnen eine besondere Art von Freundschaft, die, unabhängig von persönlichen Sympathien, Störungen überwand und Kraftreserven erschloß, die nun versiegen. In dem kalten Licht, das die schwindende Hoffnung hinterläßt, entdecken sie, daß sie wenig gemeinsam haben. Differenzen, Schuldzuweisungen zerstören die Erinnerung an das, was sie einmal verband. Es wird kälter in der Welt.

Walter Kolbenhoff ist ein großer Freund solcher Freundschaften gewesen. Sie waren sein Lebenselement im Berlin der dreißiger Jahre, in Kopenhagen, in den Gefangenenlagern, im Nachkriegs-München und in der Gruppe 47, wie sie am Anfang war, ehe mit Berufskritikern, Verlegern und Medien der Kommerz eindrang. Um diese Art Freundschaft wiederzufinden, ist er immer wieder zur Gruppe gekommen, auch in den späten Jahren, als ich dabei war und mich wunderte, was dieser kleine stille Mann dort zu suchen hätte. Er las nie vor, beteiligte sich nicht an den Diskussionen, aber am Abend, wenn die Spannung sich löste, saß er, Wärme ausstrahlend, in der Mitte des inneren Kreises und gehörte auf eine Weise dazu, wie die Neuen nie dazugehören würden.

Das ist nun auch vorbei. Die Traurigkeit des Walter Kolbenhoff hat in diesem Land keinen Ort mehr. Sie ist ganz in ihn hineingekrochen, hat seine Gestalt angenommen, seinen Schritt, seinen Blick, seine Stimme. Ich spüre sie wie einen sanften Sog, der mich mitziehen will in den matten Strom der Resignation.

Abrupt komme ich auf mein Thema zurück, den Berliner Kongreß: Es war doch Hoffnung dabei, ein Versuch, die Spaltung zu verhindern und gemeinsam für einen neuen Anfang zu arbeiten.

Das war schon vorbei, als der Kongreß begann, sagt er.

Achtundzwanzig Stunden ist er im Zug von München nach Berlin gefahren, stehend im Gang, nachdem er die Reisegruppe (Penzoldt, Süskind, Erné) und das reservierte Abteil verfehlt hatte. In Berlin holt Major Dymschitz persönlich die Gäste am Bahnhof ab und bringt sie zum Hotel. Aber dort hält Kolbenhoff es nur eine Nacht aus, dann fährt er zu seinem Vater nach Adlershof, den er vor dreizehn Jahren im Streit verlassen hat und der jetzt keine Freude zeigen kann, kaum Überraschung. Während der Sohn erzählt, schläft die Mutter ein, übermüdet von nächtlichen Russengelagen in ihrer Wohnung. Von dem, was Berlin einmal für ihn war, findet er nichts außer Trümmern, und die gibt es in München auch.

In den Schriftsteller-Diskussionen des Kongresses brechen die alten Konflikte auf, zwischen links und rechts, Ost und West, innerer und äußerer Emigration, Innerlichkeit und Engagement. Sie blafften sich an, als wären sie Apparatschiks der jeweiligen Besatzungsmacht, sagt Kolbenhoff, und ich sehe ihm an, daß er sehr allein war unter den Kollegen – nirgends ganz zugehörig: kein Kommunist mehr, kein Genosse der Arbeiterdichter, die einst seine Idole waren und nun Funktionäre geworden sind, aber auch kein Bürgerlicher, kein Bewohner eines Elfenbeinturms, kein Priester der Innerlichkeit, Emigrant zwar, aber auch Frontsoldat und Kriegsgefangener in den USA, der zur Heimkehr nicht den Osten, sondern den Westen gewählt hat. Dort, in München, sind seine Freunde zurückgeblieben und die Hoffnung auf einen besonderen deutschen Weg, der schon verbaut ist, während die Schriftsteller noch ihre Geisterkämpfe führen.

Er erinnert sich nicht an die Diskussionen, hat nicht zugehört, das Gezänk an seinen Ohren vorbeigehen lassen. An Theorien und Proklamationen hat ihm noch nie was gelegen. Nur zwei Eindrücke sind ihm geblieben: Der Auftritt von Ricarda Huch, der großen alten Dame der Literatur, und der Russenempfang – das einzige rauschende Fest des Kongresses mit singenden, tanzenden Sowjetsoldaten, Wodka, Trinksprüchen, Umarmungen, Verbrüderungen.

Auch Kolbenhoff bringt einen Toast aus, an dessen Inhalt er sich nicht erinnert. Ich finde ihn später im Kongreßprotokoll. Er spricht von dem »ungeheuren Optimismus«, mit dem er aus der Gefangenschaft nach Deutschland zurückkam, »überzeugt, daß ein Aufbau im Gange wäre ... daß die Seelen und Herzen der Menschen erfüllt wären von neuen Ideen des neuen Vaterlandes. Wir wurden damals enttäuscht, aber doch nicht so sehr, daß wir den Glauben an das antifaschistische Deutschland verloren hätten«. Dann hebt er sein Glas »auf die Kameradschaft der Schriftsteller und auf das große antifaschistische Reich, auf das wir alle hinarbeiten«. Als sie in die Nacht hinaustreten, stehen Sowjetsoldaten bereit, die ihnen zum Abschied Stöße von Marx-Lenin-Literatur in die Hand drücken, die sie im Rausch über die Straße Unter den Linden verstreuen.

Viel Wodka, viel Rausch muß nötig gewesen sein, um einen Rest des alten Gefühls hochzuschwemmen, und da der Russenempfang ziemlich zu Anfang des Kongresses stattfand, ist anzunehmen, daß die nächsten Tage von einem Dauerkater verdüstert waren.

Zur Rückfahrt verpaßt er den Zug mit dem reservierten Abteil und macht eine Horrorreise über Hannover: Zugwind durch scheibenlose Fenster, Gedränge, Gestank, blockierte Klos, Kindergeschrei, giftige Gespräche (»Beim Hitler hätte es das nicht gegeben!«), Neid und Haß beim Anblick von Juden, die aus Fleischkonserven löffeln. Völlig erschöpft steigt er in München aus und geht zwischen den Trümmern nach Hause, zu dem einzigen Ort, der noch Wärme für ihn verwahrt. In der Schellingstraße 48 brennt Licht, die Frau wartet...

Sie ist auch heute dabei, bringt Kaffee, lädt zum Mittagessen ein – die »liebe Isolde« der Widmung, die er seinem letzten Buch vorangestellt hat – immer noch hübsch, lebendig, herzlich mit dem rheinischen Singsang in der Stimme. Walter kommt schon zurecht, sagt sie heiter bei Tisch. Wenn ich auf Reisen bin, versorgt er sich selbst, das hat er im Lager gelernt. An schönen Tagen trifft er sich mit Hans Werner Richter, der im nächsten Vorort wohnt, und sie gehen miteinander spazieren.

Wovon reden sie?

Nichts Besonderes, sagt er und meint: Nicht von damals, wenn du das denkst. Darüber ist nichts mehr zu reden.

Abends sitze ich mit den Freunden zusammen, die vor einem knappen Jahrzehnt mit ihren Initiativen, Gruppen, Arbeitskreisen so etwas wie politisches Leben in der Region entfacht haben – junge Frauen und Männer zwischen Schule und Arbeitsleben, die vor dem Einstieg in die Gesellschaft zurückschreckten und in einer Art Zwischenzeit verharrten – unruhig, von Zweifeln geplagt, auf der Suche nach Hoffnung und Sinn über die private Existenz hinaus. Ein paar Alte wie ich kamen hinzu. Die mittlere Generation war dünn vertreten: Lehrer, einzelne Kommunisten, ein paar Randfiguren der SPD, die immer noch an den Änderungswillen ihrer Partei glauben wollten und von dieser gelegentlich zurückgepfiffen wurden. Einige hatten in Nicaragua Schulen und Krankenhäuser gebaut, andere befaßten sich mit heimischen Umweltproblemen, mit Rüstungsbetrieben, militärischen Übungen, Waffenexport. Sie alle nahmen an Ostermärschen und Rüstungsprotesten teil. Auch heute, nachdem ein schleichender Bildwechsel die Freundschaften getrennt und die Gruppen auseinandergetrieben hat, erkennen sie einander und begrüßen sich auf die alte Weise, mit leichten Berührungen an Arm und Schulter, als wollten sie sich vergewissern, daß der andere immer noch da ist.

Alle, die jetzt um den Tisch sitzen, arbeiten in einem ordentlichen Beruf. Sie sind Zeitungsleser geworden, kritisch, aber nicht mehr aktiv – keine Zeit, keine Lust, keine Vision. Im Ton von Es-war-einmal sprechen wir von der Zeit der großen Demonstrationen, vom kleinen Anfang, langsamen Aufstieg, vom Massenzulauf, vom Niedergang, den jeder auf seine Weise erlebt hat.

Für mich ist der Umschlag in einem einzigen bitteren Augenblick erfolgt, auf der Heimfahrt von der Menschenkette Stuttgart-Ulm, die alle, die dabei waren, in einen glücklichen

Rausch versetzt hatte, so als stünden wir an der Schwelle einer neuen, von Krieg und Ausbeutung erlösten Zeit. Es war schon dunkel, als wir in den Bus stiegen. Anfangs sangen die Leute noch, dann sanken sie gegeneinander, Köpfe an Schultern, im Schoß des Nachbarn, Geflüster, Atemzüge, Schnarchen, Frankas Kopf schwer und schmerzhaft auf meinen Oberschenkeln, ihr Gesicht vom Schlaf gelöst, kindlich, befreit von dem zornigen Trotz, gegen den ich so oft gestritten hatte. Nun sah ich sie mit Zärtlichkeit an. Die Schlafenden im Bus und die vielen, die jetzt, glücklich wie wir, nach Hause fuhren, knüpften in meinem Kopf ein Netz von Freunden über das ganze Land, das ich, weil mir kein besseres Wort einfiel, Volk nannte.

Später – ich muß eine Weile geschlafen haben – brach die Musik aus dem Radio ab – Nachrichtenzeit. Die Schläfer fuhren hoch, gespannt, was der Sprecher von unserer großen Sache berichten würde. Auslands- und Inlandsnachrichten gingen vorbei. Gegen Schluß, kurz vor dem Wetterbericht, war von einer Verkehrsbehinderung auf der B 10 die Rede, die inzwischen beseitigt sei. Sonst nichts.

Eine Kälte im Rücken sah ich mich nach den anderen um. Sie saßen immer noch dicht an dicht wie vorher, aber ihre Blicke wichen einander aus, und das Schweigen war hart geworden. Ich spürte im eigenen Körper, wie sie, von einer eisigen Strömung erfaßt, auseinandertrieben, jeder in seine privaten Gefühle von Zorn, Enttäuschung, Ohnmacht.

Franka in meinem Schoß spürte es auch. Was ist los? murmelte sie. Nichts, schlaf nur! sagte ich und dachte, du erfährst es noch früh genug: die Sympathisanten werden zuerst auseinanderlaufen, dann lockern sich die Gruppen. Der Frust dringt ein. Freundschaften zerbrechen. Streit, Entfremdung, Schuldzuweisungen. Wieder einmal stirbt eine Bewegung. Das Volk in meinem Kopf, eben noch ein Netz von Freunden über das ganze Land, schnurrte zu einem steinernen Block zusammen, an dem sich Generationen von Spinnern die Köpfe eingerannt haben: die schweigende Mehrheit.

Das Gespräch hat sich indessen anderen Themen zugewandt. Es geht um die Schwierigkeiten des Schreinerkollektivs, darum, einen Rest der ursprünglichen Konzeption über Sach- und Marktzwänge hinüberzuretten. Man ist bescheiden geworden. Daß in den um Sachlichkeit bemühten Stimmen etwas von der Traurigkeit des Walter Kolbenhoff mitschwingt, hört außer mir keiner.

Am anderen Morgen will sich die Lust zur Arbeit nicht mehr einstellen. Ich packe meine Papiere zusammen und sitze ein paar Tage später wieder im Zug nach Berlin...

Drüben ist nicht mehr drüben, das weiß ich schon eine ganze Weile, aber die Gefühle sind noch weit zurück. Erst als ich an einem Sommerabend im Juli 1990 zu Fuß durch die Mauer gehe, beginnt der Wirbel im Kopf, der allmählich das Drüben auflösen wird.

Bisher sind wir bei unseren Abendspaziergängen über den Erkelenzdamm zur Mauer gegangen und auf dem Karnickelpfad an ihr entlang, vorüber an Malereien und Schriften und im Bogen wieder zurück zum Landwehrkanal, nach Hause. Die bemalte Mauer war das Ende, die Kulisse, vor der das Dauerstück Kreuzberg spielte mit seiner Massenstatisterie aus Kleinbürgern, Geschäftsinhabern, Türken, Autonomen, Studis, Juppis, Alkis, Müslis mitsamt den unvermeidlichen Hunden. Hinter der Mauer war Drüben, vom Hochstand aus zu betrachten, aber das taten nur Staatsgäste und Touristen. Durch Straßenschneisen sah man den Fernsehturm und die oberen Stockwerke geräumter Häuser – eine täuschende Nähe, die sich durch Wartezeiten und unvorhersehbare Hindernisse in reale Ferne verwandelte. Man brauchte viel Zeit, um über Bahnhof Friedrichstraße nach drüben zu fahren – ein Entschluß, den viele Leute im Kiez nie gefaßt haben. Was sollten sie dort? – Fremde Stadt, fremde Leute, fremdes Geld. Sie hatten ihr Leben auf die Mauer eingerichtet. In ihrem Schatten duckten sich Zelte, Buden, Bauwagen. Gärtchen wurden angelegt, Hühner gehalten, Wäsche aufgehängt, Picknicks veranstaltet. Kreuzberg war Randzone, Freizeitpark für kleine Leute, Grenzland. Auf die Dauer wurde das Zusammenfallen von Ferne und Nähe nicht mehr als Widerspruch empfunden. Die Mauer wurde normal.

Die da drüben sahen das anders. Ich erinnere mich an einen

Familienstreit bei Freunden in Ostberlin, als die Kinder sagten, für sie sei Deutschland an der Mauer zu Ende, was dahinter läge, sei Ausland. Die Eltern erregten sich, als sei etwas Unanständiges ausgesprochen. Ich versuchte zu schlichten. Die Kinder seien schließlich mit der Mauer aufgewachsen, bei uns sähen die Jungen das ebenso. Aber das machte die Sache nur schlimmer. Ich, eine von drüben, hätte mich nicht einmischen sollen. Inzwischen sind wir wiedervereinigt und streiten nicht mehr. Unsere Gespräche sind selten und flüchtig geworden. Es ist, als brächen sich unsere Stimmen an einem unsichtbaren Hindernis, das an die Stelle der zusammengebrochenen Mauer getreten ist.

Nur Reste stehen noch, die man sozusagen von innen besichtigen kann, weil es zwei parallel-laufende Mauerzüge gibt und zwischen ihnen einen Asphaltstreifen, auf dem die Volkspolizisten ihre Kontrollen fuhren. Nun kurven dort Türkenkinder auf Fahrrädern und Rollschuhen. Mit den reichlich herumliegenden Steinen bombardieren sie den Wachtturm, an dem keine Scheibe mehr heil ist. Ein paar Jungens sind ins Innere geklettert und schießen mit imaginären Maschinenpistolen ratatatata aus den Fensterhöhlen.

Das Hindurchgehen durch etwas, was jahrelang unüberwindliches Hindernis war, hat etwas Lächerliches, als liefe man mit mächtigem Anlauf ins Leere – was jetzt? Bis zu den Häuserzeilen ist es noch weit. Hier ist Stadtrandwüste – geräumte verkommene Häuser, Bauzäune, Lager- und Abstellflächen, Kriegsruinen wie die zerbombte St. Michaelskirche mit grünem Gewucher im Innern. Eine Stadt läuft aus. Unwillkürlich beschreiben unsere Schritte einen Bogen, der zur Mauer zurückkehrt. In einer Straßenbucht haben Kinder Tische aufgestellt, auf denen Mauerbrocken zum Verkauf ausgelegt sind. Das Bemalen besorgen sie selber mit Plakafarben. Das bemalte Stück kostet 10 DM. Aus allen Fenstern brüllt die Fußball-Weltmeisterschaft.

Dort, wo die Mauer für die Breite einer Straße unterbrochen ist, begegnen wir Leuten, die mit Schaufel und Hacke eine knöchelhohe Sperre errichten.

Baut ihr die Mauer wieder auf?

Eine junge Frau mit Kopftuch stemmt sich am Hackenstiel hoch. Das ist gegen euren Verkehr, sagt sie. Die rasen ja wie die Blöden.

Unser Verkehr wird bald euer Verkehr sein, sage ich.

Hier nicht! sagt sie trotzig. Das hier wird eine Spielstraße. Sollen sie woanders rasen.

Beim Weitergehen Richtung Kottbusser Tor spüren wir wieder die Mauer im Rücken. Kreuzberg bleibt vorläufig Kreuzberg. Wie lang wird es dauern, bis die Wirklichkeit unter den Füßen das Bild im Kopf erreicht?

Ich war so sicher, hatte meine Ankunft doppelt gemeldet, und nun, schon beim Ersteigen der Treppe zum Archiv, fühle ich, daß es schiefgehen wird. Umzugschaos in den Gängen, neue Schilder an den Türen. Das Büro der Archivarin offen und leer. Eine Firma zieht grade ein. In einigen Räumen wird schon gearbeitet. Die Leute wissen nichts von denen, die noch vor kurzem hier saßen. Auch in der Kantine erinnert sich niemand. Endlich treffe ich eine freundliche Dame, die mit der neuen Geographie des Hauses vertraut ist. Sie führt mich in ein abgelegenes Büro ohne Aufschrift. In den Mienen der vom Schreibtisch aufblickenden Frauen gewahre ich den gleichen Widerwillen, der mir bei früheren Besuchen das Fragen vergällt hat. Zögernd geben sie zu, daß der Namen der Archivarin bekannt ist. Sie war in Urlaub, müßte aber eigentlich zurück sein. Nach langem Palaver erreicht es die freundliche Dame, daß ihr ein Schlüssel ausgehändigt wird. Er paßt zu dem gleichen Büro, in dem ich vor wenigen Wochen gearbeitet habe, aber nun ist das Chaos auch hier eingedrungen. Stöße alter Ordner türmen sich auf dem Fußboden – Sonderausgaben, Reisekosten, Schriftwechsel. Meine Dokumentation ist nicht dabei, der Schrank, in dem sie sich vermutlich befindet, verschlossen. Die Dame, inzwischen eilig und eine Spur weniger freundlich, rät mir, einen Verlag aufzusuchen, in dem sich möglicherweise das Original der Dokumentation befindet. Sie nennt mir den Namen der zuständigen Lektorin.

Und wieder Treppen hinauf, Gänge entlang, Namenschilder entziffern, fragen, fragen. Niemand weiß, wo die betreffende Lektorin sitzt. Man ist in letzter Zeit mehrfach umgezogen. Einen Portier gibt es nicht mehr. Versuchen Sie es mal hier ... oder da ... oder vielleicht dort. Nach langen Irrwegen und trüben Gedanken über die unaufhaltsam abstürzende Laune lande ich in einem Büro mit Wohnzimmercharakter – Zimmerpflanzen, Bilder, Kaffeetisch, eine gewisse Freundlichkeit: Ja, es gibt diese Dokumentation, aber sie ist nicht im Hause. Irgend jemand arbeitet daran. Im nächsten Frühjahr soll ein Buch über den Kongreß erscheinen. Sie nennt mir eine Adresse, und ich notiere gehorsam, obwohl ich weiß, daß ich nicht anrufen werde. Ganz nebenbei bemerkt sie, daß die westlichen Kongreßteilnehmer damals kein Wort über die Zensur in ihren Zonen verloren hätten. Wie verträgt sich das mit der sogenannten Freiheit? Müde winke ich ab. Ich weiß, ich weiß, jeder nach seiner Façon. Ein Telefonklingeln signalisiert, daß die Lektorin anderweitig gebraucht wird, schade, sie hätte sich gern noch ein wenig mit mir unterhalten. Vielleicht ein anderes Mal.

Ziellos treibe ich die Friedrichstraße hinunter. Heute wird mir nichts Erfreuliches mehr passieren. Ebensogut könnte ich mich ins Bett legen und den angebrochenen Tag verschlafen, aber nicht einmal dazu reicht meine Entschlußkraft. Also weiter bis zum Checkpoint Charlie, wo auf Tischen die Embleme des sterbenden Staates zum Verkauf ausgelegt sind: Stahlhelme, Pelzmützen, Uniformteile, Schulterstücke, Fahnen, Orden. Die Passanten strömen blicklos vorüber. Die echten Interessenten, Souvenirjäger, vorzüglich Amerikaner, sind noch nicht auf den Beinen. Schon stehe ich mit einem Fuß dort, wo früher »der Westen« begann, da grölt mir ein Rudel betrunkener Fußballfans entgegen. Is was, Alte? sagt einer und bläst mir seinen Bieratem ins Gesicht.

Ich drehe mich um und fliehe, das Gegröle im Rücken, den gleichen Weg zurück, weiche in eine Seitenstraße aus, warte im Schutz eines Bauzauns, bis sie vorüber sind. Langsam weitergehend tauche ich in eine unwirkliche Stille, als sei ich in einen Brunnen gefallen und bewegte mich nun auf einer anderen tieferen Ebene, nicht auf der grünen Wiese der Frau Holle, sondern im Ruinenland meiner Erinnerung. Die Vorderhäuser dieser Straßenseite sind weggebombt. Hinter den Bauzäunen klaffen Höfe mit Schutt- und Müllbergen, begrenzt von den geborstenen Fassaden der Gartenhäuser. Ich steige durch eine Zaunlücke und gehe, vorsichtig Fuß vor Fuß setzend, auf ein turmartig aufragendes Treppenhaus zu, das bis zum dritten Stock erhalten ist, während von den Wohnungen links und rechts nur Reste hängengeblieben sind.

Es kommt mir so vor, als folgte ich einer unsichtbaren Spur, die meinen Sohlen mitteilt, daß ich hier schon gegangen bin, nicht einmal, sondern viele Male am Tag und in der Nacht, durch diesen Hof, vorüber an diesen Fassaden zu der Tür, die jetzt schief in den Angeln hängt und kreischend nachgibt, als ich dagegendrücke. Im Modergeruch steige ich abgetretene Stufen hinauf, an abgestellten Mülltüten vorüber. Durch ein Türloch, neben dem noch der Briefkasten hängt, schaue ich in einen abgebrochenen Gang, der in eine Wildnis von Gestrüpp und Brennesseln mündet. Plötzlich löst sich der Briefkasten aus der Wand und fällt, Staub und Asche verstreuend, auf meine Füße. In Panik flüchte ich die Stufen hinunter und, über Schutthaufen springend, durch den Hof zur Zaunlücke und auf die Straße, dann langsamer, ein Zittern in den Knien, zur nächsten Ecke, suche nach einem Straßenschild, aber es gibt keins. Könnte es sein, daß ich in dieser Straße gewohnt habe? Ich nehme mir vor, auf dem Stadtplan nachzusehen, und merke mir die Lage der Straße. Allmählich läßt das Traumgefühl nach. Schneller, fester auftretend, gehe ich die Friedrichstraße entlang. Vor dem Eingang des Verbandshauses fällt mir ein, daß ich noch einmal nach der Archivarin fragen könnte.

Plötzlich ist alles ganz einfach. Sie sitzt an ihrem Schreibtisch. Es tut ihr leid, daß ich warten mußte. Es gibt eben viel Lauferei mit der Umschulung, aber so wie es jetzt aussieht, könnte es klappen. Sie gibt mir die Ordner und rät zur »Beeilung« beim Lesen. Wahrscheinlich wird das Archiv von der Akademie der Künste übernommen. Ob ich es dort einsehen kann, ist fraglich. Sie jedenfalls kann mir dann nicht mehr weiterhelfen.

Am Abend schaue ich auf dem Stadtplan nach, finde die Straße und spreche den Namen mehrmals laut vor mich hin, einem Echo in meiner Erinnerung nachhorchend, das zu schwach ist, um Gewißheit zu geben.

Für den Nachmittag des 5. Oktober 1947, Sonntag, ist die erste Arbeitssitzung des Kongresses mit Referaten von Elisabeth Langgässer und Alfred Kantorowicz angesetzt. Vorher wird noch einmal begrüßt und dabei geschieht ein Mißgeschick. Der russische Arbeiterdichter und Kriegsberichterstatter Boris Gorbatow spricht im Zusammenhang mit der SPD von einer »Tarnung faschistischer Tendenzen«. Sein Nachredner, der Jugoslawe Jovan Popovic bügelt das aus, indem er die brisante Bemerkung zum Mißverständnis erklärt. Aber Gorbatow hat sicher gemeint, was er sagte. Es entspricht der sowjetischen These vom »Sozialfaschismus«, die schon 1935, beim VII. Weltkongreß der kommunistischen Internationale, korrigiert wurde, um den Weg für die Volksfront – das erstrebte Bündnis aller antifaschistischen Kräfte – freizumachen. Man kann sich die Aufregung hinter den Kulissen vorstellen. So ein Lapsus darf nicht noch einmal passieren! In einer späteren Sitzung wendet sich Willi Bredel gegen »spontane Beiträge«, die »Unvorhergesehenes« bringen könnten, und plädiert für die Beschränkung auf vorbereitete Statements, wie das auf kommunistischen Kongressen so üblich ist.

In diesem Sinne ist auch das Programm gemacht. An den Bemühungen der Kulturbundvertreter, Unliebsames abzuwürgen, sind die gesetzten Grenzen abzulesen: Keine Kritik an der Politik der Besatzungsmächte; Toleranz gegen abweichende Überzeugungen im Interesse der erstrebten Volksfront. In diesem Sinne wird mehrmals interveniert. Schwachpunkte dieser Regelung sind die Ausländer, denen man keine Vorschriften machen kann, und ein paar Unkontrollierbare unter den Deutschen: der unerschrockene Axel Eggebrecht, der ehrgeizige Heißsporn Wolfgang Harich, der poltrige Ernst Rowohlt, der leidenschaftliche Friedrich Wolf, der das Taktieren immer noch nicht gelernt hat. Aber solche Differenzen haben auf dem Kongreß nichts zu suchen. Man spürt sie nur und ahnt, daß so offen, wie behauptet, das offene Gespräch nicht laufen soll.

Nun spricht Elisabeth Langgässer – eine elegante Erscheinung, zierlich, dunkel, sorgfältig zurechtgemacht, selbstbewußt, distanziert, die Augen sprühend von leidenschaftlicher Intelligenz. Aus rassistischen Gründen 1936 aus der Reichsschrifttumskammer ausgeschlossen und seitdem mit Publikationsverbot belegt, gilt sie dem Kongreß als würdige Vertreterin der Inneren Emigration. Sie selbst beansprucht diese Rolle nicht. »Schriftsteller unter der Hitlerdikatur« nennt sie ihr Referat und bezeichnet es als Gnade, nicht als Verdienst, daß sie nicht in Versuchung kam, »mit diesem Gesindel einen Pakt zu schließen«. Ihre Rolle ist heikel. Im Hintergrund schwelt der giftige Streit zwischen dem Emigranten Thomas Mann und einigen im Lande gebliebenen Schriftstellern, allen voran Frank Thieß. In offenen Briefen sind Invektiven geschleudert worden. Das harte Verdikt Thomas Manns von dem »Geruch nach Blut und Schande«, der allen im Dritten Reich geschriebenen Werken anhafte, steht drohend im Raum.

Elisabeth Langgässer ist gewappnet. Ihre Schublade ist nicht leer wie die der meisten daheimgebliebenen Autoren. Sie enthält mehrere Zyklen bedeutender Gedichte und einen großen Roman über die Macht der Taufe, *Das unauslöschliche Siegel*, der bei seinem Erscheinen 1946 Aufsehen erregt hat. In ihrer Rede bezieht sie sich ausdrücklich und ausschließlich auf die Sprache als Aufgabe des Schriftstellers, die ihm als

Schriftsteller, »nicht als Politiker, Quäker, Christ, Humanist, Demokrat, Pazifist« gestellt ist. Sie schildert die Verführungen, Verengungen, Verfälschungen der Sprache im Dritten Reich, wie sie aufgebläht, mißbraucht, geschändet, entleert, entehrt wurde, wie aber andererseits, beim »wirklichen Dichter«, eine »Generalreinigung« stattfand durch den Verzicht auf »welthafte Breite« zugunsten einer »essentiellen Tiefe«.

Was die Leiden und Prüfungen der Dichter im Verhältnis zum Wort betrifft, sieht sie keinen Unterschied zwischen innerer und äußerer Emigration. Unnütz findet sie es, Einsichten aus dem Vergangenen zu gewinnen und Verfehlungen einzugestehen, »wenn man versäumt, die richtigen Konsequenzen zum richtigen Zeitpunkt daraus zu ziehen«. In diesem Zusammenhang warnt sie vor dem ungeprüften Übernehmen einer verbrecherisch mißbrauchten oder ungültig gewordenen Sprache. »Es gilt, bescheiden zu werden, wachsam, demütig, einfach... Höchste unerbittliche Klarheit, Redlichkeit, Moralität...«

Das Publikum ist beeindruckt. Was allerdings mit Worten wie »essentielle Tiefe«, »Einfachheit«, »Klarheit«, »Redlichkeit«, »Moralität« gemeint ist, erschließt sich erst, wenn man das Bezugssystem kennt, in dem Elisabeth Langgässer arbeitet.

Wie viele Christen in Deutschland, wie die Rénouveaux Catholiques in Frankreich, lebt sie in der Erwartung eines christlichen Aufbruchs, den sie auf ihre Weise historisch begründet: Die Menschheit befinde sich an der Schnittstelle einer weltgeschichtlichen Wende, wie sie sich schon einmal, vor 2000 Jahren, mit dem Einbruch des Christentums in die antike Welt ereignet hat. »Das mathematische Weltbild«, als dessen schuldhafte Ursache sie Luthers Reformation begreift, habe im Lauf der Jahrhunderte »die göttliche Heilswirklichkeit aus dem Leben der Menschen verdrängt«. Durch Teilnahme am Lebensentwurf des Homo Faber und an den Irrtümern des deutschen Idealismus, habe die Kirche »die christliche Existenzform verfälscht und sich zum Diener der bürgerlichen Gesellschaft und ihres verlogenen Ideals der Innerlichkeit« gemacht. Nun sei, wie zur Zeit der ausgehenden Antike, der »dialektische Umschlag« erfolgt, eingeleitet durch die neuen Erkenntnisse der Naturwissenschaft, die »das Weltbild des dreidimensionalen Raumes, der kontinuierlich ablaufenden Zeit und der kausalen Verkettung der Geschehnisse zerstört« hätten. Das moderne Existenzbewußtsein öffne sich wieder für das Wirken der irrationalen Kräfte. So wie die frühchristliche Mysteriendichtung an der lebendigen Realität des Mysteriengottes teilhatte, sei auch heute christliche Dichtung wieder möglich »als Darstellung der Wirklichkeit in ihrer metaphysischen Realität, fernab von idealistischer, psychologischer, moralistischer Denkweise«.

In diesem Sinne versteht Elisabeth Langgässer ihre »Aufgabe« als christliche Dichterin, verlangt sie in ihrer Rede »Redlichkeit, Klarheit, Einfachheit«, findet sie es »unnütz, Einsichten aus dem Vergangenen zu gewinnen und Verfehlungen einzugestehen«. Wie Geschichte überhaupt, so sieht sie auch die Nazizeit als irgendeines unter anderen Symptomen der Gottesferne, schuldhaft, aber unabwendbar, heilbar nur durch eine Umkehr der Völker zu Gott. Die »richtigen Konsequenzen« beziehen sich in ihrem System auf Buße, Umkehr, Läuterung im religiösen Sinn, wie sie es in ihrem späteren Roman *Märkische Argonautenfahrt* dargestellt hat.

Was sie in ihrer Rede sagt, ist also nicht das, was die heimgekehrten Emigranten im Trümmerdeutschland suchen, nicht Einsicht in die politischen, geistigen, moralischen Ursachen des Faschismus, schon gar nicht der Versuch, aus dieser Einsicht Strategien für die Zukunft zu entwickeln. Ihre »höhere Wirklichkeit« setzt ein Vorverständnis voraus, das von den meisten der hier Versammelten nicht geteilt wird. Christliche Dichter wie Reinhold Schneider, Albrecht Goes, Gertrud von LeFort, Rudolf Alexander Schröder sind nicht anwesend. Für ihre Art Wirklichkeit steht Elisabeth Langgässer allein.

Daß sie zur inneren Emigration gezählt wird, hat weniger mit ihrer Einstellung als mit den Zufällen ihres Lebens zu tun:

Daß sie von Geburt her Halbjüdin war und ihre erste uneheliche Tochter einen jüdischen Vater hatte. Zwar war sie von Kind auf eine gläubige und praktizierende Katholikin und hat in ihrer Jugend dem Kreis der Linkskatholiken um Walter Dirks angehört, aber ihre Haltung zur Nazi-Ideologie war zunächst ambivalent. Das Völkische, Mythische, aus Urgründen Raunende kam ihrer Leidenschaft für das Erschauen metaphysischer Bilder hinter der Realität entgegen. Politisches Denken war ihr verächtlich. Ahnungslos, was die Absichten Hitlers betraf, wählte sie 1933 die Nazipartei. Später gewannen klassische Mythen im Übergang zur christlichen Mystik die Oberhand, aber die Herrschaft der Bilder blieb. Ihr Leben lang war sie von ihnen umstellt und gehetzt, nahm die Wirklichkeit nur am Rande wahr als vom menschlichen Tun und Lassen unbeeinflußbare Spiegelungen der eschatologischen Auseinandersetzungen. So versäumte sie die Möglichkeit der Emigration, die ihr eine herzzerreißende Entscheidung zwischen der jüdischen Tochter und der als bedingt arisch eingestuften Familie erspart hätte. Das Mädchen wurde nach Auschwitz transportiert. Erst 1946 kam die Nachricht, daß es durch eine wunderbare Fügung dem Todeslager entkommen war.

Ständig unter der Bedrohung der heimtückischen Krankheit Multiple Sklerose hat Elisabeth Langgässer bis an den Rand ihrer Kraft gearbeitet, getrieben von einem Auftrag, den sie trotz bitterer Zweifel als einen göttlichen verstehen wollte. In diesem nach außen geschlossenen Raum bewegt sich ihr Denken, als sie 1947 vor dem Kongreß erscheint. Eine Verständigung kann nicht stattfinden. Es liegt ihr auch nichts daran. Sie will nur noch weg von diesem »zerstörten, unbarmherzigen, pöbelhaften, kulturlosen Berlin«, heim in die Landschaft ihrer Kindheit, an die Bergstraße. Über den Kongreß findet sich nur eine einzige kurze Bemerkung in einem Brief an Professor Waldemar Gurion in USA: »Das Ganze ist wie ein riesiges Feuerwerk verpufft und am nächsten Morgen lag verkohltes Zeug auf dem dürren Rasen.«

Nach ihr spricht Alfred Kantorowicz über deutsche Schriftsteller im Exil. Höflich beginnt er mit einem Dank an Elisabeth Langgässer für ihr »schönes Referat«, und wahrscheinlich ist es nur den Hellhörigen aufgefallen, daß er durch das Wort »Exil« einen politisch brisanten Unterschied der beiden Haltungen, die gemeinhin als »innere und äußere Emigration« bezeichnet werden, hervorhebt. »Exil« nennt er die Situation der Schriftsteller im Ausland, das bedeutet Verbannung, verjagt und ausgestoßen Sein. Die Situation der Daheimgebliebenen bezeichnet er als »Emigration nach innen«, also Auswanderung aus der Politik ins Private, Verzicht auf Mitwirkung am politischen Prozeß – eine Haltung, die im deutschen Bildungsbürgertum Tradition hat und im Verlauf der Diskussion als »Flucht in die Innerlichkeit«, ja sogar als Schuld am Aufstieg und Bestand des Nationalsozialismus angeprangert wird. Nicht ganz zu Unrecht, weil das eilfertige und unkontrollierbare Bekenntnis zur Inneren Emigration bei manchen eine ähnliche Funktion hatte wie die zweifelhaften Persilscheine, die man sich von unbelasteten Bekannten ausstellen ließ.

Kantorowicz läßt es bei dieser Wortwahl bewenden und spart im weiteren nicht mit Anerkennung für die, die hierzulande geistig und persönlich unkorrumpiert überlebten. Er empfiehlt einen Austausch der Erfahrungen: In Nazideutschland sei man von den geistigen und literarischen Entwicklungen des Auslandes abgeschnitten gewesen. Im Exil habe man keine Vorstellung von den Vorgängen im Inneren des Vaterlandes gehabt. Nun könnten die Erfahrungen und Kenntnisse beider Gruppen zusammenfließen und für die ratlose und verwirrte Jugend die Verbindung zur geistigen Tradition Deutschlands herstellen.

In seinen zurückhaltenden Schilderungen des Exils betont er die Vielfalt der Exilierten in politischer und literarischer Hinsicht: Konservative Liberale, Pazifisten, Kommunisten, Sozialisten, Unpolitische, sie alle »mit dem Gesicht nach Deutschland«, in dem Bestreben, »mit den Landsleuten Verbindung zu halten, den inneren Widerstand zu stärken«. Vergeblich,»man hat nicht auf uns gehört, weder im Lande noch im Ausland«. Außer diesem »man« kommen Schuldzuweisungen in seiner Rede nicht vor. Personalisierend spricht er von der »Herrschaft des Tollwütigen«, von dem »Hysteriker aus Braunau und seinen Kumpanen« und setzt ihm »das andere, nicht nazistische, nicht gleichgeschaltete Deutschland« entgegen, von dessen »übermenschlichem Heroismus und fast unbegreiflichen Leiden« die Exilierten der Welt berichteten. Nun sind sie zurückgekommen und bringen aus dem Exil die Erkenntnis mit, daß die »geistigen Deutschen vornehmlich berufen sind, die entsetzliche Misere, in die uns Ungeistige und Antigeistige hineingezerrt haben, zu liquidieren oder doch jedenfalls zu lindern. Es ist das geistige Deutschland, das noch Kredit auf der Welt genießt, und auf ihm ruht unsere Hoffnung, wenn es noch Hoffnung gibt«.

Nur der kleine Zusatz »wenn es noch Hoffnung gibt« korrespondiert mit einer pessimistischen Tagebucheintragung vom 28.9.1947, die Kantorowicz nach einem Vorbereitungsgespräch im Hause Anton Ackermanns aufgezeichnet hat: »Die Funktionäre haben die Sache in die Hand bekommen, so ist mein Interesse daran erloschen. Das kenne ich zur Genüge seit den Zeiten des Schutzverbandes Deutscher Schriftsteller im Exil in Paris. Als da 1936 die Partei anfing, sich für uns Schriftsteller zu interessieren und ihre Phillipps (oder wie immer sie sich nannten) zur Verstärkung der Abuschs in die Sitzungen sandten, verkümmerten wir. Für mich war Spanien die Rettung. Mögen sie also den Kongreß nach ihrer Routine machen. Sie werden das Kind schon schaukeln, oder sollte ich nicht besser sagen, mit dem Bade ausschütten.«

In der Diskussion, die auf das Kantorowicz-Referat folgt, treten allmählich die Streitfronten hervor. Heftige Angriffe kommen von dem 26jährigen Wolfgang Harich und Greta Kuckhoff, Witwe des in Plötzensee ermordeten Adam Kuckhoff. Walter Birkenfeld, Herausgeber der Zeitschrift *Horizont*, nimmt die Innere Emigration in Schutz. Die Emigranten halten sich zurück oder betätigen sich als Bremser im Sinne der Volksfrontlinie. Die übrigen Beiträge bewegen sich in einem gemäßigten Mittelfeld, dessen Plattform Klaus Gysi, Vater von Gregor, im ersten Beitrag umreißt: Überwindung statt Vertuschung; keine unnötigen Klüfte; Blick nach vorn; Zusammenhalten gegen die Teilung Deutschlands und seine Isolation von der Welt.

Das Klima verschärft sich, als Greta Kuckhoff aufsteht und leidenschaftlich gegen die Langgässer-Behauptung, man könne Sprache im Unrechtsstaat rein erhalten, zu Felde zieht. Schriftsteller, die sich das einbilden, »nehmen die Sprache als etwas, was für sich existiert, während sie in Wirklichkeit nur das Spiegelbild der Wirklichkeit ist, in der wir leben ... Es gehörte dazu schon ein Selbstbetrug, wenn man glauben wollte, daß man eine Wirkung ... erzielte, ohne den geistigen Inhalt des Nationalsozialismus mindestens zum Teil in seine eigenen Werke aufzunehmen ... Viele aus dem Volk, die nicht die politische Klarsicht und Weitsicht hatten, ließen sich gerade dadurch überzeugen, anzunehmen, daß der Faschismus ja gar nicht so schlimm sein kann, wenn Leute wie Carossa ihre Werke schreiben konnten ... Es gibt in solchen Situationen doch keine andere Entscheidung als ... in die politische Arena zu steigen und zu kämpfen«. Die von der Langgässer empfohlene »Schonzeit« hält sie für gefährlich. »Unsere Schriftsteller dürfen jetzt nicht schweigen, sondern sie müssen das Richtige sagen.«

Kurz darauf reitet Wolfgang Harich eine wortreiche Attacke gegen die Innere Emigration, speziell gegen den Philosophen Karl Jaspers, dessen *Schuldfrage* – eine Zusammenfassung von Vorlesungen an der Universität Heidelberg, kurz zuvor erschienen war. Es sei die Literatur der Emigranten gewesen, die bewirkte, daß er, Harich, nicht zur SS ging, nicht etwa die der Inneren Emigration, von Autoren also, die sich von der Politik abwendeten und Unrecht duldeten. Die Flucht in die Innerlichkeit habe schon längst vor 1933 begonnen. 1934 habe Thomas Mann einen Generalstreik der deutschen Intelligenz gefordert, warum nicht früher, als auch schon Schändlichkeiten geschahen?

Heftig attackiert er den 1931 erschienenen Aufsatz von Jaspers: *Die geistige Situation der Zeit.* Darin sei die Masse als eine Bedrohung dargestellt, der sich der geistige Mensch nur entziehen könne, indem er die Nähe einzelner selbstseiender Menschen suche. »Sie sind die Garantie, daß ein Sein ist«, zitiert er. »Dem einzelnen, ganz auf seine Nacktheit zurückgeworfen, bleibt heute zunächst der Beginn mit dem anderen einzelnen, dem er sich neu verbündet.« Harich weist die Vokabeln »Vermassung«, »Massendasein«, »Massenordnung«, »Herrschaft des Apparates« als Ausdruck der Menschenverachtung zurück. Jaspers predige eine Haltung, in der man das äußere Geschehen oppositionslos als nun einmal gegeben und unabänderlich hinnimmt, um sich zurückzuziehen auf die Nähe selbstseiender Menschen. »Das schrieb Jaspers im Jahr 1930, als die SA schon die Straßen beherrschte, als man aber noch ein offenes Wort gegen die SA wagen konnte. Und wenn dieser Herr Jaspers jetzt nach dem Krieg eine Broschüre über die Schuldfrage geschrieben hat, in der er das sehr richtige moralische Problem der allgemeinen Verantwortung für den Faschismus dahingehend untersucht, indem er von einer allgemeinen Schuld der menschlichen Existenz schlechthin spricht, so möchte ich im Namen der jungen antifaschistischen Intelligenz Deutschlands, die sich trotz der Einflüsse des Faschismus von dem Gift freigehalten hat, nur antworten: Wir verzichten auf eine Philosophie, die 1933 den Rückzug ins Private durch die Maschen des Apparates predigt und heute mit einer Tartüfferie die Schuldfrage abtun will!« Er schließt mit dem Satz: »Wenn ich mir eine Literatur beschreiben soll, wie ich sie mir für die Zukunft wünsche, so muß sie so sein, daß der kleine Mann aus der Masse deshalb für Frieden, Demokratie, Freiheit, Humanität kämpft, weil er weiß, daß hinter seinen Forderungen die ganze Elite der Intelligenz steht.«

Harich ist gemeint, wenn Walter Birkenfeld in einem späteren Beitrag auf einen »bedenklichen Tenor« in den Worten seiner Vorredner anspielt, allerdings ohne sich auf Jaspers zu beziehen, der durch seinen Vermassungs-Begriff und die angebliche Nähe zu den französischen Existentialisten bei der Moskau-Riege in Ungnade steht. Statt dessen erinnert Birkenfeld an das harte Verdikt von Thomas Mann (vom »Geruch nach Blut und Schande«), das in seiner Situation verständlich sei, aber »wir wollen doch nicht Puristen sein und eine zweite Teilung herbeiführen«. Schließlich habe auch Ricarda Huch im Dritten Reich publiziert. Es sei vieles erschienen, »was Herrn Harich weiß Gott nicht zum SS-Mann hätte verführen können«. Elisabeth Langgässer sei mißverstanden, das Kind mit dem braunen Bade ausgeschüttet worden. Er spricht vom »Trost der Dichtung«, von »stillen Versen und einsamen Novellen«, die die Menschen in ihrer Not aufgerichtet hätten. »Wenn einmal aus ruhiger Entfernung eine Bestandsaufnahme erfolgen wird, werden wir manches finden, was Bestand behält, und wir wollen uns nicht in die Gefahr bringen, aus einem politischen Purismus heraus etwa eine Erscheinung wie Gerhart Hauptmann hier zu richten, der auch mit den Werken weiterleben wird, die im Dritten Reich geschrieben wurden.« (Großer Beifall)

Leidenschaftlich widerspricht Susanne Kerckhoff: Der Dichter dürfe den Punkt nicht versäumen, wo er sich einschalten muß. »Es liegt eine Schamlosigkeit darin, wie viele den Anspruch erheben, Innere Emigration zu sein, bloß weil sie feige waren, ich übrigens auch. Wenn wir diese Innere Emigration entschuldigen, weil die Leute begabt waren – das ist ja gerade der Fehler! – dann kommen wir da nicht mehr heraus, und der Kongreß findet ja eigentlich statt, damit wir herauskommen.«

Alexander Abusch bemüht sich, die Wogen zu glätten. Verschiedene Erfahrungen bringen verschiedene Töne hervor. Er findet es nicht gut, wenn ein Dichter der Inneren Emigration, der sich nicht freihielt von der geistigen Kapitulation, einen Schriftsteller wie Thomas Mann, »einen Aktivisten deutschen Geistes in der Welt ..., der sich zwar als demokratischer Bürger Amerikas im Geiste Roosevelts fühlt, der aber tief verwurzelt ist in seinem eigenen Volk und seiner Sprache«, zwei Jahre nach Ende des Krieges in der bekannten Weise angreift. Er selbst bekennt sich emphatisch zu Thomas Mann. Weder die Äußere noch die Innere Emigration seien *die* deutsche Literatur. Sie müßten zusammenkommen, verschmelzen zu *einer* neuen deutschen Literatur.

Zum Schluß der Sitzung verliest Walter Birkenfeld einen Brief des Alt-Revolutionärs Kurt Hiller aus London, der sich auf die Ausbürgerung von Schriftstellern im Dritten Reich bezieht: »Gewisse Gesetze Hitlers sind unterdes aufgehoben worden, diese Dekrete nicht. Daß sie sittlich gesehen nichtig sind, versteht sich am Rande; im Rechtssinne gelten sie noch. Es gibt ›Ausgebürgerte‹, die es bleiben möchten; man soll sie gewiß zu nichts nötigen. Aber jene, die nie aufhörten, noch aufhören werden, sich als Deutsche zu fühlen und zu wissen – soll die gegen sie begangene Infamie nicht schleunigst wiedergutgemacht werden? Wie wär's, wenn der 1. Deutsche Schriftstellerkongreß sämtliche Länderregierungen aufforderte, die erforderlichen Schritte hierfür zu tun?«

Ein entsprechender Antrag wird vorgeschlagen und zur Beratung zurückgestellt, weil die juristische Situation unklar ist: Es gibt noch keine deutsche Regierung, die Gesetze rückgängig machen könnte.

Einen anderen Teil des Hiller-Briefes hat Birkenfeld offenbar nicht vorgelesen. Darin ist von »unsauberen Waffen« im Geisteskampf die Rede, von »Zitatfälschung« – »Verleumdung«. »Mir sind aus der Literatur des Exils und leider auch des nachnazistischen Deutschlands genug Fälle solcher Unsauberkeit bekannt, um mich eine Gefahr sichten zu lassen, die während der vier Jahrzehnte meiner publizistischen Praxis niemals im gleichen Maße drohend schien. Wäre mir vergönnt, auf Ihrem Kongreß zugegen zu sein, so würde ich – hoffentlich mit vielen Unterschriften – eine Resolution einreichen, worin Fälschung und Verleumdung nicht nur theoretisch angeprangert werden, sondern die Gemeinschaft sich gelobt, nach ordentlicher Prüfung jedes Einzelfalles Begeher solcher Niedrigkeiten schonungslos aus ihren Reihen zu schließen und noch wirksamere Boykottmaßnahmen über sie zu verhängen...« Hinter dieser Passage steht die Erfahrung permanenter Intrigen und Verleumdungen gegen den Homosexuellen Kurt Hiller und seine Idee von der »pazifistischen Revolution«. Davon sollte auf diesem Kongreß nicht die Rede sein...

Karl Jaspers – ich blättere in der Monographie und weiß beim Anblick der Fotos, daß ich das Gesicht mit der hohen Stirn und den auf ganz eigene Weise geschwungenen, fest aufeinanderliegenden Lippen gesehen und dabei eine Ehrfurcht empfunden habe. Anhand der Zeittafel stelle ich fest, daß er 45/46, in meiner chaotischen Zeit, Vorlesungen an der Heidelberger Universität gehalten hat. Bilder tauchen auf, Suchbilder von Situationen, in denen das Subjekt, das sie gesehen hat, das Gesuchte ist:

Die alte Aula in Heidelberg überfüllt mit jungen Leuten, Farbe vorwiegend Feldgrau. Freunde haben mir einen Platz freigehalten, zu dem ich nicht vordringen kann, weil ich zu spät bin, verschlafen wie immer in dieser Zeit, ängstlich, weil ich mich nicht zugehörig fühle. Jaspers, den mußt du hören! haben die Freunde gesagt, nun hocke ich irgendwo im Gewühl, sehe den Vortragenden entfernt und erhöht, steif, keine Gestikulation, leise, helle Stimme, die nur verständlich ist, wenn absolute Stille herrscht. Als wir nach der Vorlesung auf dem Hof herumstehen, geht er ganz nah vorüber, lange, hagere Gestalt, dunkler Hut, dunkler Mantel, hochgeschlagener Kragen, bleiches Marmorgesicht, kühl, abwesend zwischen den ehrfürchtig grüßenden Studenten.

Später beim Stammgericht in der nahegelegenen Kneipe diskutieren die Freunde. Ich schweige, habe nichts beizutragen, verteile schuldbewußt Zigaretten, Camel, Lucky Strike, breche früh auf zu einem anderen Leben, das mit diesem nichts zu tun hat.

Geigenstunde, karger Raum, strenger Professor, schlechtes Gewissen, weil ich wieder nicht ausreichend geübt habe. Ich soll die nächtlichen Eskapaden aufgeben, sonst werde ich es nie zu etwas bringen. Schuldbewußt entrichte ich meinen Tribut an Zigaretten, versuche Springbogen am 3. Satz des Violinkonzertes von Mendelssohn, manchmal klappt's. Das sei Zufall, sagt der Professor, müsse aber Besitz werden, jederzeit verfügbar. Ich verspreche zu üben und fliehe in das möblierte Zimmer, das von einer unersättlich neugierigen Vermieterin bewacht wird.

Vertrödelter Nachmittag über rororo-Zeitungsromanen. Ein dünner Pfiff von der Straße scheucht mich hoch. Beim Einbruch der Dunkelheit verlasse ich das Haus, vermummt in Wehrmachtsklamotten, riesige Militärstiefel, Kopftuch. Glut einer Zigarette im dunklen Torweg, das ist Henri, Gitarrist und Schwarzmarktganove mit Leiterwagen, den wir schweigend Richtung Vorstadt ziehen. Dunkle Masse von Treibhäusern im Schneefeld, die Gärtnerei. Henri kennt sich aus, beruhigt den Hund, versteht sich aufs Öffnen von Schlössern mit Draht. Ich halte den Sack auf, während seine Hände Briketts einlegen, die wir später in Eimern die Treppe hinauftragen in das mit kaltem Zigarettenrauch erfüllte, schrecklich möblierte Zimmer. Während das Feuer allmählich aufbrennt, hocken wir, immer noch vermummt, neben dem Ofen, trinken Wärmendes aus der Flasche, unterhalten uns flüsternd, weil das Ohr hinter der Wand niemals schläft. (Kein Herrenbesuch! – das ist die letzte Säule, die den Zusammenbruch der bürgerlichen Ordnung überdauert hat.) So long, flüstert Henri, und see you. Eine Stange Zigaretten wechselt den Besitzer. Auf der Straße entfernt sich Leiterwagengerumpel. Wieder ein anderes Leben beginnt.

Das Abendkleid über dem Arm renne ich die Werderstraße hinunter und im kalten Wind über die Neckarbrücke zum Europäischen Hof, meist zu spät, der Pianist wird schimpfen. Sie fangen schon an in der Bar, ich höre sie spielen, Klavier, Gitarre, Baß, während ich in der Personaltoilette neben der

Küche Hose und Pulli vom Leib reiße, das Abendkleid überzerre, das einzige, geliehene, das hinten und vorn nicht paßt, weil ich immer noch, trotz guter Verpflegung, zu mager bin. Vor dem fleckigen Spiegel appliziere ich hastig und ungeschickt billiges Lippenrot. Wenn das meine Mutter sähe! Ein Glas Sekt in der Küche gegen die Angst. Ich bin keine gute Barsängerin, habe bisher nur in Schul-, Kirchen-, Madrigalchören gesungen. Einmal die Woche unterrichtet mich ein schwarzer Jazzpianist in American style, Töne verschleifen, in Jazz-Harmonien improvisieren, Synkopen, Synkopen. Ich lerne langsam, die Klassik ist überall im Weg, aber wenn ich gut drauf bin, gerät das bescheidene Publikum in Ekstase: Besatzungsoffiziere, meist Amerikaner, gelegentlich Engländer, Franzosen, ein russischer Major. Sie ahnen nicht, daß ihre Stimmungen vorprogrammiert sind. Die Absprache zwischen dem Barkeeper Emilio und der Band findet vor dem Auftritt statt: machen wir sie high, sentimental, melancholisch, gelangweilt? Das letztere bietet sich an, wenn das Personal früh nach Hause will.

Die Sängerin hat die längsten Pausen. Sie tritt nur alle vier Nummern auf, weil ihr Repertoire beschränkt ist. Zwischendurch sitzt sie dekorativ auf einem Stuhl zwischen Gitarre und Klavier und bewacht die Flaschen, die in einer Aktentasche hinter dem Klavier stehen – eine für Whisky, eine für Gin, eine für Kognak. Auch das ist eine Absprache mit Emilio: wenn eine Runde für die Band bestellt wird, bringt er nur diese Getränke und Wasser. Die Sängerin hat die Aufgabe, das Wasser anmutig, mit freundlichem Nicken zum Spender, zu trinken und die Schnäpse unauffällig durch einen Trichter in die entsprechenden Flaschen zu gießen. Der so allabendlich entstehende Vorrat ist für den Gitarristen bestimmt, der heiraten will, also eine Aussteuer braucht und außer Getränken auch Gläser und sonstiges Geschirr aus dem Hotel mitgehen läßt.

Zur raschen Verständigung haben wir Namen für die Stammgäste erfunde: The Bull, Mayflower, Solitary Drinker,

Hillbilly, Fotograf. Unsere Songs stehen in Heftchen, die Hitkits heißen. Der Pianist, ein Jugoslawe, kann unbegrenzt improvisieren und dabei seine Witze reißen. Wenn der russische Gast erscheint, wechselt er in sein östliches Repertoire. Manchmal gelingt es ihm, den Major zum Krakowiak zu verführen. Die Gäste bilden einen Kreis um den Tänzer und klatschen im Takt, bis er schweißüberströmt zusammenbricht. Später bringt er Toasts auf die russisch-amerikanische Freundschaft aus und wirft Gläser an die Wand. Jeder will ihn an seinem Tisch haben.

Emilio findet die Amerikaner naiv. Wie die Kinder, sagt er. Er ist der Meinung, daß man sich vor Russen in acht nehmen sollte. Es ist etwas faul zwischen den Westmächten und den Sowjets. Außerdem hält er, Spanier von Geburt, alle Slawen für Barbaren. Um europäische Kultur zu demonstrieren, führt er seine Stierkampfnummer vor, in der meist der Russe, zwei Gabeln als Hörner an die Schläfen gepreßt, den Stier spielt. Schmalhüftig sich drehend und wendend läßt Emilio ihn immer wieder ins Leere stürmen. Allmählich wird der Russe böse, und die Gäste springen auf, um ihn zu besänftigen. Sie mögen ihn. Für sie ist er eine Inkarnation der russischen Seele. Am liebsten würden sie ihn als Souvenir mit nach Hause nehmen.

Wenn Emilio mit dem linken Auge zwinkert, intoniert der Pianist Good Night Ladies, danach, nach angemessener Pause, mit todernstem Gesicht: The Starsprangled Banner. Mehr oder weniger schwankend erheben sich die Gäste und gedenken, Hand auf dem Herzen, des fernen Vaterlandes. Die Musiker packen die Instrumente, die Sängerin die Tasche mit den Flaschen und verschwinden in Richtung Küche, um ein enormes Sandwich in Empfang zu nehmen.

Da die Sperrstunde längst vorüber ist, erfolgt die Heimfahrt im Army-Truck, der mit dem meist schlafenden Fahrer am Personaleingang wartet. Im Hof ist es stockfinster – eine Chance für den Gitarristen, die erbeuteten Stücke ungesehen auf den Lastwagen zu laden. Mit der Zeit wird er leichtsinnig und transportiert auch Stühle, Sessel, Rauchtische, Lampen. Da diese Gegenstände abgeladen werden müssen, ist es lästig, daß Mayflower, ein für die Sängerin entbrannter Cavallery-Captain, jede Nacht an der Ausfahrt wartet, um den Truck in seinem Jeep zu verfolgen. Der Fahrer muß überredet werden, als ersten Halt nicht die Wohnung des Gitarristen, sondern die der Sängerin anzufahren. Auf dem Weg vom Truck zur Haustür muß sie sich zärtlicher Anträge erwehren. Daß sie den Captain nicht erhört, findet der Gitarrist kindisch. Mayflower sei ein Herzchen, treu wie Gold und aus gutem Stall. Der bringe es fertig, die Sängerin zu heiraten und heimzuführen in die Staaten zu seiner Mayflower-Familie. Aber die Sängerin hat keine Lust zu heiraten, schon gar nicht in die USA, die sie für ein unzivilisiertes Land hält. Solche Dialoge beendet der Pianist mit den Worten: Keine Geschichten, Baby! Wenn du Geschichten machst, fliegst du raus.

Es gibt ein Foto von der »Student's Band«, die im Herbst 1945 vom Special Service der US-Armee engagiert wurde, um Besatzungsoffiziere in ihren Clubs und Bars zu unterhalten. Es klebt auf der Titelseite eines ledergebundenen Poesiealbums, das launige Sprüche und Karikaturen der Stammgäste enthält. Der Pianist, damals stud.dent., jetzt Leiter einer Wohlfahrtseinrichtung, hat es mir geschickt mit der gedruckten Einladung zu einem Revival-Auftritt der inzwischen altgewordenen Musiker. Ich habe abgesagt und das Büchlein verräumt. Nun ist es mir wieder in die Hände gefallen und hat, wie alles, was mir in letzter Zeit zustößt, eine neue Qualität angenommen als Fädchen in dem Netz, das im Trüben meiner Erinnerung fischt.

Das weiße Klavier in der Mitte des Fotos zieht den Erinnerungsraum nach sich – die Musikernische neben dem offenen Durchgang zur Bar, kein Podium, aber doch eine Insel, von den Tischen der Gäste mindestens drei Schritte entfernt wegen Non-Fraternization. Vom Blitzlicht gebannt starren die Gesichter mich an: der Pianist, ein untersetzter Jugoslawe mit Pokerface, ist hinter dem Klavier aufgestanden und grinst über den geschlossenen Deckel hinweg. Er ist der beste Musiker unter den Vieren und übt eine unauffällige Autorität über die anderen aus. Das Gesicht des Gitarristen, angestrengt zur Seite geneigt, um im Bild zu sein, wirkt wie ein blasser Pudding, der konturlos in die Breite läuft. Das Gesicht des Bassisten ist nicht zu sehen. Lang, hager, älter als die anderen, hängt er über seinem Instrument, die Finger auf den Saiten mit den Augen verfolgend. Er ist der einzige hier Ansässige, mit der Sicherheit eines väterlichen Betriebes im Rücken. Verschwommen im Hintergrund sitzt der Barzeichner – ein echter Künstler, der für Geld und Zigaretten blitzschnell Gästeporträts aufs Papier wischt. Vor dem Klavier posiert die Sängerin im langen Kleid. Ihr glattes, kindlich gerundetes Gesicht lächelt leer ins Leere, weiß nichts von sich, und ich weiß nichts von ihr.

Im Begleitbrief schreibt der Pianist, daß ich eines Tages ausgeblieben und nie wiedergekommen sei. Eine Weile habe man nach mir geforscht, dann ohne Sängerin weitergemacht. Nur Mayflower (du erinnerst dich an den netten Cavallery-Captain mit dem Oberlippenbärtchen) habe bis zu seiner endgültigen Rückkehr in die Staaten gefragt und gesucht, ein ordentlicher Mensch aus ordentlichen Verhältnissen, nicht Treibgut wie wir ...

Die Beiträge der Gäste sind flüchtig, teils unleserlich hingekritzelt – Witze, Anspielungen, alkohol-inspirierte Lobsprüche: The best band east of the Rhine ... Des chansons ravissantes ... Your music gave me the blues ... Never forget your lovely singer ...

Manche sind mit vollem Namen, Dienstgrad, Einheit unterzeichnet, andere nur mit Initialen oder Spitznamen. Auf einem aufgeklebten Stück Getränkekarte steht: »Ask your singer what she thinks while she sings« ... Unterschrift unleserlich, dahinter in Klammern: »Still waiting for Beethoven op. 24!« Über die Worte »what she thinks« ist mit Bleistift in winzigen Druckbuchstaben geschrieben: NOTHING! Offenbar handelt es sich um eins der Briefchen, die der Kellner im

Auftrag der Gäste aufs Klavier legte: Musikwünsche, Kritik, Engagement für Parties.

Der, der das Büchlein zusammengestellt hat, muß die Getränkekarte nachträglich eingeklebt und mit Datum und Spitznamen ergänzt haben: »April 1947. Der Fotograf«. Die Karikatur dazu zeigt ein Bartgestrüpp mit qualmender Pfeife.

Beethoven op. 24 – die Frühlingssonate. Ein schmerzliches Zucken im Unterbewußtsein verrät eine peinliche Situation, ein Versagen, ein Fiasko. Während das Foto vor meinen Augen verschwimmt, sehe ich mich, wie ich mit zitterndem Bogen und rutschigen Fingern jemandem auf der Geige vorspiele gegen eine Übermacht schwellender Textilien – Teppiche, Polstermöbel, Portieren, gegen altdeutsche Möbel mit Butzenscheiben, klobige Sessel und Mottenpulvergeruch.

Der Zuhörer sitzt versunken im Sessel, wartet auf Beethoven op. 24, aber es geht nicht, in dieser Wohnung kann ich nicht Beethoven spielen, tut mir leid, ein anderes Mal an einem anderen Ort, ich hätte nicht herkommen sollen, in requirierten Wohnungen habe ich nichts zu suchen. Der Zuhörer räkelt sich aus dem Sessel und sagt, daß es gar nicht so schlecht geklungen habe – ein dunkelbärtiger untersetzter Mann mit gelichtetem Kopfhaar, der in der Bar meist allein am Tisch sitzt. Wenn er, meist sehr spät, zur Tür hereinkommt, leise, mit gesenktem Kopf, ohne sich umzuschauen, als wollte er nicht erkannt werden, intoniert der Pianist sein Lieblingslied: *Sentimental Journey.* Er hat das Foto gemacht. Einige Gäste nennen ihn Jean, aber er ist kein Franzose, sondern Amerikaner, allerdings in Zivil – ein Pressefotograf.

Nun steht er vor der Hausbar, die in einer Art Tabernakel untergebracht ist, mischt einen Whisky mit Soda und stellt mir das Glas auf den Tisch: forget it. Er wird ein paar Einkäufe machen, dont worry, I'll be right back. Ich warte, bis die Wohnungstür ins Schloß fällt, dann schütte ich den Whisky ins Klo und gehe auf Zehenspitzen von Raum zu Raum, in die Küche, Kühlschrank klapp-auf klapp-zu, ganz schnell, um nicht in Versuchung zu kommen. Im Bad lasse ich heißes Wasser laufen, rieche am blauen Badesalz, am Rasierwasser, an der Seife, denke dabei mit Grausen an mein möbliertes Zimmer, das nicht mit Badbenutzung verbunden ist, an das winzige Waschbecken im Klo, das über einen langen dunklen Gang zu erreichen ist, vorüber an Türen, die sich feindselig schließen, wenn mein Schritt sich nähert, dahinter sitzt der entlassene Landgerichtsrat, der nur gezwungen in der Partei war und nun, was keiner sehen darf, Lampenschirme aus Draht und Pergamentresten klebt. Die Frau Landgerichtsrat stellt gelegentlich ein Schüsselchen Magermilchpudding vor die Küchentür, nicht etwa aus Freundlichkeit, sondern wegen der Packung Zigaretten, die später dort liegen wird. Ich fülle kaltes Wasser in eine Emailleschüssel, trage sie durch den Gang und stelle sie zum Wärmen auf meinen Ofen – falls es Feuer gibt und Briketts in der Kiste.

Ich habe es nie geschafft, mit den Zigaretten, die ein Teil unserer Bezahlung sind, ein besseres Leben zu kaufen. Wenn in Henris Einzimmerwohnung der Schwarzmarkt läuft, sitze ich auf meinem Platz neben der Tür wie ein Zuschauer im Theater, voller Bewunderung, wie leicht und elegant die Dinge ihren Besitzer wechseln: Pelzmäntel, Leikas, Tafelsilber, Teppiche, Abendkleider, Schmuck. Manchmal fragt mich einer, ob ich dies oder das nicht gebrauchen könne, und ich schaue das Stück an, als ob ich wirklich Interesse hätte. Dann ruft Henri vom anderen Ende des Zimmers: Gib dir keine Mühe, die kauft nichts, die ist einfach zu blöd…

Vorsichtig öffne ich die Tür zum Schlafzimmer und sehe auf dem französischen Bett zwei Kopfkissen nebeneinander liegen. Ich fahre zurück, als hätte mich eine Schlange gebissen, nur weg hier, raus, ehe es zu spät ist. Mit zitternden Fingern packe ich die Geige ein, schließe den Kasten, zerre am Reißverschluß, horche. Der Schlüssel dreht sich im Schloß, Schritte, Geklapper in der Küche… Wir essen Fischmarinaden aus der Büchse, der Fotograf faul im Clubsessel, Füße in Socken auf dem klobigen Rauchtisch, ich, ein paar Meter entfernt, auf dem Teppich, rede zuviel, zu schnell, muß ihm doch beibringen, daß ich nicht als Barsängerin auf die Welt gekommen bin, sondern als Tochter respektabler Eltern und Fast-Wunderkind, wenn nicht der Krieg dazwischengekommen wäre, you know, the war ... Flechte ich unauffällig ein, daß ich gegen die Nazis war? Wahrscheinlich nicht. Wahrscheinlich will ich nicht sagen, was zur Zeit alle sagen. Das hat man mir schon in der Kindheit eingeprägt, daß das, was alle sagen und alle tun, nicht für unsereins ist. Unsereins hält Distanz von braunen und roten Proleten. Unsereins befaßt sich mit höheren Dingen – Kunst, Literatur, Musik.

Das wird der Fotograf schon merken, und wenn nicht, dann ist er eben auch ein Banause, obwohl er anders aussieht als die anderen Amerikaner, die blanken Jungs aus der Neuen Welt, die ihre Wünsche auf der Stirn tragen. Er ist älter, verbrauchter, undurchsichtiger, träger – einer von denen, die die Dinge kommen lassen statt ihnen nachzulaufen. Während ich noch rede, nimmt er die New York Times vors Gesicht und bläst dahinter bläuliche Rauchwolken. Fasziniert betrachte ich die schwärzliche Behaarung, die aus den Hemdmanschetten über die schmalen Gelenke wächst. Dann denke ich an die beiden Kopfkissen, stelle mich auf die Füße und sage lauter als nötig, daß ich nun wirklich gehen will, und zwar sofort, curfew, you know.

Don't worry! sagt er, ohne die Zeitung herunterzunehmen. Er fährt mich nach Hause, wann immer ich will. Whenever you want ...

Was den Emigranten an Jaspers *Schuldfrage* mißfiel, wird mir beim Lesen des Bändchens klar. Hier spricht ein einzelner zu einzelnen in der Hoffnung, durch Kommunikation zu dem zu gelangen, was er »Selbstwerden« und »Selbstsein« nennt. Seine Hörer – er hielt die Vorlesung im Wintersemester 1945/46 in Heidelberg – waren meist ehemalige Soldaten und Kriegsgefangene, denen er aus der Verwirrung einer Schuld heraushelfen wollte, an der sie, oft ohne sich ihrer bewußt zu sein, mitgewirkt hatten. Um ihnen Werkzeuge zur Selbsterforschung an die Hand zu geben, teilt er die Schuld in vier Kategorien. Nur die erste, die der kriminellen Schuld, gilt ihm als strafrechtlich erfaßbar. Für die politische Schuld seines Regimes und Staates hafte der einzelne Bürger, indem er die Konsequenzen bewußt auf sich nähme. Die Instanz für die moralische Schuld sei das eigene Gewissen und die Kommunikation mit »dem liebenden, an meiner Seele interessierten Mitmenschen«. Metaphysische Schuld könne nur einer richten und vergeben – Gott. Wegzeichen auf der Suche nach »Seinserhellung« sind ihm die großen Denker der Vergangenheit, die, losgelöst aus den Bezügen ihrer Epoche, eine Art Reservoir des Menschheitsdenkens bilden.

Aus diesem Ansatz, in dem gesellschaftliche und historische Bestimmungen eine untergeordnete Rolle spielen und das Gewicht wiederum auf dem großen einzelnen liegt, erklärt sich ein grundsätzlicher Gegensatz zum marxistischen Geschichtsverständnis. Auch bleibt bei aller Toleranz und Offenheit Jasperschen Denkens eine Front unerschüttert: die Ablehnung jeder totalitären, ausschließenden, mit dem Anspruch auf Allgemeingültigkeit auftretenden Wahrheit. Nach Jaspers kann Wahrheit nicht Besitz sein. Man kann sich ihr nähern, die Wege dorthin sind verschieden, wie die Menschen verschieden sind. Es gibt keinen Führer, keine Nachfolge, nur die gemeinsame Erhellung der Existenz, deren Konsequenz jeder für sich allein entscheiden muß.

Ein Stein des Anstoßes für Emigranten und Widerstandskämpfer ist die Ehrenrettung der Soldaten im Kapitel über moralische Schuld: »Denn das Bewußtsein soldatischer Ehre bleibt unbetroffen von allen Schulderörterungen. Wer in Kameradschaftlichkeit treu war, in Gefahr unbeirrbar, durch Mut und Sachlichkeit sich bewährt hat, der darf etwas Unantastbares in seinem Selbstbewußtsein bewahren.« Allerdings: »Soldatische Bewährung macht nicht schuldfrei für alles andere.«

Die Definition des aktiven Widerstands als »unmöglich« im Terrorstaat, mußte Emigranten und Widerstandskämpfern als Freibrief für Passivität erscheinen. Jaspers schreibt: »Deutschland unter dem Naziregime war ein Zuchthaus. Die Schuld, in dieses Zuchthaus zu geraten, ist politische Schuld. Sind die Türen des Zuchthauses aber einmal zugeschlagen, so kann das Zuchthaus von innen nicht aufgebrochen werden...« »Die Forderung an eine Staatsbevölkerung, auch gegen einen Terrorstaat zu revoltieren, verlangt das Unmögliche.« Im Abschnitt über die Aktiven und Passiven stehen die Sätze: »Ohnmacht entschuldigt; der wirkungsvolle Tod wird moralisch nicht verlangt. Schon Platon hielt es für selbstverständlich, in Unheilzeiten verzweifelter Zustände sich zu verbergen und zu überleben.« Allerdings: »Im Sich-Fügen der Ohnmacht blieb immer ein Spielraum zwar nicht gefahrloser, aber mit Vorsicht doch wirksamer Aktivität. Ihn ängstlich versäumt zu haben, wird der einzelne als seine moralische Schuld anerkennen«. Hinter diesen Äußerungen steht Jaspers selbst, der weder für noch gegen den Nationalsozialismus gehandelt hat, wobei man wissen muß, daß er vom aktiven Handeln in der Welt ohnehin ausgeschlossen war durch lebenslängliche Krankheit, die ihn zu einem Leben peinlichster Vorsicht und Regelmäßigkeit, immer am Rande des Todes, zwang.

Bei dem Versuch, mit Bekannten über Jaspers zu sprechen, stoße ich auf Unkenntnis und Gleichgültigkeit. Das moderne Denken, nicht nur das marxistische, scheint über diesen Verteidiger des »selbstseienden Einzelnen« hinweggegangen zu sein. Ungleich intensiver ist das Interesse an seinem Gegenspieler Heidegger. Für Marxisten ist Jaspers immer noch der NATO-Philosoph, der Amerikafreund, der Apostel der atomaren Abschreckung. Seine Haltung in Nazi-Deutschland wird als »machtgeschützte Innerlichkeit« bezeichnet, sein Umzug nach Basel übelgenommen, seine harte Kritik an der Bundesrepublik als »Parteienoligarchie« (*Wohin treibt die Bundesrepublik?*, zuerst erschienen im Frühjahr 1966) wird als risikolose Äußerung aus sicherem Refugium abgetan. Er sei ein Meister des Nicht-Wahrnehmens gewesen, einer, der sich in sublime Innerlichkeit zurückzieht, wenn Entscheidungen verlangt sind, und als solcher eben doch ein Heuchler.

Als ich von der Krankheit spreche und von der ständigen Bedrohung, die sein Leben begleitete, weil er von der Ehe mit der jüdischen Frau nicht lassen wollte (für den Fall, daß sie getrennt werden sollten, trugen beide Zyankali bei sich), stoße ich auf Unwillen. Emotionalität wird mir vorgeworfen, eine unseriöse Vermischung von Leben und Werk. Mit meiner Auffassung, daß das eine ohne das andere nicht zu verstehen sei, bleibe ich allein.

Das gleiche, was die Freunde von heute an Jaspers abstößt, war wahrscheinlich der Grund für das leidenschaftliche Interesse der Soldaten-Studenten von damals. Jaspers war dabeigewesen und, wie sie, einer Täuschung aufgesessen, aus der er als ein Betroffener und Fragender hervorgegangen war. Freimütig erklärte er, daß er anfälliger für die Nazi-Ideologie gewesen wäre, wenn nicht die Ehe mit der jüdischen Frau ihm eine andere Sicht aufgezwungen hätte. Als man ihn kurz nach dem Krieg zum Widerstandshelden hochstilisieren wollte, veröffentlichte er eine Erklärung gegen falsche Heroisierung: »Unwahrheit ist auch dann schädlich, wenn sie aus freundlicher Meinung kommt ... Gegen eine falsche Heroisierung sind wir nach der Nazizeit empfindlicher als je. Ich bin kein Held und möchte auch nicht als solcher gelten.« Was er damit meinte, hat er in seiner ersten öffentlichen Äußerung zum Hitlerstaat ausgeführt: »Wir Überlebenden haben nicht den Tod gesucht. Wir sind nicht, als unsere jüdischen Freunde abgeführt wurden, auf die Straße gegangen, haben nicht geschrien, bis man uns auch vernichtete. Wir haben es vorgezogen, am Leben zu bleiben mit dem schwachen aber auch richtigen Grund, unser Tod hätte nicht helfen können. Daß wir leben ist unsere Schuld. Wir wissen vor Gott, was uns tief demütigt.«

Solche Ehrlichkeit, so selten in jenen Tagen, mag manchen berührt und zum Nachdenken gebracht haben, aber es war die einsame Stimme eines alten Mannes, der sich, angeekelt vom Wiederaufbaulärm in die Gesellschaft toter Geistesgrößen zurückzog. Sein Umzug nach Basel galt vielen als unverantwortlicher Ausstieg aus der deutschen Politik. Seine Kritik von jenseits der Grenzen entfachte eine wütende Polemik von links und rechts; die Entwicklung konnte sie nicht beeinflussen.

Beim Lesen der Texte, die ich damals gehört haben muß, versuche ich mich zu erinnern, vergeblich. Nichts, kein Wort, kein Gedanke ist hängengeblieben. Auch die Soldaten-Studenten, mit denen ich damals umging, sind als einzelne nicht mehr greifbar. Ich kannte viele ein wenig und vergaß sie rasch, wie man Schulfreunde kennt und vergißt, sobald der gemeinsame Zusammenhang sich auflöst.

Einer von ihnen hat mir ein Foto hinterlassen, auf dem er in der Uniform eines Gefreiten der deutschen Wehrmacht gläubig zu irgend jemandem oder irgend etwas aufblickt. »Der Jochen soll Dein Kustos sein« steht auf der Rückseite. Ich muß etwas an mir gehabt haben, das Männer wünschen ließ, mich zu bewachen, und es lag nicht an meinem Widerstand, daß daraus nichts wurde. Zerstreut in meine drei Leben tat ich das einzige, was der Krieg mir beigebracht hatte – flüchten, und landete schließlich im Bett eines Mannes, den ich nie richtig kennengelernt habe.

Denn ich bin an dem Abend der mißglückten Frühlingssonate weder nach Hause gegangen noch gefahren worden. Das möblierte Zimmer habe ich nie wiedergesehen, und wenn Jean meine Sachen nicht abgeholt hat, sind sie dort geblieben.

Trotz der Verwirrspiele meiner Erinnerung bin ich ziemlich sicher, daß er keinen Finger gerührt hat, mich zu verführen. Nachdem ich mindestens eine Stunde in der Badewanne mit mir gerungen hatte und schließlich mit dem Entschluß, nun wirklich zu gehen, in das Horrorzimmer trat, Mantelkragen hochgeschlagen, Geige unter dem Arm, »gestiefelt und gespornt«, wie meine Mutter gesagt hätte, war der Sessel leer, der Verführer verschwunden. Ich fand ihn quer über dem Bett im Schlafzimmer liegen, beim Entkleiden eingeschlafen, nicht etwa zum Schein, sondern tief und fest, leise schnarchend. Ich stand in der Tür und spürte, wie die Spannung aus mir herauslief, und dann mußte ich lachen und lachte und lachte, immer neue lautlose Stöße, während ich mich auszog und die Sachen ordentlich über den Stuhl hängte. So leicht wie möglich glitt ich über ihn hin und fühlte mich dabei kühl, glatt und schmal wie eine Schlange, die sich auf einem warmen Stein zusammenrollt. Allmählich wachte er auf, zog die Decke über mich, langte über meine Schulter hinweg nach dem Lichtknopf, und in dem winzigen Augenblick, während die Birne verglühte, wehte der Schatten eines Gedankens durch meinen Kopf: daß er vielleicht etwas ganz anderes gewollt hätte, Beethoven op. 24 zum Beispiel ...

Das plötzliche Aufbrodeln meiner Erinnerung beunruhigt mich. Ein paar Zufallsreize sind in meinem Kopf zusammengestoßen. Indem sie miteinander reagieren, bringen sie quasi selbsttätig Geschichten hervor, die ebensogut erfunden wie erinnert sein können. In unbewachten Augenblicken passiert es mir, daß ich den Briefschreiber aus USA, den melancholischen Amerikaner der Amelie-Geschichte und den Fotografen aus dem vergilbten Souveniralbum zu einer Person verschmelze, wofür es keinen Beleg gibt. Die Bilder, die dabei entstehen, vermischen sich auf unzulässige Weise mit der Arbeit, die schließlich im gleichen Kopf stattfindet. Was denkt die deutsche Jugend? haben die heimgekehrten Emigranten des Kongresses gefragt. Ich war ein Stück deutsche Jugend. Aber das Gewucher in meinem Kopf transportiert keine Gedanken, nicht einmal den Ansatz davon. Habe ich damals nicht gedacht? Gibt es einen Mechanismus, der unter besonderen Umständen das Gehirn ausschaltet, wie das mit Schwerkranken passiert, die sich mit Hilfe illusionärer Bilder der Todesangst entziehen? Jaspers' Schuldfrage ist erst in den sechziger Jahren an mich herangetreten, gemildert, entschärft durch einen Puffer von fast zwei Jahrzehnten. Was vorher war, ist gelöscht oder in Vexierbildern versteckt.

Ich nehme mir vor, einige meiner Spekulationen in einem Brief an Mr. Fisher anzudeuten, und ihn zu fragen, ob sie einen Bezug zu seiner eigenen Erinnerung haben. Aber als ich mich zum Schreiben hinsetze, kommt nichts heraus als eine magere Zustandsbeschreibung: daß ich mich an Hand eines alten Stadtplans über die Lage seines Objektes orientiert und festgestellt hätte, daß es in einem Bereich liegt, der teils Neubauten teils noch die alten Kriegsruinen enthält. Hausnummern seien nicht ausfindig zu machen, aber es gäbe Grundbücher, in denen die ehemaligen Eigentümer verzeichnet sein müßten. Anträge auf Klärung der Besitzverhältnisse müßten an den Bezirk gerichtet werden, in diesem Fall Bezirk Mitte. Falls es sich um jüdisches Eigentum handele, müsse man allerdings damit rechnen, daß es in der Nazizeit enteignet und »Ariern« übertragen wurde, die nun ihrerseits Rechte anmelden.

Eine Reproduktion des Bar-Fotos und die Fotokopie der Albumseite mit der eingeklebten Getränkekarte lege ich bei mit der Frage, ob er, Fisher, derjenige gewesen sei (der Fotograf), der damals geschrieben habe: »Ask your singer what she thinks while she sings« und »Still waiting for Beethoven op. 24«.

Ehe ich es mir anders überlegen kann, klebe ich den Brief zu und trage ihn zum Kasten.

Telefonieren von West- nach Ostberlin (und umgekehrt) ist immer noch eine zeitraubende enervierende Tätigkeit, für die man Stunden, einen bequemen Sessel und viel Geduld reservieren muß. Gute Freunde kann man nachts um zwei und morgens um sechs anrufen, oder, der Einfachheit halber, gleich hinfahren, aber bei Fremden, die überdies noch prominent sind, wie Hermlin und Harich, mit denen ich Gesprächstermine verabreden will, muß ich mich auf gewisse Zeiten beschränken, die genau diejenigen Zeiten sind, in denen nach der dritten oder vierten Nummer das Besetztzeichen ertönt. Ich beginne wie immer mit Hartmut B. und gebe nach dem siebten Mal auf. Um meinem sinkenden Mut durch ein Erfolgserlebnis aufzuhelfen, rufe ich Melvin J. Lasky an, jenen berüchtigten Amerikaner, der durch eine provozierende Rede den Schriftsteller-Kongreß »torpediert« haben soll. Gegenwärtig verbringt er einen Studienaufenthalt im Westberliner »Institute for Advanced Studies« und ist freundlich bereit, in der nächsten Woche mit mir zu Mittag zu essen.

Danach wähle ich abwechselnd Hermlins und Harichs Nummer und als, ganz unerwartet, eine Frauenstimme sich meldet, weiß ich nicht mehr, welche Nummer ich zuletzt gewählt habe und verlange auf Verdacht nach Stephan Hermlin. Lange Pause. Ein unverständlicher Wortwechsel im Hintergrund. Schließlich meldet sich, erregt und ungnädig, Wolfgang Harich: er sei schwerkrank, könne keine Gespräche führen, keine Besuche empfangen. Ich entschuldige mich, werde es ein anderes Mal versuchen, möchte einhängen, aber das geht nicht. Er spricht einfach weiter, unaufhaltsam, mit einer hohen gepreßten Stimme, schimpft über irgend etwas, irgend jemanden, es dauert eine Weile, bis ich begreife, daß er Hermlin meint, Hermlins unverantwortliche Kulturpolitik, Hermlins unverschämte Rede zum X. Schriftstellerkongreß 1987. Nachfragen ist nicht möglich, er macht keine Pause, läßt keine Reaktion zu, mein Anruf hat ein Ventil geöffnet, Überdruck entlädt sich. Nach einer halben Stunde bricht er jäh ab.

Ich sitze eine Weile wie betäubt, dann hole ich mir einen Kaffee und beginne die neue Runde – Hermlin. Endlich klappt die Verbindung. Er ist gleich am Apparat, auch er schlechtgelaunt, krank, überlastet, genervt von aufdringlichen Westjournalisten. Seine eisige Höflichkeit läßt mir das Wort im Mund gefrieren. Ich gebe auf und habe nun endgültig genug von denen da drüben. Lassen wir die vergiftete Gegenwart ruhen, befassen wir uns mit der Vergangenheit...

In dem eben erschienenen Protokoll des X. Schriftstellerkongresses 1987 finde ich den Anlaß für Harichs Wut. Hermlins Rede richtet sich ausschließlich gegen ihn und eine »Kulturpolitik durch Verbote und Vernichtung«, die Harich schon vor fünfundzwanzig Jahren betrieben habe, als er Heiner Müller verbieten lassen wollte. Im akuten Fall geht es um einen Aufsatz von Harich in der Zeitschrift *Sinn und Form* (Nr. 5), für dessen Veröffentlichung er, Hermlin, nicht verantwortlich sei, weil er der Redaktion nicht mehr angehöre. »Den Redaktionsbeirat verließ ich vor genau fünfundzwanzig Jahren aus Solidarität mit dem damals abgesetzten Chefredakteur Peter Huchel.« In dem fraglichen Aufsatz habe Harich gegen eine Veröffentlichung über Nietzsche protestiert, weil der Autor »den Versuch gewagt hatte, Nietzsches schwierige und tragische Gestalt anders darzustellen, als es nach Harichs Meinung erlaubt sein sollte«. Hermlin sieht darin eine »reaktionäre Rückwärtswendung in Richtung auf erledigte Positionen, die hunderten von fortschrittlichen Künstlern in vielen Ländern die Beschädigung oder die Auslöschung ihrer Werke und ihnen selbst den Tod einbrachte und sozialistischen Ländern die Schmach zufügten, mit Faschisten verglichen zu werden«. Er, Hermlin, wundre sich über das »Fehlen des Begriffes ›entartet‹ – an dieser Stelle, und wo sonst hätte dieses Wort seinen Platz gehabt«.

Weitere Beispiele für »Harichs Zwangsvorstellungen« sieht er in früheren Protesten gegen die Veröffentlichung gewisser Werke von Heinrich und Thomas Mann in den Gesamtausgaben – die *Göttinnen-Trilogie* von Heinrich Mann, die *Betrachtungen eines Unpolitischen* von Thomas Mann. »Einem Harich wird nie dämmern, wie notwenig es war, eine Arbeit, die Thomas Mann mit Recht zehn Jahre nach dem Krieg nicht gedruckt haben wollte, mit ebensolchem Recht im Jahre 1987 wieder zu veröffentlichen, zumal ohne sie Heinrich Manns berühmter Zola-Essay nicht wirklich verstanden werden kann.« Harich könne sich unter »Sozialismus immer nur eine Art Kriegskommunismus, ein System der Repression vorstellen«. Die geschliffenen, eisgekühlten Sätze verraten einen Zorn, der persönliche Verwundungen ahnen läßt, und so schließt Hermlin mit den Sätzen: »Wo eine solche Stimme sich erhebt, warten andere auf den Einsatz. Es ist die Stunde der gebrannten Kinder. Auch ich bin ein gebranntes Kind.«

Beim Durchblättern der beiden Broschüren – Plenum und Arbeitsgruppen – finde ich Unerwartetes: eine offene, heftige, manchmal erbitterte Polemik gegen Zustände und Beschränkungen, die die Ost-Schriftsteller nach heutiger BRD-Meinung kritiklos hingenommen, wenn nicht gefördert haben: »Tendenzielle Geschichtsübermittlung«, »Kritiklosigkeit gegenüber sozialistischen Staaten«, »konfliktlose Heroisierung der Vergangenheit«, »Fehlen einer kritischen Öffentlichkeit«, »armselige Widerspiegelung der Zeitprobleme«, »Langweiligkeit des öffentlichen Alltags«, »gesellschaftlich erzeugte Passivität der Arbeiter«, »Wirklichkeitsferne«, »Polit-Kitsch«, »Fehlen von geistigem Vorlauf zur technischen Entwicklung«, »Anerzogene Fortschrittsgläubigkeit«, »naturzerstörende Industriepolitik«, »Reisebeschränkungen«, »Behinderungen des Neuen Denkens«.

Christoph Hein attackiert die »Privilegien« als »Krebsgeschwüre einer sozialistischen Gesellschaft, denn sie schaffen Klassen, die sich durch Vorrechte unterscheiden, die durch Ausnahmen voneinander getrennt sind, denen durch Sonderrechte eine Verständigung erschwert wird. Privilegien vernichten eben damit jene Öffentlichkeit, die Voraussetzung für die Arbeit aller Künstler ist. Sie vernichten damit die Wirkung ihrer Arbeit und mit der Wirkung zerstören sie letztendlich die Künstler selbst.«

Günter de Bruyn geißelt das, »was ich sonst Zensur nennen würde, hier aber, um einen fruchtlosen Streit um Begriffe zu vermeiden, Druckgenehmigungspraxis nennen will« und fordert totale Abschaffung. Sie bevormundet Leser und entmündigt Schreiber »und manche werden dazu veranlaßt, das Land zu verlassen, was nicht nur ihnen und der Literatur und den Lesern schadet, sondern auch dem Land«. Darüber hinaus entstehe hier »eine Zone der Rechtsunsicherheit«. Zum Mißfallen des Präsidenten (Hermann Kant) liest er einen Brief von Christa Wolf vor, in dem sie ihr Nichterscheinen zum Kongreß erklärt und noch einmal ihren Protest gegen die Ausbürgerung Wolf Biermanns 1976 und den Ausschluß weiterer

Kollegen 1979 formuliert. »Jeder, der mich kennt, weiß, daß ich meinen Einspruch gegen diese Maßnahme immer aufrechterhalten und auch nicht relativiert habe. Damals habe ich zu erreichen versucht, daß Widersprüche auf gleichberechtigter Basis ausgetragen werden. Als ich erkennen mußte, daß dies im Schriftstellerverband nicht möglich war, habe ich meine weitere Mitarbeit aufgegeben und dies in einem Brief an das Präsidium begründet...«

Nachdenklich lege ich die Bändchen beiseite. Warum kommen diese Proteste in der gegenwärtigen Auseinandersetzung nicht vor? Der Kongreß war öffentlich, jedenfalls das Plenum. Außer den Schriftstellern nahmen führende Funktionäre, Honecker, Sindermann, Hager, Krenz, Mittag, Schabowski, einige Minister, ausländische Delegationen und Presse teil. Hat die Ostpresse die Kritik der Schriftsteller totgeschwiegen oder hat unsere Presse sie unter den Tisch fallen lassen?

Für den Vormittag des zweiten Kongreßtages sind drei Referate angesetzt: Axel Eggebrecht zu der Frage »Ist der Faschismus noch virulent?«, Anna Seghers über »Der Schriftsteller und die geistige Freiheit«, Hans Mayer zum Thema »Was ist ein Schriftsteller?« Die Moderation hat Friedrich Wolf, dem das gar nicht behagt, weil es ihn von der Diskussion ausschließt. Er hofft auf ein »heftiges Aufeinanderprallen der Auffassungen, daß die Funken sprühen«. Aber ein Blick in den spärlich besetzten Saal verrät, daß aus diesem Publikum zu dieser Stunde keine Funken zu schlagen sind. Zehn Uhr vormittags – eine mörderische Zeit für Schriftsteller, die in der Nacht vorher ein ungeheures Fest gefeiert haben – singende, tanzende Sowjetsoldaten, Kaviar, Lachs, Ströme von Wodka – kein Vergleich zu den spärlichen Empfängen der folgenden Abende. Die Sowjets haben sich ihr Fest etwas kosten lassen. Mit schwerem Magen und trübem Kopf drücken sich Verspätete in die Stuhlreihen. Viele verschlafen den Vormittag in ihren Quartieren.

Mit Axel Eggebrecht tritt einer der seltenen deutschen Intellektuellen ans Rednerpult, die ihre demokratischen Überzeugungen nicht nur im Innenraum pflegen, sondern, oft gegen die eigenen Interessen, kämpferisch im politischen Leben vertreten und dabei schnell ins Abseits geraten. Heute gehört er zu den »zornigen alten Männern«, die gelegentlich im Fernsehen als »Zeugen des Jahrhunderts« auftreten, geachtet und wirkungslos. Für diese Art Demokraten hat es in Deutschland nie einen »Nährboden« gegeben. Sein frisches, aufmüpfiges Referat an diesem Morgen hätte ein wacheres Publikum verdient. »Zuviel Vorbereitetes« habe es gestern gegeben, moniert er zu Anfang. Er selbst spricht frei, ohne Konzept, über den in Jahrhunderten gewachsenen, heute noch virulenten Nazismus im deutschen Volk. »Von der Tat in den Traum flüchten«, das sei der Nährboden des Nazismus, auch heute, weil der gegenwärtige Zustand nicht durch eine Revolution, sondern durch den Druck der Sieger herbeigeführt worden sei. Er fordert offene Kritik an der Politik der Besatzungsmächte, Widerstand gegen die Teilung, bringt Beispiele von nazistischen Tendenzen in der Literaturszene. Neben Militärgerichten und Spruchkammern solle eine »geistige Instanz« etabliert werden, die »solche Fälle so erledigen kann, daß sie dann wirklich erledigt sind«.

Das Publikum, noch friedlich vereint, spendet Beifall. Auch in der späteren Diskussion gibt es keine Kritik, obwohl ein gewisses Mißtrauen bei den Veranstaltern vorausgesetzt werden kann. Axel Eggebrecht hat in der KP nur ein kurzes Gastspiel in den zwanziger Jahren gegeben. Trotz Gefängnis und KZ nicht emigriert, hat er sich wie Kästner durch Mitarbeit an Unterhaltungsfilmen durch die Nazizeit gebracht, ohne eigene Werke zu veröffentlichen. Zur Zeit des Kongresses wirkt er beim Aufbau des NWDR in der britischen Zone, loyal oder aufmüpfig, je nachdem, wie es seine Überzeugung verlangt. Gelegentlich lobt er die Fairneß der britischen Besatzer und die Atmosphäre demokratischer Freiheit in ihrer Zone. Der Kongreß, wird er in seiner Abschlußansprache sagen, leide an einem Mangel an Offenheit. »Die verfluchte geheime Front«, die die Schriftsteller spaltet, käme nicht zur Sprache, heiße Eisen würden nicht angefaßt, zum Beispiel der jüdische Terror in Palästina, der »schmerzlich an die Anfänge des Hitlerismus in Deutschland erinnert«, die Todesstrafe, in der Sowjetunion und ihrer Zone abgeschafft, im Westen immer noch angewandt. »Dagegen müssen wir kämpfen!«

Anna Seghers folgt dem Beispiel ihres Vorredners, indem sie ihre Notizen beiseitelegt. Sie spricht frei und sehr lang, so daß sie schließlich gemahnt werden muß, zum Ende zu kommen. Was sie in ihrer rhythmisch-raunenden Sprache vorträgt, klingt allerdings nicht nach Spontaneität. Bis in die Formulierungen hinein hat man es früher oder später immer wieder von ihr gehört und gelesen: den Bezug auf Tolstois drei Stufen der schriftstellerischen Arbeit; die Definition der Freiheit als Einsicht in die marxistisch-interpretierte Notwendigkeit. Um zu dieser Freiheit vorzustoßen, müsse der Schrifsteller auf andere lockende Freiheiten verzichten und erst, wenn dieser Weg zu Ende gegangen sei, habe er den gesellschaftlichen Punkt erkämpft, auf den er seine Begabung richten kann, »um diesen Punkt der Wirklichkeit deutlich zu machen, durch den er seine Mitmenschen und sein Volk weiterbringt«.

Dieses Referat ist die einzige Äußerung der Seghers für die ganze Dauer des Kongresses. Sie ist eine disziplinierte Kämpferin, die sich Spontaneitäten versagt. Im internen Kreis mag das anders sein. Vom Pariser Kongreß 1935 wird erzählt, daß sie den damals noch kommunistischen Gustav Regler scharf gerügt habe, als er im Überschwang der Begeisterung das Publikum zu Ovationen für André Gide und zum Absingen der Internationale animiert hatte. Das sei »sentimentaler Quatsch«, es ginge aber um ein »Problem der Taktik«. Was dem Kampf schadet, muß öffentlich unerwähnt bleiben. Diese Entscheidung, einmal getroffen, hat sie bis zum Tode durchgehalten.

Hans Mayer geht sein Thema historisch an, indem er die gesellschaftliche Situation der Schriftsteller durch die Geschichte verfolgt: von Patriziern ausgehalten; als Hofschreiber angestellt; von bürgerlichen Mäzenen unterstützt; reich und unabhängig wie Schopenhauer, Proust, Stefan George. Das alles trifft für den heutigen Schriftsteller nicht mehr zu. Er ist ein Glied der Warengesellschaft. Seine Literatur *ist* Ware. Er produziert Meinung, muß sich den politischen und sozialen Problemen seiner Gesellschaft stellen, die Spaltung zwischen Kunst und Wirklichkeit überwinden. Kein allgemeingültiges Wertesystem kann ihm zur Orientierung dienen. Er muß wählen, welcher Ordnung er sich verantwortlich fühlt, der christlichen, der sozialistischen, der existentialistischen – Christus, Marx, Sartre...

Drei Optionen der Wert-Orientierung – das klingt nicht nach einem Parteikommunisten, und tatsächlich ist Hans Mayer, wenn auch eher durch Zufall, nie Mitglied der KP und später der SED gewesen. Sein Herz schlug links, aber es war ein weites Herz und ein undogmatischer Geist mit vielseitigen Interessen und der Neigung, seinen Gegenstand jeweils unvoreingenommen in seinen gesellschaftlichen Bezügen wahrzunehmen und zu erklären. Als Jurastudent im Weimar-Staat hatte er in sozialdemokratischen und kommunistischen Gruppen gegen die Nazis gearbeitet. Erst im Exil, das ihn auf Umwegen in die Schweiz führte, erkannte er, daß sein Gebiet die Literatur sei. Eine frühe, im September 1946 veröffentlichte Arbeit hieß: »Büchner und seine Zeit«. Schon im Oktober 1945 hatten ihn kommunistische Emigranten in Zusammenarbeit mit amerikanischen Dienststellen – das war damals noch möglich – nach Frankfurt geholt, wo er zunächst in einer amerikanisch-deutschen Nachrichtenagentur arbeitete, dann als Chefredakteur im Frankfurter Rundfunk. Er kam gut an mit seinen politischen Kommentaren und Interviews. Die Zusammenarbeit mit Hermlin und auch mit den amerikanischen Chefs lief angenehm locker und harmonisch. Das änderte sich mit der Wende der amerikanischen Politik im Februar 1947. Kritik an der Besatzungspolitik war von nun an nicht mehr zulässig. Immer deutlicher trat die antisowjetische Linie hervor. Ein Kommentar über einen Zwischenfall in Titos Jugoslawien beendete seine Rundfunkkarriere.

Als er im Oktober zum Kongreß fährt, gibt es für ihn in beruflicher Hinsicht mehrere Optionen: soll er Rundfunk- und Presseangebote im Westen annehmen, wo das Klima für freie Äußerung immer eisiger wird? Soll er auf einen Lehrstuhl im östlichen Deutschland reflektieren, wo zu dieser Zeit noch gesamtdeutsch gedacht und die Kultur kräftig gefördert wird? Möglich scheint beides. In seinem Referat vermeidet er deutliche Stellungnahme und in dem Kommentar in den Frankfurter Heften erwähnt er mit keinem Wort den Eklat, der am dritten Kongreßtag die mühsam gekitteten Fronten aufbricht. 1948 wird er sich entschließen, eine Professur in Leipzig anzunehmen.

Die nachfolgende Diskussion bringt ungewohnte Töne, nicht das von Friedrich Wolf erhoffte Funkensprühen, sondern Emotionen, Klagen, Mahnungen von Frauen, die offenbar über Nacht den Mut gefaßt haben, ihre Reaktionen auf die gestrigen Auseinandersetzungen auszusprechen. Hertha von Gebhardt vermißt bei den deutschen Schriftstellern die Wärme, die ihr von seiten der Ausländer so wohl getan habe. Worte wie Innere und Äußere Emigration sind nach ihrer Meinung gegenstandslos geworden. »Lassen wir doch diese Vokabeln ruhen. Auch Brüder streiten manchmal. Lassen Sie uns nicht vergessen, daß wir Brüder sind!« Auch Helga Erdmann will die Unterscheidung nicht gelten lassen. Für sie gibt es nur Selbstlose und Selbstsüchtige. »Denken wir darüber nach, welche Front wir stärken müssen.« Das Schlimmste, sagt Susanne Kerckhoff, sei im Dritten Reich die Isolation gewesen, in der manche Schriftsteller vorübergehend dem Nazigeist verfallen wären. Kein Freund habe sie gewarnt. Mit dem Kongreß sei ein neuer Anfang gemacht. Die Schriftsteller sollten einander nie mehr so alleinlassen.

Friedrich Wolf hört es mit wachsender Nervosität. Immer wieder poltert er dazwischen, möchte den Vorsitz abgeben, sich in die Arena stürzen, kämpfen so wie er kämpfen versteht: für die richtige Haltung gegen die falsche. Zu allem Überfluß meldet sich eine Buchhändlerin zu Wort, die Rücksicht auf die arbeitende Bevölkerung anmahnt. Die Leute wollten sich entspannen. Die Überfütterung mit politischen Auseinandersetzungen in Zeitschriften und Büchern, der ständig erhobene Zeigefinger wecke Mißtrauen, wo es doch darum ginge, das Vertrauen der Menschen zu gewinnen. In den Beifall hinein ruft Friedrich Wolf, diese Frage gehöre nicht hierher, sondern in den Nachmittag zum Thema »Kritik der Kritik«. Hermann Duncker schafft vorübergehend Konsens, indem er einen Antrag gegen den Antisemitismus einbringt, der von allen begrüßt wird. Aber dann wettert Niekisch gegen Ortega y Gassets Vermassungs-Begriff. Freiheit müsse es für alle geben, nicht nur für die Elite. Im Denken eines Ortega y Gasset sei der Faschismus noch virulent. Heftig widerspricht Frau Birkenfeld: Ortegas Denken habe mit Faschismus nichts zu tun. Ihm ginge es um die formende und führende Rolle Europas in der Welt.

Das Schlußwort spricht Hans Mayer. Gefährlich sei es, dem deutschen Leser »unpolitische Unterhaltung« zu präsentieren, weil ohnehin im Bewußtsein eines großen Teils der durchschnittlichen Leser noch die alten Vorstellungen lebendig seien, »sei es der Haß gegen alles Politische, sei es die Hinwendung zum Heroischen um jeden Preis, sei es eine falsche Rilke- und Hölderlinerei«. Gebraucht werde nicht Lüge und Verfälschung, sondern eine »saubere Literatur, die die Wirklichkeit klärt«. Es ist Mittagszeit, Essenszeit. Der Saal leert sich. Friedrich Wolf atmet auf. Am Nachmittag wird Prof. Redslob den Vorsitz führen. Er wird frei sein zu kämpfen.

Nach dem Essen, vor einem besser gefüllten Saal, kommt es dann endlich zu dem erwarteten und erhofften Funkensprühen. Von Dymschitz mit großer Herzlichkeit eingeführt, spricht Vsesolod Wischnewski, einer der legendären Matrosen des Kronstädter Aufstands, Kämpfer im Bürgerkrieg und im Zweiten Weltkrieg, Verteidiger Leningrads, nun erfolgreicher Theater- und Filmautor, treuer Freund Friedrich Wolfs, Helfer in den schweren Jahren der Moskau-Emigration. Sein mächtiger Schädel steht zwischen den faltigen Eierköpfen der Emigranten wie ein Standbild des sowjetischen Realismus. Er spricht von den einfachen russischen Menschen mit ihrer Sehnsucht nach Frieden und Demokratie und der schwarzen Reaktion in England und Amerika, die mit ihrer »Ideologie des Militarismus und Menschenhasses« diese einfachen demokratischen Menschen mit einem Eisernen Vorhang spalten wolle. »Ich habe dreimal gegen die Deutsche Wehrmacht gekämpft, bin fünfmal verwundet worden, aber niemals habe ich in meinem russischen Herzen die Verehrung zum großen deutschen Volk verloren..« »Die Spaltung wird niemals gelingen, denn wir, die demokratischen Kräfte, sind einig.«

Später wird Wilhelm Unger aus London den einfachen russischen Menschen auf die feine englische Art erledigen und die Lacher auf seiner Seite haben. Es könne schon vorkommen, sagt er, daß in einem Volk von 40 bis 45 Millionen der eine oder andere reaktionäre Gedanken äußere. In England gebe es Meinungsfreiheit. Solche Äußerungen nähme niemand übel, egal ob sie aus dem Arbeiterstande oder aus dem Lordsstand kämen. Ob sie allerdings Einfluß hätten, sei eine andere Frage.

Zwischen Russengepolter und britische Ironie schiebt sich ein langer, wolkiger Beitrag von Rudolf Hagelstange, einem der spärlich vertretenen Jungen. Bis Kriegsende ist er Soldat der deutschen Wehrmacht gewesen, zuletzt in Italien als Kriegsberichterstatter und Redakteur an Soldatenzeitungen. Durch glückliche Zufälle hat er seine Sonett-Sammlung *Venezianisches Credo* noch im Krieg veröffentlichen können und dadurch die Aufmerksamkeit der Ostprominenz erregt. Junge Talente sind rar. Hagelstange gilt nun als Dichter der Inneren Emigration. Nach kurzer Gefangenschaft hat er sich, empfohlen von Johannes R. Becher, im Kulturbund seiner Heimatstadt Nordhausen betätigt, ist dann, zur Enttäuschung seiner Fürsprecher, nach Westfalen übergesiedelt. Seine Gedichte in traditioneller Sonettform haben mit ihrem Ineinander von Kriegsrealität und mythischen Landschaftsbildern den Nerv der Zeit getroffen: die kulturkritische Sehnsuchtshaltung, die Flucht aus der häßlichen Gegenwart in entrückte Zeiten und Landschaften.

Im Namen der deutschen Jugend, die er in überfüllten Zügen und Wartesälen, in Schlangen vor Schaltern belauscht habe, plädiert er für die »ganze Wahrheit«. Vermutlich, so nehmen es jedenfalls die kommunistischen Teilnehmer auf, spielt er auf Druck und Zensur in der sowjetischen Zone an, aber bis auf eine sanfte Kritik an dem Verbot des Zuckmayer-Stücks *Des Teufels General* bringt er nur Anspielungen, Metaphern, Klagen über Mangel an Toleranz und demokratischem Beispiel, über einseitige und unvollständige Wahrheiten, über »das Gewissen, das zuweilen schlafen geht, zumal wenn ihm ein gutes Lager gerichtet ist«, über den »Hasen, der im Pfeffer liegen muß, wenn er schmecken soll, aber manchmal ist nur der Pfeffer da und gelegentlich sieht man auch noch, wie der Hase läuft«. Spekulativ verpackt spielt er auf Ausschreitungen der Besatzungsmacht an: »Wer garantiert, daß nicht neue Vergewaltigungen, Barbarismen und Bestialitäten bei uns passieren?« Er mahnt, die »Zeit für Entschiedenheit sei mit dem Abtreten des Faschismus nicht abgelaufen«, ohne die eigene Entscheidung auszusprechen.

In diesem Beitrag, den er stellenweise fast wörtlich in seiner Rede zum Frankfurter Schriftstellerkongreß 1948 wiederholt hat, ist schon etwas zu spüren von dem »Autor, auf den man sich einigen konnte« (Günter Blöcker), der sich später als Verfasser heiter-besinnlicher, religiös-erbaulicher Unterhaltungsliteratur, als Festredner und Träger hoher Auszeichnungen im Westen profilierte. Auf dem Kongreß wird er mehrmals kritisiert, vor allem hinsichtlich seiner Interpretation der deutschen Jugend. Sie ist die große Unbekannte des Kongresses, Gegenstand von Hoffnungen, Klagen, Fragen: Warum schweigt sie? Was geht in ihr vor? Wohin treibt die deutsche Jugend?

Noch einmal gehen Referate auf die Zuhörer nieder, ein Redemarathon, das Ende nicht abzusehen. Rudolf Leonhard spricht über Sprachverwilderung im Hitler-Deutschland: »Dieser hergelaufene Österreicher, der nicht einen richtigen Satz Deutsch schrieb, hat deutsche Schriftsteller ausgebürgert.« In einem früheren Beitrag hat Leonhard sich beklagt, daß man in Deutschland schon nicht mehr sagen dürfe, daß man in der Emigration gewesen sei. Eine dumpfe, feindselige Stimmung herrsche. Leonhard ist aus Paris gekommen, wo er nach abenteuerlicher Flucht aus einem französischen Lager untergetaucht war. Nach dem Kongreß wird er dorthin zurückkehren und immer tiefer in Einsamkeit und Armut versinken, bis Kantorowicz ihm einen ruhigen Lebensabend in Ostberlin organisiert. Seine Beispiele aufgeblähter, verkrampfter, sinnentleerter Sprache bringen einen Touch von Schmunzel-Humor, den Penzoldt in seinen Ausführungen über Kritik mit harmlosen Anekdoten und Zitaten fortsetzt. Das Niveau sinkt. Der Kongreß versandet in liebenswürdigen Unwesentlichkeiten.

Und dann, ganz unvermittelt, an nichts und niemanden anknüpfend, meldet sich eine junge Stimme, die Ich sagt. »Ich bin keine Schriftstellerin und ich habe vielleicht nur eine Qualifikation hier zu sein, das ist die, daß ich ein Mitmensch von Ihnen bin.« Köpfe wenden sich, Blicke suchen die Sprecherin, eine junge Frau mit dunklem Pagenkopf und indisch-gestyltem Gewand neben einem älteren Herrn, ihrem Mann: Mr. Brailsford aus England, der im Sinne Gandhis für die indische Unabhängigkeit gewirkt hat. Beifall rauscht auf. Die junge Stimme sagt: »Wie sollte ich Engländerin sein? Weil ich einen Mann geheiratet habe, der Engländer ist? Deutsche, weil ich in Westfalen geboren bin? Deutschgemixte Französin, weil ich zwei französische Großväter habe? Französisch-deutsche Österreicherin, weil ich eine österreichische Großmutter habe? Nein, als Mitmensch spreche ich zu Ihnen.« Und dann erzählt sie, was sie gesehen hat, als sie nach 10 Jahren wieder nach Deutschland zurückkam: Hamburg, im Namen des britischen Volkes verwüstet. »›Wir bombardieren nur Industrien‹, hatte man mir gesagt, und nun finde ich Menschenwohnungen zerstört, Arbeiterwohnungen – eine furchtbare Sache für mich!« Und nun, eben in Berlin angekommen, hört sie Explosionen, fragt und erfährt, daß ein Bunker gesprengt wird, in dem Hunderte von Familien Schutz und Wohnung gefunden haben. Warum? »Ich habe nicht einen Briten gefunden, der nicht gesagt hätte: Ja, das ist furchtbar, wir sind alle dagegen gewesen. Dies steht im engsten Zusammenhang mit den Dingen, die wir heute besprochen haben, mit der Freiheit des Geistes, mit der Gewissensfreiheit, mit der Aktion des Bürgers in seiner Gemeinschaft.«

Und dann geht sie geradewegs, wie ein Kind, das das Fürchten noch nicht gelernt hat, auf den neuralgischen Punkt zu, das heiße Eisen, das keiner anzufassen wagt. Bei einer Demonstration der Unzufriedenheit mit der »Neuordnung der akademischen Bildung« sind in der Humboldt-Universität vier Studenten gegriffen worden und seither verschwunden. »Wie ist das möglich«, hat sie die Studenten gefragt. »Da verschwindet einer aus eurer Gemeinschaft, nachdem die Nazis versprengt und zerschlagen worden sind, und ihr wißt nicht einmal warum? Ich bin dermaßen erschüttert und unglücklich darüber, daß so etwas wieder passieren kann in diesem Deutschland. Ich habe hier bis 1939 unter den Nazis gelebt und ich sehe, daß die jungen Menschen, die die Nazis überdauert haben, jetzt lernen sollen, Demokraten zu werden … Und da geschieht es, daß Mitmenschen aus ihrer Mitte verhaftet werden oder verschwinden und daß keiner die Möglichkeit hat, ihnen nachzuforschen. Da sollen sie noch an die geistige Freiheit glauben! Da sollen sie ehrlich im Kolleg zuhören, ehrlich diesen Wissensstoff in sich aufnehmen und verarbeiten, um dann als verantwortungsvolle Bürger wieder in die Lebensgemeinschaft hinauszutreten und das geistige Gut und die Gewissensfreiheit weiterzutragen … Ich bitte euch, Schriftsteller, helft doch aus dieser Verwirrung heraus … Ich weiß nicht, wie wir uns da überhaupt verhalten sollen, aber ich möchte, daß wir darüber sprechen, daß wir nichts verschweigen, nichts verkapseln...«

Aber genau das wird geschehen. Das spontane Wort einer jungen Frau gegen Mißstände beider Seiten wird abgewürgt. Durch einen Tumult von Beifall und Zwischenrufen spricht Prof. Redslob ratlose Beschwichtigungen: »Antwort können wir nicht geben... schwebendes Verfahren... Stimme der Menschlichkeit... Shakespeare: Die Macht der Gnade...« Friedrich Wolf kommt ihm zu Hilfe: Mrs. Brailsford kennt die andere Seite eben nicht, Naziumtriebe, mitten in Bonn ein Plakat: »Die Hitlerjugend klagt an«. Hat er selbst gesehen. Gräber werden geschändet. In Rußland sind Männer und Frauen lebendig verbrannt worden... ein Büchnerzitat: »Gnade gegen Verbrecher ist Grausamkeit gegen die Opfer«.

Aber so hat die junge Frau es nicht gemeint. Nicht um Gnade hat sie gebeten, nicht die Kritik der Studenten verteidigt. Es ging ihr nur um das Verschwinden und daß keiner fragt, keiner fragen darf, daß keine Öffentlichkeit sein darf. Aber die feinen Unterscheidungen, die Mr. Brailsford später noch einmal anmahnt, haben im Kalten Krieg keinen Platz: Schwarz oder weiß, pro oder contra, nichts dazwischen.

Immer noch Unruhe, Zurufe, Stimmengewirr. Prof. Redslob hat sich inzwischen gefaßt. Mit wohlgesetzten Worten versucht er das Schiff in ruhigere Gewässer zu lenken: »Ich habe die Worte der Gäste so verstanden, daß es sich hier um einen Appell der Gnade handelt...« Er dankt für eine Besinnung der Menschlichkeit, »die ja kein Urteil in sich schloß und gar nicht schließen könnte« ... »Wir können nicht urteilen und deshalb auch nicht streiten...« Er glaubt, daß damit Genüge geschehen ist, »wir haben es gehört und werden es verarbeiten«. Er findet, daß die Auseinandersetzung vom Thema wegführt, in »das Politische«. Zuruf: Warum ist sie von Ihnen zugelassen worden? Nun endlich spricht Redslob Klartext: »Wir haben keine Kritik über die Besatzungsmächte!«

Als der Tumult sich gelegt hat, meldet Elisabeth Langgässer

sich zu Wort. Aus Leonhards Referat über die Verwilderung der Sprache habe sie entnommen, daß es nach seiner Meinung nicht möglich sei, in Zeiten der Verwilderung die Sprache rein zu erhalten. Sie aber habe in den vergangenen Jahren eben das versucht und im festen Glauben an ein Bündnis zwischen ihrem Schreiben und der Sprache ihre Werke geschaffen. »Sollte ich ganz daran verzweifeln, so müßte ich mit dem heutigen Tage aufhören zu schreiben.« Mit ironischer Schärfe nimmt sie Worte wie »Zeitnähe« (»ein schreckliches Wort«) und »politisches Schreiben« aufs Korn. »Es gibt Menschen, die politische Aktivisten von Natur aus sind. Sie sind so gebaut.« (Heiterkeit) »Andere sind es eben nicht.« Sie, Elisabeth Langgässer, könne sich von keiner Instanz Verfügungen über ihr Schreiben abholen. Sie müsse ihrem Dämon gehorchen. »Ich frage Sie, was sollen wir tun, die wir anders veranlagt sind, vielleicht besser oder schlechter, denen aber trotzdem ein Auftrag gegeben ist ..., der erfüllt werden muß, genau wie jeder andere Auftrag auch?«

In seinem versöhnlichen Schlußwort betont Leonhard, daß die Langgässer ihn mißverstanden habe. Er habe lediglich gemeint, daß man Sprache nicht »als Ganzes ungefährdet und unbeschadet über dreizehn Jahre Barbarei« hinüberretten könne.

An diesem Abend hat der Schriftsteller Walter Birkenfeld den Empfang der Verleger des britischen Sektors versäumt, um einen unangemeldeten Besuch zu machen. Ob er das auf eigene Faust tat oder mit Gesinnungsgenossen abgesprochen hatte, ist nicht bekannt. Er selbst, ein inzwischen vergessener Unterhaltungsschriftsteller, damals Herausgeber der Zeitschrift *Horizont*, hatte als Vertreter der Inneren Emigration an den Vorbereitungen des Kongresses mitgewirkt. In einer Kurzbiographie für das von Kantorowicz herausgegebene Bändchen *Verboten und Verbrannt* hatte er sich als einen der »Stillen im Lande« vorgestellt: »Versteckt im bescheidenen Winkel eines deutschen Verlages« habe er die Nazizeit überdauert und könne deshalb »als Probe seiner lyrischen Begabung« nichts weiter vorlegen als eine schmale Gedichtsammlung, die seiner Frau Bobba gewidmet sei.

»Das war im Sommer 1947«, schreibt Kantorowicz in einer Tagebucheintragung vom Juni 1949, »als er und seine Bobba noch um uns herumschwänzelten und tänzelten und es sich zur Ehre anrechneten, wenn Friedel und ich mal am Sonntagnachmittag Besuch machten oder er einen Beitrag für *Ost und West* schreiben durfte. Jetzt haben wir Sommer 1949, und da sind solche Alibis nicht mehr vonnöten. Im Gegenteil, da man sich um die Mitgliedschaft im PEN bewirbt, so hält man die ›Probe der lyrischen Begabung‹ nicht für ausreichend und beruft sich auf eine Anzahl von Romanen, die unbeanstandet im Dritten Reich erschienen und Neuauflagen erlebten – sie werden danach sein!« Inzwischen habe sich Birkenfeld zu »einem der hemmungslosesten Hetzer des westlichen Propagandakrieges gegen uns gemausert«. Soweit Kantorowicz, verbittert und einsam zwischen allen Stühlen.

Der Mann, den Birkenfeld am Abend des 6. Oktober 1947 aufsuchte, war ein damals 26jähriger Amerikaner, der als »Kriegshistoriker« mit der US-Armee nach Deutschland gekommen war und sofort begann, Kontakte zu deutschen Literaten zu knüpfen. Gesucht, beliebt, jedermanns Freund, bahnte er ihnen Wege aus der Isolation des geschlagenen Deutschland in die weite Welt der internationalen Literatur, vor allem in die der Vereinigten Staaten. In dem Briefwechsel zwischen dem Philosophen Karl Jaspers und seiner in die USA emigrierten Doktorandin Hannah Arendt taucht sein Name schon 1945 als der eines unermüdlichen Helfers und Vermittlers auf. Er knüpft Kontakte zu amerikanischen Verlagen, sorgt für schnellen Transfer von Briefen, Zeitschriften, Manuskripten, für Universitätsbeziehungen und CARE-Pakete. Ständig zwischen USA und Europa pendelnd, übernimmt er Grüße und Kommissionen, Fürsprache und Verhandlungen. In einem Brief vom Juni 1946 nennt der sonst so zurückhaltende Jaspers ihn »Freund«, läßt sich, wenn auch nicht zur Teilnahme, so doch zur namentlichen Unterstützung des »International Congress for Cultural Freedom« gewinnen und schickt Beiträge an die Zeitschrift *Der Monat*.

An den Veranstaltungen des Schriftstellerkongresses hat der junge Mann bisher als Journalist teilgenommen, aber nun, an diesem Abend, tritt Birkenfeld mit einer Bitte an ihn heran, die die Funktion eines Journalisten überschreitet: Er soll die Interessen seines Vaterlandes verteidigen, die Birkenfeld gefährdet sieht, weil die USA auf diesem kommunistisch majorisierten Kongreß miserabel vertreten seien. Die deutschen Schriftsteller seien dazu nicht imstande, weil sie entweder an Ulbrichts Strippe tanzten oder den Kopf in den Wolken hätten. Der Kongreß sei auf dem besten Wege, zu einer sowjetischen Propaganda-Vorstellung zu verkommen. Ein fähiger Redner müsse in die Bresche springen und zwar sofort, schon morgen vormittag, wo Birkenfeld den Vorsitz habe, also auch die Möglichkeit, eine Rede einzuschieben, die im Programm nicht vorgesehen ist. Und diese Rede soll der junge Amerikaner halten. Der zögert ein wenig, findet die Frist reichlich kurz, aber Birkenfeld fegt alle Bedenken beiseite. Schließlich läßt der Amerikaner sich breitschlagen und setzt sich unverzüglich an seinen Schreibtisch, um die gewünschte Rede zu entwerfen, die noch in der Nacht übersetzt wird.

So jedenfalls erzählt es Melvin J. Lasky selbst in einem Gespräch, das im Sommer 1990 in der Cafeteria des Berliner »Institute for Advanced Studies« stattfindet...

Am Morgen des dritten Kongreßtages, Dienstag 7. Oktober 1947, rückt ein ungewöhnliches Aufgebot an Presse und Rundfunk ein. Scheinwerfer und Mikros werden in Stellung gebracht. Alles weist darauf hin, daß ein besonderes Ereignis bevorsteht. Weisenborn tritt als erster ans Rednerpult und verkündet, daß der Vertreter der Tschechoslowakei nicht sprechen will. Ein Wort genügt zur Begründung: Lidice. Dann verliest er eine Erklärung des Vorstandes, in der von »unterirdischer Erregung« die Rede ist. Gegensätze seien »normal«,

»gesund«. Es gäbe sie auch im Vorstand, trotzdem habe man kameradschaftlich zusammengearbeitet. Auch hier sollten Konflikte in Kameradschaft und Würde ausgetragen werden. Der Vorstand jedenfalls sei unparteiisch. Dann übergibt er den Vorsitz an Walter Birkenfeld, der eine Resolution gegen den Antisemitismus vorliest. Nachdem das Plenum zugestimmt hat, führt er den im Programm nicht vorgesehenen Redner Melvin J. Lasky ein. Dabei gebraucht er den Trick, Lasky in den Zusammenhang mit amerikanischen Schriftstellern zu stellen, ohne explizit zu sagen, daß er ein Schriftsteller sei. »Unter den amerikanischen Schriftstellern, die bei der ersten Begrüßung vorgestellt wurden, wurde an erster Stelle genannt: Melvin J. Lasky. Er hat gebeten, heute vor Ihnen sprechen zu dürfen.« Dann läßt er den Zusammenhang »Schriftsteller« ruhen und bezeichnet Lasky wahrheitsgemäß als Lehrer, Soldat, Journalist – Korrespondent des *New Leader* – (»eine liberale Zeitschrift!«) und der *Partisan Review*.

Lasky stellt sich als »unabhängiger amerikanischer Schriftsteller« vor und äußert die Hoffnung, daß dieser Kongreß eine »unabhängige Veranstaltung« sei. In seiner Rede, der längsten des Kongresses, beschreibt er die Freiheit der Schriftsteller in den USA und die Unterdrückung ihrer Kollegen in der Sowjetunion. Mit verhaltenem Stolz spricht er von der »langen, ungebrochenen Tradition wachsender Freiheit und sich ständig erweiternder bürgerlicher Rechte in den Vereinigten Staaten« und von der »Vielfalt und Gegensätzlichkeit der Literatur«, die seit »150 Jahren nie eine politische Zensur erlebt« habe. Gegen alle Versuche politischer und moralischer Gängelung habe die freiheitliche Tradition sich durchgesetzt, und überall in der Welt, wo sie verletzt werde, fühlten amerikanische Schriftsteller sich betroffen. »Dieser internationale Geist war es, der die amerikanischen Schriftsteller ihre Stimme gegen die kulturelle Barbarei des Hitlerregimes erheben ließ.« Von hier aus schlägt er unauffällig den Totalitarismus-Bogen zur sowjetischen Kulturpolitik, indem er die Sorge ausspricht, »ob die neue Parteidoktrin oder die revidierte ›Staatsform‹ des sozialen Realismus oder Formalismus oder Objektivismus nicht bereits überholt« sei – eine ironische Häufung von Ismen, die bei den Autoren der Westzonen vermutlich ein Grinsen hervorruft, bei den Kommunisten verstohlenes Zähneknirschen, weil hier unter dem Vorwand solidarischer Sorge die geheiligten Parolen des sowjetischen Literaturbetriebes auf die Schippe genommen werden.

Nach Worten der Verehrung für Ossietzky, die Spanienkämpfer, die Antifaschisten und die großen russischen Schriftsteller präsentiert der Redner ein paar Beispiele für den sowjetischen Terror, den er nicht Terror nennt: »Soschtschenko und die Achmatowa, die sich jetzt, nach langen ausgezeichneten literarischen Karrieren, hauptsächlich weil sie nicht Hymnen auf den neuen Fünfjahresplan gesungen haben, als giftigen Abschaum exkommuniziert sehen, russische Schriftsteller, die dauernd in Sorge sein müssen, ob die neue Parteidoktrin oder was immer es sei, nicht bereits überholt ist und man sie vielleicht über Nacht schon als ›dekadente Werkzeuge der Konterrevolution‹ abgestempelt hat. Georg Alexandrow, dessen Werke als sklavische Bewunderung des Westens abgetan werden, Sergej Eisenstein, dessen *Panzerkreuzer Potemkin* und *Zehn Tage, die die Welt erschüttern* im Westen noch immer als Meisterwerke der Filmkunst angesehen werden« und der nun alle paar Jahre vor einem argwöhnischen Politbüro erscheinen und gestehen müsse, »daß er bis dahin nicht richtig verstanden habe, was die wahren politischen Prinzipien seien, die der sowjetischen Kunst zugrunde liegen müßten«. »Philosophen, die zögern müssen, die Namen Bacon, Descartes, Spinoza, Kant, Fichte, Hegel über die Lippen zu bringen...«

Obwohl das für die Sendung »Babylon« zugeschnittene Tonband des SFB nur Teile der Lasky-Rede wiedergibt, ist das Anheizen der Publikumsstimmung deutlich zu hören. Lasky spricht den in gutes Deutsch übersetzten Text sorgfältig artikuliert mit einer stark amerikanisch gefärbten Stimme. Der Tonfall ist der einer sanften Belehrung von einem, der es besser weiß und sein Besserwissen pädagogisch gemildert einsetzt unter der Voraussetzung, daß das, was er mitzuteilen hat, ohnehin jedem vernünftigen Menschen bekannt sei. Attacken gegen das Sowjetsystem sind in Floskeln der Sympathie und Hochachtung vor einzelnen sowjetischen Schriftstellern verpackt. So entsteht der Eindruck, daß der Redner, ganz unabhängig von politischen und ideologischen Auseinandersetzungen, sozusagen als Mensch und Literat, für die Freiheit und gegen die Unterdrückung der Schriftsteller in aller Welt und eben auch in der Sowjetunion zu Felde ziehe.

Damit ist mit leichter Hand das große Tabu des Kongresses »Wir haben keine Kritik an den Besatzungsmächten!« durchbrochen von einem, der es sich leisten kann, weil er eben Amerikaner ist. Nun dürfen die anderen auch, nämlich der Teil der Zuhörer, der bisher mit abweichenden Meinungen vorsichtig hinterm Berg gehalten hat. Der immer häufiger ausbrechende Zwischenapplaus wirkt wie eine Entladung von Überdruck. Die Katze ist aus dem Sack! Entsprechend steigern sich die Gegenstimmen, die den Dammbruch durch Lautstärke verhindern wollen. Zur Diskussion kann es nicht kommen, weil der Zuhörer zu viele, der Weg zum Mikrophon zu weit ist. Die wechselseitige Wut äußert sich in unverständlichem Gebrüll, Zwischenrufen, frenetischem Applaus: »Sprechen Sie mal darüber, was die amerikanischen Schriftsteller zur Friedensfrage und Kriegshetze sagen!« »Weniger Lügen!« »Bruch des Gastrechtes!« »So kann ein ausländischer Gast nicht sprechen.«

Birkenfeld fleht, man möge Lasky anhören wie jeden anderen Redner. Ohne den Tumult zur Kenntnis zu nehmen, zitiert Lasky André Gide, unter Kommunisten ein geächteter Name, seit er sich nach anfänglicher Begeisterung vom Kommunismus abgewandt hat: »In allen Ländern der Erde ist der große Schriftsteller immer mehr oder weniger revolutionärer Schriftsteller gewesen.« Die sowjetische Delegation verläßt den Saal. Ungerührt beteuert Lasky seine Solidarität mit den Schriftstellern und Künstlern der Sowjetunion: »Wir wissen, wie deprimierend es ist, mit dem Bewußtsein zu arbeiten, daß hinter einem der politische Zensor steht und hinter ihm die Polizei.«

In dem Tumult nach seiner Rede geht ein Vorschlag von Unbekannt unter, auf den Weisenborn mit den Worten reagiert: »Unmöglich! Der Rundfunk wählt aus, was übertragen wird.« Wahrscheinlich wollte der Zwischenrufer die Übertragung dieser Szene unterbinden, und das war eben unmöglich, jedenfalls was die Westsender betraf, die gerade für Laskys Rede ein auffälliges Interesse zeigten. Frauenstimmen »Unerträglich!« verlangen das Abschalten der Scheinwerfer.

Das Band bricht im Beifallssturm ab. Die Stimme der (heutigen) Kommentatorin stellt fest: »Lasky hat den Kongreß polarisiert. Er hat nicht nur einige Leichen im Keller der stalinistischen Kulturpolitik beim Namen genannt, er hat den Hauptfeind ausgerufen. Er heißt nicht mehr Nationalsozialismus oder Faschismus, sondern Totalitarismus, und gemeint ist damit ab sofort der Kommunismus.« Dann folgt das nächste Referat, Arnold Bauer: Verlagstätigkeit nach 1945.

Der offizielle Gegenschlag kommt erst am Nachmittag. Der russische Schriftsteller Valentin Katajew führt ihn mit verächtlicher Schärfe auf russisch. Der Dolmetscher übersetzt: »Ich bin froh, daß ich endlich einen lebendigen Kriegsbrandstifter zu sehen bekommen habe. (Beifall) Bei uns in der Sowjetunion gibt es so etwas nicht ... Ich kenne den großen E. A. Poe, den ich tief verehre. Ich kenne Mark Twain, Caldwell, Hemingway, Steinbeck usw., ein Lasky ist mir völlig unbekannt ... Da der unbekannte Lasky hier bittere Tränen über das Schicksal der unterdrückten sowjetischen Schriftsteller vergossen hat, so möchte ich als sowjetischer Schriftsteller und Humanist diese Tränen trocknen.« Die Ausführungen von Lasky seien von Anfang bis Ende gelogen. Das sei keine Neuheit. »Auch der verstorbene Herr Goebbels hat sich derselben Mittel bedient in seiner Hetze gegen die Sowjetunion. Womit das endete, dürfte allen bekannt sein. Nun wird die

Anständigkeit und Ehrlichkeit der Leute durch ihre Beziehung zur Sowjetunion bestimmt.«

Aus den von Lasky benannten unterdrückten sowjetischen Schriftstellern greift Katajew Soschtschenko heraus: »Was ist eigentlich mit Soschtschenko geschehen? Er wurde bei uns kritisiert, weil in der SU als in einem modernen demokratischen Staat und Land Pressefreiheit herrscht. (Unruhe im Publikum) Heute sind die Erzählungen Soschtschenkos im letzten Heft der Zeitschrift *Nowy Mir* veröffentlicht. Eigentlich habe *ich* sie veröffentlicht, weil ich einer der Redakteure bin. Daß die Erzählungen Soschtschenkos veröffentlicht sind, ist natürlich dem unbekannten Lasky unbekannt, weil er sich veralteter Dietriche bedient. Ich kenne Soschtschenko sehr gut. Er ist ein alter Freund von mir, und ich bin überzeugt, er wäre tief gekränkt, wenn er wüßte, daß für ihn, einen bekannten sowjetischen Schriftsteller, ein unbekannter Lasky eintritt.« Man sei hier zu ernsten Gesprächen zusammengekommen, nicht um zu tratschen, fährt er fort. Es sei die erste Aufgabe deutscher Schriftsteller, volksnah zu werden. »Dafür muß unermüdlich gearbeitet werden, an Sprache, Stil, Architektur der Werke. Man muß sie in der durchsichtigen Klarheit führen, die die Franzosen ›clarté‹ nennen. Die große Meisterschaft ist die Schlichtheit, nicht aus Armut, sondern aus Reichtum ... Kurzsichtige, oberflächliche Leute glauben, daß in der SU eine Vermassung, Unterdrückung der menschlichen Individualität existiere. Einst, als es mir noch nicht so ekelhaft war, mit ihm zu sprechen, hat André Gide mich gefragt, ob ich nicht glaube, daß durch den Sozialismus die menschliche Persönlichkeit unterdrückt, nivelliert würde. Ich habe ihm geantwortet: ›Nein, das wird nicht sein. Im Wald wachsen viele Bäume, aber sie erdrücken einander nicht, sondern sie wachsen viel höher, wenn sie zusammenstehen, wenn sie einig sind, als wenn sie allein stehen. Leider wächst André Gide heute nicht nach oben, sondern nach unten. Wir aber wachsen immer weiter in die Höhe und das deswegen, weil wir alle von einem Gedanken erfüllt sind: Vorwärts zu einer besseren Zukunft.«

Beim Vergleich der beiden Beiträge, Laskys und Katajews, wird deutlich, daß die Waffen der beiden Gegner im Kalten Krieg nicht in ein Schwarz-Weiß-Schema passen. Sie sind nicht gegensätzlich, sondern auf typische Weise verschieden, eine Wahrnehmung, die in der schrecklichen Vereinfachung beider Seiten unterging. In Katajews Rede sind alle Elemente enthalten, die in der Sowjetunion und später in der DDR-Kulturpolitik instrumentalisiert werden: Der Nazivergleich (Dr. Goebbels); die Forderung nach Zeit- und Volksnähe (Absage an Formalismus und »l'art pour l'art«); das diskussionslose Niedermachen von Kritikern und Renegaten; die Beziehung zur Sowjetunion als Kriterium für Ehrlichkeit und Anständigkeit; die Ignorierung gegenwärtiger Mißstände zugunsten einer geglaubten demokratischen Zukunft, demokratisch allerdings im sowjetischen Verständnis.

Auf diese Zukunft lenkt Katajew den Blick der Zuhörer. Vergangenes und Gegenwärtiges – der mörderische Terror der Stalin-Prozesse, die Säuberungen und Deportationen, die allgegenwärtige Angst unter den Schriftstellern, vor allem unter den deutschen Emigranten, die zur gegenseitigen Bespitzelung, Verleumdung, Vernichtung führte, die Gängelung ihrer Arbeit durch die als unumstößliches Gesetz verstandene Parteilinie – das alles zählt nur als Weg dorthin, als Mittel zum Zweck, um der historischen Notwendigkeit zum Durchbruch zu verhelfen. Im Vorantreiben des weltrevolutionären Prozesses, der seine eigenen Gesetze habe, sieht er die Aufgabe der Schriftsteller und seine eigene. (Freiheit als Einsicht in die Notwendigkeit.)

Lasky kämpft mit dem Begriff »Freiheit«, auf den alle, wenn auch in unterschiedlichem Verständnis, anspringen. Seine Freiheit hat ihren Sitz in der amerikanischen Demokratie und wird von dort aus in die übrige Welt verbreitet.

Auch der Einsatz der Waffen erfolgt auf verschiedene Weise. Katajew kämpft mit dem Holzhammer ideologischer Postulate. Lasky setzt mit den wortreichen Schilderungen amerikanischer Freiheit sorgfältig gemischte und dosierte Spritzen in die empfindlichen Punkte seiner Zuhörer, psychologisch versiert, scheinbar unideologisch von Mensch zu Mensch. Fraglich ist nur, ob seine Schilderungen der Wahrheit entsprechen.

Seufzend lasse ich die Arbeit mit dem Protokoll liegen und verbringe die nächste Zeit in diversen Bibliotheken, um mich über die Freiheit der amerikanischen Schriftsteller zu informieren.

Zum erstenmal lese ich die Abkürzung HUAC. Sie steht für das Ende der dreißiger Jahre gegründete »House of Unamerican Activities Committee«, das bisher, unterstützt von der republikanisch-dominierten Presse, eher im verborgenen gegen Roosevelt operierte, nun aber, im Zusammenhang mit der außenpolitischen Wende, mit seinen berüchtigten Anhörungen einen wachsenden Einfluß auf die Öffentlichkeit ausübt. Später wird man diese Periode der amerikanischen Geschichte mit dem Namen des Senators McCarthy verbinden – eine Personalisierung, die eher verdeckt als erklärt, was in diesen Jahren die amerikanische Demokratie erschütterte.

Im April 1946 hat der Ausschuß den sozialkritischen Autor Howard Fast vernommen und zu Gefängnis- und Geldstrafe verurteilt. Am 30. Oktober 1947 hat Brecht seinen Termin. Von dem Verhör liegt ein Mitschnitt vor. Er wartet das Urteil nicht ab und verläßt kurz darauf die USA. Auch bürgerliche Emigranten geraten als »premature antifascists« in den Verdacht des Kommunismus. Thomas Mann verliert seinen Auftrag als Consultant in Germanic Literature an der als kommunistisch verschrieenen Kongreß-Bibliothek. Seit dem Tod seines Beschützers Roosevelt hat er den Rechtsruck der öffentlichen Meinung gespürt und die Rückkehr, wenn nicht nach Deutschland, so doch nach Europa ins Auge gefaßt. 1951 spricht er von mächtigen Kräften, die das Werk Roosevelts gründlich demoliert hätten. Sein Bruder Heinrich fühlt sich seit seiner Ankunft in den USA von Nazispionen beobachtet und bedroht.

Die Protokolle dieser Anhörungen lesen sich wie Satiren,

aber die Inquisitoren meinen es todernst mit dem Aufspüren, Verfolgen, Bestrafen jeder Regung, die im weitesten Sinne als ›links‹ ausgelegt werden kann. Vom Volkszorn beflügelt scheuen sie sich nicht, Gesetze und Zeugen zu manipulieren, Rechte zu verweigern, Denunziationen und vage Verdächtigungen zur Grundlage von Anschuldigungen zu machen. Die Folgen sind ruinös für die Betroffenen und katastrophal, was das politische und geistige Leben des Landes betrifft. Angst und Mißtrauen legen sich wie eine Giftwolke über die geistige Landschaft. Jeder mißtraut jedem. Hanna Arendt, eine überzeugte Demokratin, spricht in ihren Briefen an Jaspers von »totalitären Methoden«, »Zersetzung des Staatsapparates«, »Gesetzlosigkeit«, von einer »kuriosen Umkehr des Verhältnisses zwischen Exekutive (Regierung) und Legislative (Kongreß), gerade in einem Lande, in welchem die Exekutivgewalt beinahe diktatoriale Vollmachten hat. Der Kongreß repräsentiert eben die öffentliche Meinung. Und Gott weiß, was das eigentlich ist«. (Brief vom 13. Mai 1953).

Jahrzehnte später stellt sich heraus, daß das Aufwallen der öffentlichen Meinung kein Selbstlauf war, sondern von einer »bewußten Entscheidung« ausgelöst wurde.

In seiner Autobiographie *Zeitkurven* schreibt Arthur Miller: »Ein Flügel der Republikanischen Partei, die seit beinahe 20 Jahren nicht mehr an der Macht gewesen war, beschloß, die dem New Deal zugrunde liegenden Ideen mit Illoyalität gleichzusetzen. Später schlossen sich Demokraten dieser Richtung an, um nicht im Abseits zu stehen. Aber damals erschien es den meisten Menschen wie ein Naturphänomen, ein Erdbeben, das die politische Landschaft heftig erschütterte. Trotz des Widerstandes einzelner Demokraten konnte McCarthy bald die ganze Roosevelt-Truman-Zeit als 20 Jahre des Verrats bezeichnen. Und in der Tat, in den achtziger Jahren unter Reagan hat man alle tragenden Stützen des New Deal soweit abgebaut, wie es möglich war, ohne das Land völlig zusammenbrechen zu lassen.« In seinem Stück *Hexenjagd* hat Miller, zeitlich und thematisch verschoben, versucht, »jenen einen, ganz bestimmten, schleichenden Prozeß ans Licht zu bringen, durch den sich erweist, daß die Sünde des gesellschaftlichen Terrors darin besteht, den Menschen seines Gewissens zu berauben und damit seiner Persönlichkeit.«

Hier ist offenbar das passiert, was Toqueville in seinen hellsichtigen Ausführungen über die amerikanische Demokratie als »Diktatur der Mehrheit« bezeichnet. In dem Kapitel »Der Einfluß der Mehrheit auf das Denken« schreibt er: »In Amerika zieht die Mehrheit einen drohenden Kreis um das Denken. Innerhalb dieser Grenzen ist der Schriftsteller frei. Aber wehe, wenn er sie zu überschreiten wagt! Er hat zwar kein Autodafé zu fürchten, aber er ist allen erdenklichen Unannehmlichkeiten und täglichen Nachstellungen ausgesetzt. Die politische Laufbahn ist ihm verschlossen; er hat die einzige Gewalt, die sie ihm eröffnen könnte, beleidigt. Man versagt ihm alles, selbst den Ruhm. Ehe er seine Ansichten veröffentlichte, glaubte er, Anhänger zu haben; nun er sich allen entdeckt hat, besitzt er, so scheint es ihm, keinen mehr; denn wer ihn ablehnt, bringt das öffentlich zum Ausdruck, und wer denkt wie er, ohne mutig zu sein, schweigt und entfernt sich. Er gibt nach, erliegt schließlich dem täglichen Ansturm und zieht sich in Schweigen zurück, als hätte er ein schlechtes Gewissen, die Wahrheit gesagt zu haben.«

Was Toqueville in seiner Zeit noch nicht voraussehen konnte, ist das Ausmaß der Meinungsmanipulation durch Medien, die ihrerseits von mächtigen Interessengruppen, in diesem Fall durch die Anhänger der Republikanischen Partei, manipuliert sind.

Wie das im einzelnen vor sich ging, enthüllt der Brief einer amerikanischen Hausfrau an den »Unterausschuß des Ausschusses für unamerikanische Aktivitäten im Repräsentantenhaus der Vereinigten Staaten« von Ende März 1953. Die Schreiberin bezeichnet die Wirkung der Fernsehübertragung einer Anhörung als »Explosion« in ihrer »tiefsten Seele«. »Ich wurde jäh aus dem trügerischen Wahn gerissen, daß Kommunismus eine Staatsform in Ländern weit entfernt von den USA wäre, und wenn es ihn überhaupt in unserem Land gäbe, dann nur in Gestalt einer Redekampagne von ein paar labilen Menschen, die etwas brauchen, wofür sie sich einsetzen können ... Es ist mir schmerzhaft klar geworden, daß der Kommunismus ein bösartiges Geschwür in unserer amerikanischen Gesellschaftsform ist, das weiter wuchern und zum langsamen und qualvollen Tod all dessen führen wird, was uns Amerikanern lieb und teuer ist.«

Die Passage zeigt, wie durch das Medium ein politischer Konflikt auf die religiös-patriotisch-hygienische Ebene verschoben wird. Wer sein Land liebt, wer für Sitte und Anstand, Gesundheit und Sauberkeit eintritt, muß den Kommunismus als »bösartiges Geschwür« bekämpfen, wo immer er sich blikken läßt. Diese Methode war so erfolgreich, daß in den USA laut Miller »alles kaltgestellt wurde, was nicht in den nationalen Gesang einstimmte, daß Amerika unschuldig und rein dastünde, während die Welt jenseits seiner Grenzen böse und unheilvoll war. Man lebte in einem besetzten Land, wo jeder ein Spion des Feindes sein konnte ... Kultiviertheit des Umgangs verschwand. Es gab keine Toleranz mehr ... nur Loyalität zählte ... Linke entdeckten die Psychoanalyse als Ersatz für gesellschaftliche Aktivität«. An anderer Stelle bezeichnet er den Zustand als »McCarthys hausgemachte amerikanische Paranoia«.

Viel später, 1967, tauchen in den Medien »Enthüllungen« auf, darunter auch die Information, daß der von Lasky organisierte »Internationale Kongreß für kulturelle Freiheit« und die von ihm gegründeten Zeitschriften *Monat, Encounter, Preuve* vom amerikanischen Geheimdienst finanziert waren. »Lasky ist sicher eine Schlüsselfigur«, schreibt Hanna Arendt am 21. März 1967 an Jaspers, der darauf mit keinem Wort reagiert. Es ist kaum anzunehmen, daß er seinen Namen für staatlich gelenkte Organisationen und Zeitschriften hergegeben hätte. Hat der amerikanische Freund ihn getäuscht? Sein Name kommt in dem Briefwechsel nicht mehr vor.

Was das besetzte Deutschland des Jahres 1947 betrifft, so ist die Freiheit der Literatur und der Literaten begreiflicherweise beschränkt, wobei auch hier die Verschiedenheit der Systeme eine unterschiedliche Praxis hervorbringt: in der Ostzone eine (nach 1947) zunehmend rigorose Diffamierung und Unterdrückung unerwünschter Werke, verbunden mit der Verpflichtung der Schriftsteller zur Parteilichkeit nach sowjetischem Muster; in der US-Zone eine Wirrnis von konkurrierenden Organisationen und Programmen, deren Auswahl die amerikanische Belletristik bevorzugt, sozialkritische Werke und Kritik an den USA ausklammert. Während General Clay immer wieder betont, daß die Deutschen selbst ihren Weg zur Demokratie finden müßten, sehen ehemalige Angehörige der »International Control Division« die Praxis eher restriktiv, jedenfalls nicht auf die Pflege und Vervollkommnung einer deutschen Literatur ausgerichtet.

Viele West-Leser ziehen sich auf die traditionelle Literatur der deutschen Innerlichkeit zurück. Werke von Emigranten, die in der Ostzone eine große Rolle spielen, sind im Westen nicht präsent, ebensowenig wie ihre Autoren. Im Frühjahr 1947 wird die Münchener Zeitschrift *Der Ruf* verboten. Der Vorwurf heißt »Nihilismus«. Ausschlaggebend ist wohl die Kritik der »Ruf«-Autoren an der Kulturpolitik der Besatzungsmacht, die eine freie Entwicklung der Literaturproduktion im Sinne eines deutschen Weges zum demokratischen Sozialismus behindere. Daß solche Fragen beim Schriftstellerkongreß in Berlin kaum zur Sprache kommen, zeigt, daß unter dem Verdikt »keine Kritik an der Besatzungsmacht« die Schere im Kopf bereits nachgewachsen ist.

Laskys Freiheitsrede hat das Schweigen gebrochen. Der Kalte Krieg, bisher von den Initiatoren mehr oder weniger erfolgreich ausgespart, ist nach innen getreten. Die Schriftsteller sind in zwei Lager gespalten, die Volksfront entschwindet am Horizont.

Für Lasky allerdings war der Auftritt ein großer Erfolg. Hans Mayer schreibt in seinem autobiographischen Werk *Ein Deutscher auf Widerruf*: »Lasky war seit der mißglückten

Tagung ein gemachter Mann. Er organisierte Kongresse für kulturelle Freiheit, gründete Zeitschriften, denen er berühmte Beiträger zuführte. In Berlin entstand der *Monat*, in Wien das *Forum*, in England *Encounter* und so fort. Figaro hier, Figaro da. Ein guter Journalist. Wo er weilte, gediehen die Blätter, wandte er den Rücken, so welkten sie dahin. Woher das Geld kam, das wußten alle, waren aber oft erstaunt, wenn man es ihnen später sagte...«

Grunewald – ein anderes Berlin, stille Nebenstraßen mit Bäumen, Villen in alten Gärten, zwei davon beherbergen das »Institute for Advanced Studies«. Viel Licht im Inneren, helle Farben, großzügige Räume, die ich auf der Suche nach dem Empfang unkontrolliert durchschreite. Ein freundlicher Herr weist mich zum Warten in die Bibliothek. Ich versinke in einem der tiefen Sessel, Bücherwände ringsum, hohe Fenster zum Garten hinaus, ältere Herren lesend. Keiner von ihnen paßt in das Strahlebild von amerikanischen Senioren mit gebißblitzendem Lächeln in gebräunten, gestrafften, von schimmerndem Weißhaar gekrönten Gesichtern. Aufatmend strecke ich die Beine und spüre am Abfließen der Spannung, wie feindselig, mit Vorurteilen gepanzert ich dieses Haus betreten habe – lauter Bilder aus zweiter Hand, vom Kalten Krieg eingefroren, nun, in der Mittagsstille aus gedämpften Stimmen und Sonnenwärme schmelzen sie sacht dahin.

Amerikaner in Deutschland, damals 1945 nannten wir sie die Befreier, und als zum erstenmal Panzerdröhnen in das Tal meines letzten Fluchtortes hinabfiel, traten wir alle, Bauern und Flüchtlinge, vors Haus, um sie zu sehen: Eine Prozession grauer Wanzen den westlichen Hügelkamm entlang und vorüber. So sacht endete der Krieg, der hier unten nie gewütet hatte, keine Bomben, keine Verdunkelung, kein Hunger. Nach ein paar Tagen stiegen wir über den Berg, um sie anzuschauen, der ehemalige Gefreite Max Kramer und ich. Durch die Büsche des Abhangs sahen wir sie unten in der Dorfstraße Baseball spielen und vorübergehenden Frauen nachschauen, nachpfeifen mit dem besonderen zweiteiligen Pfiff, den ich gleich verstand, obwohl ich ihn noch nie gehört hatte. Max wollte nicht hinunter, weil er seinen selbstausgestellten Entlassungspapieren nicht traute und keinesfalls ins Lager wollte.

Aber ich mußte mir die Sieger unbedingt von nahem anschauen. Einmal die Dorfstraße hinauf und hinunter in Skihosen, Knobelbechern und dem wegen Läusen kahlgeschorenen Kopf, Nacken steif, Nase hoch: Pfeift ihr nur! Und wieder den Berg hinauf, atemlos: Sie sind gar nicht so übel. Harmlose Jungs, man wird mit ihnen zurechtkommen. Einer der Baseballspieler hat seinen Offizier mit Hello Captain, angeredet. Das ist Demokratie, Max, das kriegen wir auch. Aber das Tollste sind ihre Stiefel, hellbraun, halbhoch, geschnürt, weiches hellbraunes Leder, das über den Knöcheln Falten schlägt. Schon beim Anschauen kann man es riechen und biegsam unter den Finger spüren. Nimm diese Stiefel und unsere Knobelbecher daneben, dann weißt du, warum sie den Krieg gewonnen haben.

Sonnengefilterte Julisonne fällt durch die Scheiben. Allmählich werde ich schläfrig. Die Gedanken laufen langsamer. Das Projekt verliert seine Dringlichkeit. Was will ich eigentlich von diesem Lasky? Vor 43 Jahren hat er eine Rede gehalten. Da war er 26, ein ehrgeiziger junger Mann aus der Bronx, einziger Sohn einer großen Familie jüdisch-polnischer Einwanderer, mit vereinten Kräften zum Studium gebracht, damit er etwas Respektables werde – Rechtsanwalt, Arzt, Professor, – aber er tendiert zum Journalismus, schreibt für Zeitschriften, macht den Magister, die Doktorarbeit, dann kommt der Krieg. Als Soldat und »Kriegshistoriker« geht er mit der US-Armee nach Europa, zieht die Uniform aus, wird Korrespondent im Nachkriegs-Berlin und selbsternannter Promoter verstörter deutscher Literaten. Jetzt ist er alt, lebt in London, hat ein paar Bücher geschrieben, verbringt einen Studienurlaub im turbulenten Berlin. Was sollte ich gegen ihn haben?

Inzwischen sind die Herren hinausgegangen, jeder mit einem sanften Luftzug von Rasierwasserduft. Leises Öffnen und Schließen von Türen, entfernte Stimmen, ein Gong. Hinter meiner Zeitung gleite ich in ein träumerisches Wohlbehagen, ganz nah am Schlaf. Lasky bemerke ich erst, als er dicht vor mir steht, ein kleiner älterer Herr, ein Intellektueller ohne besondere Kennzeichen, lebhaft, locker, eloquent, keine Schwierigkeit, ins Gespräch zu kommen. Unbeholfen auf den Füßen, bemerke ich, als er mich in die Cafeteria führt. Vorsichtig beim Essen, wahrscheinlich auf Diät. Säure im Wein vertrage sein Magen nicht. Er bestellt eine Spätlese, die für mich zu süß ist. Trotzdem trinke ich davon und habe vom ersten Schluck an das Gefühl von zuviel. Zuviel Essen, zuviel Trinken, zuviel Reden, zuviel Wohlbehagen mit einer Ahnung, daß es irgendwann in Übelkeit umschlagen könnte, zuviel Helligkeit in der Cafeteria, helle Wände, helle Möbel, hell gekleidete Leute, gedämpfte Geräusche, sanfter reibungsloser Ablauf der nach amerikanischem Muster organisierten Gastronomie, mir vertraut von früheren Mahlzeiten in Messen und Cafeterias, wie auch das Geplätscher amerikanischer Stimmen, in dem die wenigen Frauen immer oben schwimmen, wie Emilio immer gesagt hat: Eine amerikanische Frau in der Bar, und du hörst den ganzen Abend nur sie.

Lasky spricht fließend Deutsch, aber in Sprachmelodie und -dynamik so penetrant amerikanisch, daß das Deutsch der deutschen Worte verloren geht. Ich ertappe mich dabei, daß ich in den unsauberen Jargon der Nachkriegszeit zurückfalle, und ärgere mich, daß der Mechanismus immer noch funktioniert. Wie leicht haben wir damals die Sprache der Sieger gelernt, ohne wahrzunehmen, wie unser Deutsch verarmte, wie das Schulenglisch sich verschliff. Durch Augen und Ohren flog sie uns zu oder wir saugten sie ein mitsamt Mundstellung, Zungenschlag, Mienen, Gesten, Haltungen: Hallo, hey, don't worry, take it easy, keep smiling, see you later. Und wie sie im Jeep saßen, die langen Beine mit den fabelhaften Stiefeln hochgestellt, und im Vorüberfahren herauswinkten mit einer lässigen Handbewegung am nach unten gestreckten Arm. Wie sie die Zigarettenpackung aus der Hemdtasche griffen und auf dem Handrücken die Zigarette herausklopften: have a smoke. Wie sie ihren Reichtum konsumierten und verschwendeten, leicht ihre Kontakte machten, ihre Autos fuhren, als seien sie ihnen am Hintern festgewachsen, lässig, locker, selbstverständlich aus der Sicherheit des reichen Landes, das unsichtbar hinter ihnen stand. Das war schick, das gefiel uns, so wollten wir auch sein. Wir sahen sie an, wie dicke Frauen sich die Mannequins auf dem Laufsteg anschauen und sich einbilden, wenn sie nur solche Kleider trügen, dann wären sie wie diese, mit den langen schlanken Beinen, den schmalen Hüften, dem fließenden Schreiten, das so vollkommen beherrscht ist, daß es schon wieder nachlässig wirkt. Ist uns die Kläglichkeit unserer Imitationen je ins Bewußtsein getreten?

Unser Gespräch bewegt sich rösselsprungartig durch die Literaturszene: Namen, die man kennt, Anekdoten, die beweisen, daß man dazugehört, antippen, loslassen, Terrain abstecken. Wie Theaterbesucher, die das gleiche Stück in verschiedener Besetzung gesehen haben, reden wir über die Nachkriegszeit: wie es die Sieger überraschte, daß in Nazideutschland keine Nazis zu finden waren, kein einziger Überzeugter, den man den Lesern back in the States hätte präsentieren können, nur heimliche Widerstandskämpfer, Judenfreunde, Immer-schon-im-Geiste-dagegen-Gewesene; und wie den Besiegten die Sieger so unbegreiflich jung vorkamen, wie eben aus dem Ei gekrochen in ihrer blanken, harmlosen, nach guter Seife duftenden Unversehrtheit, so daß die Besiegten sich plötzlich uralt und abgenutzt fühlten, mit allen Wassern gewaschen und allen Hunden gehetzt, und dabei das ganze alte Europa in den Knochen mit Kathedralen und Burgen, mit Geistesflügen und Barbarei – eine labile Kombination, die sich in gebrochenen, zwischen Extremen wechselnden, schwerpunkt- und würdelosen Reaktionen manifestierte: Bewunderung und Verachtung, Trotz und Anbiederei.

Lasky schwärmt von dem bunten sprudelnden Leben in dem nach innen aufgebrochenen, ineinanderstürzenden Berlin. Immer schon, auch als er noch in den Staaten war, habe diese Stadt eine magische Anziehung auf ihn ausgeübt, die Mär von den zwanziger Jahren, Einstein, Brecht, die Dreigroschenoper – ein romantischer amerikanischer Traum. Einmal, in der Blockadezeit, habe sein Vater ihn dort besucht und angstvoll gefragt, warum er, der Sohn, in dieser Stadt lebe: Komm zurück! Dein Leben ist in Amerika. Sie seien in Konzerte und ins Theater gegangen, Beethoven, Wagner, Schiller, Goethe, und am Ende habe sein Vater gesagt: Jetzt verstehe ich, warum du in Berlin bist.

Ich nicke verständnisvoll und erzähle von den Furtwänglerkonzerten im Kriegsberlin, wie trotz Fliegeralarm und Bombeneinschlägen das Publikum wie gebannt sitzenblieb, als sei die Musik wichtiger als Krieg, Leben und Tod. So bewegt sich unser Gespräch in Hüpfmanier fort und meine Fragen habe ich immer noch nicht ausgesprochen. Sie liegen wie ein sperriger Brocken auf dem Grunde des Geplätschers, zunehmend mit Peinlichkeit aufgeladen, weil sie nirgends hineinpassen. Was ist los mit mir? Ich bin gekommen um zu fragen, und ich frage nicht. Schließlich, wir sind schon beim Dessert, stürze ich mich mitten hinein, täppisch, verkrampft, deutsch auf die unangenehme Art: Der Kongreß 1947, seine Rede, warum, wozu, wer oder was stand dahinter?

Lasky seufzt über seinem Glas: Ach ja, die alte Geschichte! Dieses aufgeblähte Nichts, daß man immer noch darüber reden muß! Man hat ihn, Lasky, zum Buhmann gemacht, zum Vater der deutschen Spaltung. Dabei hat er nur ein paar Binsenwahrheiten gesagt, die überdies jeder wußte. Dies nicht einmal aus eigenem Antrieb, eher aus Gefälligkeit. Und nun erzählt er die Birkenfeld-Geschichte, und wie er sie erzählt, wird eine amüsante Anekdote daraus: die Aufregung des Schriftstellers und seiner Kollegen, ihre Verstörtheit. Die hatten ja noch an »Alliierte Harmonie« geglaubt, und nun fanden sie sich in einem Hexenkessel, Berlin mit seinen nächtlichen Übergriffen, dem Verschwinden von Menschen, der zunehmend spürbaren Regie der »Dunkelmänner«, die den Kongreß längst in ihrem Sinne umfunktioniert hatten. Man mußte ihnen helfen, nicht wahr? Rückendeckung geben, die Wahrheit des großen freien Amerika ins Spiel bringen – ein Freundschaftsdienst, stellvertretend für die nicht-anwesenden Großen der amerikanischen Kulturszene: Ernest Hemingway, Walt Whitman.

Aber so schnell gebe ich mich nicht geschlagen. Gegen die Tendenz, ins alte Fahrwasser zurückzugleiten, werfe ich weitere Steine des Anstoßes, Reizworte, die ihm ein Lächeln entlocken und ein Kolloquium über sowjetische Propaganda: Kalter Krieg – ein Lügenwort! In Wirklichkeit hat es so etwas nicht gegeben, jedenfalls nicht von seiten der Amerikaner, die nie etwas anderes im Sinn hatten als Freiheit und Demokratie für Deutschland, Europa, die Welt. Die wären wahrhaftig lieber zu Hause geblieben, aber wer sonst hätte den Willen, die Moral, die Macht gehabt ... Ebenso falsch, irreführend, das Wort Faschismus mit all den haltlosen Theorien dahinter. Es ging um Nazismus, der eine Sache der Kleinbürger war, nicht etwa des Kapitals, wie behauptet wird, um einen Zusammenhang zum Kapitalismus herauszuholen, den es nicht gibt, und was, bitte sehr, soll das überhaupt sein: Kapitalismus, Imperialismus? Schlagworte, propagandistische Lügen, wie auch das ganze Gerede über McCarthy, die Ausschüsse, die Verhöre. Was ist denn überhaupt passiert? Niemandem wurde ein Haar gekrümmt! Keiner hat im Gefängnis gesessen, aber im Osten rollten die Köpfe. Angesichts der Wiedervereinigung fällt der ganze Schwindel in sich zusammen ...

Diesen Teil des Gesprächs habe ich auf der Rückfahrt im Bus in meinen Notizblock gekritzelt. Das letzte Wort der Notizen ist »Schwindel«, dann nichts mehr, keine Frage, kein Einwand von meiner Seite, weißes Papier. Das wäre mir nicht passiert, wenn Lasky aggressiv, apodiktisch, von oben nach unten zu mir gesprochen hätte, aber das war es ja nicht, das hätte mich in die Defensive gedrängt, Argumente, Beispiele aus mir herausgeholt, die ja alle, gehärtet und sortiert, bereit lagen. Nein, was mir die Sprache verschlug, muß etwas anderes gewesen sein, etwas im Ton, in der Haltung, im Blick.

Beim Nachlesen der Notizen versuche ich zu fühlen, wie ich Lasky gegenübersitze und mit großem bewölktem Blick ins Leere schaue, während seine Rede wie der Inhalt einer langsam gedrückten Spritze in mich eindringt, einen Schwindel im Kopf erzeugt, ein sanftes Drehen, in dem das, was ich weiß, was ich jetzt, genau jetzt, sagen müßte, in farbigen Streifen verschwimmt, ein Weichen des Bodens unter den Füßen, ein angstvolles Staunen, wie er das macht, der Plauderer, läßt 40 Jahre Geschichte verschwinden wie der Zauberer das Kaninchen in seinem weiten Ärmel verschwinden läßt: Rüstungswettlauf, Propagandaschlachten, blutige Stellvertreterkriege, die unsägliche Verblödung des Blockdenkens, die Ohnmacht des Widerstandes – Besen Besen nicht gewesen, und wer es dennoch sieht, ist ein bißchen daneben, tickt nicht richtig, anders als die anderen, die Vielen, die Normalen, sollte mal einen Psychiater aufsuchen! Und die väterliche Besorgtheit dabei. Das mitleidige Lächeln. Das unerschütterliche Besserwissen ... Das muß Hanna Arendt gemeint haben, als sie am 13.5.1953 an Jaspers schrieb: »Alles geht automatisch, alle folgen dem Vorbild. Keine Gewalt, nur Druck. Psychological Guidance.«

Und genau die gleiche Angst, anders als die anderen zu denken, also nicht richtig, also einzeln, abgelöst, desorientiert, muß die amerikanische Hausfrau bewegt haben, einen Brief an den Ausschuß für unamerikanische Aktivitäten zu schreiben und dafür zu danken, daß er sie auf den richtigen, normalen, amerikanischen Weg zurück geführt habe. So wie sie, mit dem gleichen Impuls, müssen die amerikanischen Massen sich damals in fluchtartige Bewegung gesetzt haben, um zur richtigen Sicht zu gelangen, die, je zahlreicher sie dort ankamen, um so richtiger wurde, und das könnte die Art und Weise sein, in der die moderne Mehrheitsdemokratie sich fortbewegt, nicht nur in den USA. Die, die in der Bewegung drinstecken, erleben sie wie eine Naturgewalt. Der Wille des Volkes setzt sich durch, sozusagen. Wenn dann das neue Bild konstituiert ist, versinkt die Angst vom Anfang. Der Boden ist wieder sicher. Die Psychological Guidance kann sich anderen Themen zuwenden.

Lasky hat sein Kolloquium längst beendet, sprudelt Geschichten von Mauerfall und Wiedervereinigung, aber ich rede nicht mehr mit. Der Schwindel in meinem Kopf hat nun auch den Raum erfaßt und treibt ihn mit Wänden, Tischen, Menschen, Lasky in Kreisen an mir vorüber, immer schneller, immer undeutlicher – eine kreisende schimmernde Helligkeit, eine bodenlose heitere Immer-Gegenwart, die mich mitzieht, obwohl ich mich mit beiden Händen an der Tischkante festhalte. Warum ich es plötzlich so eilig habe, höre ich Lasky von weitem. Ob ich nun alles wisse, was ich erfahren wollte.

Aber ja, mehr als das und herzlichen Dank und weiterhin eine gute Zeit in Berlin, aber jetzt muß ich wirklich hinaus an die frische Luft, der Wein usw. Er kann mir gar nicht folgen, so schnell laufe ich durch den Vorraum und die Treppe hinunter zur Straße, dann langsamer, falls er mir nachschaut, um gemessenen Schritt und würdige Haltung bemüht bis zur Ecke. Im Bus auf meinem Fensterplatz auf dem Oberdeck lehne ich die Stirn an die kühle Scheibe und warte auf mein altes, graues, schäbiges Berlin und seine blassen, verbrauchten, ewig herumnörgelnden Menschen, als sei ich wochenlang weggewesen, in Urlaub an irgendeiner kalifornischen Küste.

Drüben ist immer noch drüben, bemerke ich, als ich nach Tagen ruhiger Arbeit in Westberliner Bibliotheken wieder »im Osten« aussteige. Die Grenze hat keinen Ort mehr. Sie geht mit, wo ich gehe – ein unsichtbarer Glassturz, dessen Härte ich spüre, wenn ich einen Durchbruch versuche. Auf dem Weg von diesseits nach jenseits verändern sich Worte, Mienen, Gesten auf unvorhersehbare Weise. Nach schmerzhaften Erfahrungen bin ich vorsichtig geworden, wäge meine Worte, höre die der anderen Seite mit Vorbehalten, kontrolliere, interpretiere, spekuliere auf Kosten der Spontaneität.

Von dem Leiter des christlichen Verlages erfahre ich, daß mit christlichen Verlagen West über die Übernahme verhandelt wird. Ich gratuliere und äußere die Hoffnung, daß er, möglichst mit einer angemessenen Position, mitübernommen werde. Höflich, für mein Ohr eine Spur überheblich, läßt er mich wissen, daß er darauf keinen Wert lege. Die Verhandlungen mit den Westpartnern habe ihm lehrreiche Erfahrungen vermittelt. Sie haben uns gedrückt und ausgewrungen, als wären wir Bankrotteure, obwohl wir mit einer guten Bilanz abgeschlossen hatten, sagt er. Aber das weiß man schon, wenn man auch vielleicht von den Brüdern in Christo etwas mehr Loyalität erwartet hätte. Was ihn am meisten beeindruckt hat, war die totale Interesselosigkeit der Westvertreter an dem, was in den Büchern geschrieben ist. Sie schauen sich kaum die Titel an, geschweige denn den Inhalt. Nur die Höhe der Auflagen zählt. Danach werden die Entscheidungen getroffen. Ich habe nicht jahrelang mit der Ostzensur um Titel, Inhalte, Autoren gerungen, um mich nun unter die Marktzensur zu beugen, sagt er und fügt, meinen Einwand voraussehend, rasch hinzu, daß es ihm fernläge, Stasimethoden und Marktwirtschaft gleichzusetzen. Er wolle nur sagen, daß er zu beidem keine Lust habe – vielleicht eine Frage des fortgeschrittenen Alters.

Und die Kirche? frage ich. Hätte sie nicht einspringen können, schließlich geht es um einen christlichen Verlag.

Die Kirche? Er hebt die Augen zum Himmel. Glauben Sie wirklich, daß sie sich in geschäftlichen Dingen anders verhält als das System, dem sie angehört?

Ich glaube das nicht und wechsle beschämt das Thema. Was wird aus Ihnen? Werden Sie eine Pension erhalten?

Dafür sei er noch nicht alt genug, sagt er lächelnd. Er wird versuchen, sich mit Vorträgen durchzubringen. Als Kirchenhistoriker ist er nicht ganz unbekannt, jedenfalls »bei uns«. Auch böte die Lage der Vögel unter dem Himmel und Lilien auf dem Felde für Theologen gewisse Möglichkeiten, denen man im Schutzraum der Kirche nur selten begegne. Sorget nicht! sagt er zum Abschied, Zeigefinger erhoben, mit einem Lächeln, das sowohl Hohn als ätherische Heiterkeit ausdrükken kann.

Einmal, zweimal klopfe ich an die Tür des Archivbüros – keine Antwort, kein Laut. Sofort rühren sich die alten Ängste: Was ist passiert in der Zwischenzeit? das Archiv aufgelöst? die Archivarin entlassen? die Kongreß-Dokumentation in den Labyrinthen des zerfallenden Staates verschollen? Schon entmutigt drücke ich auf die Klinke und finde den Raum offen, die Archivarin am Telefon, bleich und starr, den Blick durch mich hindurch ins Leere gerichtet. Ich lächle, räuspere mich, winke ihr zu. Endlich bemerkt sie mich und schiebt mir Schlüssel und Ordner über den Schreibtisch. Das können Sie doch nicht machen! klingt ihre Stimme mir nach, als ich zur Tür gehe.

Mein Arbeitsraum ist noch unwirtlicher als sonst, Stühle und Boden mit Aktenhaufen beladen. Ich fühle mich wie der letzte Bewohner einer Umzugswohnung. Gleich werden die Packer kommen, um die Reste und mich auszuräumen. Hastig lese ich voran, lasse die Referate aus – Bauer, Redslob, Hermlin, Weinert, Becher – die an anderer Stelle veröffentlicht sind, konzentriere mich auf die Diskussionen, notiere, notiere. Ein paar Sätze – verspätete Reaktionen auf den Appell der Mrs. Brailsford – beißen sich in meinem Bewußtsein fest: Von Gewalt ist die Rede, gute und böse, je nachdem, in welchem Zusammenhang sie geübt wird. Das Beil des Zimmermanns und das Beil des Henkers. »Es kommt immer darauf an, in welcher Hand die Wahrheit und die Vollstreckungen sind«, sagt Friedrich Wolf, und Harich spitzt die Aussage weiter zu: »Wo der Fortschritt im Werden ist, muß der Schriftsteller bejahen«, auch Gewalt (gegen die aufmüpfigen Studenten), auch die Bomben der Alliierten auf deutsche Städte, auch Stalins (gute) Gewalt gegen Hitlers (böse) Gewalt – gefährliche Worte im Mund von Schriftstellern, die das Bewußtsein des Volkes prägen sollen. Dem Fanatiker Harich sind sie zuzutrauen, aber Wolf? Was hat den sonnigen Menschenfreund bewogen, die düstere Logik des »Der Zweck heiligt die Mittel« zu vertreten? »In Revolutionen ist nur revolutionäre Wahrheit«, sagt er. Aber im Deutschland von 1947 findet keine Revolution statt. Spricht er so laut, um den Zerfall seiner Wirklichkeit zu übertönen?

Kurz nach Mittag setzt die Archivarin den Schlußpunkt. Sie will nach Hause, fühlt sich nicht wohl. Was bedeutet, daß auch ich gehen muß. Keine Erklärung. Blicklos geht sie an mir vorüber, kramt abgewandt in den Akten. Ihr Rücken drückt Feindseligkeit aus. Ich lasse mich nicht entmutigen, frage behutsam aber beharrlich und erfahre schließlich, daß soeben eine Hoffnung zu Bruch gegangen ist. Die Umschulungsstelle hat ihr mitgeteilt, daß die erste Auskunft falsch war. Ihre Ausbildung Ost wird im neuen Deutschland nicht anerkannt. Als Vorbildung für die Umschulung zur Bankkauffrau kann sie nicht gelten. Wenn sie auf Umschulung besteht, kann sie sich um einen Kurs in moderner Bürotechnik bewerben. Also alles umsonst – die Jahre, in denen sie sich für ihren Traumberuf abgeplagt hat, die Kinder weggegeben, die Mutter eingespannt ... Im Büro hocken, Geschäftsbriefe tippen – so hat sie sich ihr Leben nicht vorgestellt.

Ich rate ihr, die Umschulungsbewerbung laufenzulassen und sich inzwischen nach einem besseren Job umzuschauen, vielleicht doch im Kulturbereich. Sie hebt nur die Schultern. In der Kultur ist nichts mehr zu holen. Man wird sie abwikkeln wie die Universitäten und Akademien. Sie will auch nicht mehr. Sollen die doch machen, was sie wollen. Nicht mal entschuldigt hat sich die Dame am Telefon. Kein Mitgefühl, kein Funken Solidarität. So sieht also die neue Ordnung aus!

Das Gespräch versiegt. Schweigend räumt sie die Ordner weg. Als ich sie kennenlernte, hielt sie den Nacken trotzig aufrecht. Nun ist er von innen her erschlafft, niedergeschlagen wie ein Halm, über den ein Wolkenbruch hingegangen ist.

Umtost vom Lärm der Baumaschinen gehe ich die Friedrichstraße entlang, schwindlig vom Schlingern zwischen den Zeiten, die nun alle gleichzeitig vor Augen sind: die Ruinen des Krieges, die Spuren des bescheidenen Aufbaus, der Einbruch des siegreichen Systems, am Horizont der Nachglanz der untergegangenen Hoffnung. Friedrich Wolf ist 1953 gestorben, zur rechten Zeit, wenn man sein Leben betrachtet. Als zwei Jahre vorher sein russischer Freund Wischnewsky starb, spürte er schon, daß es für seine Generation Zeit zum Abtreten sei. »Wohl ihm«, schreibt er an seinen Sohn Konrad, »manche leben als lebende Leichname.«

An einem sonnigen Nachmittag fahre ich mit der S-Bahn nach Lehnitz hinaus, dem letzten Wohnort des Friedrich Wolf, sofern man bei ihm von Wohnen sprechen kann. Dieser einzige Sohn eines jüdischen Herrenschneiders in Neuwied am Rhein war ein unruhiger Geist, besessen von dem Gefühl, für alles Unrecht der Welt verantwortlich zu sein. Hohe Ziele vor Augen zog er immer wieder aus, um Abenteuer zu suchen, Drachen zu töten, den Armen, Kranken, Schwachen zu helfen, einem größeren Herrn zu dienen und mußte am Ende doch das Fürchten lernen, mit einer Furcht, die, wie im Märchen, als Ekel an ihn herantrat, weil die Welt und die Menschen sich seiner ungeduldigen Hoffnung nicht fügen wollten.

Auf der langen Fahrt Richtung Oranienburg rufe ich seine Gestalt zurück, wie ich sie in der Bild-Biographie von Lew Hohmann gesehen habe: Friedrich Wolf als Kind, Jüngling, Mann, Soldat, Arzt, politischer Kämpfer, Emigrant, Vater, Großvater, oft mit Kindern im Arm oder mit Frauen, denen man ansieht, daß sie sich gern von ihm umarmen lassen. Der schönste Mann, der mir je begegnet ist, schwärmt Inge von Wangenheim. Freunde sprechen von der Lebendigkeit seiner Züge, der herzlichen Wärme im Blick, der ansteckenden Begeisterung. Ein Strahlen teilt sich mit, eine natürliche Grazie, so selten in diesem Land, ein Ausdruck von Offenheit, Zuwendung, Fröhlichkeit, Hoffnung – einer, der sich und die Menschen liebt und von ihnen geliebt wird.

Ein frühes Foto zeigt ihn achtzehnjährig, nur mit einer Badehose bekleidet, in der Pose des klassischen Speerwerfers – ein ebenmäßiger Körper, ein edles Gesicht, eine Haltung, die Freude an der Selbstdarstellung verrät. So wie er dasteht, gäbe er ein ideales Modell für die Thoraks und Brekers der Nazizeit und für die nordische Jugend, die Hitler sich wünscht, hart wie Kruppstahl, flink wie Windhunde. Aber, was man auf den Fotos nicht sieht, Friedrich Wolf ist Jude. Die Eltern sähen ihn gern als Rabbi. Er selbst will Künstler werden: Bildhauer, Maler, Dichter ...

Ein späteres Foto zeigt ihn in einer romantischen Pose. Wie aus einem deutschen Bildungsroman herausgestiegen, lehnt er im Fenster des Elternhauses – dunkler Anzug, Stehkragen, kleiner Schnurrbart unter der nach vorn greifenden Nase, Unterlippe und Kinn leicht fliehend. Er schreibt Gedichte, verliebt sich, schwärmt in Freundschaften, entdeckt auf jugendbewegten Wanderungen Natur und Volk, liest Schopenhauer, Nietzsche, begeistert sich für Paracelsus und Ulrich von Hutten. Die Verlierer sind ihm näher als die Erfolgreichen. Da er sich zwischen den verschiedenen Begabungen nicht entscheiden kann, wählt er das Studium der Medizin. Von Marx keine Spur. Politik kommt in seinen Träumen nicht vor. Als Patriot geht er in den Ersten Weltkrieg. Der Tod eines Freundes bekehrt ihn zum Pazifismus.

Und wieder Wolf, im Mai 1931 bei der Ankunft in Moskau mit Frau Doktor Kienle, die wie er kurz zuvor aus der Haft entlassen worden ist. Beide lachen. Einen Arm hat er unter den ihren geschoben, mit dem anderen zeigt er nach vorn. Die Augen unter dem Mützenschirm sind schmal vor Lachen. Lachfalten ziehen sich von den Augenwinkeln im Bogen die Wangen hinab. Er ist Anfang vierzig, hat alle Aufbrüche der Nachkriegszeit mitgemacht – Expressionismus, Pazifismus, Nacktkultur, indische Weisheit, Landkommune. Als »Roter General von Remscheid« hat er am Ruhrkampf teilgenommen. Nun ist er Arzt in Stuttgart und erfolgreicher Verfasser von Zeitstücken, seit 1928 Mitglied der KP, Kämpfer gegen den Paragraph 218, den er einen Mordparagraphen nennt, weil er geplagte Proletarierfrauen zwingt, Kinder in Armut und Krankheit zur Welt zu bringen. Aus seiner Praxis kennt er die feuchten, überfüllten Wohnungen, die Mangelkrankheiten, die Brutalität, die aus dem Elend wächst, die tödliche Erschöpfung der Frauen. Sein Stück *Cyankali* hat einen Eklat verursacht, Verstöße gegen den Paragraph 218 zur Verhaftung geführt. Tausende haben vor dem Gefängnis demonstriert. Er ist auf Kaution entlassen worden und hat die geschenkte Zeit benutzt, um für die Entlassung der aus den gleichen Gründen verhafteten Frau Dr. Kienle zu wirken. Nun sind beide frei. Auf dem Foto lacht einer, der sich auf der Höhe seines Lebens sieht, voller Freude auf die Reise in das erste Land der Weltrevolution und auf die Arbeit, die vor ihm liegt, nicht l'art pour l'art, hat er in seiner Schrift *Die Kunst als Waffe* geschrieben, nicht »eine Kunst des ästhetischen Spiels« in dieser Zeit der Arbeitslosenheere und Mütterselbstmorde, der Wohnungsnot, der Grubenunglücke. »Wir brauchen heute Brot und dreimal Brot: das Brot für unseren Leib, das Brot der Gerechtigkeit hier unten, das Brot des Glaubens an eine neue Ordnung, die kommen wird...«

Lehnitz – ein kleiner Bahnhof. Wenige steigen aus. Schaudernd lese ich die Hetzparolen in der Unterführung: »Wir kriegen euch alle, ihr linken Schweine«, »Linke raus, Nazis rein«, Hakenkreuze. Die Dorfstraße entlang bummle ich zu dem Wäldchen, in dem, hinter Bäumen versteckt, die Klinkerhäuser stehen, die im Dritten Reich von Ritterkreuzträgern bewohnt waren, später von den Bevorzugten des Ulbricht-Regimes. Der See ist nah. Im Sommer wird Wolf zum Schwimmen hinuntergelaufen sein, ein Sportler mit einer Freude an der Bewegung in Luft und Wasser und am eigenen Körper, der einst als Vorlage für Bewegungsstudien in Aktsälen ausgestellt war und nun, in einem Alter, das eigentlich für ihn noch kein Alter ist, Verfallserscheinungen zeigt, die er zornig ignoriert. Keine Zeit, die Folgen von Weltkriegsverwundungen und -verschüttungen auszukurieren, Pausen einzulegen, Arbeiten reifen zu lassen. Auch hier im idyllischen Lehnitz kann er nicht bleiben. Den Kopf voller Pläne, eine neue Liebe im Herzen, hetzt er von Ort zu Ort: Besprechungen, Vorträge, Proben, Arbeitsaufenthalte. Liebevolle Briefe an Frau und Kinder verdecken den Tatbestand, daß er wenig Zeit für sie hat.

Endlich finde ich das Haus mit der Porträtbüste im Garten und stehe lange am Zaun, ehe ich die Stufen zur Haustür ersteige. Der Empfang ist zögernd. Die Frau, die mir öffnet, ist nur zur Vertretung hier. Die Verwalterin des Wolf-Hauses, erste Frau von Sohn Markus, ist auf Reisen, das Archiv in die Akademie ausgelagert. Sie ist sich nicht sicher, ob sie Besuch empfangen darf. Es hat Ärger gegeben mit einem amerikanischen Professor, der die Freizügigkeit, mit der man ihn im Archiv arbeiten ließ, ausnutzte, um Dinge zu veröffentlichen, die nach ihrer Ansicht nicht veröffentlicht werden sollten. Dieser David Pike habe auch in der Sowjetunion geforscht und es durch sanfte Erpressung fertiggebracht, daß man ihm geheime Unterlagen zugänglich machte. Wolf sei in Pikes Buch allerdings glimpflich behandelt. Eine gewisse Sympathie sei zu spüren für den Einzelgänger, der sich vom Emigrantenklatsch fernhielt oder ferngehalten wurde, von Becher zum »Schlachten« freigegeben, zu wichtigen Anlässen nicht eingeladen, immer wieder an der Durchführung seiner Pläne gehindert.

Die Ausreise zum Spanienkrieg, an dem er natürlich teilnehmen wollte, ist ihm so lange verweigert worden, daß er schließlich zu spät kam und als Staatenloser in französischen Lagern festsaß, bis es seiner Frau in Moskau und Wischnewsky gelang, ihm die sowjetische Staatsbürgerschaft zu besorgen, die ihm bisher verweigert worden war. Seine Pläne in Frankreich hatten andere Ziele gehabt: Mexico, die Vereinigten Staaten, aber nur Moskau stand ihm offen, wo der 1939 geschlossene Hitler-Stalin-Pakt zum Verbot antifaschistischer Arbeit und zur Absetzung seiner Stücke geführt hatte. Der Empfang der Spanienkämpfer war keineswegs herzlich, die Stimmung verdüstert von Zweifel und Angst. Erst als 1941 der Pakt vom Tisch ist und deutsche Truppen einmarschieren, kann Wolf wieder veröffentlichen und politisch arbeiten, als Propagandist in Kriegsgefangenenlagern, als Verfasser von Flugblättern und Rundfunksendungen, schließlich als Gründungsmitglied des Nationalkomitees Freies Deutschland.

Auch aus dieser Zeit gibt es ein Foto: Friedrich Wolf 1943 bei der Verleihung des Ordens *Roter Stern* für Verdienste in der Anti-Hitler-Kampagne. Das Gesicht ist schmaler und schärfer geworden, das Strahlen erloschen, der Blick bitter, freudlos, hart, der Mund so fest geschlossen, daß der sensible Schwung der Lippen verloren geht. In diesen zwölf Jahren muß etwas Schlimmes passiert sein mit diesem Friedrich Wolf, eine Verhärtung, Erstarrung, ein Zwang, der diesen zum Reden, Schreiben, Mitteilen geborenen Menschen zum Schweigen verdammt, eine Enttäuschung, die er nicht eingestehen kann, weil die Treue dagegensteht, so wie er Treue begreift – einmal entschieden, für immer gültig, ohne Rücksicht auf die in Wandlung begriffene Welt, ständig in der Gefahr, sich von der Realität zu entfernen. Treue als Tugend an sich, sehr deutsch, sehr männlich im preußischen Sinn. Deutlicher als bei anderen Emigranten tritt bei ihm, dem Opportunismus, Feigheit, Anpassung nicht nachgesagt werden können, diese »deutsche Tugend« hervor. Das macht die Tragik seiner Erscheinung aus, das Strahlende, Eindeutige, Unbedingte, das Starre, Zornige, Einsame...

Die Frau hat mich nun doch hineingeführt und wir plaudern über dies und das in dem großen Wohnraum im Erdgeschoß, zwischen Bücherwand und Fenstern zum Garten hinaus. Die Möbel sind schlicht und glatt, nichts Überflüssiges, viel Platz für Bewegung in den luftigen Räumen, Kinderbilder an den Wänden, gemalt, gezeichnet, im Vorraum ein Original von Käthe Kollwitz *Mutter und Kind*, ein farbig-bewegtes Gemälde *Negertanz*, eine gemalte Ansicht von Sanary-sur-Mer, dem Fluchtort deutscher Emigranten, bis sie auch dort zu unerwünschten Ausländern wurden und von neuem die Flucht ergriffen.

Auch die Arbeitszimmer im ersten Stock, seins und das seiner Frau Else, sind schlicht und zweckmäßig eingerichtet, glatte, leichte Schreibtische, offene Regale. Diese Familie ist zu oft umgezogen, um sich mit schweren Stücken zu belasten, und Besitz hat in Wolfs Lebensplanung nie eine Rolle gespielt.

Wohin er ging, bestimmte die Sache, der er sich verschrieben hatte. Seine Frau folgte nach, machte das Nest für Kinder und Freunde, auch für ihn, wenn er angeschlagen von seinen Fahrten zurückkam. Sie habe es nicht leicht gehabt mit dem Mann, der immer von neuem Liebe brauchte und schenkte, sagt meine Begleiterin mit deutlicher Parteinahme für die so oft alleingelassene Frau. Freunde hätten Else Wolf oft geraten, sich scheiden zu lassen, aber das habe sie nicht gewollt. Das Foto zeigt ein klares helles Gesicht, viel weniger verbraucht als das seine, auf dessen Jugendlichkeit er so stolz war. Freunde schildern sie als mutig, kompetent, ruhig, liebevoll zu Kindern und Gästen. Hat sie gelitten? Man weiß es nicht, ihr Gesicht gibt nichts preis.

Ein Wandschränkchen mit homöopathischen Medikamenten in Wolfs Arbeitszimmer weist auf seine Tätigkeit als praktischer Arzt. Sein Gesundheitsbuch *Die Natur als Arzt und Helfer*, 658 Seiten, 450 Abbildungen, viele von ihm und der Familie bei Sport und Gymnastik, zeigt ihn als einen auch im heutigen Sinn fortschrittlichen Arzt, einen Grünen, ehe es Grüne gab: Luft, Wasser, Bewegung, fleischlose Ernährung, gesundes Wohnen, Vorbeugung, Erholungsheime für Mütter und Kinder, Sozialisierung der Medizin, frauenfreundlich, kinderfreundlich, armenfreundlich. In seiner Stuttgarter Praxis hing ein Schild mit der Aufschrift: »Da ich zum Rechnungschreiben weder Zeit noch Lust habe, bitte ich, nach der Behandlung Zahlung zu leisten. Unbemittelte haben freie Behandlung.«

Von Lehnitz aus ging er 1950 als Botschafter nach Warschau – ein Job, den er korrekt, aber ungern ausübte und nach kurzer Zeit wieder aufgab. Ich sehe ihn unter den kritisch-amüsierten Blicken der Familie das Tragen von Frack, gestärkter Hemdbrust, Zylinder, Lackschuhen trainieren, er, der am liebsten unbekleidet herumlief und sich außerhalb des Hauses nur schlipslos, im karierten Sporthemd, mit Baskenmütze blicken ließ. Das Familiengelächter klingt über die Jahre zu mir herüber – zärtliche Stimmen aus einem Raum, der dieses rastlose Leben als beständige Zuflucht begleitet hat.

Als meine Begleiterin die Tür öffnet, um mich hinauszulassen, schaut sie dorthin, wo hinter Bäumen der See liegen muß, und spricht von dem Gebrüll der Wächter im Lager, das man an stillen Abenden von der anderen Seite des Sees hören konnte. Welche Wächter? Welches Lager? Ehe ich fragen kann, schließt sich die Tür. Später, auf der Rückfahrt, fällt mir ein, daß hinter dem See das KZ Sachsenhausen gelegen haben muß, das nach dem Krieg von den Sowjets als Internierungslager Oranienburg weitergeführt wurde.

Hat Wolf an stillen Abenden die Wächter brüllen gehört? Hat ihr Gebrüll ihn an etwas erinnert, was er vergessen wollte: die Verfolgungen, Morde, Deportationen der Stalinzeit? Die Säuberungen, nicht nur von Staatsorganen durchgeführt, sondern von den emigrierten Schriftstellern selbst in geheimen Gesprächen, bei denen auch er, der angebliche Außenseiter, anwesend war, zuhören, zur Kenntnis nehmen mußte, wie aus Verdächtigungen, Denunziationen, Selbstkritik, Freundesverrat, das Fangnetz geknüpft wurde?

Das letzte Foto, fünf Monate vor seinem Tod aufgenommen, zeigt ein verbrauchtes, zu Tode erschöpftes Gesicht. Die Haare sind dünn geworden, Stirn und Wangen zerklüftet, die Augen umschattet. Mit Hand und Blick umfängt er den Säugling an seiner Wange, Thomas, sein letztes Kind. Freunde sprechen von Verdüsterung und Traurigkeit, er selbst von »Depressionen, die ich früher nicht kannte«. Es ist alles anders gekommen, als er im Exil gehofft und geträumt hat. Schuldeinsicht und Umkehr sind im Nachkriegsdeutschland nicht gefragt. Ulbrichts Zwangsapparat und der vorausgeworfene Schatten des Kalten Krieges würgen jede Aussicht auf Neuanfang ab. Seine Stücke erreichen die Menschen nicht mehr. Gerade die Zeitnähe, die er von sich verlangt, lassen seine Arbeiten alt aussehen, fern von den Wünschen des Volkes, für das sie geschrieben sind. Auch von offizieller Seite kommen Nackenschläge. Die Theater bevorzugen Stücke von Anouilh und Wilder, die Wolf als »nihilistisch« ablehnt. In einem Brief an Feuchtwanger vom Januar 1947 beklagt er sich über »Hakenkreuzkarpfen«, die sich »im deutschen Teich herumtreiben«.

Wie er im Exil unter Heimweh nach Deutschland gelitten hat, so quält ihn jetzt Sehnsucht nach der Sowjetunion, »diesem riesigen großzügigen Land, nach den Menschen von großem Format, wie ich sie nur dort kennenlernte und zu wahren Freunden gewann«. Die Heimat ist kalt geworden, »eine Mondlandschaft«, »ein Abgrund treudeutscher Blödheit und Gefolgstreue«, »ein materielles und geistiges Trümmerfeld«, »eine Jugend ohne Ideale«. »Was hat sie noch für Interessen? Schwarzer Markt, Fußball, Boxring, erträumte Flucht nach Übersee, Studium? Freudlos schien das alles...« Bei der ersten großen Jugendveranstaltung im Deutschen Theater schreit ein Junger vom Rang herunter: »Vaterlandsverräter!« Die Berufung nach Warschau kommt einer Abschiebung gleich. Seine letzte Arbeit, ein Stück über Thomas Münzer, hat er dem Säugling auf seinem Arm gewidmet mit dem Vers:

Thomas bist du, Söhnchen, genannt,
der Thomas Münzer dir Pate stand,
der auch heut gegen Lüge und Feigheit ficht,
und bist du auch noch ein kleiner Mann,
fürchte dich nicht!

Von Magen- und Darmkoliken geplagt, mit Penicillin vollgespritzt, leitet er die Proben zum *Armen Konrad* in Leipzig und wünscht sich, wenn er ausgepowert zu Bett geht, »einen unvorstellbar tiefen, unendlich langen Schlaf«, der ihm in seinem Tod am 5. Oktober 1953 zuteil wird.

Spät abends – es ist der 8. Juli, Tag der deutschen Fußball-Weltmeisterschaft, letzter Tag dieses Berlin-Aufenthaltes – fahre ich über die Schlesische Brücke nach Kreuzberg. In der Höhe Görlitzer Park schießt aus einer Nebenstraße eine betrunkene Frau auf schlingerndem Fahrrad, kippt, stürzt, wälzt sich am Boden, schreit. Ich trete auf die Bremse, fliege nach vorn, stehe, will heraus, um zu helfen, aber die Tür geht nicht auf. Ein Menschenknäuel umschließt den Wagen. Fäuste trommeln aufs Dach, wutverzerrte Gesichter, geschorene Köpfe, SS-Runen, Hakenkreuze, Reichsadlerfahnen hinter der Scheibe. Ich wars nicht! schreie ich. Ich habe sie gar nicht berührt. Der Wagen beginnt zu schaukeln, immer heftiger hin und her, bis zum Kippunkt. Ich lasse den abgestorbenen Motor wieder an, lasse ihn aufheulen, einmal, zweimal. Zwischen auseinanderspritzenden Leibern fahre ich an, langsam, dann schneller, drohende Fäuste im Rückspiegel.

Die Stadt ist in Aufruhr. Besoffener Jubel: Deutschland Deutschland. Feuerwerkskörper knallen um mich herum. Ein umgestürzter, brennender Bauwagen zwingt mich zum Ausweichen in unbekannte Straßen. Ich verliere die Orientierung, kreuze ratlos herum. Aus einem zerbrochenen Schaufenster schleppen vermummte Gestalten Kartons mit Flaschen. Einer platzt auf der Fahrbahn. Glas knirscht unter den Reifen. Paß doch auf, Alte!

Der Schweiß bricht mir aus, strömt die Stirn hinunter und an den Brauen entlang in die Augenwinkel. Fast blind, im Kopf ein Dröhnen wie von ungeheuren Kirchenglocken, suche ich nichts mehr als eine ruhige Straße zum Anhalten, Schweiß abwischen, atmen, ein Augenblick Stille, damit das zersplitterte Bild der Stadt wieder zusammenwachsen kann. Aber sie lassen mich nicht. Sie jagen mich eine dreispurige Straße stadtauswärts. Autobahnschilder Rostock. Bin ich schon drüben? Ich will umkehren, blinke, flehe ums Einfädeln, um vor der Ampel in die Gegenspur einzubiegen. Stoßstange an Stoßstange ziehen sie links vorbei, haarige Fäuste ums Lenkrad geballt, halslose Nacken, Köpfe wie Prellböcke zum Rammen, Zermalmen, Plattmachen, aus dem Weg räumen. Geht doch rüber! Ausländer raus! Paß doch auf, Alte! Am Ende einer Straßenschneise gleitet erhöht, erleuchtet eine Bahn vorüber, Linie 1 Schlesisches Tor. Da will ich hin, aber sie lassen mich nicht...

Ich weiß nicht, wie ich nach Hause gekommen bin. Vergiß es, sagt Vera, auf meiner Bettkante sitzend mit einem Glas Wasser, in dem ein Medikament sich auflöst: Trink das! Dann kannst du schlafen. Aber ich will nicht schlafen. Ich will reden. Ununterbrochen fährt ein hysterisches Zischen aus mir heraus: Wie ich sie hasse! Deutsche Autofahrer. Deutsche Spießer. Deutsche Neonazis, Hakenkreuze und SS-Runen in die Stoppelköpfe rasiert. Das hatten wir schon. Das war immer da. Ein Grollen unter der Decke. Von damals her. Von der einzigen Bewegung, die dieses Volk jemals bewegt hat. Wir haben es gespürt und in gewissen Kreisen gewisse Worte vermieden, Auschwitz zum Beispiel. Wieder einmal die Schere im Kopf. Schlafende Hunde soll man nicht wecken. Nun sind sie wach. Gombrowicz hat es schon früher gehört: »Das Heulen eines idiotischen Hundes«. »Als wäre dieses Volk permanent wütend«, schreibt Nooteboom in den *Berliner Notizen*.

Du übertreibst, sagt Vera, Hooligans gibt es überall.

Ich will weg, sage ich, raus aus Berlin, raus aus Deutschland, irgendwohin...

Du kommst aber nicht raus, sagt sie, das Glas mit dem inzwischen aufgelösten Medikament vor meiner Nase herumschwenkend. Wir sind nun mal Deutsche, und der Haß auf das Deutschsein ist das Allerdeutscheste an uns.

Ich starre sie an und spüre, wie mein Starren sie beunruhigt, aber eigentlich seh ich sie gar nicht, weil eine andere Gestalt sich vor sie geschoben hat und eine andere Stimme die ihre übertönt: Wir sind doch Deutsche, Frollein!

Trink jetzt, sagt Vera. Dann kannst du schlafen. Das Medikament wirkt sofort, wenn auch nicht zum Schlafen. Wie bei einer örtlichen Betäubung nehme ich übergenau wahr, was um mich herum passiert: wie sie vom Bett aufsteht und leise hinausgeht. Das besorgte Gemurmel hinter der Wand. Die Ausdehnung des Raumes. Das Matratzenbett am Boden. Mein unter der Decke verkrampfter Körper, Beine bis zur Nase heraufgezogen. Die Lampe, die Vera beim Hinausgehen ausgeknipst hat. Die Musikanlage. Der Liegestuhl in der dunklen Ecke links. Das vertraute Muster, das das Hoflicht an die kahle Wand wirft. Die Angst. Die Wut hinter den Scheiben. Der Haß. Alles ist da. Aber es tut nicht mehr weh. Es trifft nicht, weil das, was getroffen werden könnte, der Nerv, das Zentrum, sich auflöst.

Vorsichtig drehe ich mich auf den Rücken, schiebe die Decke vom Gesicht, strecke ganz langsam die Glieder, spüre mit Wohlbehagen, wie ich mich mit dem einströmenden Atem verdünne, verflüchtige, durch Schichten und Räume verteile. Macht euch keine Sorgen, hör ich mich flüstern, es ist vorbei. Ich bin wieder in Ordnung, tut mir leid, daß ich euch erschreckt habe. Mit euch hat es nichts zu tun, nur mit mir, mit meinem vergangenen Leben, das gelegentlich hochkommt.

Und dann erzähle ich ihnen von der peinlichen Situation, in die ich mich und die Besitzerin des requirierten Hauses gebracht habe, als ich sie beim Kramen in der Wohnung überraschte. Wie sie auffuhr, sich entschuldigte, sich, schon in der Tür, noch einmal umdrehte, den Finger an die Lippen legte, die sich hinter dem Finger zu einem schrecklichen Lächeln auseinanderzogen: Wir sind doch Deutsche, Frollein! Schleimige Mischung aus Unterwürfigkeit und Verachtung. Denn natürlich verachtete sie mich, weil ich in ihrem Haus wohnte und mit einem von denen, die ihr das Haus weggenommen hatten, ins Bett ging, in ihr heiliges Ehebett. Das muß ich Jean erzählen, denke ich. Weißt du noch, werd ich ihn fragen, wie ich immer erschrak, wenn du unerwartet nach Hause kamst? What's wrong with you? fragtest du, und ich sagte: Ich glaube, ich werde krank. Und dann wurde ich krank.

Nebenan im Bad gurgelt Wasser in den Ausguß. Vera geht zu Bett. Ich bin in Berlin. Morgen ist der 9. Juli 1990, Montag, Arbeitstag. Ich muß früh losfahren, bevor der Berufsverkehr einsetzt. Wenn ich nicht mindestens zwei Stunden schlafe, halte ich die Fahrt nach Bayern nicht durch. Jetzt, sofort, muß ich aufstehen und Vera fragen, was sie mir ins Glas getan hat: ein Wundermittel, alles ist da, aber es tut nicht mehr weh...

Kein Brief von Mr. Fisher in dem Stoß Post, den die Vermieterin mir auf die Treppe gelegt hat. Ich bin enttäuscht, als sei ich nur wegen dieses Briefes nach Hause gekommen. Leer, angeschlagen von der langen Fahrt, streife ich durch die fremdgewordene Wohnung, zu müde, um sie in Besitz zu nehmen, zu erregt, um mich schlafen zu legen. Schließlich steige ich auf den Dachboden und hole die Kartons herunter, in denen, wild durcheinander, die Fotos der Familie verwahrt sind. Wenn Kinder und Enkel da sind, machen wir uns ein Vergnügen daraus, sie auf dem Teppich auszubreiten und herumzurätseln, wer, von wem, wann, geknipst worden ist. Manche der dargestellten Personen sind nicht mehr zu identifizieren – Verwandte der älteren Generation, Kriegskameraden meines Vaters, malerisch-arrangierte Großfamilien, vergessene Freunde...

Heute nehme ich mir keine Zeit, Familienähnlichkeiten zu entdecken. Was ich suche, liegt außerhalb der Familie. Nur einmal, in einem bestimmten Abschnitt meines Lebens, war ich mit einem Fotografen befreundet. Er hat meiner Freundin Amelie Fotos geschenkt, warum nicht mir? Eins nach dem anderen betrachte ich die Bilder und lege sie zur Seite, und als ich schon aufgeben, das ganze Durcheinander in die Kartons zurückwerfen will, entdecke ich ein Großformat, professionell fotografiert, aber ohne Stempel, auf dem das Mädchen, das ich einmal war, vor der Garage eines ländlichen Hauses beim Autowaschen zu sehen ist. Jemand muß mich angerufen haben, denn ich schaue auf, lache mit offenem Mund, den tropfenden Schwamm über den Kopf nach hinten geschwungen, als wollte ich ihn auf den Anrufer werfen, und wenn nicht der Wagen unverkennbar ein amerikanischer Chevrolet wäre, würde ich das Foto viel früher datieren, Jahre vor Anfang des Krieges, so kindlich sehe ich aus mit halb aufgelösten Zöpfen, hageren Beinen, knochigen Knien unter dem weiten Männerhemd. Keine Spur von überstandenen Nöten in dem runden Gesicht, nur Übermut, Verliebtheit, Vorfreude.

Und jetzt weiß ich auch, worauf ich mich freue: Wir fahren ins Ausland – zum erstenmal in meinem Leben über eine Grenze, und der, dem ich zulache, wird mich dort hinführen. In der im Aufschauen überraschten, von keinem Vorbehalt getrübten Seligkeit meines Blickes erkenne ich einen Augenblick lang wie aus einem Brunnen heraufgespiegelt seine Gestalt, Kamera vor dem Auge, und verliere sie wieder, wie man die schwärmenden Funken im Auge verliert, wenn man sie fixieren und anschauen will. Nichts bleibt als das Lachen des Mädchens, die Verliebtheit, die Vorfreude.

Über das Foto gebeugt, versuche ich mich zu erinnern, wohin die Reise ging. Es kommt mir so vor, als seien wir zwischen der Alpenkette rechts und einem Seeufer links hindurchgefahren, das könnte die Autobahn München-Salzburg gewesen sein. Begeisterung sprudelnd turne ich auf dem Beifahrersitz herum. Der See, die Boote, die Alpenwiesen, die Höfe, die Kühe – alles soll er sehen und sagen, daß es schön ist – ein schönes Land, dieses Deutschland! hast du gewußt, wie schön es hier ist?

Aber als wir das Rasthaus betreten, das jetzt »Recreation-Center« heißt, und unter den unverschämten Blicken der Kellner den Vorraum durchschreiten, werde ich still und klein, zupfe an seinem Hemd, flüstere, daß ich nicht hineinwill. Komm, laß uns weiterfahren!

Come on, baby, don't be silly!

Und wieder ein Wasser, diesmal kein See, sondern ein träger Fluß zwischen grünen Ufern. Ein kleines Hotel mit Terrasse gleich über dem Wasser. Eine Melodie, die wir gepfiffen und gesungen haben: There's a small hotel with a wishing-well…

Der Fluß heißt »Du«. Let's go to the Du! haben wir gesagt,

wenn wir vom Frühstück aufstanden. Was für ein Fluß mag das gewesen sein, in welchem Land, in welcher Sprache?

Nach langem Suchen im Atlas finde ich ihn im östlichen Frankreich. Er heißt Doubs und fließt durch den Jura. In einem gemieteten Boot sind wir langsam am Ufer entlanggetrieben, gebückt unter überhängenden Zweigen, die unseren Rücken streichelten. Ich habe dir aus dem *New Yorker* vorgelesen, und du hast meine Aussprache korrigiert: nicht way sondern uay, not raser but rather.

Im Französischen war ich besser als du, weil ich im Rheinland aufgewachsen bin. Es paßte dir nicht, gib's zu, wenn ich abends mit den Franzosen herumparlierte. Immer stiller bist du geworden, hast dich, mit Rauch eingenebelt, tiefer in deinen Sessel zurückgezogen, den Kopf geschüttelt, wenn ich mir noch ein Glas einschenken ließ, und dann ist mir schlecht geworden, ich bin hinausgelaufen, den ansteigenden Uferweg entlang in die tiefere Dunkelheit des Waldes. Plötzlich war der Fluß tief unten, rauschend, als bräche er sich an Felsen, dahinter die Hügel, das fremde Land.

Du bist mir nachgegangen, und als du neben mir warst, habe ich dir etwas vorgeheult von Heimweh nach Deutschland, wo die Gespräche »wesentlicher«, die Menschen tiefer und näher seien, eben meine Leute, mein Volk. Was mache ich in Frankreich, während meine Mutter immer noch im Osten verschollen ist? Ich war ja drauf und dran, hinzufahren, hätte mir die Haare geschoren, Männerkleider angezogen wegen der Vergewaltigungen, hätte meine Leute in Notquartieren und Flüchtlingslagern gesucht. Wenn du nicht dazwischengekommen wärst. Aber das stimmte ja nicht. Du hast mich von nichts zurückgehalten. Ich war es, die bei dir bleiben wollte, und was in diesem Augenblick über mich kam, war nichts als das schlechte Gewissen, daß ich nichts unternahm, um die Familie zusammenzubringen.

Das wußten wir beide, aber du hast nichts gesagt, bist stumm neben mir hergelaufen, und erst als ich gar nicht aufhörte mit meinem Gejammer, hast du von einem erzählt, der

Deutschland so sehr liebte, daß er es nicht verlassen wollte, auch als das Bleiben lebensgefährlich wurde. Das Gefährliche werde vorübergehen, habe er gesagt, und tatsächlich sei es vorübergegangen, aber das habe der Betreffende nicht mehr erlebt. Für ihn sei die Liebe zu Deutschland tödlich gewesen.

Wir sind umgekehrt und schweigend zum Hotel zurückgegangen, und als wir wieder unten am Fluß waren, wollte ich plötzlich schwimmen in dem fremden schwarzen Wasser, mitten in der Nacht. Das war meine Art, mit Gespenstern umzugehen: hinein ins kalte Wasser, tauchen, hochschnellen, Fontänen in den Himmel schlagen. Du mochtest das nicht. Wasser gefiel dir nur, wenn es warm aus der Dusche kam.

Murrend, schaudernd hast du mich eingelassen, als ich eisig zu dir ins Bett kroch. War das nicht immer so, von Anfang an, daß ich weglief, dumme Sachen machte, das schlechte Gewissen abspülte und wiederkam, dorthin, wo du immer in Ruhe warst, im Sessel, im Auto, im Bett? Oder ist mir nur dieser Augenblick wirklich lebendig geblieben, weil das Zurückkommen das Schönste für mich war – wie sich das anfühlte, wenn ich glatt und kühl an deinem schlafwarmen Körper entlangglitt, voranbohrend und wühlend nach dem Platz, der für mich vorgesehen war, in den ich genau hineinpaßte – mein Schlupf, meine Höhle, mein letztes Fluchtquartier, das Gesicht in der Mulde zwischen Kinn und Brust, Schulter in der Achselhöhle, Bein angewinkelt über deinem warmen Bauch, Hand unter deinem Nacken vergraben, die ganze Ausdehnung meines Körpers auf dir, neben dir, an dir entlang, in einer Stille, die tiefster Schlaf war und zugleich gespannteste Aufmerksamkeit der Nervenspitzen unter der Haut.

Mit gemischten Gefühlen betrete ich am nächsten Morgen mein Arbeitszimmer – einen zellenartigen Raum im obersten Stock eines schmalen, von italienischen Handwerkern gebauten Hauses im Altstadtkern, dessen Fenster auf die Treppengiebel der gegenüberliegenden Straßenseite und den dahinter aufsteigenden Höhenzug schauen. Arbeitslust und Arbeitsangst verursachen das bekannte Wühlen im Bauch, dahinter lauert die Neugier, wie ich auf den ersten Eindruck reagieren werde: die überfüllten Regale, die Haufen von Büchern, Mappen, Heften, Blocks auf Bänken, Stühlen, Fußboden, die ganze chaotische Archäologie der letzten Jahre. Warum muß mir das immer wieder passieren? Ich wollte Ordnung schaffen, nicht Chaos.

Mein Schreiben war immer darauf gerichtet, Kompliziertes einfach zu machen, durchsichtig, klar, überschaubar, mitteilbar.Keine literarischen Experimente! Ich ziehe behutsam an einem einzigen Fädchen, nichts im Sinn, als seinem Lauf nachzugehen. Aber dabei bleibt es nie. Knoten tauchen auf, Verästelungen, Verknüpfungen, Quer- und Rückverbindungen, ein vielschichtiges, im Trüben sich verlierendes Netz, das ganze Klumpen unverstandenen Rohstoffs heraufzieht. Keine Chance, mich auf Distanz zu halten, möglichst ein wenig erhöht, um den Überblick nicht zu verlieren. Schon ist es um mich herum und durch mich hindurchgewachsen bis in die Träume hinein, in denen ich mich auf dem Grund eines wuchernden Dschungels bewege, mit Worten um mich schlagend, um ein wenig Atemraum zu gewinnen, eine kleine Lichtung zum Umschauen, Vorausschauen, Zurechtfinden. Ich will diese Unordnung nicht. Nicht schon wieder! Der Geruch vergangener Ängste verursacht mir Übelkeit.

Ich reiße Türen und Fenster auf, lasse Luft herein, die sich in dem Zwanzig-Meter-Gang zwischen Vorder- und Hinterfront zu einem schneidenden Durchzug entwickelt. Im Blättergeflatter räume ich die verstreuten Haufen in einer vom Schreibtisch entfernten Ecke zusammen, türme sie hoch, decke sie zu. Mit dem tropfnassen Putzlumpen krieche ich auf dem Boden herum, jage den trockenen Staub aus Winkeln und Fugen, ertränke ihn, spüle ihn im Klo hinunter. Dann stürze ich mich auf den Schreibtisch, räume ab, lasse verschwinden, schaffe die überfüllten Papierkörbe auf den Gang. Auf das Treppengeländer gestützt, raste ich eine Weile, schließe die Augen, atme die Panik heraus, bis mein Kopf leer ist wie ein ausgeblasenes Ei.

Dann erst wende ich mich um und trete noch einmal ein: blank und leer liegt der Schreibtisch da, spurlos die helle Platte wie frischgefallener Schnee. Der Anblick entzückt mich. Ohne mich zu nähern, genieße ich ihn aus wechselnder Perspektive, wie ein Maler ein gelungenes Bild genießt. So ist es recht. So soll es bleiben, mindestens diesen Tag und die darauffolgende Nacht. Morgen werde ich mit der Arbeit anfangen. Von neuem wird Papier über den Schreibtisch und Staub aus den Ecken wuchern. Morgen, nicht heute!

Nach dem Tumult der Lasky-Rede am Vormittag des 7. Oktober tritt allmählich wieder Ruhe ein. Die Tagesordnung wird abgespult, als sei nichts geschehen. Keine Reaktion auf die Vorwürfe bis auf eine Andeutung im Hermlin-Referat: »Es gibt keine Freiheit der schrankenlosen Ungebundenheit des Individuums. Die Freiheit des Dichters kann nur die Freiheit der Vielen, der Erniedrigten und Beleidigten sein. Ja, die Freiheit ist uns teuer – darum wünschen wir, daß es bei uns niemals irgendwelche Komitees zur Überwachung undeutscher Aktivität geben möge.« Die offizielle Erwiderung bleibt dem russischen Autor Katajew vorbehalten, der, wie erwähnt, erst am Nachmittag spricht.

Die Lektüre der auf eine hoffnungsvolle Zukunft gerichteten Referate vor dem Hintergrund dessen, was dann tatsächlich geschehen ist – das Verbot des Kulturbundes in den Berliner Westzonen bereits am folgenden Tag; die Gründung der NATO, der BRD, des Comecon, der DDR; der Beginn der wechselseitigen Angstpsychose, des Wettrüstens, des Kalten Krieges – läßt den Kongreß in einem gespenstischen Licht erscheinen, ein Eindruck, der im Diskussionsbeitrag eines Londonemigranten in Worte gefaßt ist. »Gegenstandslos«, »Spiegelfechtereien« nennt er die Querelen zwischen innerer und äußerer Emigration. Beide hätten am geschichtlichen Ablauf nicht das geringste geändert. Der polemische Kampf erinnere an die Schlacht auf den Katalaunischen Feldern. »Als sie vorüber war, stritten die Gefallenen in den Lüften weiter – Gespensterkämpfe.« »Die Geschichte ist über uns hinweggerollt und man kann sagen: Wir haben uns in Wölfe verwandelt, um mit den Schakalen fertig zu werden. Aber wer nimmt uns nun wieder das Wolfsgewand ab?«

Auf diesen Beitrag geht niemand ein. Zu grell beleuchtet er das Vakuum, in dem die Schriftsteller sich bewegen, streitend um eine Zukunft, die ihnen unter den Füßen davonläuft. Die Einigkeit, Motivation und Ziel des Kongresses, ist schon zerbrochen. Eine gemeinsame Entwicklung wird nicht stattfinden.

In seinem Referat über die Verlagstätigkeit nach Kriegsende beschwert sich Arnold Bauer über die Diskrepanz zwischen der »Unmasse bedruckten Papiers« in den Westzonen (5000–6000 Titel, eine Hochflut von Zeitschriften, Broschüren, Traktätchen) und der Qualität des Veröffentlichten: »eine literarische Gemischtwarenhandlung«. Zum Amüsement der Zuhörer verliest er einschlägige Titel: *Die hohe Stunde – Verzauberte Stunde – Die stille Stunde – Stunden der Stille – Lob der Stille – Todesstille im Schloß – Die Reise in das Herz* ... Für die Anspruchsvollen der Rückzug in die deutsche Innerlichkeit, für den Massenkonsum der »Erotische Kitsch«, das »Tränenselige«, »Gemütvoll – Behagliche«, »Fusel statt Geist«. Vorsichtig übt er Kritik an der West-Praxis, allen literarischen Produkten gleiche Auflagenhöhe zu geben, und an östlichen Einschränkungen des Aktionsradius mit der Tendenz zu einem »planenden, lenkenden Staatsverlag«. Mit den Worten »Die Wahrheit besitzt niemand allein«, bezieht er sich auf den vielfach angegriffenen Karl Jaspers. »Halten wir uns an das Verbindende, nicht an das Trennende ... Lösungen können nur gemeinsam gefunden werden.«

Erich Weinert, Verfasser zündender Revolutionslyrik in den 20er Jahren, Spanienkämpfer, Moskauemigrant plädiert noch einmal für Zeitnähe: »Ein Dichter, der den Anspruch erhebt, vom Volk gehört zu werden, muß zuerst zum Volk gehören und sich ihm zugehörig fühlen ... Es gibt nur eine Tendenz, die verdächtig ist, das ist die der Tendenzlosigkeit.«

Stephan Hermlins Referat ist an die jungen Dichter im Nachkriegsdeutschland gerichtet. Er warnt vor der überstürzten Flucht ins Lyrische. Bei der traditionellen Überbewertung der Lyrik in Deutschland sei es verständlich, daß die jungen Dichter diese Form bevorzugten, aber gerade heute sei sie zum Scheitern verurteilt, »weil die wichtigsten Phänomene dieser Zeit, die Auseinandersetzung mit dem Faschismus etwa, nicht einmal rational bewältigt worden waren, und weil man darauf verzichtete, einen Weg zu beschreiten, an dessen Ende erst das adäquate poetische Produkt steht«. Aus der Tatsache, daß Faschismus und Krieg fast durchweg erduldet und nicht bekämpft wurden, habe sich eine »Dichtung von Höhlenbewohnern« entwickelt mit einer Tendenz zum Konservativen, zum Statischen, zum Rückwärtsgewandten. »Man scheut das Direkte, das Konkrete, man flüchtet in die Metaphysik und nennt die Totschläger am liebsten Dämonen. Aus dem Widerwillen vor dem Marschieren stelzt man. Es ist an der Zeit, gehen zu lernen.« Wirkliche Dichtung sei stets »Kompression, Verdichtung mächtiger, pausenloser und unaufhaltsamer gesellschaftlicher Prozesse«. In der heutigen Epoche habe die Frage nach der Form wie in allen revolutionären Epochen der Menschheit hinter die Frage nach dem Inhalt zurückzutreten. Um aus dem Höhlendasein herauszukommen, empfiehlt er die in Deutschland wenig geschätzte Form des knappen, realistischen Berichtes und rät von einer literarischen Aufbereitung ab. Man sollte den Bericht Bericht sein lassen. »Er steht für sich, er trägt sich selbst.« Er hofft auf eine »vielschichtige, aber nicht anarchische Literatur ohne simplificateurs und metaphysische Glanzlichtmaler, eine praktisch-politische Literatur im weitesten Sinne des Wortes, die durch eine lebendige, verantwortungsvolle Diskussion und Kritik und durch die Einrichtung von Literaturinstituten und Schriftstellerschulen gefördert werden kann.« Hermlin spricht aus dem Bewußtsein, eine revolutionäre Epoche zu durchleben, an der Schriftsteller und Intellektuelle aufklärend und bestimmend mitwirken werden – eine Täuschung, wie er viele Jahre später in dem Bericht *Rückkehr* einräumt: »Von den zahlreichen Irrtümern, denen ich unterlag, war mein Glaube an die Wandlungsfähigkeit und die bestimmende Rolle des Intellektuellen beim Herstellen besserer Zustände wahrscheinlich der größte.«

»Väterchen« Ernst Rowohlt bringt in seinem Diskussionsbeitrag Praxisbezug aus Verlegersicht. Er hat vor 1933 eine breite Literaturpalette von links bis rechts verlegt und kann nun, in allen Zonen lizenziert, auf alte Rechte zurückgreifen. Mit der dröhnenden Stimme des dicken Mannes schimpft er über Papierverschwendung, miese Qualität der Veröffentlichungen, Überangebot dilettantischer Verleger. Er, der die Herstellung von Büchern von der Pieke auf gelernt hat, sieht in der heutigen Notsituation keine Chance, schöne Bücher zu machen. Möglichst schnell, möglichst billig will er mit moderner internationaler Literatur an die Massen herankommen, ein Plan, den er mit der Herausgabe der Rowohlt-Zeitungsromane bereits verwirklicht. Als einziger spricht er von »Schwierigkeiten« in der US- und Britischen Zone. »Manche Bücher bekommen wir gar nicht, zum Teil auch aus innenpolitischen Gründen. Eine gewisse Zensur wird also trotz allem immer noch aufrechterhalten.« Heftiger Beifall dankt ihm für den Tabubruch, der mit dem Wort »Zensur« verbunden ist.

In der Diskussion werden Klagen laut über die »Dominanz des Politischen«, die Überbetonung der gesellschaftlichen Bezüge auf Kosten »der Menschen« und »des Menschlichen«. Zeitnähe könne nicht diktiert werden. Die Auseinandersetzung sei apodiktisch, es gäbe keine Chance, ein wirkliches Gespräch zu führen. Aus dem Hin und Her der Meinungen ergibt sich der Verlauf der Fronten: Individuelle Freiheit der literarischen Arbeit gegen die Verpflichtung zum politischen Engagement.

Erregt verteidigt Friedrich Wolf die angegriffene Zeitnähe. Er weiß, daß sie schmerzt. »Aber Schriftsteller müssen heute den Mitmenschen wehtun, indem sie noch frische Wunden berühren, um sie zu reinigen.« Er beruft sich auf Dante, Ariost,

Victor Hugo, Zola, Büchner. »Sie mußten in die Verbannung gehen, weil sie weh taten.« Der Schriftsteller stehe an den Zerreißpunkten des Lebens, blicke in Vergangenheit und Zukunft. »Dort kommt es zu Nervenschmerzpunkten, die nun irrtümlicherweise von den Zuhörern nicht in der eigenen Brust gesucht werden, sondern dem Schriftsteller als Schuld gegeben werden.« »Wir haben in bitterem eigenem Erleben erkannt ..., daß es mit O-Mensch, O-Seele nicht geht, daß man bewußt kämpfen muß, mit einer Einsicht ... Wir wollen Entscheidungen herbeiführen.« Es folgen die gefährlichen Worte von der Wahrheit und ihren Vollstreckungen in falscher und richtiger Hand. Wolf schließt mit einem Zitat aus der Rede Anatol Frances an Zolas Grab: »In ihm verkörpert sich für einen Augenblick das Gewissen der Menschheit ... Wenn wir das sagen können als Schriftsteller, dann haben wir unsere Aufgabe erfüllt.«

Harich beendet seinen darauf folgenden Diskussionsbeitrag mit einem heftigen Angriff auf die Westschriftsteller: Sie sollten lieber protestieren, daß der Anna-Seghers-Film in Deutschland nicht gezeigt werden könne, daß das neue Buch von Sinclair Lewis über die Negerfrage und das Tagebuch von Eliot Roosevelt über seinen Vater nicht gedruckt werden darf ... »Es ist zum Heulen, daß man heute versucht, mit Zensurmethoden der Metternichschen Demagogenverfolgung bei uns Demokratie einzuführen. So wird man's nicht schaffen ...«

Nach diesem Beitrag, der auf dem Band nicht zu hören ist, wird die Diskussion abgeschnitten. Es folgen noch einmal Referate – ein kurzes von Prof. Redslob, dem späteren ersten Rektor der Freien Universität Berlin, über Möglichkeiten der Übersetzung, und ein sehr langes von Johannes R. Becher über den Willen zum Frieden. Diese Rede wurde vielfach abgedruckt, sie umfaßt ein Dutzend engbedruckter Seiten, deren Lektüre ich nach mehreren Anläufen abbreche und auf später verschiebe, wenn ich dem immer wieder aufbrechenden Widerwillen auf die Spur gekommen sein werde. Mit diesem

Schlußwort endet der lange, ununterbrochene (nicht einmal ein Mittagessen hat es gegeben!) von Turbulenzen geschüttelte dritte Kongreßtag. Der vierte und letzte wird keine Auseinandersetzungen bringen. Er gehört der Information über wirtschaftliche und rechtliche Fragen der Literaturproduktion.

Das Schlimmste an Vereinigung, Anschluß oder wie man es nennen soll, sei die Zerstörung der Selbstachtung, sagt Renate, eine Ostfreundin in der Warteschleife, die mit ihren Töchtern den Rest der Schulferien bei uns verbringt. Das passiert weniger durch die Arroganz einzelner als durch die tägliche Erfahrung, daß du im neuen Zusammenhang überflüssig bist, mitsamt deiner Arbeit eine unnütze Last, die widerwillig mitgeschleppt wird. Alles ginge leichter, wenn es dich und deine Arbeit nicht gäbe.

Vergiß es, sage ich. Die Sonne scheint. Du hast Ferien.

Sie hat ihre erste Reise ins westliche Ausland hinter sich – das Mittelmeer, ein Kindheitstraum, der durch die Proteste der halbwüchsigen Töchter seinen Glanz verloren hat. Einander überschreiend berichten die Mädchen von pompösen Villen, Gitterzäunen, Alarmanlagen, Wachhunden; von Ministränden, auf denen jeder Quadratzentimeter bezahlt werden muß. Natur gibt es nur auf der Bergeshöhe, wo die faulen Wessis nicht hinkommen. Die rauschen mit ihren dicken Autos auf der Uferstraße entlang und treiben sich vollgefressen und aufgetakelt auf der Promenade herum. Einheimische treten vorwiegend als Personal in Erscheinung – Kellner, Zimmermädchen, Portiers, Verkäufer, Papagallos, die den reichen Damen das Geld aus der Tasche ziehen. Wenn das die schöne neue Demokratie sein soll, dann kann sie ihnen gestohlen bleiben.

Wenn ich den Töchtern zuhöre, muß ich an Franka denken, das Mädchen, das nach der Menschenkette in meinem Schoß geschlafen hat und kurz darauf die Bürgerinitiative verließ, weil wir ihr zu lasch und unsere Aktionen zu wenig radikal waren. Sie war von der Schule geflogen, weil sie ihren Geschichtslehrer »mieses Nazischwein« genannt hatte, und nun wollte sie in ihrer Wohngemeinschaft, mitten im »Schweinesystem«, die repressionsfreie Gesellschaft aufbauen, ohne Geld, Konsumzwang und unterdrückende Zweierbeziehungen, was gründlich danebenging, weil es eben doch Geld, Konsum, Zweierbeziehungen gab und zu wenig Liebe unter den Menschen.

Ich frage Renate, was denn so sinnvoll gewesen sei an ihre pädagogischen Arbeit im Korsett ideologischer Ausrichtung und kleinlicher Vorschriften.

Zögernd, als müsse sie eine verblichene Schrift entziffern, erinnert sie sich: Wir haben über Vorgesetzte und Behörden geschimpft ... Wir haben versucht, das Vertrauen der Schüler zu gewinnen und Freiräume zu schaffen, was manchmal auch gelang. Wir hatten ein Bild vor Augen und ärgerten uns über Behinderungen auf dem Weg dorthin. Aber das Bild blieb und die Erinnerung an Kämpfe, die den Weg freigemacht haben. Andere hatten sie ausgefochten, denen wir uns verpflichtet fühlten.

Und dann erzählt sie von einer Lehrerin, die sie, als sie selbst noch Schülerin war, in Deutsch und Geschichte unterrichtet hat – eine alte Sozialistin mit Erfahrungen aus dem Widerstand. Sie hatte einen schweren Stand in der Schule, weil sie die Schüler zum Aussprechen ihrer Meinung ermutigte und Diskussionen zuließ. Als ihre eigene Tochter einen Ausreiseantrag stellte, mußte sie den Schuldienst verlassen. Zum Abschied hat sie jedem Schüler ein Buch geschenkt. Renate bekam *Das Siebte Kreuz* von Anna Seghers.

An diesem Buch habe ich mich festgehalten, sagt sie. Es handelt von Menschen im Widerstand, von Mut, Geduld, Solidarität, vom Glauben, daß Menschen sich ändern und in einer Gesellschaft ohne Haß, Krieg und Ausbeutung zusammenleben können. Das war das Bild, und wenn so wenig davon zu sehen war, dann lag es am Terror der alten Kräfte, die sich der historischen Notwendigkeit nicht fügen wollten.

Ich sage, daß es auch in meiner verwirrten Jugend ein geliebtes und wichtiges Buch gegeben hat. Es heißt *Winesborough Ohio* und handelt von Menschen in einer amerikanischen Kleinstadt. Der Autor stellt sie auf eine Weise dar, daß man sie lieben muß, obwohl sie allesamt Spinner, Versager, Verlierer sind. Man mag sie so sehr, daß man gar nicht auf die Idee kommt, sie ändern zu wollen. So wie dieser Sherwood Anderson, wollte ich von Menschen erzählen, wenn ich jemals den Mut fassen sollte, Schriftstellerin zu werden.

Als die Gäste, wild aus dem Zugfenster winkend, abgereist sind, kommt mein Leben in der gemütlichen Kleinstadt mir öde vor. Lustlos krame ich in meinen Papieren herum, Renates Stimme im Ohr, daß ihr Bild nun kaputt sei und kein neues an seine Stelle getreten, nichts, was zu Anstrengungen über die eigene Existenz hinaus ermutigen könnte. Wieder muß ich an Franka denken und nehme mir vor, nachzuforschen, was aus ihr geworden ist.

Einen ganzen Vormittag lang durchsuche ich meine Bücherregale nach dem schmalen Bändchen *Winesborough Ohio*, das meine Erinnerung aufbewahrt, finde aber nur die vierbändige Gesamtausgabe, in der die Geschichten enthalten sind. Die Ausgabe ist 1963 erschienen, aber ich weiß, und beim Lesen wird es mir immer gewisser, daß ich die Geschichten viel früher gelesen habe, auf englisch, nicht auf deutsch, und daß ihre mächtige Wirkung auf mich mit der fremden Sprache zusammenhing, deren Klang ich durch den deutschen Text hindurch jetzt noch zu hören meine. Sogar Worte und Wendungen fallen mir ein und eine Ahnung von den Gefühlen, die sie einmal in mir erregt haben. Die Menschen sind mir vertraut wie Freunde, die lange Zeit aus meinem Gesichtskreis verschwunden waren und nun, von Wiedersehensfreude verklärt, zurückkehren: Wing Biddlebaum mit den unruhigen Händen; Doctor Reefy, der in seiner verkommenen Praxis kleine Wahrheitspyramiden errichtet; Elisabeth Willard mit ihrer sprachlosen Liebe zu dem Sohn, der ihre Träume verwirklichen soll; die alte Lehrerin Kate Swift, die vor Begeisterung über den genialen Funken in ihrem ehemaligen Schüler ihre strenge Distanz vergißt und wie eine Liebende zu ihm spricht: »Wenn du Schriftsteller werden willst, mußt du aufhören, leere Worte zu machen...«

Ich sehe sie, wie ich sie damals gesehen habe, und durch sie hindurch, eingewoben wie die gesuchte Gestalt im Fixierbild, spüre ich eine zweite Erinnerung, ein vergangenes, nur hier aufbewahrtes Ich, das von diesen Menschen zum erstenmal liest in einer von fernen Geräuschen aufgerauhten Stille, eingeschlossen, abgeschieden in einem kleinen, sehr warmen Raum, der sein Licht von einem Fenster links oben über dem Bett erhält. Wenn ich auf der rechten Seite liege, den Kopf etwas erhöht auf dem zusammengeknäulten Kopfkissen, habe ich, solange ich die Lage aushalte, das beste Licht auf dem Buch, das aufgeschlagen neben mir liegt. Vorsichtig, damit sie sich nicht aus der gelockerten Broschur lösen, schlage ich die Seiten um und atme dabei einen Hauch von Zimt und Staub. Es ist ein kleines leichtes Buch, das ich auch, auf dem Rücken liegend, über mich halten kann, aber dann ist die Beleuchtung schlechter und der hochgestreckte Arm wird schnell müde. Dann schiebe ich das Buch unter das Kopfkissen und träume, daß ich mit George Willard, dem jungen Reporter, durch die nächtlichen Straßen der Kleinstadt gehe und hinter den erleuchteten Fenstern die Menschen sehe mit ihren Gedanken, Träumen, Wünschen, Erinnerungen, ihren Enttäuschungen, Niederlagen, Verrücktheiten, Hoffnungen. Er kennt sie alle von Kindheit an und fühlt sie wie Brüder und Schwestern, die er herausrufen möchte aus ihrer Einsamkeit, um ihnen die Hand zu geben.

Ich habe es nicht eilig, das Buch zu Ende zu lesen, im Gegenteil. Ich genieße die Pausen als eine Möglichkeit, länger an diesem Ort zu verweilen, den Augenblick hinauszuschieben, in dem der letzte Satz sich hinter mir schließt. Wenn ich mit geschlossenen Augen daliege, spüre ich wie einen Rausch die Lust, Menschen auf diese Weise zu sehen und von ihnen zu erzählen. Wenn der Dorfarzt abends vorbeikommt, um mir zu sagen, daß meine Wangen schon rosiger, mein Arm nicht mehr gar so mager sei, wünsche ich inständig, daß er so zu mir sprechen werde, wie Dr. Parcival zu George Willard spricht: »Es handelt sich darum, daß jeder in der Welt Christus ist und daß sie alle gekreuzigt sind. Das ist es, was ich klarmachen möchte, vergiß es nicht! Was immer auch geschieht, wage nicht, es zu vergessen.« Aber so etwas sagt Dr. Poensgen nicht, oder ich bin noch nicht fähig, die Geheimnisse seines Herzens zu verstehen.

Auch ich möchte wie George Willard ein Schriftsteller werden, aber vorläufig gibt es mächtige Gegenkräfte. Nicht umsonst verstecke ich das Buch unter dem Kopfkissen, wenn einer von der Familie ins Zimmer kommt. Ich weiß, daß sie das Buch und mein Lesen darin nicht mögen. Nicht wegen des Inhaltes, den kennen sie nicht, sondern weil es englisch geschrieben ist und aus einer Welt kommt, von der sie nichts wissen wollen, eine fremde verworfene Welt, ein unsauberes Verhältnis. Vergiß es, schlaf, werde gesund, fang da wieder an, wo du aufgehört hast, als du noch unser Kind warst...

Mit keinem Wort erwähnen sie den Amerikaner, der mich in der Weihnachtsnacht abgeliefert hat mitsamt einer khakifarbenen Tasche, in der unter Kleidern, Wäsche und Medikamenten das Buch verborgen war. Aber wenn sie mich anschauen mit dem besorgten Blick, ist er immer dabei, eine Spur Ekel, ein Zögern, ehe sie mich anfassen, als sei meine gelbliche Blässe von einem Schleim überzogen, den zu berühren sie Überwindung kostet. Wenn ich gesund wäre, müßte ich eine der gefürchteten Familienaussprachen über mich ergehen lassen. Besser ist es zu schlafen, mindestens die Augen zu schließen, die liebevolle Sorge zu spüren, die gedämpften Stimmen, das leise Klirren des Geschirrs, wenn das Essen hereingetragen wird, das Knistern des aufbrennenden Feuers im Ofen. Wenn sie das Bett machen, sitze ich bibbernd im Stuhl, das Buch im Gummi der Pyjamahose, die Arme schützend darumgeschlungen. Als ich zum erstenmal ins Freie darf, stecke ich es heimlich in die Hosentasche und bestehe darauf, allein zu gehen: laßt mich! ich muß allein gehen lernen. Wenn ich müde werde, kehre ich um.

Mit weichen Füßen betrete ich die Dorfstraße. Die freudige Kraft, die ich eben noch im Bett in mir spürte, hat meinen Körper verlassen. Sehr langsam, den Blick zur Erde gewandt, die unter mir schwankt und federt wie Moorboden, gehe ich gerade so weit, daß man mich vom Dorf nicht mehr sehen kann. Auf der Bank am Weiher sitzend, lese ich die letzten Seiten des Buches, Satz für Satz, Wort für Wort, sehe das Ende kommen, versuche zurückzublättern, noch einmal zu lesen, aber es geht nicht. Der Vorhang ist gefallen. Das Stück ist aus.

Es riecht nach verrottetem Laub und Erde, nach Frühling, der irgendwann kommen wird, aber noch ist Winter. Flecken aus nassem schmutzigem Schnee sprenkeln die vergilbten Wiesen. Aus den feuchten Brettern der Bank kriecht ein Frieren in mich hinein. Februar 1948 …

Bechers Rede über den Willen zum Frieden wird in den damaligen Kommentaren als würdiges Pendant zu der Totenehrung am Anfang des Kongresses bezeichnet. Die geschmeidige Stimme vom Band, die Vielfalt der Tonlagen und Ausdrucksnuancen, der langsame, von bedeutungsvollen Pausen unterbrochene Vortrag, immer wieder leise beginnend und stufenweise zu Höhepunkten sich steigernd, weckt in mir zwiespältige Gefühle des Wiedererkennens, der Abwehr. Bei der Lektüre fällt es mir schwer, das eben Gelesene zu behalten. Immer wieder muß ich zurückblättern und Stichworte notieren, um den Faden nicht zu verlieren.

Am Beginn steht die Würdigung des Widerstandes und derer, die »auf dem Schlachtfeld des Geistes« gefallen sind. Selbstprüfung wird angemahnt und geleistet in einem Schuldbekenntnis zur Mitverantwortung vor 1933. Wiedergutmachung heißt: Fehler erkennen, aus ihnen lernen, sie beseitigen. Die politische Verantwortung des Schriftstellers wird definiert: Literatur soll nicht (wie in der Nazizeit) der Forderung nachgeben, »sich den politischen Bedürfnissen zu unterwerfen, um so zu einer Art kunstgewerblich-aufgeputzter Fassade der Staatsführung zu werden. Die Politik verschlingt die Literatur, wenn nicht die Literatur auf eine ihr eigentümliche und selbständige Art politisch wird«.

Erste Bedingung zum Frieden ist die Einheit Deutschlands – »geteiltes Deutschland ist friedloses Deutschland« – und sie vorbereitend und bekräftigend, die Einheit der Schriftsteller. Also: Keine Hetze! Kein Gegeneinander-Ausspielen der Zonen, keine neuen Scheiterhaufen für Andersdenkende, kein Streit zwischen Innerer und Äußerer Emigration. Vergangene Irrtümer müssen offen bekannt, Hilfe zur Lösung von Irrtümern geleistet werden. Literatur soll nicht Tendenzen und Lehrmeinungen, sondern Menschen gestalten. Auch bürgerliche Schriftsteller sollen entsprechend ihrem Rang gewürdigt werden. Es gilt, die gesellschaftlichen Ursachen des Krieges zu erkennen, seine Unvermeidbarkeit zu widerlegen, ein freiheitliches Deutschland zu schaffen – das Gute pflegen, sichtbar machen, gestalten – Erziehung des Menschengeschlechts zum Frieden nach den hohen Maßstäben der Wahrheit, der Vollkommenheit und Größe des Menschen, mit dem Ziel der Wandlung und Neugeburt. Die älteren Schriftsteller sollen die jungen ohne »Oberlehrerhaftigkeit« unterstützen. Die Mächte der Vernunft und Gerechtigkeit, des Guten, der Anständigkeit sollen im neuen Deutschland zur Herrschaft kommen. Das Leiden der Verführten soll Toleranz und Mitgefühl erfahren. In diesem Sinne der abschließende Aufruf: Laßt Friede sein!

Um meinem Mißfallen auf die Spur zu kommen, lese ich noch einmal, langsamer, genauer, horche in Worte und Wendungen hinein, woher sie kommen, wohin sie wollen, wozu sie so und nicht anders geführt, kombiniert, betont sind.

Auffällig ist, daß es kaum ein Wort gibt, das nicht durch die Hinzufügung von Silben, Attributen, Genitiv-Konstruktionen gestützt, gefüllt, gesteigert wird: überdeutlich, übermächtig, überlebendig; eindrucksvoller Beweis, leidenschaftliche Entschiedenheit, schwindelerregende Erfolge, aufrichtiger Wille, unsagbare Verbrechen, unaussprechliche Leiden; Tiefe der Menschenseele, Schrecken der Vergangenheit, Geist der Wahrhaftigkeit. Es wimmelt von Redensarten: Einzig und allein, ein-für-allemal, nie-und-nimmermehr, darf und muß, Recht und Pflicht, Irren und Wirren, Sein oder Nichtsein. In Luthersprache wird Zeugnis abgelegt: etwas tut not, etwas ist erstanden, es werde, jemand wird sehend gemacht, an jemandem wird gefehlt, etwas wird in die Macht gegeben. Steigerung wird durch Wiederholung erreicht: Elfmal das Wort »Mut« in 12 Zeilen. Fünf aufeinander folgende Abschnitte beginnen mit den Worten: Verwerflich ist ... Eine ganze Passage besteht aus Anrufungen der Besatzungsmächte: Geben Sie ... Lassen Sie ... Gedenken Sie ... Vergessen Sie nicht ... Helfen Sie ... Zum Ende hin schäumen dreimal Nichts-so-sehr-Konstruktionen auf: »Nichts so sehr zu wollen, nichts so sehnsüchtig zu ersehnen, nichts anderem so leidenschaftlich Ausdruck zu geben, als dem Willen unseres Volkes und dem aller Völker: Daß Friede werde.«

Nun weiß ich, woher meine Abwehr kommt: Das ist keine Rede, sondern eine Predigt, wie ich sie unzählige Male in meiner Kindheit gehört habe, nach bewährtem Muster aufgebaut: Schuldbekenntnis, Buße, Sündenvergebung, Glaubensbekenntnis, Bitte, Fürbitte, Anrufung, Friedensgruß, gerichtet an Sünder und Gerechte aus dem erhöhten Raum einer Kirche der Ideale (Wahrheit, Gerechtigkeit, Vollkommenheit des Menschen) mit der Verheißung der Reinigung und Wiedergeburt. Statt der Bibelsprüche sind Dichterzitate eingeflochten: Claudel, Keller, Hölderlin, Petrarca, Gryphius, Goethe, Rilke, Bergengruen, Tolstoi, Böhme. Hier wird nichts mitgeteilt, sondern verkündet, bekannt, berufen, beschworen, getröstet, verheißen, in der gleichen vom »Odem« aufgeblasenen Sprache, über die ich meinen Pfarrervater in den 30er Jahren habe klagen hören: So kann man nicht mehr predigen, aber wie...

Die Art, wie Worte zur gegenseitigen Stärkung gepfropft

und gebündelt werden, verrät das verzweifelte Verlangen, ein in Auflösung begriffenes System zu reparieren, Löcher zu stopfen, fliehende Bedeutungen festzumachen, stürzende Werte aufzufangen, gelöste Halterungen neu zu verankern. Wenn Sartre recht hat, daß Dichter ein gestörtes Verhältnis zur Sprache haben, dann versucht hier einer der begabtesten, seine Sprachstörung, sein Mißtrauen gegen Worte und ihre Fähigkeit, Wahrheit zu transportieren, durch mehr Worte zu besiegen – große, hohe, bedeutungsträchtige Worte, die sich in der Häufung gespenstisch entwerten, bis nichts mehr übrig ist als blecherner Falschmünzenklang. Haben die Zuhörer damals sie auch so gehört? Die Kommentare sprechen von tiefer Ergriffenheit.

Vielleicht muß man Hitler, Goebbels, Rosenberg gehört und gelesen haben, um zu begreifen, daß das Reinhalten der Sprache, das die Emigranten sich vorgenommen hatten, als sie Deutschland verließen, nicht funktionieren konnte. Der Infekt saß schon drin. Die Sprache des Dritten Reiches, aus den gleichen Erschütterungen hervorgegangen, auf die gleiche Weise zerrüttet und unglaubwürdig geworden, brachte ähnliche Wucherungen hervor. Deutsche Germanistikprofessoren verherrlichten die Bücherverbrennung im Mai 1933 mit Worten wie Selbsterneuerung, Selbstreinigung, Selbstverjüngung (Ernst Bertram, Köln); Läuterung der Herzen, Dichter als Gewissen des Staates (Hans Naumann, Bonn); Flammende Reinigung, Kräfte der Wiedergeburt, Wandlung, Glaube an Neubeginn, Schuld, Befreiung, Verpflichtung (Gerhard Fricke, Göttingen). Was immer die Inhalte und Ziele unterscheidet, ob Wahrheit oder Lüge gewollt war – die Sprache war die gleiche, alte Schläuche, ungeeignet zum Transport neuer Wahrheit.

In diesem Sprachschleim ist meine Generation aufgewachsen, mit solchen Worten ist sie begeistert und belogen worden, und das Schlimmste: Wir haben sie selbst gesprochen, auch wenn wir über die Nazis schimpften, und geschrieben in Aufsätzen und Briefen, auch wenn es Liebesbriefe waren. Ich weiß das. Ich habe die alten Briefe vom Speicher heruntergeholt, gelesen, geschaudert. Es steckt überall drin, bläst auf, vergiftet, versaut. So heftig könnte ich mich vor der Sprache des toten Johannes R. Becher nicht ekeln, wenn nicht Selbstekel dabei wäre, und vielleicht hatte Elisabeth Langgässer recht, als sie in ihrer Rede sagte, die Dichter sollten zunächst einmal schweigen.

Aber das taten sie natürlich nicht. Sprache war das Werkzeug, mit dem sie das neue bessere Deutschland aufbauen wollten: Nie wieder, was gewesen war. Ganz anders das Neue – anders als Gegensatz begriffen und eben deshalb im gleichen System verankert. Die Nachkriegsjugend, stumm, mürrisch, verschlossen, hörte nicht zu. Der beschworene Neuanfang blieb ein Phantom, wie 1919, wie 1933, wie 1989, und vielleicht waren meine Tränen bei dem Brecht-Zitat: »So wie es ist, bleibt es nicht« und bei der millionenfachen Antwort: »Wir sind das Volk« eben diesem Phantom nachgeweint, das sich so schnell, so spurlos auflösen sollte.

Franka – zum letztenmal habe ich sie in München gesehen – das muß im Frühjahr 89 gewesen sein. Ganz in schwarzes Leder verpackt hing sie an einem Laternenpfahl – höchster, einsamer Exponent einer ebenfalls schwarz-ledernen Gruppe von Autonomen, die unter ihr brodelte.

Hallo Franka! Rufend und winkend arbeite ich mich durch die Menge, die auf dem Platz versammelt ist, um der neuen Rechten des Dr. Frey zuzuhören – meist Männer fortgeschrittenen Alters, sonntäglich gekleidet mit Mantel, Schal, Hut. Wenige Frauen, die sich dicht an Partner und Gatten halten. Gruppen von Skins in Stiefeln und bemalten, genieteten Lederjacken. Viele Polizisten, immer zu zweit, zu dritt. Einen von ihnen frage ich, ob es stimmt, daß achtzig Prozent ihrer Kollegen zu der hier vertretenen Meinung tendieren. Das sei ein Gerücht, sagt er mit einem Grinsen, das Biederkeit ausdrückt, aber der ungeheure Schnurrbart – zwei martialisch aufwärtsgebürstete Büsche mit gezwirbelten Spitzen – spricht eine andere Sprache.

Wo lauter geredet wird, bilden sich Kreise. Streit flammt auf. Bieratem weht. Aus vielen Lautsprechern setzt Marschmusik ein. Auf der Tribüne, wo ältere Herren im Trachtenanzug vor Bierkrügen sitzen, steht einer auf und tritt zum Rednerpult. Gebrüll wogt auf: Sieg Heil! Nazis raus! Kommunisten raus! Ausländer raus! Faschisten raus! Rotfront verrecke!

Franka, nun dicht über mir, schleudert Bierbüchsen über die Menge. So nicht, Franka! Hallo Franka!

Ein heißer Körper drängt sich heran, stößt gärigen Atem aus: Schau sie an, die Schlampe da oben! Arbeitsscheues Gesindel, die sollte man alle …! Sagt's nicht zu sich oder ins Leere, sondern speziell zu mir, würgt's mir hinein, was man mit denen tun sollte, setzt Einverständnis voraus, Generationskonsens, Stammtisch-Solidarität.

Das ist keine Schlampe! schreie ich zurück. Das ist Franka, meine Freundin. Aber der hört mich nicht. Der hat kein Ohr, nur einen Mund und eine Wut, die herauswill: die sollte man alle …

Hallo Franka! Endlich sieht sie mich, winkt, lacht aus ihrer einsamen Höhe, reckt sich hoch, wirft den Kopf zurück, schreit: Faschisten an die Laternen! mit dieser hellen, immer noch kindlichen Trompetenstimme, mit der sie – wie lang ist das her – vom weichen Wasser gesungen hat, weiches Wasser bricht den Stein; mit der sie mir in Wackersdorf jubelnd entgegenrief: Das Volk steht hinter uns!

Und es war ja auch so, einen Augenblick lang. Durch den Schneematsch im Hüttendorf stampften auf Gummistiefeln die Frauen vom Dorf, brachten in Einkaufstaschen Wärmekannen mit Kaffee, selbstgebackenen Kuchen, Milch, Brot, Butter, und die Männer fuhren mit ihren Bulldogs das Wasser heran. Das Volk steht hinter uns!

Eine Bühne zum Theaterspielen hatten sie aufgebaut und ein Zelt für das tägliche Plenum, Nester auf Bäumen, Hütten aus den Zweigen und Stämmen der zwecks Polizeieinsicht gefällten Fichten, Lagerfeuer, an denen sie abends saßen und sangen, ein Wärme-Iglu, in das sie nackt hineinkrochen, um sich an heißen Steinen zu wärmen, sogar einen echten Christus, aus einem einzigen Stamm geschnitzt und von einem echten Priester geweiht. Das Volk steht hinter uns!

Aber als dann geräumt wurde, waren sie doch allein. Die Polizei hat Franka aufgegriffen wegen Widerstand gegen die Staatsgewalt, obwohl sie gar nichts getan hatte, damals noch nicht, nur dagesessen, nicht weggegangen trotz dreimaliger Aufforderung, weil diese Hütte der einzige Platz auf der Welt war, wo sie wirklich glücklich war. Im Polizeiwagen folgte die Leibesvisitation einschließlich der verschiedenen Körperöffnungen, und das war das Ende der Gewaltlosigkeit, was Franka betrifft.

Faschisten an die Laternen! schreit sie. Die sollte man alle ... wispert Volkesstimme um mich herum, und der Lautsprecher brüllt: Heimat! Deutschland! Vaterland!

Ich halte mir die Ohren zu, kämpfe mich durch die Menge zur Peripherie, wo Neugierige wie ich in Paaren und einzeln herumspazieren – Bärte, Baskenmützen, lässiger Schick zwischen Alt-Demonstrant und Neu-Yuppy, kenntlich am verstohlenen Lächeln, wenn sie ihresgleichen begegnen: ist das nicht ekelhaft? Skeptisch, ironisch, nostalgisch, auch mal aktiv gewesen, jetzt nicht mehr, jetzt jeder für sich.

Was ist aus Franka geworden? Das weiß keiner. Manche haben sie schon vergessen. Vielleicht ist sie in Berlin untergetaucht, da gibt es noch eine Szene. Hier ist ja alles kaputt. Da auch! sage ich.

Auf einer Veranstaltung im kirchlichen Raum spricht Friedrich Schorlemmer, Jahrgang 44, evangelischer Pfarrer, Dozent am Predigerseminar in Wittenberg, eine der Gallionsfiguren der Wende, seit 1988 in einer Friedens- und umweltpolitischen Oppositionsgruppe, dann im Demokratischen Aufbruch, seit kurzem in der SPD. Auch er hat an dem bereits zur Sage gewordenen 4. November 1989 auf dem Alexanderplatz gesprochen. Damals wollte er die Mitglieder einer sich wandelnden

SED in den Prozeß des Aufbaus einbeziehen. Wie die anderen Redner vertrat er eine eigenständige Entwicklung der ehemaligen DDR im Sinne eines menschlichen Sozialismus, wie er 1968 in Prag versucht und von Panzern niedergewalzt worden war. In der nachfolgenden Schlammschlacht wurde er nicht so hart drangenommen wie die Schriftsteller, eher an den Rand geschoben als einer der in der Bewegung zahlreich vertretenen Theologen.

Er mußte einsehen, daß sich im eigenen Land zwei Fronten gebildet hatten: Die aus Überzeugung Daheimgebliebenen mit der Idee einer föderalen Bindung an die BRD und die Masse der Flüchtlinge und Wider-Willen-Gebliebenen, die, vom westlichen Deutschland propagandistisch unterstützt, eine möglichst schnelle Verschmelzung mit der BRD und dem Wohlstand erstrebten. Er trug dem Rechnung, indem er das Reizwort Sozialismus aus seinem Repertoire strich, ohne jedoch den christlich-sozialistischen Glauben an die Veränderbarkeit des Menschen und die Möglichkeit einer sozialgerechten, demokratischen Gesellschaft aufzugeben. In einem Interview mit Gaus im Februar 1990 äußert er Trauer, Schmerz und Wut über die Würdelosigkeit des Übergangs und die Verschiebung der allgemeinen Schuld auf einzelne Sündenböcke. Dem Vorwurf des intellektuellen Hochmuts begegnet er mit der Überzeugung, daß Menschen sich über die einzelne biologische Existenz hinaus entfalten können zu einer Art »globalem Gewissen«. »Ein Volk ohne Visionen geht zugrunde.« In diesem Sinne hat er den 4. November als ein ganz persönliches Glück erlebt. »Soviel Identifikation mit meinem Volk habe ich nie gehabt wie an diesem Vormittag.«

Das ist nur wenige Monate her.

Der Raum ist gut besetzt mit interessierten, aktiven, kritischen Christen, mehr Frauen als Männer, viele junge Leute. Sie haben Schorlemmer schon oft im Fernsehen gesehen, sein helles sensibles Gesicht, seine spontane mitreißende Art zu reden – ein Charismatiker, der Menschen begeistern kann und begeistert hat. Nun wollen sie auch begeistert werden, aber er tut ihnen den Gefallen nicht. In pointierten Einzeldarstellungen gibt er einen deprimierenden Lagebericht von drüben und gebraucht dabei häßliche Worte wie Zweidrittel-Gesellschaft, Abwicklung, evaluieren, filettieren, eliminieren, gewürzt mit einer Ironie, die sich gelegentlich zu ätzendem Sarkasmus steigert. Auch sein Gesicht wirkt anders, als man es aus dem Fernsehen kennt, blasser, knittriger, wie von innen ausgetrocknet. Aus schmalen, spöttisch geschürzten Lippen schießen die Worte wie gespitzte Pfeile. Da hat einer zu groß gehofft und ist zu hart in der Wirklichkeit aufgeschlagen. Nun läßt er seinen Schmerz heraus, aber nicht als Schmerz, Trauer, Enttäuschung – Gefühle die verstanden, geteilt und mitgelitten werden könnten –, sondern als bitteren Spott, der wie ein Kälteschock in die Zuhörer hineinfährt.

Das hatten sie nicht erwartet. Sie sind ja die Gutwilligen, Verständnisvollen, Hilfreichen, die jahrelang Päckchen an die Brüder und Schwestern gesandt haben, Hilfsaktionen organisiert, Besuche gemacht, Partnergemeinden unterstützt, die ganz im stillen nicht gerade Belohnung erwarten, aber doch Anerkennung – ein bißchen Dankbarkeit. Seine Stimme tut ihnen weh. Wenn er von einer gelungenen Co-Produktion zwischen Westfernsehen und Demonstranten spricht, von DM-Schwindel und gebrochenen Versprechen, überzieht ein Grauschleier die schönen Bilder, die sie Abend für Abend gesehen haben: Strahlende Gesichter, Umarmungen, Jubel, zusammenbrechende Mauern – das Gefühl, auf der richtigen Seite zu sein, das Richtige gedacht, gehofft, getan zu haben.

Unruhe wird spürbar, Blicke hinüber herüber, unwilliges Geflüster. Merkt er das nicht? Will er's nicht merken? Was will er überhaupt? An Sympathiewerbung und Stimmenfang liegt ihm offenbar nichts. Er ist schließlich kein Politiker mehr, sondern doch und wieder Pfarrer, einer, der die Wahrheit sagen will, und weil die Wahrheit seiner Wirklichkeit bitter ist, spricht er sie bitter aus, und weil er persönlich verletzt ist, wehrt er sich mit Verletzungen. Das ist sein gutes Recht, nur die, die ihm zuhören sind nicht diejenigen, die ihn verletzt haben.

Nun steht ein älterer Herr auf und spricht von historischen Zwängen, maroder Wirtschaft, immensen Hilfsleistungen des Westens, von Anspruchsdenken, Undankbarkeit, Lethargie im Osten. Auch er will nur die Wahrheit seiner Wirklichkeit sagen – sein gutes Recht –, und während er spricht und Schorlemmer antwortet, spüre ich, wie die Klischees in den Köpfen zusammenwachsen und hart werden, zwischen ihnen die Mauer, die die Wahrheiten trennt, so daß die eine die andere nicht sehen kann: Die undankbaren, ewig nörgelnden, fordernden Ossis – die selbstzufriedenen, besserwissenden, im Wohlstand strotzenden Wessis – ein Körnchen Wahrheit in beiden, aber nicht so viel davon, daß es nicht anders hätte sein oder werden können...

Spät abends, wenn ich nicht mehr arbeiten kann, schreibe ich Briefe, die mit dem Satz beginnen: if you were Jean ... Es gefällt mir, englisch zu schreiben, die einzige Fremdsprache, die mir direkt, ohne Übersetzung, aufs Papier fließt, obwohl ich sie nie gründlich gelernt habe.

Wenn ich beim Schreiben die Sätze laut vor mich hinsage, locken gerade die Fehler, Umschreibungen, Umständlichkeiten die Erinnerung an den Diskurs von damals heraus – das Geplänkel aus witzigen Bemerkungen, Minigeschichten, verliebten Frotzeleien, Mißverständnissen, mit dem wir unsere Abende verbrachten, Jean und ich, zwischen Stößen von Illustrierten, Fotobüchern, Prospekten, Katalogen in dem Horrorzimmer, das kein Horror mehr war, wenn er sich die Pfeife ansteckte und die Füße in Socken auf den monströsen Rauchtisch legte, ich immer um ihn herum, liegend, hockend, kniend auf dem Teppich, auf Sessellehnen, in Sofapolstern zusammengerollt, mit nichts beschäftigt als bei ihm zu sein. Kein Buch in dieser Zeit, kein Brief, kein Geigenspiel, kein Gespräch, nur dieser Small Talk in der fremden Sprache, in dem ich immer ein wenig hinterher war mit Kapieren und

Parieren, weil diese Art zu reden mir neu war, vor allem der Witz dabei, die makabren Sprüche, die er am Pfeifenstil vorbeikaute, deren Pointe ich regelmäßig verpaßte. Dann mußte er wiederholen, erklären: American humour, lakonisch, unterkühlt, hintersinnig... Wenn ich dann endlich begriffen hatte, war meine Heiterkeit unerschöpflich.

War ich nicht ein dankbares Publikum – immer bereit, mich zu begeistern für die Dinge, die du mochtest: Saul Steinberg, Marx Brothers, Gershwin, Louis Armstrong? Machte es dir nicht Spaß, meiner Begriffsstutzigkeit nachzuhelfen, wo ich doch in allen anderen Dingen soviel schneller war als du, im Aufspringen, Laufen, Sachen holen, Treppe hinauf und herunter, im Lachen, Weinen, Selig- und Verzweifeltsein. Oder hättest du mich lieber ernst und still gehabt, nachdenklich, aufmerksam? Sind dir meine Capricen auf die Nerven gefallen, die Szenen, die ich dir vorführte, die phantastischen Geschichten, die ich mir ausdachte, um dich zu amüsieren, ein bißchen Scheherazade mit einer nie zu Ende gedachten Angst im Rücken, die mich sprühend und einfallsreich machte?

Wenn du auf Reisen warst, konnte ich still sein. Ganze Tage im Bett, im Bad, vor dem Spiegel in der requirierten Wohnung, langsam mich drehend zur Musik unserer einzigen Platte, mit gebremsten, gerundeten, fließenden Bewegungen wie unter Wasser in den Träumen von vergangenen und kommenden Nächten. Wenn ich wußte, daß du am Abend heimkommen würdest, ging ich früh schlafen in der Hoffnung, von dir geweckt zu werden. Aber das gelang nur selten. Ich spürte dich, noch ehe du den Schlüssel im Schloß drehtest, kniff die Augen zusammen, produzierte Tiefschlafatem, wartete, wartete, und wenn du nicht sofort zu mir kamst, geriet ich in Panik, als hättest du mich schon verlassen. So nah war die Angst, so prekär meine Situation auf den Nadelspitzen des Jetzt Jetzt Jetzt. Kaum zu glauben, daß ich der gleiche Mensch war, das zähe, fixe, gerissene Chaosgeschöpf, das überall durch- und aus allem herausgekommen war. Die harte Schale war geknackt, ein Weichtier übriggeblieben, haltlos, empfindlich, unendlich wärmebedürftig. Ich hielt es nicht mehr aus in dem plötzlich verödeten Bett, schlich durch den Flur, öffnete die Wohnzimmertür, sah dich geruhsam deine Fotos arrangieren, Serien zusammenstellen, Unterschriften entwerfen, als hättest du nichts Eiligeres, nichts Besseres zu tun.

An solchen Abenden kam es regelmäßig zu Streit, an lächerlichen Gegenständen entzündet, für dich völlig unerwartet, absurd, unverständlich. So war es auch an dem Abend, als du von dem Berliner Kongreß zurückkamst und deine Fotos vorzeigen wolltest – das faltige Eulengesicht der Ricarda Huch: one of your most famous writers – you should know her! Aber ich wollte sie nicht kennen, das Gesicht nicht anschauen, das mich an meine Mutter erinnerte und was sie wohl denken würde, wenn sie mich hier sähe. Der Streit zog sich bis ins Bett, mein Streit. Du hast nicht mehr mitgemacht, bist plötzlich aufgestanden, weggegangen, die Tür fiel ins Schloß, das Auto sprang an, und ich war allein mit meinem wütenden Schluchzen und Schwören: Ich gehe! Du siehst mich nie wieder!

Blieb aber doch, schlief sogar ein, mit dem Schlafen habe ich, anders als du, nie Probleme gehabt, und als ich beim Morgengrauen erwachte, stank das Zimmer nach Whisky und Rauch, und du lagst in einem unruhigen, gequälten Schlaf, murmelnd, stöhnend, mit dem Kopf hin- und herschlagend, und als ich mich über dich beugte, um dich aus den schlechten Träumen zu reißen, warfst du dich mit einem wütenden Ruck zur Wand: Laß mich! Geh!

Erst unter der Dusche fiel mir ein, daß es deutsche Worte gewesen waren und daß ich eigentlich nichts von dir wußte außer deinem Körper, nichts von dem, was unter der Haut und hinter der Stirn war, und vielleicht hätte ich in diesem Augenblick, naß und nackt wie ich war, zu dir laufen, dich anstoßen, dich fragen sollen: Was hast du geträumt, was quält dich, wo kommen die deutschen Wörter her und der Haß und das Schweigen und das Verlangen, im Alkohol unterzutauchen? Aber als ich aus dem Bad kam, warst du schon in der Küche beim Frühstückmachen: Orange juice, fried bacon, toast, coffee ... Ja, es kommt mir so vor, als hätten wir nie wirklich miteinander gesprochen, nie das Geringste mitgeteilt von unserem früheren Leben, unseren Gedanken, unseren Plänen, nie ein Wort über das, was sich in der Öffentlichkeit abspielte. Als säßen wir in einer rundum geschlossenen Raumkapsel, ohne die Möglichkeit oder auch nur den Wunsch, zu wissen, wo sie sich befand und wohin sie sich bewegte. Haben wir das so gewollt?

Was mich betrifft, könnte Angst im Spiel gewesen sein, etwas anzufangen, von dem ich nicht wußte, wohin es mich führen würde. Es war ja die Zeit der Enthüllungen. Eins nach dem anderen kamen die Scheußlichkeiten und Verbrechen der jüngsten Vergangenheit ans Licht. Mindestens im Radio muß ich davon gehört haben. Aber gesetzt den Fall, ich hätte sie aufgenommen – was hätte ich dazu sagen sollen, ohne in die Zweideutigkeiten zu geraten, die alle Aussagen dieser Zeit unglaubwürdig machen: daß ich dabeigewesen und doch nicht dabeigewesen wäre? Daß ich ein ganz normales Kind- und Mädchenleben gelebt hätte mit Schulsorgen, Freundschaften, Verliebtheiten, Naturschwärmereien, übermütigen Zukunftsträumen, häuslichen Krächen und Versöhnungen?

Und wenn es noch tiefer gegangen wäre, zu dem tiefsten schrecklichsten Punkt, der auch damals, wenn auch sorgfältig abgedeckt, in mir gewesen sein muß, wenn ich versucht hätte, dir von der zerbombten Bahnunterführung zu sprechen, von den verschütteten Frauen, mit denen ich auch verschüttet worden wäre, wenn ich nicht im letzten Augenblick, als die Bomben schon ausgeklinkt waren, den Sprung auf die andere Straßenseite gewagt hätte, die ich nicht mehr erreichte, weil es hinter mir niederging mit dem Luftdruck, der mich aufs Pflaster warf, und als ich wieder aufstand, war die Bahnunterführung zusammengebrochen, die Frauen unter riesigen Betonbrocken begraben.

Nur eine, die, mit der ich eben noch gesprochen hatte, war vom Kopf bis zur Hüfte zu sehen und schrie. Ich habe es versucht, wirklich, mit allen Kräften habe ich versucht, mir die Hände blutig gerissen an dem Block, der über ihren Beinen lag, ohne ihn im geringsten von der Stelle bewegen zu können, aber das Messer, das sie plötzlich in der Hand hatte und mir geben wollte: Schneids ab! Mädchen, schneid das Bein ab, ich will zu meinem Kind! habe ich nicht genommen, wie hätte ich mit dem Messer in das zerquetschte, vermatschte, blutige Fleisch schneiden können? Und wozu, da von dem Kind nicht das Geringste zu sehen war zwischen den Trümmern?

Schon waren die Räumkommandos unterwegs, ich bin schreiend dazwischen gesprungen, habe Wagen angehalten: Holt sie raus! holt sie raus! Aber die haben sie nicht rausgeholt, nicht mal angehalten, im Fahren haben sie mich über die hintere Rampe gezerrt. Weg hier, Mädchen, die Panzer kommen! Die Sirenen heulten Panzeralarm. Sie gossen mir Schnaps in den Hals, damit ich aufhörte zu schreien.

Nie werde ich erfahren, ob ich die verschütteten Frauen retten oder nur weglaufen wollte von dem Messer und dem zermalmten Fleisch und dem verschwundenen Kind, und ob der Verrat nicht schon vorher begonnen hatte, als ich im letzten Augenblick, gegen die Abmachung, daß dies der sicherste Ort sei, aus der verklammerten Gruppe der Frauen ausgebrochen war und durch den Sprung auf die Straße dem auch für mich bestimmten Tod entwischt bin. Diese schreckliche Zweideutigkeit, die allen, auch den scheinbar unschuldigsten Gedanken, Gefühlen, Impulsen dieser Zeit innewohnt wie eine wahrheitsfressende Fäulnis – wie hätte ich sie dir erklären sollen, ohne in den Lügenton zu verfallen, ohne das ekelhafte Spiel Ich-habe-nichts-gesehen, Wir-haben-auch-gelitten mitzuspielen?

Nicht, daß ich darüber nachgedacht hätte. Die Sperre muß vor dem Denken gelegen haben, Warnsignale, daß der Boden unter mir dünn sei und einbrechen könnte, wenn ich nicht schnell und leicht wie ein Schatten darüber hinweghuschte. Aber auch das ist nachträgliche Rekonstruktion und in Wirklichkeit weiß ich nichts und deshalb, weil dies ein blinder

Fleck in meinem Leben ist, aus dem ständig und bis heute die Zweideutigkeiten wuchern, möchte ich wissen, was du gedacht hast, warum du mich nie gefragt hast.

Wie konntest du, noch dazu, wenn du tatsächlich Jude bist, Sohn von deutschen Emigranten, vielleicht von einem Vater, der Deutschland so sehr liebte, daß er es nicht verlassen wollte, wie du an jenem Abend gesagt hast, – wie konntest du mit einem Mädchen aus Deutschland zusammensein, nicht nur eine Nacht, sondern viele Tage und Nächte, Frühstücke, Abende, Reisen, monatelang, ohne zu fragen, wo sie herkäme, was sie hinter sich hätte?

Oder hast du gefragt? War das, was du sagtest, als ich in betrunkenem Heimweh nach Deutschland zerfloß, als Frage gemeint? War der schneidende Ton für mich bestimmt, mit dem du die Hausbesitzerin beschimpftest, als sie uns mit ihrer dikken Tasche auf der Treppe entgegenkam und ich ohne Aufenthalt weiter nach oben lief, aber auf dem nächsthöheren Treppenflur innehielt, lauschte, wie du ihr sagtest, daß sie dieses Haus nie wieder betreten solle. Daß es nicht ihr Haus sei, das wisse sie ganz genau und du wüßtest es auch und würdest dafür sorgen, daß es dem rechtmäßigen Besitzer zurückgegeben werde – oder seinen Erben. Hast ihr die Tasche aus der Hand gerissen, die Bücher, die sie heimlich herausgeschleppt hatte, an dich genommen, Bücher, die ich später im Schrank gefunden habe, auch das eine mit der Widmung von 1930. Aber ich habe nichts gesagt, nie was gesagt, du auch nicht...

Wir hätten viel früher mit reden anfangen sollen, am Abend des Tages, als ich die Hausbesitzerin in der Wohnung überrascht hatte, wie sie Bettwäsche in eine Tasche stopfte. Sie fuhr herum, wie von einer Tarantel gestochen. In diesem Augenblick hatte sie Angst vor mir, weil ich sie hätte verpfeifen können mit schlimmen Folgen für sie und ihren Nazibonzen von Ehemann. Aber auch ich hatte Angst vor ihr, weil es eben ihr Haus war, in dem ich wohnte, und ihr heiliges Ehebett, in dem ich mit dir schlief, ihre Möbel, Teppiche, Vorhänge, Kronleuchter, – ich, in der Achtung vor Eigentum erzogen, auch wenn es fragwürdiges Eigentum war – aber das wußte ich damals noch nicht. Sie war eine gestandene Ehefrau mit Flechtenkrone und Mutterbusen, die wie Raketen auf mich gerichtet waren, und ich ein windiges Flittchen. So sah sie mich, und solange sie mich ansah mit ihren Mutteraugen, sah ich mich auch so und hinter ihr meinen Vater, der damals schon tot war und meine im Osten verschollene Mutter.

Das war die Situation und sie nutzte sie, indem sie so nah an mich herantrat, daß die gepanzerten Spitzen ihres Busens meine Schulter streiften, und mit einem schrecklichen, von Haß, Verachtung, Angst, Anbiederei verzerrten Lächeln – von Frau zu Frau – in mein Ohr flüsterte, daß wir Deutsche einander doch beistehen müßten in dieser schrecklichen Zeit. Es sei ja nur eine Kleinigkeit, die sie von mir erbäte, nur Schweigen über dieses Zusammentreffen und ein wenig Verständnis für eine Mutter, deren Sohn vor kurzem als Krüppel aus dem Krieg zurückgekommen sei und nun einige Dinge benötige, die man beim hastigen Aufbruch in der Wohnung zurückgelassen habe. Und als ich, eilfertig, unterwürfig Verständnis bekundete, sogar meine Hilfe anbot, eine Tasche, um die Gegenstände zu transportieren, kam sie noch etwas näher, schäumte mich ein mit ihren Schweiß- und Kölnisch-Wasser-Düften, flüsterte von einem unbenutzten Anbau hinter dem Haus, in dem ihr Sohn sich in Friedenszeiten einen Raum mit Werkstatt eingerichtet habe. Es wäre eine große Hilfe, wenn er sich dort gelegentlich aufhalten, womöglich auch Freunde treffen könne, natürlich nur, wenn der amerikanische Herr auf Reisen sei, was ja wohl öfter vorkäme. Man sei inzwischen völlig mit den Nerven herunter, die Enge der Ausweichwohnung, die ungewisse Zukunft ihres Mannes führe zu Reibungen. Sie verstehen, Frollein.

Sie hat meine Antwort nicht abgewartet, so sicher war sie ihrer Sache, ging zur Tür, nun wieder hoch aufgerichtet, so daß die Flechtenkrone den oberen Balken berührte, wandte sich noch einmal um, legte den dicken weißen Zeigefinger auf die zu feierlichem Ernst erstarrten Lippen und sagte, einen blauen, leuchtenden Blick auf mich gerichtet: Wir sind doch Deutsche, Frollein! und ich murmelte: Ja, natürlich, und dachte in meinem Kopf, red du nur, alte Nazisse. Ich bin zwar Deutsche, aber nicht so eine wie du.

Da war noch nichts versprochen, verstehst du, nichts abgemacht, außer daß wir beide Deutsche sind. Und wenn wir, du und ich, an diesem Abend miteinander geredet hätten, wenn du mich gefragt hättest, warum ich so blaß aussehe, ob was passiert sei, hätte ich die ganze Geschichte erzählt und eine Show draus gemacht, über die wir beide hätten lachen können. Und vielleicht hätte ich sogar versucht zu erklären, was das Wir-sind-doch-Deutsche-Frollein für mich war, daß ich es nicht zum erstenmal gehört hatte, sondern viele Male, von frühester Kindheit an, von den nächsten, geliebtesten Stimmen ausgesprochen zu feierlichen, wesentlichen Anlässen, Silvester etwa, wenn draußen die Böller schossen und bei uns drinnen, von der Mutter am Klavier begleitet, Heil-dir-im-Siegerkranz und das Deutschlandlied gesunden wurde, getragen vom weichen Bariton meines Vaters, der im Ersten Weltkrieg gewesen war und an solchen Abenden nie versäumte, vom vaterländischen Geist dieser Jahre zu erzählen.

Aber wahrscheinlich wußtest du längst Bescheid und fandest es nicht der Mühe wert, mit mir darüber zu sprechen. Ja, vielleicht warst du meiner längst überdrüssig und fühltest dich geradezu erlöst, als du mich ohne Umstände loswerden konntest, ab nach Hause, in den Schoß der Familie, warum sonst hast du mir nie geschrieben, nie angerufen, geschweige denn mich besucht. Du wußtest ja, wo ich war und daß ich lange dort bleiben würde...

In dem dunkel getäfelten, von vielen kleinen Lichtquellen partiell erleuchteten Wohnzimmer, zwischen den Bildern und Möbeln unserer gemeinsamen Kindheit, sitzen wir uns gegenüber: zwei alte Frauen, einander ähnlich trotz des erheblichen Altersunterschiedes und der weit auseinandergeführten Lebensläufe, beide mit dem rheinischen Zungenschlag, der immer noch, nach Jahrzehnten in einem anderen Sprachraum, durchklingt. Obwohl meine ältere Schwester mit ihrem ausgezeichneten Langzeitgedächtnis durchaus imstande wäre, den gefragten Zeitraum – meine Genesung im Schoß der Familie im Winter 47/48 – direkt anzupeilen, ziehen wir es vor, den Weg dorthin anhand der zur Orientierung ausgelegten Erinnerungssteinchen nachzugehen – lauter runde, am Zeitfaden aufgefädelte, vom Wieder-und-wieder-Erzählen abgeschliffene Anekdoten, die im Familiengespräch überdauert haben wie alte Preziosen im samtgepolsterten Kästchen und nun von neuem hervorgeholt, gedreht, gewendet, geputzt werden.

Krieg und Bomben, die Evakuierung der Mutter zur ältesten Tochter in eine Gegend, die bisher in der Familie Ostelbien hieß, das Land, wo die Kalmücken wohnen; die allmählich näherrückende Front; die Trecks mit ihrem Sog, dem sie schließlich nachgaben und mitzogen – alte Frau, junge Frau, vierjähriges Kind, zu Fuß, mit Dingen beladen, die sie beim Aufbruch noch für lebensnotwendig hielten und im Verlauf des Marsches Stück für Stück wegwarfen; Nächte in Schulen und Scheunen, Läuse, Ausschlag, eiternde Wunden an Beinen und Füßen, schneckenlangsam immer nach Westen, schließlich von sowjetischen Truppen überholt, gestoppt, eingeschlossen; nachts das Gebrüll betrunkener Soldaten, ihre tapsige Suche nach Weiberfleisch in den Notunterkünften. Wie ein Denkmal, breit, statuarisch trotz hagerer Körperlichkeit, habe unsere Mutter breitbeinig auf ihrem Notbett gesessen, unter dem die schöne Tochter, meine große Schwester, in Dekken verpackt, versteckt war. Um ihr ersticktes Husten – erstes Anzeichen der Krankheit – zu übertönen, habe die Mutter, ganz gegen ihre Gewohnheit, unartikulierte Laute von sich gegeben, manchmal auch mißtönig gesungen, dabei ihr Gesicht zu hexenhaften Grimassen verzerrt, mit denen sie die Sucher in abergläubische Panik versetzte. Damals war sie hoch in den Sechzigern, eine alte Pfarrfrau mit immer noch schwarzem Haarknoten und dunklen, knöchellangen Kleidern, darunter ein zäher, von Krankheiten ausgemergelter, von eisernem Willen gespannter Altfrauenkörper, immer die erste auf dem Marsch mit ihrem steilen Kreuz und dem langen ununterbrochenen Schritt, immer die letzte beim Pausieren und Schlafen, immer diejenige, die Quartier machte, Essen besorgte, zum Aufbruch mahnte, den Enkel zur Ruhe brachte, das Jüngsken, das noch jahrelang zum schaudernden Amüsement der Familie seine Show vom geilen Russen abzog, Augen zu Schlitzen verengt, verworfenes Grinsen auf den Kinderlippen, die kleine Hand mit winkendem Zeigefinger lockend vorgestreckt: Komm Frau!

Unter dem Schutz der alten Frau ist meine Schwester ungeschoren davongekommen, wenn man die TBC nicht rechnet, die viel später entdeckt wurde. Und irgendwann im Herbst 45, als die Nächte schon kalt wurden, sind sie an die Grüne Grenze gelangt. Für die letzten Schmuckstücke einschließlich der Eheringe hatte ein Einheimischer sie, statt nach drüben, direkt in die Arme des russischen Postens geführt, der sie einen halben Tag auf der Erde sitzen ließ, bis er in einer plötzlichen Anwandlung einen Schuß in den Himmel abfeuerte und schrie: dawai, dawai! Da sprangen sie auf und rannten und rannten, bis sie im Westen, der damals noch nicht der goldene war, umfielen und keuchend liegenblieben.

Auf diese Schneckenweise sind sie schließlich in dem Dorf angekommen, in dem die Familie sich für alle Fälle bei Verwandten verabredet hatte. Und nun ist es nicht mehr weit bis zu der Weihnachtsnacht, in der, als die Kerzen längst erloschen und die Leute schon zu Bett gegangen waren, ein dicker amerikanischer Wagen vor dem Gartentor hielt und die Klingel unverschämt lang durchs Haus gellte. Meine Schwester ist von ihrem Krankenlager hochgefahren und hat durchs Fenster hinausgeschaut, während im Haus Schritte und Stimmen laut wurden, darunter ein fremdes Organ, eine fremde Sprache. Der Hausherr im Bademantel ist mit dem Fremden zum Auto gegangen. Mit vereinten Kräften haben sie eine schmale schwankende Gestalt herausgezogen und, mehr getragen als gestützt, ins Haus geführt. Meine Schwester ist auf den Gang gelaufen, hat übers Treppengeländer hinuntergeschaut, aber dann kam die Mutter mit einem Haufen Bettzeug über dem Arm und scheuchte sie in ihr Zimmer zurück. Geh ins Bett! das ist nichts für dich. Sie ist frierend unter die Decke gekrochen. Kurz darauf hat sie den Wagen abfahren hören.

Wieso hat er nicht über Nacht bleiben können? frage ich. Er hatte eine lange Fahrt hinter sich.

Meine Schwester nimmt an, daß sie den Amerikaner nicht gern im Haus haben wollten. Nicht daß sie es ihm direkt gesagt hätten. Vermutlich die Mutter, mit ihrem in einem Schweizer Pensionat gelernten, klassischen Englisch, wird ihm in Andeutungen vermittelt haben, daß der ausländische Wagen vor dem Haus mitten im Dorf nicht erwünscht sei – the neighbours, you understand! Das hat er wohl verstanden, sowohl das Gesagte als auch das Ungesagte, und ist unauffällig verschwunden.

Und ich soll das einfach so zugelassen haben, nicht gefragt, wo er bleibt, nicht protestiert?

Du hast geschlafen, sagt sie. Grade, daß du zu den Mahlzeiten wach wurdest. Sie haben dich mit Kartoffelbrei, Apfelmus und weichen Eiern hochgepäppelt.

Nie gefragt? auch später nicht?

Kann schon sein, daß du es versucht hast, sagt sie, aber du weißt, wie schwierig es war, von Dingen zu reden, über die sie nicht reden wollten.

Und warum wollten sie nicht darüber reden?

Das fragt du mich? sagt sie. Du mußt doch selber wissen, was du hinter dir hattest. Sie jedenfalls meinten, daß du es vergessen solltest. Das war eine Aufregung, als der Amerikaner nach ein paar Wochen wiederkam!

Er ist wiedergekommen? Davon weiß ich nichts. Wie war das? Erzähl!

Sie haben ihn nicht zu dir gelassen, sagt sie. Sie sagten, du wolltest ihn nicht sehen.

Das stimmt nicht. Das kann nicht wahr sein. Sie haben mir nichts gesagt. Sie haben mir den Besuch unterschlagen, gibs zu!

Nachdenklich wiegt sie den grauen Kopf. Vielleicht, sagt sie. Vielleicht haben sie es aber auch anders gesagt: daß jetzt nicht der richtige Moment sei. Daß es dich aufregen würde. Du seist noch zu schwach, vielleicht später...

Und ich hätte nicht widersprochen?

Du weißt doch, wie sie waren, sagt sie. Widerspruch hätte sie traurig gemacht. Das war das Schlimmste – ihre bleiche wortlose Traurigkeit, wenn wir undankbar waren. Sie wollten doch nur unser Bestes.

Mit aller Gewalt halte ich ihren schweifenden Blick mit meinen Augen fest. Habe ich es gewußt oder nicht – das ist die Frage.

Es ist so lange her, sagt sie und versucht, sich eine Zigarette anzuzünden, was ihr wegen des Zitterns ihrer Hände nicht gelingt.

Gewußt oder nicht gewußt, das kann man nicht so genau unterscheiden, sagt sie. Da kann eine Menge dazwischenliegen.

Du weichst mir aus, sage ich.

Ich habe ihn gesehen, sagt sie. Ich habe ihm die Tür aufgemacht. Er sagte etwas auf englisch, und dann war die Mutter da, zog ihn ins Wohnzimmer und machte die Tür hinter sich zu. Sie haben lange geredet.

Und du hast nichts gehört?

Sie sprachen englisch.

Und später? als er wieder weg war? Irgendwann müssen sie doch darüber geredet haben. Es war ein kleines Haus mit dünnen Wänden, die Leute dicht aufeinander, gemeinsame Mahlzeiten...

Inzwischen ist die Zigarette angezündet. Träumerisch schaut sie dem Rauch nach, der in Wölkchen aufsteigt und sich über unsren Köpfen zu einem waagerechten Nebelstreif verdichtet.

Erinnerst du dich, wie es war, als ich in den amerikanischen Studenten verliebt war?

Du warst oft verliebt, sage ich.

Er hieß Mike und hatte einen polnischen Nachnamen, war aber Amerikaner, ein amerikanischer Jude, der in Bonn studierte. Als ich deinem Freund die Tür aufmachte, mußte ich an Mike denken, so heftig, daß meine Knie zu zittern anfingen.

Jetzt weiß ich, wen du meinst, sage ich. Abends im Bett hast du mir das Foto gezeigt. Weißt du noch, wie unsere Betten im Mädchenschlafzimmer nebeneinander standen? Meins noch mit Gittergeflecht, deins mit weißgelacktem Metallgestänge am Kopf- und Fußende, dazwischen der gestreifte Bettvorleger und das Nachtschränkchen, in dem du deine Geheimnisse verwahrtest. Ich hatte noch keine Geheimnisse. Die Tür zum Zimmer der Eltern stand einen Spalt offen, ein geknickter Lichtstrahl lief die Zimmerdecke entlang. Du lagst mit der Taschenlampe unter der Decke und schautest etwas an, was ich nicht sehen durfte. Nichts für Kinder! – Ich bin aus dem Bett gekrabbelt und habe wütend an deiner Decke gezerrt. Endlich hast du mich eingelassen.

Ich erinnere mich jetzt genau: Aneinandergekuschelt liegen wir in der warmen Kuhle, ich ganz still, mit angehaltenem Atem, damit mir nichts von ihrem Geflüster entgeht. Bei dem Wort »Jude« durchfährt mich ein Schauder, Lockung und Ekel, bebende Neugier. Ich liebe ihn, sagt sie. Ich werde ihn heiraten, und wenn ich mit ihm in Amerika bin, hol ich dich nach. Wir schauen das Foto an, ein ausgerissenes Paßbild, auf dem noch ein Rest vom Stempel zu sehen ist. Ich liebe ihn auch, sage ich. Meine Schwester fängt an zu lachen und preßt die Hand vor den Mund, damit das Glucksen nicht laut wird.

Dein Mike hatte eine Brille mit dunklen Rändern, sage ich jetzt. Die Haare wuchsen ihm in zwei Streifen vor den Ohren die Wangen hinunter, Koteletten nannten wir das.

Sie wollten ihn nicht, sagt sie. Ich durfte ihn nicht mehr sehen. Sie fanden, daß ich zu jung sei für »diese Dinge«. Er hätte einen schlechten Einfluß auf mich. Er zöge mich in etwas hinein. Gibt es denn nicht genug nette deutsche Jungs? sagten sie.

War es vielleicht, weil er Jude war? fragte ich.

Darüber haben sie nie gesprochen.

Und wieso hast du ausgerechnet an Mike denken müssen, als du dem Fremden die Tür aufmachtest? Sah er ihm ähnlich?

Ich habe nicht viel von ihm gesehen, sagt sie. Er trug einen Bart. Mike hatte keinen Bart. Trotzdem mußte ich an ihn denken und meine Knie fingen an zu zittern. Das hat die Mutter gemerkt. Sie merkte alles. Sie hatte etwas gegen bärtige Männer. Die müßten etwas zu verbergen haben, meinte sie.

Hat sie das gesagt?

Das war doch immer schon so, weißt du's nicht mehr, sagt sie.

Von jüdisch haben sie nichts gesagt?

Ich weiß schon, worauf du hinauswillst, sagt sie, aber es stimmt nicht. Sie hatten nichts gegen Juden, das hat unser Vater immer wieder gesagt: Ich habe nichts gegen die Juden...

Aber? auf solche Sätze folgte in unserer Familie immer ein Aber!

Sie schnippt die Asche ihrer Zigarette in die Kaffeetasse, ehe ich sie wegziehen kann. Ich merke, daß meine Fragen ihr auf die Nerven gehen und wechsle das Thema.

Wir reden über die Zeit danach: wie wir den Umzug nach Bonn vorbereiteten, in die alte Wohnung, die inzwischen von Bombenflüchtlingen geräumt war. Wie wir die Möbel aus der Abstellkammer herausholten, wo sie bis zur Decke aufgestapelt waren, und sie wieder genauso anordneten, wie sie vorher gestanden hatten. Wie wir noch vor dem Umzug einen Termin mit meinem alten Geigenlehrer ausmachten, damit der Unterricht gleich anlaufen könnte.

Meine Schwester ist müde geworden. Sie hört nicht mehr zu, verliert den Faden, springt von einem Gegenstand zum andern. Noch einmal versuche ich, ihre Aufmerksamkeit auf den Besucher zurückzulenken: weißt du noch, wie er aussah?

Das mußt *du* doch wissen, sagt sie unwillig. Schließlich warst *du* in ihn verliebt.

Ich weiß es und ich weiß es nicht, sage ich.

Sie grinst, zwinkert mir zu, wie sie es als Mädchen getan

hat, wenn sie mich bei irgend etwas ertappt hatte. Siehst du, sagt sie, Wissen und Nichtwissen, das kann man nicht so genau unterscheiden. Da kann allerhand dazwischenliegen, jedenfalls in unseren Kreisen...

Am 4. Kongreßtag, dem 8. Oktober 1947 – Werner Schendell referiert über Besteuerung und Altersversorgung, Walter Birkenfeld über die Zusammenarbeit der Schriftstellerorganisationen – fällt der erste Schuß im Rede-Scharmützel: das Verbot des Kulturbundes in den Berliner Westzonen. Wilhelm Unger plädiert für Zurückhaltung: »Die Gegensätze zwischen den Alliierten sind nicht unsere.« Hermann Ould vom Internationalen PEN empfiehlt: »Schreiben! nicht so viel diskutieren.«

Es gibt eine Reihe Abschiedsrunden, Dankes- und Schlußworte. Alle sind der Meinung, daß das Gespräch fortgesetzt werden soll. Hans Mayer beschließt seinen vorsichtigen Kommentar in den *Frankfurter Heften* mit den Sätzen: »Das Gespräch hat stattgefunden. Es gibt Kräfte, die das nicht gewünscht haben mögen. Das Gespräch wurde eröffnet und sollte nun weitergehen. Alle haben gewünscht, daß es weitergehe. Keiner sollte das als Mißerfolg ansehen. Der Schriftsteller ist ohnmächtig, wenn er abermals, wie in vergangenen Jahren, das Objekt von Gewalten abgibt, die nicht aus seiner Sphäre, der Sphäre des Wortes und des Geistes sind. Er ist ohnmächtig, wenn er nicht die Gewalt des ›J'accuse‹ kennt und anzuwenden weiß, die Macht des anklagenden Wortes. Von solcher Entscheidung, die jeder für sich treffen muß, hängt die Zukunft der deutschen Literatur ab. Das wenigstens ist uns in Berlin klar geworden.«

Axel Eggebrecht äußert sich kritischer gegen das Verschweigen westlichen und östlichen Unrechts, gegen Harichs Rechtfertigung der Gewalt, gegen die »verfluchte geheime Front auf beiden Seiten«. Auch er ist der Ansicht: »Dies darf nur der Anfang sein. Beim nächsten Mal müssen wir es besser machen.«

Aber daraus wurde nichts. Beim nächsten Schriftstellerkongreß 1948 in Frankfurt am Main waren die Ostschriftsteller nicht mehr dabei. Die Beschlüsse von 1947 gegen Antisemitismus, für Frieden und ein einiges Deutschland, blieben »Ethik auf Goldbrokat« (Weisenborn), hehr und unwirksam. Das »Parlament des Geistes« zerstreute sich. Im Sog der getrennten Entwicklungen formierten sich am jeweils äußeren Rand des Spektrums die feindlichen Blöcke.

Die Mitte wurde zu einem unwirtlichen Ort, wo die bösen Kerle wohnten, je nach Standort als Fünfte Kolonne Moskaus oder als Agenten des Imperialismus verteufelt. Dazu gehörten alle, die ein neues, friedliches Deutschland zwischen den Systemen erstrebten, die Zwischengänger in Ost und West, die sich keinem der feindlichen Blocks zuordnen wollten. Als, fünfzehn Jahre später, ein Jüngerer sich noch einmal als Zwischengänger versuchte, indem er öffentlich Kritik an dem hysterischen Boykott der Berliner S-Bahn übte und ostdeutsche Rundfunksendungen in westdeutschen Zeitungen besprach, wurde er von beiden Seiten niedergemacht, so gründlich, daß er (wie Tucholsky eine Generation früher), Deutschland für immer verließ. Sein Name ist Uwe Johnson.

In den Zeugnissen der drei großen Frauen ist der Kongreß nur beiläufig erwähnt. Eine Begegnung ist nicht dokumentiert, hätte wohl auch kaum zu einer Verständigung geführt. Zu verschieden waren die Zukunftsentwürfe der Wertkonservativen, der christlichen Mystikerin, der Kommunistin.

Ricarca Huch, die an allen Veranstaltungen des Kongresses gewissenhaft teilgenommen hat, reist am Wochenende, begleitet von ihrer Tochter, mit einem britischen Zug in den Westen. Sechs Stunden wartet die Dreiundachtzigjährige in einer Wellblechbaracke am Bahnhof Hannover auf Anschluß nach Frankfurt. Dort irren die beiden, mit zahlreichen Gepäckstücken beladen, finstere Bahnsteige entlang, bis sie endlich das Auto finden, das sie nach Kronberg bringt, in das Gästehaus der Stadt Frankfurt. Unter den letzten Briefen der Dichterin findet sich ein Schreiben an den sowjetischen Kommandanten in Thüringen, in dem sie ihm mitteilt, daß sie nicht aus politischen, sondern aus familiären Gründen den Wohnsitz gewechselt habe. Der Abschied aus Jena sei ihr schwer gefallen. Sie bittet um die Möglichkeit, Ferien in der alten Heimat verbringen zu dürfen. Aber dazu kommt es nicht mehr. Nach einer überstandenen Lungenentzündung stirbt sie am 17. November 1947 an Herzversagen.

Elisabeth Langgässer hat 1947 mit den Vorarbeiten zu ihrem letzten Roman *Argonautenfahrt* begonnen. »Ein Versuch«, schreibt sie an die wiedergefundenen Tochter Cordelia, »die verschiedenen deutschen Häresien, die typischen deutschen Sünden in verschiedenen Schicksalen darzustellen – als Gericht, als Bußpredigt, als Läuterung.« Berlin wird ihr immer mehr zum Ekel, »nur Korruption, Verlogenheit, Betriebsmacherei und die scheußliche Geschäftigkeit und das Gewimmel von grauschwarzen Ameisen, deren Bau zertreten wurde«, schreibt sie an Wilhelm Lehmann. Die erhoffte Öffnung zu einer neuen Religiosität aus dem Geist der Urkirche findet nicht statt. Nach langer Vorbereitung gelingt endlich der Absprung in den französischen Westen. Aus Rheinzabern in der alten Heimat schreibt sie im Juni 1948 an eine Freundin: »Nun sind wir also drüben ... in dem goldenen Westen, der leider durchaus nichts Goldenes hat, sondern ... einem großen Sumpfwald gleicht, in welchem man ohne Orientierungspunkte herumirrt ... das Fehlen eines einheitlichen Kulturbewußtseins macht sich hier um so stärker geltend, weil man ... noch von Berlin aus glaubte, es gäbe wirklich so etwas wie Humanismus, Demokratie, Kultur etc. Diese Hoffnung nun habe ich endgültig begraben.« Zwischen den Schüben der Krankheit ist sie viel auf Reisen, spricht, liest, diskutiert in deutschen Städten, in der Schweiz, in Frankreich. Eine Reise nach Zürich im Jahr 1950 übersteht sie nur noch mit Hilfe von Spritzen. Im Sommer des gleichen Jahres, am 25. Juli 1950, bringt der Tod ihr gehetztes Leben zur Ruhe.

Anna Seghers bleibt in Ostberlin. Ihr erster Roman über die neue Wirklichkeit ihres Landes läßt auf sich warten. Indessen arbeitet sie nach dem Vorbild der großen zeitgeschichtlichen Romane der bürgerlichen Epoche an sich selbst, ihrer Perspektive, ihrer Schreibweise. Sie will nicht nur nachzeichnen, was ist. Sie will durch ihr Schreiben vorantreiben, was werden soll im Bewußtsein der Menschen, die diesen Staat aufbauen. Um mehr von ihnen zu erfahren, erforscht sie die Arbeit der Werktätigen in den Betrieben und ihr Leben in der Familie, mit Freunden und Genossen. Überall stößt sie auf die Folgen des Bruchs zwischen den beiden Deutschland, »der die Welt in zwei Lager spaltet und auf alle, selbst die intimsten Teile unseres Lebens einwirkt«. Von Arbeitern und Funktionären kritisiert, bemüht sie sich, noch klarer, noch einfacher, noch positiver und hoffnungsvoller zu schreiben.

1959 erscheint der Roman *Die Entscheidung*, 1969 *Das Vertrauen*, von Lesern im Westen als Tendenzliteratur abgetan und vergessen. In ihrem Land ist sie gefeiert, geehrt, von vielen geliebt. Im letzten Abschnitt des Romans *Das Vertrauen* drückt sie ihre Hoffnung aus: »Er (der Lehrer) fühlte, sein Schulhaus würde in Melzers Buch für immer offenstehen, durch seine Tür würden Tausende junger Menschen heraus- und hineingehen. Sogar wenn von ihm keine Spur mehr da war.« Im Alter zieht sie sich mehr und mehr aus der Öffentlichkeit zurück und stirbt im Jahr 1983, das zugleich ihr 83. Lebensjahr ist.

Endlich sind meine Gesprächstermine unter Dach und Fach: Hermlin, Harich, Steffie Spira. Hartmut habe ich immer noch nicht erreicht. Die Archivarin kann ich nicht treffen, weil sie, so sagt sie am Telefon, unter einem horrenden Zeitdruck steht. Seit Anfang des Monats arbeitet sie in einem Westberliner Anwaltsbüro, lange Anfahrt, Überstunden, abends Computerkurs, ein bißchen Haushalt muß auch sein, und die Kinder... Ob sie denn das Gefühl habe, daß es aufwärtsginge, frage ich. Wahrscheinlich schon, sagt sie. Zum Nachdenken kommt sie nicht, fällt wie tot ins Bett, wenn sie die Kinder schlafen gelegt hat. Vorläufig kommt es darauf an, daß es weitergeht, daß sie durchhält. Bei meinem nächsten Besuch, wenn ich mich zeitig anmelde, wird sie vielleicht ein Stündchen freimachen können. Jetzt ist einfach nichts drin. Tut ihr leid. Ihre Stimme verrät, daß schon das Telefonat zuviel Zeit nimmt. Laß mich in Ruh, sagt ihre Stimme.

Es ist Winter geworden. Berlin Ost und West versinken im Einheitsgrau. Deutschland ist wieder vereint, der Beitritt nach Art. 23 GG vollzogen. Runder Tisch, Verfassungsentwurf, Plebiszitdiskussion, Artikel 146 GG sind schon vergessen. Vom eigenen Weg zur Demokratie, von ökologischer Weichenstellung, von der Vermeidung der bekannten Entwicklungsfehler redet kein Mensch mehr. Das Ozonloch wächst, die Bäume sterben. Der Zug ist abgefahren – alte Richtung, alte Signale. Die Propheten drehn sich im Fahrtwind.

Ich bemerke, daß mein Interesse an Informationen nachläßt. In meinem Zimmer in der WG häufen sich die angelesenen Zeitungen, die zur gründlichen Lektüre zurückgelegt sind. Aber die gründliche Lektüre findet nicht statt. Schon beim Anblick der Schlagzeilen empfinde ich eine Art mentalen Brechreiz, als ginge ich, winzige Häppchen kostend, an einem überladenen Festbuffet entlang und nähme mit jedem Mundvoll vom Krabbencocktail bis zum Dessert den gleichen niederträchtigen Trangeschmack wahr.

Während ich die Zeitungen in den Container befördere, kommen mir Worte in den Sinn, die ich in meiner Schulzeit vor einem halben Jahrhundert gelesen und nie vergessen habe. Sie heißen Anmut und Würde und fordern, daß der Sieger sich in Anmut neigen solle, damit seine Überlegenheit nicht zur Erniedrigung des Besiegten beitrage, und daß der Unterlegene sich in Würde aufrichten solle, um die zur Freiheit bestimmte Menschheit nicht in seiner Person zu entehren, geschrieben im Jahr 1793 in Deutschland von Friedrich von Schiller.

1936, im Jahr der Berliner Olympiade, deren glanzvolle Inszenierung selbst ausländische Beobachter zu begeisterten Elogen hinriß, erschien in einem Schweizer Verlag ein kleines Buch, das Briefe aus einer längst vergangenen Epoche enthielt. Sie waren chronologisch geordnet und auf das Jahrhundert zwischen 1783 und 1883 begrenzt, »jene Epoche«, so schreibt der Herausgeber im Vorwort, »in der das Bürgertum sein geprägtes und gewichtiges Wort in die Waagschale der Geschichte zu legen hatte. Freilich schwerlich mehr als eben dieses Wort; darum ging sie unschön mit den Gründerjahren zu Ende.«

Im folgenden zitiert er aus einem Brief, in dem der 76jährige Goethe seinem Freund Zelter anvertraut, wie Gegenwart und Zukunft sich seinem Altersblick darbieten: »Reichtum und Schnelligkeit ist, was die Welt bewundert und wonach jeder strebt. Eisenbahnen, Schnellposten, Dampfschiffe und alle mögliche Facilitäten der Communication sind es, worauf die gebildete Welt ausgeht, sich zu überbilden und dadurch in der Mittelmäßigkeit zu verharren ... Eigentlich ist es das Jahrhundert für die fähigen Köpfe, für leichtfassende praktische Menschen, die, mit einer gewissen Gewandtheit ausgestattet, ihre Superiorität über die Menge fühlen, wenn sie gleich selbst nicht zum Höchsten begabt sind. Laß uns soviel als möglich an der Gesinnung halten, in der wir herankamen; wir werden, mit vielleicht noch Wenigen, die Letzten seyn einer Epoche, die so bald nicht wiederkehrt.«

Die Briefe, meist von berühmten Schreibern verfaßt, sind unterschiedlich in Niveau, Thematik und Art der Beziehung, gemeinsam ist ihnen, daß sie wirklich Briefe sind, also nicht verkappte Monologe, nicht philosophische oder poetische Selbstdarstellungen, sondern ausdrücklich an den Empfänger gerichtete Mitteilungen, Fragen, Bitten, Beschwörungen, Bekenntnisse aus der bürgerlichen Wirklichkeit jener Zeit, die vom Geist der Aufklärung bewegt, von engen, oft armseligen Lebensbedingungen beschränkt war.

Eine prosaische, oft lakonische Sprache herrscht vor, eine um Aufrichtigkeit bemühte Sachlichkeit, ein Verlangen, sich dem Empfänger zu öffnen, an seinem Leben und Denken teilzunehmen und am eigenen teilnehmen zu lassen in der Überzeugung, daß Menschen einander verantwortlich sind in Rat, Hilfe, Trost, Mahnung, im Austausch von Wissen, Erkenntnis, Einsicht – nicht um Gotteslohn, sondern um des neuen Menschenbildes willen, das ein gesittetes Zusammenleben aus eigener Kraft und gemeinsamem Streben möglich erscheinen ließ. Ort der Hoffnung ist das Vaterland – ein besseres Deutschland der Zukunft und eine in Leid und Bitterkeit erfahrene Gegenwart, in der das freie Wort unterdrückt, die Hoffnungsträger ausgestoßen oder in kläglichen Verhältnissen eingesperrt sind.

Jedem Brief ist eine Einleitung vorausgeschickt, in der der Herausgeber die Koordinaten für dieses Leben, diese Beziehung setzt, so daß jeder Brief in seinen historischen, geistigen, gesellschaftlichen Zusammenhängen erscheint. Der Herausgeber selbst bleibt im Dunkeln. Seine Absicht drückt sich in der Auswahl der Briefe aus und in der Art, wie er in den Einleitungen Zitate montiert und ergänzt. So schreibt er zu einem Hilferuf Büchners an Gutzkow: »Es ist immer die gleiche Wendung – Hölderlin an Böhlendorf: ›Deutsch will und muß ich übrigens bleiben, und wenn mich die Herzens- und Nahrungsnot nach Otaheiti triebe‹; Kleist an Friedrich Wilhelm III.: daß er ›schon mehr als einmal dem traurigen Gedanken nahe gebracht worden, sich im Ausland ein Fortkommen suchen zu müssen‹; Ludwig Wolfram an Varnhagen von Ense: ›Sie werden einen deutschen Schriftsteller von gewiß unbeflecktem literarischen Ruf nicht dem Elend zur Beute lassen‹; Gregorovius an Heyse: ›Diese deutschen Männer würden einen wahrlich verhungern lassen‹. Und nun Büchner an Gutzkow: ›Sie sollen noch erleben, zu was ein Deutscher fähig ist, wenn er Hunger hat.‹« Dann fährt er fort: »Es ist ein grelles Licht, das aus solchen Briefen auf die lange Prozession deutscher Dichter und Denker fällt, die an die Kette einer gemeinsamen Not geschmiedet, am Fuß jenes weimarischen Parnasses sich dahinschleppt, auf dem die Professoren gerade wieder einmal botanisieren gehen.«

Daß der Herausgeber selbst an die Kette der gemeinsamen Not geschmiedet ist, kommt an keiner Stelle zur Sprache. Der Name, der im Titel erscheint, ist nicht der seine, und der Titel selbst *Deutsche Menschen* dient der Tarnung für die als Conterbande gemeinte Botschaft, die ein Ausgestoßener an seine ehemaligen Mitbürger sendet, um ihnen eine andere Art Deutschsein, ein anderes Erbe als das von den neuen Machthabern proklamierte, ans Herz zu legen – leise Töne, verhaltene Worte, deren Mahnung sich im Vorspruch verbirgt:

Von Ehre ohne Ruhm / Von Größe ohne Glanz / Von Würde ohne Sold

Heute gelesen, in einer Zeit betäubender Geschwindigkeiten und überstürzter Bildwechsel, in der das politische Wort zum Bekenntnis aufquillt und das Gespräch zum verworrenen Schlagabtausch, erinnern die Briefe an eine andere, langsame Art der Kommunikation. Ich sehe die Schreiber sitzen in kargen, spärlich möblierten Räumen, wie sie in der Einleitung zu einem Brief an Kant beschrieben sind, meist allein am Fenster, neben der Lampe, in einer vom Kratzen der Feder belebten Stille. Gelegentlich halten sie im Schreiben inne, um zum

Empfänger hinzudenken, ihn mitzudenken beim Ordnen und Formulieren der Gedanken und Gefühle, die für ihn gemeint sind, sein Interesse zu wecken, seine Fragen zu beantworten, seinen Kummer zu teilen, seine Antwort hervorzulocken. »Schreibe doch Du mir bald«, bittet Hölderlin seinen Freund Boehlendorf, »ich brauche Deine reinen Töne.«

Leidenschaftlich besorgt um das Seelenheil des lieben Herrn Professor Kant schleudert der alte, fast erblindete Arzt und Pietist Samuel Collenbusch seine Glaubensgewißheit gegen dessen aufgeklärte Begriffe von Religion und Moral: »Ich halte es mit einem hoffnungsreichen Glauben, der durch die sich selbst und den Nächsten bessernde Liebe tätig ist ... Diesen hoffnungsreichen Glauben kann meine Vernunft und mein Wille unmöglich vertauschen mit einem von aller Hoffnung ganz reinen Glauben. Es tut mir leid, daß I. Kant nichts Gutes von Gott hofft, weder in dieser noch in der zukünftigen Welt, ich hoffe viel Gutes von Gott. Ich wünsche Ihnen eine gleiche Gesinnung und verharre mit Hochachtung und Liebe zu sein Ihr Freund und Diener.«

Im Brief des Justus Liebig an seinen Dichterfreund August Graf von Platen grüßt die Naturwissenschaft zur Dichtung hinüber, »wenn auch nur von Weitem und hinter Nebeln«: »... und doch wünschte ich ein Gas zu sein, das sich ins Unendliche ausdehnen könnte, ich würde mich im Augenblick mit dem Endlichen begnügen, und würde mich nur bis Erlangen expandieren und Dich dorten als Atmosphäre umgeben, und gibt es Gase, die beim Atmen tödlich, andere, die liebliche Bilder erscheinen machen, so würde ich vielleicht ein Gas sein, das Dir Lust zum Briefschreiben und Freude und Lust am Leben erwecken könnte.«

Beglückt von der Fruchtbarkeit einer Freundschaft, »in welcher zwei Greise in einem geradezu chinesischen Bewußtsein von der Würde des Alters und seiner Wünschbarkeit die Neige ihrer Lebenstage einander ... zubringen«, bittet der 75jährige Zelter den 78jährigen Goethe, ihm einen Grundstein zu legen, »wie Kunst und Natur, Geist und Körper überall zusammenhängen, ihre Trennung aber – Tod ist«. Er, Zelter, sei zu alt und viel zu weit zurück, um ein Studium der Natur anzufangen, aber »komme ich nun auf einsamen Reisen über Höhen, Bergspitzen, durch Schluchten und Thäler, so werden mir Deine Worte zu Gedanken, die ich mein nennen möchte«.

Der Herausgeber kommentiert einen Brief des noch älteren Goethe mit dem unvergeßlichen Satz: »Wie durch das Mauerwerk eines unerschütterlichen, ausgestorbenen Baues zuletzt die schwachen Pflanzen, Moose sich ihre Bahn brechen, dringt hier, die Fugen einer unerschütterlichen Haltung sprengend, das Gefühl.«

Aus solchen Briefen nähren sich die Beziehungen, die Jaspers den verwirrten Kriegsheimkehrern zu Klärung und Selbstfindung im Gespräch mit dem »liebenden Einzelnen« empfahl und die er selbst bis an sein Lebensende gepflegt hat.

Damals, 1936, ist die Botschaft, falls sie Deutschland erreicht hat, im ohrenbetäubenden Lärm der Sieg- und Heilrufe untergegangen. Hat der Herausgeber tatsächlich geglaubt, seine Conterbande könnte die Berauschten zur Besinnung bringen? Oder war ihm die Einsamkeit im fremden Land so schmerzlich, daß er auf den winzigen Hoffnungsfunken nicht verzichten konnte?

Als der Einmarsch deutscher Truppen ihn aus seinem Fluchtort vertrieb, hat er seine letzte Botschaft auf einem mühseligen Marsch über die Pyrenäen geschleppt, in einer Aktenmappe, die nach seinem Freitod spurlos verschwand.

Der Ort, wo er die Hoffnung aufgab, heißt Port-Bou, der Name, der auf keinem Grabstein steht, Walter Benjamin.

Die Humboldt-Universität probt den Aufstand. Transparente, Plakate, erregtes Stimmengebrodel in der Eingangshalle, Tische mit Infomaterial, die Anschlagwände überfüllt mit Aufrufen und Ankündigungen, an der Stirnwand immer noch der Marx-Spruch von der Welt, die die Philosophen bisher nur interpretiert hätten, es käme aber darauf an, sie zu verändern ...

Ich folge einem der Studentenströme Gänge entlang, Treppen hinauf und hinunter, lande schließlich vor den geöffneten Flügeltüren eines überfüllten Hörsaals. Wieder schwirren mir die häßlichen Worte vom Evaluieren, Selektieren, Filettieren, Abwickeln, Warteschleife, Pöstchenjagd um die Ohren. Nun werden die Türen geschlossen. Dahinter hebt ein Klappern und Klopfen an, dauert und dauert. Mit anderen Nachzüglern stehle ich mich ins Innere und bleibe fluchtbereit neben der Tür.

Der Mann am Pult, unprofessoral im grünen Sporthemd, gibt einen knappen Bericht über die Situation der Universität, präzise Sätze, logischer Aufbau, scharfe Formulierungen, ironische Seitenhiebe, die von den Studenten mit Gelächter und Beifall beantwortet werden. Die Kritik richtet sich gegen die Modalitäten einer von oben verordneten Abwicklung, die keine Eigeninitiative der Betroffenen zulasse. Pläne werden vom Tisch gewischt, bereits erneuerte Strukturen ignoriert. Ohne Rücksicht auf die Autonomie der Universität werde ausschließlich nach westlichen Interessen verfahren und zwar möglichst schnell, um den Augenblick der Schwäche zur Herstellung von Faits accomplis zu nutzen. Er bringt Beispiele für juristische Tricks und Formenmißbrauch, die im Publikum heftiges Scharren und Buhrufe auslösen. Man rechne wohl nicht damit, daß bei dem gegenwärtigen Chaos irgend jemand den Mut aufbringe, den Rechtsweg zu beschreiten, aber in diesem Falle habe man sich getäuscht. Der Rektor führe Klage am Verwaltungsgericht. Die Chancen stünden nicht schlecht. Natürlich müsse man mit Verschleppungen rechnen, eventuell auch mit Angriffen auf den widerspenstigen Rektor, der nach wie vor eine Erneuerung aus eigener Kraft erstrebe.

Ich spüre, wie die Stimmung im Raum sich verändert. Vom trüben Moll ratlosen Genörgels wechselt die Tonart zum Dur einer aggressiven Euphorie. Zwischenrufer fordern einen Protestmarsch nach Leipzig. Der Mann am Pult räuspert sich und beginnt den juristischen Teil seiner Vorlesung. Ein Fall ist zu lösen. Kolleghefte werden aufgeschlagen. Ich gehe unauffällig hinaus …

Auch das Audi-Max – einen Stock höher – ist überfüllt, allerdings mit einem anderen Publikum, teils jünger teils älter, viele junge Mädchen, manche in einem Alternativ-Look, der bei uns schon aus der Mode gekommen ist. Weit entfernt, am Ende des Saales, tanzt Rudolf Bahro im hellen Leinenanzug, leichtgewichtig, leichtfüßig, auf dem Podium herum, geheimnisvolle Linien und Pfeile an die Tafel zeichnend – Schwerkraft, Licht … Ich nehme seinen Vortrag als flüchtig, sprunghaft, unkonzentriert wahr, aber die anderen hören ihn anders, andächtig, hingegeben, kein Einwand, keine Frage. Die jungen Mädchen schreiben eifrig mit. Andacht ist heute nicht meine Sache, ich ziehe mich zurück …

In der Halle entdecke ich Hartmut B., den ich vor Jahren bei einer Verlagsfreizeit in Buckow getroffen habe. Es war mein erster Ausflug über die Berliner Stadtgrenze hinaus in das andere, fremde, von Gerüchten und Propaganda verdunkelte Deutschland. Ich stand ziemlich ratlos am Rande der fremden Gesellschaft herum, bis Hartmut mich unter seine Fittiche nahm und auf freundlich ironische Weise, erklärend, vorstellend, durch die exotische Landschaft der Autoren, Verlagsangestellten, Theologen führte. Nun steht er, eifrig diskutierend, in einer Studentengruppe, gewichtiger geworden, sonst unverändert, das lockige Haar länger als im Osten üblich, die untersetzte Gestalt schlampig, aber nicht ohne westlichen Schick gekleidet, locker, beweglich, weltläufig. Als sein Blick auf mich fällt, winke ich ihm zu und bemerke, daß er sich freut.

Mit raschem elastischem Schritt kommt er auf mich zu, grinsend unter dem Seehundsschnurrbart wie damals, als er mich beim verstohlenen Türenöffnen im Gang des kirchlichen Erholungsheims Buckow erwischte. Ich weiß, was Sie suchen, sagte er, aber Sie werden es nicht finden. Es gibt kein Bad in diesem frommen Etablissement. Dann lachten wir beide. Weil er mir vom Typ her vertraut war, als wäre ich ihm schon öfters in Kreuzberger Kneipen begegnet, fragte ich ihn, ob er auch aus dem bösen Westen käme. Das zwar nicht, sagte er, aber als Wanderer zwischen den Welten kenne er sich aus mit den Bedürfnissen der Brüder und Schwestern drüben.

Wir begrüßen uns herzlich. Ohne Umstände finden wir den leichten Ton, in dem wir damals miteinander gesprochen und gestritten haben. Ich erzähle von meiner Arbeit, die ihn nicht sonderlich interessiert. Vorsicht mit Parallelen zum gegenwärtigen Umbruch, empfiehlt er. Was sicherlich stimmt und immer wieder gestimmt habe in diesem Land, sei die Verhinderung einer eigenständigen Entwicklung durch äußere Zwänge, damals Ulbricht, Adenauer, die Besatzungsmächte, der Kalte Krieg, heute – na ja, das ist bekannt. Das Zitat von den Geisterkämpfen nach der geschlagenen Schlacht auf den katalaunischen Feldern träfe für die Schriftstellerdiskussionen des Kongresses ebenso zu wie für das gegenwärtige Gerangel um die Humboldt-Universität. Alles schon gelaufen, die Weichen seit langem gestellt. Er zitiert aus einem informellen Strategiepapier der westdeutschen Kultusministerkonferenz: man müsse die »einmalige Chance« ergreifen, die »der Einigungsvertrag mit der Abwicklung der Einrichtungen eröffnet«, was natürlich eine vorübergehende Suspension der Autonomie voraussetze. Auf meine Bemerkung, die Humboldt-Universität habe sich nicht gerade als Vorreiter der Wende profiliert, geht er nicht ein. Ein kurzes Aufblitzen im Blick, dann nimmt er den leichten Ton wieder auf, amüsiert sich über den Vortrag des Jura-Professors: Illusionstheater.

Aber die Klage des Rektors hat Chancen, sage ich. Wenn er nun gewinnt?

Es wird ihm nichts helfen, sagt er. Man wird die Sache verschleppen, notfalls ein neues Gesetz aus dem Ärmel ziehen. Wenn alle Stricke reißen, wird man ihn abschießen. Die Kugel ist schon gegossen: Stasi-Connections – damit kriegt man jeden Störenfried klein.

Ein Verdacht fährt mir durch den Kopf: Hartmut mit seinem westlichen Ambiente, seiner Kontaktfreudigkeit, seinen zahlreichen Auslandsaufenthalten – könnte er nicht ein Stasi-Spitzel gewesen sein? Und hätte damals den Kontakt mit mir nur gesucht, um meine Tauglichkeit als Informationsquelle zu prüfen? Ein Gedanke nur, den ich im Augenblick seines Erscheinens entsetzt zurückweise. Aber es ist schon zu spät. Die Membranen zwischen Ost und West sind empfindlich geworden – ein Zögern, ein Brauenzucken, ein mißtrauischer Blick, und das Gespräch ist kaputt. Nichts läuft mehr. Was folgt, ist Nachgeplänkel, um einigermaßen anständig aus der verfahrenen Situation herauszukommen: Austausch von Adressen und Telefonnummern. Soll ich dich zur U-Bahn bringen? – Danke, ich komm schon zurecht. – Alles Gute, vielleicht sieht man sich mal.

In trübe Gedanken verloren bummle ich Richtung Alexanderplatz. Die Humboldt-Universität steht in dem Ruf, eine Hochburg regimestützender Wissenschaft gewesen zu sein. Wer nicht auf Parteilinie war, wurde in die Akademie der Wissenschaften abgeschoben. Aber auch die Akademien werden abgewickelt. Geht es tatsächlich nur um Seilschaften und Stasispitzel, oder soll der ganze Bereich geistigen und kulturellen Lebens planiert werden, um Platz zu schaffen für das andere Konstrukt, dessen Schwächen längst offenbar sind, dessen Wurzeln, ebenso wie die des zusammengebrochenen, auf das vergangene Jahrhundert mit seinem Fortschritts- und Machbarkeitswahn zurückgehen?

Solche Fragen würde ich gern mit Freunden vom östlichen Aufbruch besprechen, aber meine Ostbekanntschaften sind nicht mehr das, was sie einmal waren. Während ich mit Scharen von Westtouristen die Karl-Liebknechtstraße entlangschlendere, denke ich mit Wehmut an das Vertrauen, das mir entgegenkam, als ich noch ein einzelner war – einer der seltenen, freudig begrüßten Grenzgänger, die Kontrollen und Wartezeiten in Kauf nahmen, um Kunde vom unerreichbaren Westland zu überbringen.

Das ist vorbei. Die Masse der Westbesucher hat den einzelnen geschluckt und einverleibt in die ungeliebte Kategorie der Zuschauer, die, günstig plaziert, dem Gratisschauspiel östlicher Misere beiwohnen und sich dabei gut und richtig fühlen. Ob der einzelne sich anders fühlt, spielt keine Rolle. Der Standort bestimmt das Bild, und von unten betrachtet sehen die Oberen alle gleich aus: selbstgerecht, aufgeblasen, erinnerungslos. Und wirkt nicht, von oben gesehen, der Betrieb schäbiger Autos und gehetzter Menschen in den aufgerissenen Straßen wie das Gewimmel in einem zerstörten Ameisenhaufen?

Auch meine Bilder haben sich verändert, während ich in den Hoffnungen und Enttäuschungen der anderen Deutschen unterwegs war. Sie sind trüber geworden, verwischte Konturen, blinde Flecken. Nur vage erinnere ich mich an die schöne Eindeutigkeit meiner Empörung über das Schweigen der Anna Seghers. Ohne Bedenken habe ich sie damals in einem Aufsatz veröffentlicht, bei Veranstaltungen daraus vorgelesen, und einmal kam aus dem Publikum die Frage, ob ich denn nie geschwiegen hätte, wo ich meine Wahrheit hätte sagen müssen. Ich wehrte mich mit der Behauptung, daß mein Temperament eher zu schnellen, oft vorschnellen Reaktionen neige als zum Schweigen.

Danach kamen die Zweifel und mit ihnen eine fast krankhafte Aufmerksamkeit für Situationen, in denen ich und andere lügenhafte Äußerungen, Haltungen, Handlungen durch Schweigen oder ablenkendes Gerede übergingen. Es schien mir, als bestünde auch unser Leben hier aus einer ständigen Auswahl zwischen Dingen, die wir sehen und nennen, und solchen, die wir nicht sehen und nennen, ja, als sei unsere Aufmerksamkeit gar nicht auf die Wirklichkeit gerichtet, sondern auf die Bilder in unseren Köpfen, die nicht einmal selbstgemacht, sondern von anderen eingepflanzt sind.

Ich habe den Aufsatz nie mehr vorgelesen, nicht etwa, weil das Schweigen der Seghers mir inzwischen weniger fragwürdig erschiene. Die Schwierigkeit liegt darin, daß es mir nicht gelingt, es aus seinem Umfeld herauszulösen und isoliert zu betrachten. Es kommt mir so vor, als sei das Verhältnis der beiden Deutschland von Anfang an – wenn man 1945 als Anfang sehen kann – dermaßen mit Lügen zugeschleimt, daß bei jedem Versuch des Wahrheits-Anglers, den einzelnen Lügenfisch zu fangen, das ganze eklige Geschlinge am Haken hängt, er selbst darin, geblendet, verklebt, erstickt, aus purer Notwehr um sich schlagend mit Worten, die nichts klären.

Man könne auf zweierlei Weise sprachlos gemacht werden, hat Václav Havel einmal aus dem Gefängnis an seine Frau geschrieben, mittels kommunistischer Unterdrückung von allem und jedem und mittels kapitalistischer Freiheit zu allem und jedem. Beide Male verliere das Wort sein Gewicht bis zur Auflösung seiner Substanz.

So geht es mir beim Schreiben. Alles, was ich durch Worte »festzustellen« versuche, verwandelt sich unter der Hand in Fragen, die Antworten brauchen, andere Stimmen, andere Bilder, viele kleine einzelne Wahrheiten als lebendiger Damm gegen die Lügenflut, da die große ganze Wahrheit offenbar nicht zu haben ist.

Anna Seghers antwortet nicht. Sie ist tot. Was bleibt, sind ihre zwielichtigen Gestalten – der Hull, der Grubetsch, die Mädchen vom Schulausflug, die Gejagten vom Siebten Kreuz, und sie werden weiterleben, auch wenn die Hoffnung, die sie geschaffen hat, nicht mehr gilt.

Inzwischen bin ich, ohne es zu wollen oder auch nur zu bemerken, vor das Haus geraten, in dem ich vor der Wende aus- und einging, meist ohne Voranmeldung, weil auf das Telefon kein Verlaß war. Es ist ein grauer maroder Altbau, von einem Bombeneinschlag isoliert, mit einem nachträglich gebrochenen Fenster in der Brandmauer. Von diesem Fenster aus haben die Kinder mir nachgewinkt, wenn ich, immer in Eile, zur S-Bahn rannte, um noch vor Mitternacht den Tränenpalast zu erreichen.

Der Torweg steht offen. Das trüb erleuchtete Treppenhaus lockt zum Hinaufsteigen. Diese Leute gehörten einmal zu der seltenen Spezies der Unerschütterlichen, die sich nie auf einen Kompromiß mit dem System einließen. Nie sind sie zur Wahl gegangen, haben keiner Partei angehört, an keinem Vorbeimarsch teilgenommen, die Kinder nicht zur Jugendweihe geschickt, den Sohn nicht am Wehrkundeunterricht teilnehmen lassen. Nachdem sie die üblichen Nachteile in Kauf genommen hatten, lebten sie vergleichsweise unbehelligt in ihrer privaten, von Familie, Freunden, Glaubensgenossen gewärmten Nische. An Republikflucht haben sie nie gedacht.

So habe ich sie kennengelernt – Sommertage in der Laube, Schwimmen im Müggelsee, Kaffeetrinken im großen Familienkreis, Winterabende mit Hausmusik und Gesprächen, die mich an mein längst verblichenes Elternhaus erinnerten. Nun hat man sie als Unbelastete, an denen auch der schärfste Westblick kein Fleckchen Kommunismus entdecken kann, mit wichtigen Aufgaben betraut. Der ehemalige Lektor kämpft wie ein Löwe um den Erhalt der östlichen Rundfunkanstalt und wird vermutlich in Kürze von einem bayerischen Fenzl gefeuert. Die graduierte Biologin schindet sich als Ministerin für Arbeit und Soziales. Beide sind unbequem in dem neuen System wie sie es in dem alten waren. Das Übermaß an Arbeit frißt am Privatleben. Priorität haben die alten, durch gemeinsame Erfahrungen befestigten Freundschaften. Westkontakte liegen auf Eis.

Eine Weile stehe ich am Fuß der Treppe, unschlüssig, ob ich die neue Sperre durchbrechen soll oder nicht. Dann laufe ich zur S-Bahn. Die Zeit der spontanen Besuche ist vorbei. Es wird kälter in Deutschland.

Als ich nach Hause komme, liegt der Brief auf dem Bett, Luftpost aus USA.

Mr. Fisher dankt für Schreiben und Information. Die Immobilien-Angelegenheit hat sich inzwischen erledigt. Die Deutschlandreise mußte aufgeschoben werden. Vielleicht wird er später darauf zurückkommen. Zuvor muß ein Mißverständnis geklärt werden. Angaben seines Briefes haben offenbar dazu geführt, daß ich ihn, John F. Fisher, damals scherzhaft »Mayflower« genannt, mit einer anderen Person verwechselt habe. Nach längerer Überlegung ist ihm klar geworden, daß es sich dabei nur um den Fotografen Jean Loeb handeln kann, von dessen Beziehung zu der Sängerin Gerüchte umgingen. Loeb war es, der im Oktober 1947 beruflich nach Berlin fuhr, vermutlich um über den von mir erwähnten Schriftstellerkongreß zu berichten. Er habe damals die Gelegenheit ergriffen, in Loebs Auto mit nach Berlin zu fahren, um die berühmte Trümmerstadt zu besichtigen. An dem Kongreß hat er nicht teilgenommen.

Da er annahm, daß ich an Informationen über den Fotografen interessiert sei, hat er Nachforschungen angestellt, die sich als schwierig und langwierig herausstellten. Daher die Verspätung der Antwort. Nun muß er mir leider mitteilen, daß Loeb schon 1973 verstorben ist. Näheres hat er nicht ermitteln können. Der Fotograf hat offenbar zurückgezogen gelebt und keine Angehörigen hinterlassen. Zur Besatzungszeit hatte er als Zivilist eine Sonderstellung ohne direkten Kontakt zum Militär. Nachfragen bei ehemaligen Kameraden haben ergeben, daß niemand ihn näher kannte. Einige erinnern sich vage an einen schweigsamen Zeitgenossen mit undurchsichtigem Hintergrund. Auch er, Fisher, muß gestehen, daß er von dem Mann, mit dem er immerhin einen ganzen Tag im Auto gesessen hat, nichts im Gedächtnis behalten hat, als den damals ungewöhnlichen Bart. Und die Pfeife...

Dunkel und still gähnt die Wohnung hinter der offenen Tür. Freitag abend, alle Bewohner ausgegangen, kein Mensch, mit dem ich über die Erschütterungen dieses Tages sprechen kann, niemand, der mir klar macht, daß ja gar nichts passiert ist, außer in meinem Kopf. Auf dem Bett sitzend, den Brief immer noch in der Hand, spüre ich die Zeit wie einen mächtigen lautlosen Sog, der mein Leben von mir abreißt und wegschwemmt, achtlos Gelebtes, flach Gedachtes, flüchtig Geliebtes, kaum Begriffenes und die Haufen bekritzelter Blätter auf dem Schreibtisch – schon vorbei, verschluckt, eingeebnet in der glatten ziehenden Fläche, in der auch ich bald verschwinden werde.

Im Septemberheft 1990 der Zeitschrift *Kursbuch* findet sich die Beschreibung eines Besuches bei Stephan Hermlin, und weil ich gerade im Begriff bin, meinen Gesprächstermin bei Hermlin wahrzunehmen, betrachte ich den Beitrag gläubig als Vorinformation, obwohl der Satz »ein Preuße, den es nach Ostberlin verschlagen hat«, mich befremdet. Hermlin ist in Chemnitz geboren, also in Sachsen, später allerdings in Ostberlin ansässig. Beim Weiterlesen erfahre ich, daß mit »Preußen« die kommunistische Partei gemeint ist, der Hermlin quasi naturgegeben zugehöre, wie eben ein Preuße dem Stamm der Preußen, und um die Zuordnung noch enger zu definieren, wird als seine »Familie« der Stalinismus genannt, in dem er die Rolle eines »Junkers« spiele, wohnhaft »in der Nähe von Unter-den-Linden«, in einer dieser »immer noch herrschaftlichen Straßen«, in einem »eleganten Haus mit pompöser Freitreppe, die früher einmal die Lieferanten stark beeindruckt haben wird«.

Mit dieser Vorstellung und einem Adressenzettel starte ich zu Fuß, weil es ja in der Nähe der Ecke Friedrichstraße – Unter-den-Linden sein soll, und muß nach allerhand Herumfragen erkennen, daß die angebliche Nähe fünf U-Bahnstationen und weitere sechs Straßenbahnhaltestellen umfaßt, zu Fuß also kaum zu bewältigen ist. Eine geographische Nähe hat der Autor Bernard-Henri Lévy wohl nicht gemeint. Endlich finde ich die auf dem Adressenzettel vermerkte Straße, gehe sie langsam entlang auf der Suche nach dem eleganten Haus mit der pompösen Freitreppe, und finde es nicht, weil es in dieser keineswegs eleganten Straße ein solches Haus und eine solche Treppe nicht gibt, wohl aber, als ich mich endlich bequeme, nach den Hausnummern zu schauen, ein kleines graues Haus, das etwas zurückgesetzt hinter einem struppigen Vorgarten liegt, sehr einzeln, die Fenster mit Gardinen verhangen, die das Hineinschauen, vermutlich auch das Herausschauen verhindern. Spätestens beim Ersteigen der schmalen Steintreppe zum seitlichen Eingang wird mir klar, daß der Autor des Beitrags, falls er wirklich hier gewesen ist, etwas beschrieben hat, was es nicht gibt. Hat er nicht hingeschaut? Hat er in Unkenntnis der deutschen Sprache falsche Worte gebraucht? War seine Wahrnehmung behindert durch ein vorgefertigtes Bild im Kopf, oder gar durch die Absicht, Hermlins Wohnsitz so zu sehen oder zu beschreiben, daß der Eindruck von privilegiertem Wohnen in privilegierter Lage entstünde – herrschaftlich, junkerhaft, wie es auch im weiteren Text angedeutet wird?

Es gibt keine Klingel. Die Tür öffnet sich auf einen als Abstelle benutzten Vorraum, bei dessen Anblick mein Zutrauen zu dem Beitrag endgültig erlischt.

Hermlin öffnet selbst, nimmt mir den Mantel ab. Noch in der Tür erkläre ich, daß ich kein Interview machen will. Dazu bin ich nicht imstande. Die vorbereiteten Fragen schwimmen mir weg, sobald das Gespräch seinen Lauf nimmt. Für ein Interview hätte er sich auch nicht hergegeben, sagt er, schlechte Erfahrungen andeutend. In einem dämmrigen Raum, zwischen Bücherwänden und Flügel, lassen wir uns nieder. Gelassen seine Pfeife schmauchend sitzt er mir gegenüber, ein schlanker, immer noch gutaussehender Herr, der seiner Haltung so sicher ist, daß er sich lässig geben kann. Nur die Hand zittert ein wenig, wenn er die Tasse zum Munde führt.

Ich fühle mich angenehm und bemerke, daß die tendenziöse Schilderung im *Kursbuch* mich in eine positive Voreingenommenheit gedrängt hat, die die kritische Wahrnehmung behindert. Während er sich an den Kongreß erinnert, versuche ich, meinem Wohlbehagen auf die Spur zu kommen. Da ist zunächst die auf altmodische Weise bildungsbürgerliche Atmosphäre des Raums, der Flügel, die Bücher, die Nichtachtung modernen Komforts, die mich an mein spartanisches Elternhaus erinnert. Und natürlich ist das, was ich von Hermlin gelesen habe, in meinem Kopf präsent, vor allem die Texte aus *Abendlicht*, die Farben des Abschieds, die Melancholie, der musikalische Umgang mit Sprache, die Schilderung einer Kindheit, die der meinen ähnlich ist, wenn auch auf einer anderen Ebene, höher, weiter, glänzender, aber doch nicht so weit entfernt, daß ich sie nicht sehen könnte.

Hermlin hat nie, wie Becher, im Zorn mit seiner Herkunft gebrochen. Seine Hinwendung zum Proletariat entsprang der Sehnsucht, die splendid isolation seiner Klasse zu verlassen, um Gemeinsamkeit mit dem ganz anderen, dem Arbeiter, zu finden, der in seinen Erzählungen vom Widerstand immer wieder als Wunschbild auftaucht. Die Beständigkeit, mit der er an dieser Hinwendung festhielt, obwohl die Zeit der Gemeinsamkeit nur eine kurze Spanne seines Lebens ausmachte, erinnert an den Vater, wie er ihn liebevoll in *Abendlicht* schildert, als einen Unbeugsamen, der auch eine lebenslängliche und letzten Endes unglückselige Entscheidung getroffen hatte. Sie hieß Deutschland, und er hielt daran fest bis zum bitteren Ende, obwohl sein »glühender Nationalismus« schon im Ersten Weltkrieg zerbrochen war. Zweifel und Enttäuschung, vielleicht auch Angst, verbarg er in einem Schweigen, das mit den Jahren immer tiefer, immer »steinerner« wurde. Es war die Musik, die ihm das Weiterleben ermöglichte in einer Zeit, als die Freunde sich von ihm zurückzogen. Wenn der Sohn ihn drängte, Deutschland zu verlassen, weil seine Situation als Jude immer gefährlicher wurde, lächelte er nur und sah an dem Sohn vorbei, »seine Miene zeigte, daß er nicht weiterzusprechen wünschte. Er setzte sich an den Flügel und spielte Mozart-Sonaten«. In der Kristallnacht habe man ihn abgeholt und ins KZ Sachsenhausen gebracht. Mitgefangene haben ihn im Drillich Steine klopfen und schwere Lasten tragen sehen. »Er habe der SS gegenüber bis zuletzt eine merkwürdige Haltung bewahrt, die Disziplin, Höflichkeit und Verachtung ausdrückte.«

Das Bild dieses Vaters, der sich den Luxus leistete, die Miesigkeit seiner Gegenwart nicht zur Kenntnis zu nehmen, ist immer gegenwärtig, während ich Hermlin beim Sprechen zuschaue. Der Kongreß sei für ihn eine eher flüchtige Angelegenheit gewesen, erlebt in ständiger Hetze, weil er zu dieser Zeit noch Kulturredakteur des Frankfurter Rundfunks gewesen sei. Kurz vor seiner Abreise zum Kongreß habe er gekündigt, aber die Frist lief noch, so daß er jeden Abend nach dem Ende der Arbeitssitzungen zum RIAS hetzen mußte, um seinen Bericht durchzugeben. Er sei der jüngste der Delegierten des Kongresses gewesen, sagt er mit einem gewissen Stolz, und als ich einwende, daß mindestens Wolfgang Harich, geboren 1921, jünger gewesen sei, deutet er mit einer lässigen Geste an, daß dieser Name in diesem Zusammenhang nicht erwähnenswert sei.

Während er weiterspricht, versuche ich mir vorzustellen, wie er damals war – zweiunddreißig Jahre alt, eine attraktive Erscheinung zwischen den alten Männern der Emigration, die die Zeichen der Zeit im Gesicht trugen. Auch er hatte schwierige Jahre hinter sich, aber die Haltung seiner Erziehung war ihm geblieben – Selbstbeherrschung, Gelassenheit, Souveränität, Weltläufigkeit und eine gewisse Distanz im Umgang mit anderen. In den Zeugnissen der Genossen finden sich Worte wie Hochmut, Arroganz, Ehrgeiz, Karrieresucht. Was er selbst über die Zeit des Exils spricht und schreibt, klingt eher bescheiden – kein Wort über Kampf, Gefahr, Heldentaten, von Spanien nur, daß er Sanitätswagen gefahren habe, von Frankreich ein paar Sätze über die bürokratischen Schikanen nach dem Einmarsch der deutschen Truppen, als aus Emigranten und antifaschistischen Widerstandskämpfern feindliche Ausländer geworden waren. Gefühle bleiben hinter einem Vorhang distanzierender Ironie, aber ich spüre sie doch, habe die Erzählungen gelesen, bilde mir ein zu wissen, was sich hinter dem Vorhang abspielt, und daß gerade da, wo die Abstinenz vom Pathos am spürbarsten ist, die große Zeit des Stephan Hermlin liegt, das »erhöhte«, »erfüllte« Leben, von dem der Leutnant Yorck von Wartenburg mühsam spricht und gleich danach abwehrend die Hand hebt, als wolle er die Worte auslöschen; die »Zeit der Gemeinsamkeit«, wie sie das Ich der gleichnamigen Erzählung als »geographische Mitte seines Lebens« empfindet. Davon ist die Rede, wenn Hermlin sich der großen Worte enthält.

Auch in den Erzählungen wird nie direkt geschildert, dramatische Höhepunkte sind ausgespart, das Persönliche in Träume und Rauschzustände projiziert, hinter erfundenen oder historischen Figuren, Berichten, Briefen verborgen, die beim aufmerksamen Lesen durchsichtig werden für die Person, die diese Träume, Berichte, Anlässe wählt, um auszusprechen, was sie von sich selbst nicht sagen kann. Die große Figur der Erzählungen ist nie derjenige, der träumt, erzählt, schreibt, sondern andere, die so sind, wie er sein möchte. Man erkennt sie an ihrer Unauffälligkeit, die mit ganz bestimmten, immer wiederkehrenden Attributen geschildert ist: Der ausländische Arbeiter, der dem verirrten Maler ruhig, freundlich, ohne Eile den Weg weist; die Spanienkämpfer, die ihn fragen, ob er in der Gewerkschaft sei; der Unbekannte im französischen Polizeiwagen, »ein Gesicht, das unerschüttert nach vorn gekehrt war, gleichförmig wie die Straße, die es gebildet hatte, ein Gesicht, an dem nichts auffiel, außer den sehr hellen entschlossenen Augen«; der junge Chinese, der den Fremden die Arbeit der Menschen in China zeigt, »gelassene Zuversicht, geheime Kraft, unbeirrbarer Ernst«; der Verbindungsmann in *Zeit der Einsamkeit*, »ruhige herzliche Wärme«, ein Mann, der »alles vorstellt, worauf er, Neubert, solange gewartet hatte«; der Partisanenführer in *Arkadien*, einer, »der ganz auf seinem Platz ist«, breit und mächtig in seiner schwarzen Lederjacke, seine »väterliche, achtungsvolle, ein wenig brummige Freundschaft«, in der der Intellektuelle die »Freundschaft aller« spürt; der polnische Jude und Kommunist im Warschauer Ghetto, Maschinenpistole um den Hals, Zigarette im Mundwinkel, braunes Haar über der breiten Stirn, ruhige Stimme, bedächtige Heiterkeit, Gesichtszüge, die »mehr Ausgeglichenheit zeigten, als ich wahrscheinlich in meinem ganzen Leben gekannt hatte«. Nur in der Todesminute dieses Mlotek schafft das bisher unterdrückte Pathos sich ein Bild, das die Bedeutung dieser Person für den Autor enthüllt. Mlotek steht auf dem Dach zwischen zwei Fahnen, der blau-weißen, der rot-weißen, »durch die ein Hagel von Funken und Geschossen fegt«. Dann macht er »eine merkwürdige Bewegung, als wolle er die Fahnen zu sich heranziehen. Aber schon waren keine Fahnen mehr da, sie hatten im gleichen Moment Feuer gefangen, und auch Mlotek brauchte sie nicht mehr. Er griff mit beiden Händen in die Flammen selber, wie nach einem Mantel, den man um sich schlagen will«.

Dieser von flammenden Fahnen umgebene Mlotek ist keine als Person definierte Einzelerscheinung, sondern Sinnbild für alle die betont unauffälligen Personen, die in den Erzählungen auftauchen, auch in dem autobiographischen *Abendlicht* in Gestalt des Arbeiters, der aus seiner Gruppe heraustritt und den Knaben fragt: »Was bist du für einer?« mit einer Stimme, die ironisch klingt, aber keinesfalls feindselig. »Ihr Klang war metallisch, aber man dachte, wenn man sie hörte, nicht an ein edles Metall, eher an das Scheppern von Blech, aus der Stimme hörte man den Willen, sich nichts vormachen zu lassen, sie war wach, illusionslos, tapfer, unschön ..., auch Melancholie klang in ihr, eine Melancholie, die sich selber nicht wahrhaben will.«

Das Bild steht für den klassenbewußten Arbeiter, der aus Sorge für die Seinen den Arbeitsplatz verlassen hat, um für eine bessere Welt zu kämpfen, und das Ich, das hinter den erfundenen oder historischen Personen steht, ist in jedem Fall, wo solche Personen auftauchen, der Junge aus *Abendlicht*, der lauschend und schauend am Rande steht und eine »rätselhafte Freude« empfindet, wenn einer von diesen ihn vom Rand in die Mitte zieht, in den gemeinsamen Kampf, das erhöhte, erfüllte Leben, die Revolution.

Als er nach neun Jahren Exil wieder nach Deutschland kam, sei er sich seines Berufes als Schriftsteller keineswegs gewiß gewesen, sagt Hermlin. Studiert habe er nicht, sondern gegen den Willen seines Vaters, der ihn nach Cambridge schikken wollte, Drucker gelernt und danach in den verschiedenen Ländern seines Exils alle möglichen Berufe augeübt – Drukker, Lieferbote, Landarbeiter, Holzfäller, Kohlebrenner, auch Soldat sei er gewesen und Häftling. In der Schweiz habe er einige Aufsätze über literarische Themen und die *Balladen von den großen Städten* veröffentlicht, aber das Wort Schriftsteller sei ihm zu hoch, zu geheimnisvoll erschienen, als daß er es ohne Scheu habe aussprechen können, als der Grenzer ihn beim Überschreiten der Grenze nach seinem Beruf gefragt hätte. Schließlich habe er es doch gesagt und dabei das Gefühl gehabt, eine enorme Unwahrheit ausgesprochen zu haben. Immerhin – er hatte es ausgesprochen und es bestimmte sein weiteres Leben, wie die Unterschrift unter die Beitrittserklärung zum kommunistischen Jugendverband, die er als Vierzehnjähriger geleistet hatte, seine politische Einstellung bestimmte und beides zusammen sein Selbstverständnis als Kämpfer der Revolution, der nun, in der Phase des Aufbaus, zum Arbeiter wurde, und das Arbeitsfeld, das ihm gegeben war, sollte das Bewußtsein der Menschen sein, jener Menschen also, oder ihrer Kinder, die sich gerade jetzt, während wir sprechen, so gründlich vom Sozialismus und der vermeintlichen Revolution distanzieren, daß sie nicht einmal den Klang des Wortes ertragen können.

Plötzlich kommt es mir absurd vor, wie wir hier so traulich beisammen sitzen – ich andächtig lauschend, er gelassen, nicht ohne Stolz, von seiner Arbeit in diesem Staat berichtend, während draußen, jenseits der Vorhänge, eben dieser Staat auf die häßlichste Weise zugrunde geht – zwei Wirklichkeiten, und ich bin in beiden, fühle mich gespalten, unaufrichtig, mache mir Vorwürfe: mein kritikloses Zuhören; meine Unfähigkeit als Befrager; meine Verführbarkeit durch Bilder. Schließlich halte ich es nicht mehr aus und stelle die Fragen, die in meinem Kopf bereitliegen: Die Privilegien, die in Form von Vergünstigungen bezüglich Verpflegung und Wohnraum staatstreuen Schriftstellern schon 1947 zuteil wurden – haben sie sich nicht fatal ausgewirkt als eine ständig wachsende, Neid und Unverständnis erzeugende Ferne zwischen dem Volk und seinen Dichtern? Die Stalin-Prozesse – wie hat er die Enthüllungen wahrgenommen? Wie hat das, was Chruschtschow in seiner sensationellen Rede preisgab, auf sein, Hermlins, Verhältnis zur Partei und zur Sowjetunion gewirkt?

Er hebt die Augenbrauen, als wollte er eine lästige Fliege vertreiben. Was wiegen die Stalinopfer gegen die Millionen Toten des Nazikrieges? Was die Vergünstigungen betrifft, so reduzierten sie sich auf die Pajoks, sowjetische Lebensmittelsendungen, die denen zuteil wurden, die eine besonders wichtige Arbeit zum Aufbau des Staates leisteten, wie zum Beispiel die Bergarbeiter, die die gleichen Vergünstigungen genossen hätten.

Überdruß, kontrollierte Ungeduld in der Stimme, Antworten, die keine Antworten sind, denn das Aufwiegen der Nazitoten gegen Stalinopfer ist nun wirklich weit unter seinem Niveau. So gehen Lehrer mit albernen Schülerfragen um.

Ich fühle, wie ich allmählich wütend werde, kurz davor, einen Streit anzufangen, der das Gespräch beenden würde. Und dann schaue ich ihn an und denke an seinen Vater, der sich den Luxus leistete, nicht zur Kenntnis zu nehmen, daß es das Deutschland, das er liebte, nicht mehr gab. Dieser Sohn wird sich nicht einlassen, seine Wirklichkeit nicht verlassen, um keinen Preis. Das Visier ist herunter. Was er erwidert hat, ist keine Antwort, sondern das Geräusch des Aufprallens unerwünschter Worte an einen Panzer. Ich kann zwei Dinge tun: aufstehen und gehen oder bleiben und zuhören. Ich beiße mir auf die Lippen und bleibe.

Sehen-lassen, donner à voir – das sei immer das Ziel seiner Arbeit gewesen, sagt er, als die Irritation sich verflüchtigt hat. Das gelte auch für die Behandlung von Fehlern und Irrtümern. Was darüber zu sagen sei, habe er geschrieben und stehen lassen, auch die Stalin-Gedichte, die er nicht, wie manche Kollegen, habe verschwinden lassen. Sie seien in allen Sammlungen enthalten als Zeugnisse einer Zeit, in der er so fest zum Glauben entschlossen war, daß er sich Informationen verweigerte, Bücher nicht las, Zweifel nicht zuließ. Aber auch die späteren Einsichten seien dokumentiert und die Gründe, warum er trotzdem weitermachte in diesem Land.

Ich erinnere mich an eine entsprechende Stelle im *Abendlicht*, aber er will es ganz genau haben, holt das Bändchen aus dem Regal, schlägt auf, liest vor: »Oft habe ich mich später fragen müssen, aus welchem Grunde ich an dieser Unterschrift auf einem unansehnlichen Zettel festhielt, als ich um mich so viele sah, die ihre Unterschrift widerrufen oder einfach vergessen hatten. Auch ich lernte Augenblicke kennen, in denen eine Stimme, die sich wie die Stimme der Vernunft anhörte, mir zuredete, könne denn diese Unterschrift noch gelten, in der ein später so oft enttäuschter guter Wille gelegen habe, sei ich, könne ich überhaupt noch derselbe sein, der damals unterschrieben hatte. Aber eine andere Stimme erhob sich hartnäckig gegen die erste: der Kampf der Unterdrückten sei der Kampf der Unterdrückten, auch wenn neuerlich Hoffart und Dünkel, Verachtung und Beharren im Irrtum sichtbar würden, der Kampf führe zu neuen Bedrückungen, selbst zu Untaten, er dauere ewig, aber er trage auch das edle Siegel des Strebens nach Menschlichkeit, nach Freiheit und Gleichheit für alle. Gleichzeitig empfand ich, daß ich das Beste in mir aufgeben mußte, wenn ich je meine Unterschrift, die ich um die Mittagszeit eines beliebigen Tages in einer beliebigen Berliner Straße geleistet hatte, als nicht mehr gültig betrachten würde.«

Er hat die Passage mit betont distanzierter Stimme vorgelesen, nun klappt er das Büchlein zu und fährt mit seiner Erklärung fort, die er keineswegs als Rechtfertigung verstanden wissen will: Seine Kritik sei oft verspätet erschienen, die Gründe dafür seien bekannt, um keinen Preis wollte er dem Feind Munition liefern und damit dem eigenen Staat schaden, solange noch Hoffnung bestand, daß die Fehler überwunden, Reformen durchgeführt werden könnten. Deshalb habe er seine Kritik nicht nach außen, sondern nach oben gewandt, an diejenigen, die die Macht zu ändern besaßen, und alle seine Vorstöße hätten sich auf die gleichen Ziele gerichtet: Lockerung, Öffnung, Aufhebung von Verboten, Vermittlung großer, auch kritischer Literatur aus dem Ausland, Förderung junger, oft widerspenstiger Talente. Und ich bin erfolgreich gewesen, sagt er. Vergleichen Sie mal den Zustand unserer Literatur der sechziger Jahre mit dem von 1987, dann werden sie einen gewaltigen Unterschied feststellen.

Er lächelt in der Erinnerung an Vorstöße bei Honecker – wie dieser verzweifelt die Arme hob: Nicht schon wieder! Bis an die Grenze des Erlaubten sei er gegangen, manchmal auch darüber hinaus, so daß gewisse Funktionäre seinen Ausschluß aus dem Verband forderten. Aber das geht doch nicht, habe Honecker gejammert, wir können doch wirkliche Schriftsteller wie Hermlin und Christa Wolf nicht ausschließen! – und seufzend sein Veto eingelegt. Sein, Hermlins, Fehler sei es gewesen, daß er, geblendet von Fortschritten im Kulturbereich, zu wenig hingeschaut habe, was in den anderen Bereichen vor sich ging, sagt er. Und das, denke ich, hat eben doch etwas mit Privilegien zu tun, weniger mit materiellen Vergünstigungen, die tatsächlich unerheblich waren, als mit der Möglichkeit oder der Illusion, oben zu sein, zwar selbst nicht mächtig, aber auf gleicher Höhe mit den Mächtigen, mit ihnen verhandelnd und streitend – eine seltene Chance für deutsche Dichter.

In seinem literarischen Schaffen ist davon nichts zu finden. Fast alles, was er geschrieben hat, bezieht sich auf die kurze Lebensspanne, in der er noch mit den anderen und in der Hoffnung war – Exil und Widerstand. Da liegt der produktive Kern seiner Existenz, und selbst wenn ihm die Hoffnung inzwischen zerbrochen wäre, würde er die Wende zum westlichen Denken nicht vollziehen, weil er damit den wichtigsten, fruchtbarsten Teil seines Lebens wegwerfen müßte. Lieber bleibt er auch jetzt einsam und oben, kein Wendehals, sondern einer, der den Kopf immer höher reckt, um die entschwindende Hoffnung nicht aus den Augen zu verlieren, vielleicht auch, damit das graue Gewimmel am Boden nicht allzu deutlich in Erscheinung tritt. »Man nährte sich von der Hoffnung und vergaß das Brot«, schreibt er in einem Gedicht 1947 und schließt mit den Zeilen:

Der Worte Wunden bluten heute nur nach innen.
Die Zeit der Wunder schwand. Die Jahre sind vertan.

Den Zusammenbruch seines Staates nimmt er gelassen zur Kenntnis. Seine Frau schimpft über die Widrigkeiten der Abwicklung. Er lächelt nur, wie wahrscheinlich sein Vater gelächelt hat, wenn er signalisieren wollte, daß er über dieses Thema nicht weiter zu sprechen wünsche. Das Wort Sozialismus mag tot sein, sagt er, aber in anderen Formen, unter anderem Namen wird der Kampf um Gerechtigkeit weitergehen. Die Probleme sind nicht gelöst und können im Kapitalismus nicht gelöst werden. Sein Sohn ist Mitglied der PDS, er selbst sitzt mit Janka und Kuczynski im Rat der Alten. Es amüsiert ihn, wie die Jungen ihn bei den Sitzungen ehrfurchtsvoll zum Ehrenplatz geleiten. Daß er als Ratgeber im Hintergrund bleibt, ist ihm gerade recht. Er habe sich nie um offizielle Funktionen bemüht. Es gefällt ihm, wie die Partei sich geändert hat. Locker und flexibel sei die PDS, offen für andere Meinungen und Ideen, fast wie die Grünen im Westen, und so hat er sie sich immer schon gewünscht. Wozu also jammern?

Zum Abschied empfiehlt er mir, den Schluß von *Dantons Tod* zu lesen. Das letzte Bild mit Worten und Gesten beschwörend, zeigt er mir Lucile unter dem Schafott, auf dem soeben Danton und seine Freunde enthauptet worden sind. Traumverloren singt sie vom Schnitter Tod. Ein Bürger ruft sie an: He, wer da! und sie »sinnend und wie einen Entschluß fassend« ruft plötzlich aus: Es lebe der König! Die Wache umringt sie und führt sie ab: Im Namen der Republik!

Damit entläßt er mich.

Mein Besuch bei Wolfang Harich fällt in die Vorweihnachtszeit. Das gemütliche Altbauzimmer ist von sanfter Kachelofenwärme erfüllt. Atmosphäre und Arrangement – es gibt Weihnachtsplätzchen und ausgezeichneten Tee – verraten die Fürsorge einer Frau. Harich ist der Typ Mann, der immer Frauen um sich hat, als Publikum, Hintergrund, dezente Umrahmung. Ich spüre es an der Art, wie er sich mir zuwendet –

immer noch, trotz Alter und Krankheit, in der Selbstgewißheit des erfolgreichen Charmeurs, der mit sensiblen Antennen seine Umgebung abtastet, ob sie seinen Bedürfnissen dienlich sein kann. Blitzschnell hat er herausgefunden, daß ich eine bin, die zuhört, und schon ergießt sich mit der Gewalt eines aufgestauten Stromes das Thema, das ihn umtreibt: der Zorn auf Walter Janka, der mit seinem Bericht *Schwierigkeiten mit der Wahrheit* seine, Harichs Rolle in dem Prozeß 1956 auf infame Weise verfälscht habe.

In dem Verlangen, sich reinzuwaschen, verliert er sich in abenteuerliche Spekulationen über Komplotte, in denen einige Schriftsteller – Hermlin, Janka, Christa Wolf, vor allem Stefan Heym mit seinem Roman *Collin* – als Viererbande erscheinen, die seit Jahren daran arbeite, ihn und den inzwischen verstorbenen Paul Merker in den Schmutz zu ziehen. Christa Wolfs Anteil an der Gemeinheit besteht in einem Verrat an der großen Lehrmeisterin Anna Seghers. Angeblich aus Krankheitsgründen – aber das nimmt Harich ihr nicht ab – sei sie der Gedächtnisfeier in der Akademie ferngeblieben. Hätte sie nicht wenigstens ein Manuskript zum Verlesen schicken können?

Pausenlos druckreifen Text redend, entwirft er Verteidigungsreden, Erklärungen, Proteste, Briefe an hochgestellte Persönlichkeiten in aller Welt. Sein minutiöses Gedächtnis transportiert wortgetreue Zitate, lange Textstellen. Immer wieder greift er zielsicher in die Regale, weiß Band, Kapitel, Seite. Seine Wangen färben sich purpurn. Mit zitternden Händen greift er nach seinen Pillen. Ich fürchte einen Herzanfall und frage mehrmals, ob wir nicht über etwas anderes reden könnten. Er hört mich nicht. Die hellen Augen sprühen Blitze durch mich hindurch.

Zwischendurch schalte ich ab, versuche mir vorzustellen, wie er zwischen den alten Herren des Kongresses auftrat: ein hübscher Junge, 23 Jahre alt, mit einer hellen, durchdringenden, vom Band weiblich wirkenden Stimme, intelligent, schnell, messerscharf, jedesmal wenn er ausholt, ist es ein

Rundumschlag ohne Wenn und Aber – gegen Thomas Mann, gegen Jaspers, gegen Ortega y Gasset, gegen die marode bürgerliche Intelligenz, die es in der Vor-Nazizeit versäumt habe, »den Menschen die Waffen in die Hand zu geben, um sich energisch genug gegen den Faschismus zu verteidigen«. Mrs. Brailsfords Hinweis auf die verschwundenen Studenten und das Schweigen der Kommilitonen pariert er mit einem flammenden Plädoyer für Gewalt in den richtigen Händen, womit vermutlich auch die Gewalt der Stalin-Säuberungen gemeint ist. Noch heute ist er der Überzeugung, daß der Auftritt der jungen Frau ein abgekartetes Spiel der West-Reaktion gewesen sei.

Daß er selbst ein Mann der Säuberungen war, erwähnt er nicht. Wenn es nach seinem Sinn gegangen wäre, hätten die Werke von Kafka, Nietzsche, Joyce, Freud die DDR-Menschen nie erreicht. Hermlin nennt ihn den »St. Just der Revolution«. Streitigkeiten begleiten seinen Weg als Philosophieprofessor an der Humboldt-Universität, als Leiter des Philosophie-Referats im Aufbauverlag, als Herausgeber der *Zeitschrift für Philosophie*, in der auch der von ihm hochverehrte Lukács erscheint. Möglich, daß es ihn nach soviel Theorie brennend nach Praxis verlangte.

Seine Stunde kommt in den fünfziger Jahren. Nach Stalins Tod und der sensationellen Rede Chruschtschows zum XX. Parteitag bricht vorübergehend Tauwetter aus. Um Lukács in Ungarn bildet sich der Petöfi-Club, Keimzelle des Aufstands von 1956. In Polen entzündet Gomulka die Geister. Erregung ergreift die von Ulbricht gegängelten Schriftsteller der DDR. Der dritte Weg gerät wieder ins Blickfeld. Nun ist es Harich, der auf Redaktionssitzungen vorprescht: die theoretischen Diskussionen müßten zu politischen Grundsatzfragen vorstoßen, die bisherige Entwicklung des Sozialismus marxistisch analysiert, die Fragen des Personenkultes auf eine materialistische Grundlage gestellt werden. Seine kühnen Formulierungen, sein Witz, seine Brillanz reißen auch besonnenere Genossen mit, Janka, Leiter des Aufbauverlages, Just,

Redakteur des *Sonntag*, zeitweise auch Becher. Teils mit ihrer Billigung, teils ohne ihr Wissen knüpft er Verbindungen zu sowjetischen Stellen und zur westdeutschen SPD, spricht mit Augstein vom *Spiegel*. Die *Plattform*, von ihm als Zusammenfassung theoretischer Überlegungen verfaßt, enthält brisante Forderungen. Wären sie durchgeführt worden, hätte die DDR vielleicht eine andere Entwicklung genommen und der Zusammenbruch 1989 vermieden werden können.

Aber der Umschlag ist schon erfolgt: Panzer in Ungarn, Imre Nagy tot. Lukács kaltgestellt, Harich und andere Teilnehmer der Gruppe verhaftet. Bei den folgenden Prozessen übt Harich Selbstkritik nach sowjetischem Muster – wie immer radikal, brillant, exzessiv gesprächig. Aus dem Gedächtnis zitiert er Äußerungen von Gesprächspartnern im Wortlaut. Dadurch zieht er, jedenfalls nach Meinung von Janka und Just, alle Beteiligten mit sich ins Desaster. Er selbst bezeichnet seine Aussage als einen Versuch, Paul Merkers Ansehen zu retten. Dieser von Ulbrichts Haß lebenslänglich verfolgte Genosse sei von Janka ohne sein Wissen in die Sache hineingezogen, mißbraucht und schließlich im Stich gelassen worden. Jankas Ableugnung jeder konterrevolutionären Aktivität habe Merker mit seiner erpreßten Zeugenaussage der allgemeinen Verachtung ausgeliefert. Harich hat damals seine Selbstanklage mit den Worten beschlossen: »Ich war ein politisch durchgebranntes Pferd, das mit Zurufen nicht mehr aufzuhalten war … Wenn man mich nicht festgenommen hätte, dann wäre ich heute nicht reif für die zehn Jahre, die der Generalstaatsanwalt beantragt hat, sondern für den Galgen, und deshalb sage ich … der Staatssicherheit dafür, für deren Wachsamkeit, meinen Dank.«

Das war das letzte Mal, daß Harich vor großem Publikum reden durfte, und alle hörten ihm zu. Dann wurde es still um ihn. Was in acht Jahren teils verschärfter Haft in ihm vorgegangen ist, kann man nur ahnen. Er spricht nicht darüber, auch die Jahre danach läßt er im Dunkeln, erwähnt weder die 1971 in Basel erschienene Schrift *Zur Kritik der revolu-*

*tionären Ungeduld*, in der er vom stramm-kommunistischen Standpunkt aus den Neo-Anarchismus eines Cohn-Bendit auseinandernimmt, noch den kurzen Ausflug in die grüne Szene Österreichs. Es sieht so aus, als seien diese Jahre aus seinem Gedächtnis gelöscht, seit Jankas Bericht alle seine Energien auf diesen einzigen Punkt fixiert hat: die Verteidigung seiner Rolle im Prozeß durch Attacken gegen Janka und seine Freunde.

Meine Zeit ist schon fast abgelaufen, als es mir endlich gelingt, ihn von seinem Thema abzubringen. Allmählich sich beruhigend bringt er amüsante Anekdoten aus seiner Kindheit als begeisterter Hitlerjunge, der unter dem Einfluß älterer Freunde ins entgegengesetzte Lager wechselt. Wegen eines aufmüpfigen Aufsatzes von der Schule relegiert, hört er bei Nicolai Hartmann Philosophie, bis dieser 1945 nach Göttingen geht. Der Sieg der Alliierten gibt ihm die Chance, als früher Antifaschist ohne Abitur zu studieren. Nebenbei schreibt er Berichte für das Ostsektor-Organ *Tägliche Rundschau*. An dem Schriftstellerkongreß 1947 nimmt er als Journalist und Begleiter der Anna Seghers teil. Er besorgt ihr Autotransporte und die Bekanntschaft mit Ernst Rowohlt. Sie sei sehr erregt gewesen, sagt er, habe ständig aufs Klo rennen müssen. Da sie selbst nicht reden wollte, habe sie ihn zur Gegenrede angefeuert. So habe er, praktisch als ihr Vertreter, mehrmals das Wort ergriffen.

Als ich das Gespräch auf die Gegenwart lenke, gerät er wieder in Zorn: Alles sei falsch gelaufen in dieser sogenannten Wende. Die SED habe ihre Chance verschlafen. Von Anfang an hätte sie auf das nationale Pferd setzen müssen, statt es den Rechten zu überlassen. So jedenfalls hätte er es gemacht, Wolfgang Harich, der sein Leben lang ein deutscher Patriot gewesen sei. Wenn sie nur auf ihn gehört hätten.

Das ist es, was ihn umtreibt – das brennende Verlangen, daß man auf ihn höre, seine Briefe beantworte, seine Urteile schätze, ihm einen Platz als Vorreiter irgendeiner Spitze einräume. Nun hat die Wende dem Totgeschwiegenen ein neues, unvorbelastetes Publikum beschert. Triumphierend erzählt er von einem Vortrag, zu dem er von einer Hamburger Soziologenvereinigung eingeladen worden sei. Was er dort gesagt hat und was bei den Prozessen, die er gegen Janka führt, herauskommt, werde ein neues Licht auf die Prozesse von 1956 und das Umfeld werfen und hoffentlich Janka endgültig zum Schweigen bringen. Mehrmals weist er mich darauf hin, daß ein Teil des Vortrages, derjenige, der sich auf Paul Merker bezieht, in wenigen Tagen im SFB gesendet wird. Ich verspreche, ihn anzuhören, obwohl er mir den Inhalt bereits erzählt hat: Merkers politische Biographie vom Mexico-Exil bis zum Prozeß von 1956 – ein düsteres Szenario aus Intrigen, Denunziationen, persönlichen und politischen Feindschaften vor dem Hintergrund stalinistischer Gewalt, in dem Paul Merker immer wieder Opfer wird. Aber eigentlich ist nicht der Tote gemeint. Hinter ihm und durch ihn hindurch kämpft der lebendige Wolfgang Harich in der Hoffnung, daß ein neues Publikum ihm zuhören werde. Auch ich bin zwei Stunden lang Publikum gewesen – ein akustischer Raum, der seiner Stimme Resonanz verliehen hat. Das hat ihm eine angenehme Zeit bereitet.

Wenn ich gehe, wird es still sein im Zimmer. Ich sehe ihn hin- und hergehen, wie er in der Zelle hin- und hergegangen ist, flüsternd oder stumm Sätze formulierend, Briefe entwerfend, Reden haltend. Aber die, auf die es ihm ankommt, hören ihm nicht mehr zu.

Mist! sagt sie, und noch einmal aus tiefstem Herzen: Mist! Steffie Spira in einem der voluminösen Sessel von Schloß Wiepersdorf, das einmal Familienbesitz derer von Arnim war und in DDR-Zeiten Schriftstellerheim, jetzt in der Warteschleife wie alle Kultureinrichtungen des zusammengebrochenen Landes.

Sitzend wirkt sie wie ein Knoten Vitalität mit ihrem stämmigen Körper, dem großen, bäuerlichen, von heftigen Gefühlen bewegten Gesicht. Nur wenn sie aufsteht und nach dem

Stock tastet, werden Alter und Gebrechlichkeit sichtbar. Beim Reden ist davon nichts zu spüren, keine Umschweife, kein Wenn und Aber, keine Vorsicht. Wovor sollte sie sich fürchten! Sie ist alt. Sie hat ihre große Sache gehabt. Davon lebt sie, und wenn sie Mist sieht, dann sagt sie Mist.

Neben ihr sitzen zwei junge Männer, ein Westberliner, der irgendwie schreibend beschäftigt ist, und ein Leipziger Kabarettist, ehrfurchtsvoll lauschend. Das genießt sie. In diesem Hause ist sie Ehrengast, eine von der alten Garde, Mexico-Emigrantin, Freundin von Anna Seghers, die hier nur »die Anna« genannt wird. Zwei Zimmer im ersten Stock standen der Dichterfürstin zur Verfügung, solange sie lebte. Steffie Spira residiert im Parterre, weil das Treppensteigen ihr schwerfällt. In ihrer Berliner Wohnung im 7. Stock kann sie sich gegenwärtig nicht aufhalten. Der Aufzug ist kaputt. Solange es geht, wird sie hierbleiben in der Hoffnung, daß der Aufzug repariert wird – eine kleine Hoffnung, zu klein für jemand, der an große Hoffnungen gewöhnt ist.

Als letzte Repräsentantin einer legendären Vergangenheit besteht sie auf Privilegien, indem sie ihre Gäste zum Rauchen ermuntert, obwohl das Rauchen in diesem Raum untersagt ist. Der Verwalter läßt sie gewähren. Vorwurf mutet er nur den fremden Gästen zu, nicht ihr, die hier Heimatrecht hat. Vorläufig wird das Haus aus dem Kulturfond finanziert. Man betreibt die Umwandlung in ein Hotel, hofft im stillen auf eine neue Bestimmung als »Villa Massimo des Nordens«. Aber das wird nicht hier entschieden.

Wiepersdorf ist immer noch ein schönes Haus mit angenehmen Proportionen. Behütet von einem zweistöckigen Dach, mit großen, vielfach unterteilten Fenstern liegt es zwischen Parkanlagen, alten Bäumen und dem grauen Gemäuer einer Kapelle aus älterer Zeit. Vorn, in gebotener Distanz, führt die Dorfstraße vorbei, auf der selten ein Traktor vorüberrumpelt. Der Park wirkt winterlich karg mit den fahlen Rasenflächen und holzverschalten Figuren. Ein Törchen im Holzzaun führt in den Wald. Vorsicht! empfiehlt Steffie Spira, gelegentlich treiben sich Wildschweine herum, die zu gewissen Zeiten auf Spaziergänger losgehen. Hinter den hohen Rundbogenfenstern der Orangerie zwitschern exotische Vögel im Dickicht südlicher Gewächse.

Die Zimmer im Schloß sind mit schönen alten Möbeln eingerichtet. In jedem steht ein Schreibtisch mit Blick nach draußen, der zu geruhsamer Arbeit und anregenden Unterbrechungen verlockt: Spaziergänge im Park, Stöbern in der Bibliothek, Billardspielen, Gespräche mit Kollegen, Feste in dem kleinen Saal im Seitenflügel, in dem jetzt ein Kammerorchester Weihnachtsmusik probt. Ich stelle mir vor, wie es wäre, wenn ich in diesem Zimmer, an diesem Schreibtisch meine Arbeit zu Ende führen könnte. Das ist das einzige Privileg, um das ich die Schriftsteller der ehemaligen DDR beneide: unbehelligt von Geld-, Haushalts-, Familiensorgen schreiben, lesen, träumen, nachdenken.

Schließlich kann ich der Lockung nicht mehr widerstehen, hole mir ein paar Bände aus der Bettine-Gesamtausgabe ins Zimmer, blättere, notiere was mir gefällt: »Ein Verstand, der die Füß in einem Sack stecken hat von Vorurteilen, der kann nicht nach dem Ziel laufen.« »Ei Narr, warum willst du denn festhalten? Laß los, du kannst allein schwimmen, aber lern, deine Glieder bewegen und helf dir und seh, was das für eine Selbstheit erwirbt, wenn man alles lernt berühren und um und umdrehen von allen Seiten.«

Nur die ersten Jahre ihrer Ehe mit Achim von Arnim hat Bettine hier gewohnt und sich schwer getan mit dem alten, heruntergekommenen Haus, mit Geburten, sieben an der Zahl, mit Haushalt, Dienstboten und dem schwierigen Mann. Wilhelm Grimm, der sie einmal besuchte, hat im Brief beschrieben, wie sie sich plagte: »Bettine führt die Haushaltung selbst, sie hat alles Schwere, zum Beispiel gutes Kochen, leicht erlernt, hat aber keine Lust an diesem Wesen, daher wird ihr alles sauer und ist doch in Unordnung. Dabei wird sie betrogen und bestohlen von allen Seiten...«

Später, in Berlin, hat sie sich auf ihre Weise in die große Politik eingemischt, enttäuscht von dem »Geruch nach Schimmel und Muffigkeit«, der dem angeblich neuen Anfang des Friedrich Wilhelm IV. anhaftete. Belauert von Metternich-Spitzeln, die in detaillierten Protokollen über sie berichteten, hat sie, »eine Kommunistin des Herzens«, die revolutionären Bewegungen ihrer Zeit unterstützt und die Armut vor den Toren Berlins vor ihren König getragen. *Dieses Buch gehört dem König* heißt die krause Schrift, die sie dem Herrscher, die Zensur umgehend, zukommen ließ. »Ein guter König muß sich überall selbst Schach bieten«, schreibt sie darin, und »Man lauert sonst jeder unschuldigen Verbindung auf. Das aber scheint gleichgültig zu sein, daß die Ärmsten in eine große Gesellschaft zusammengedrängt werden, sich immer mehr abgrenzen gegen die übrige Bevölkerung und zu einem furchtbaren Gegengewicht anwachsen«. »Das Buch sagt, was von Millionen gefühlt wird…« schreibt ein Zeitgenosse, »es hätte jeden Mann hinter Schloß und Riegel gebracht.« Da aber eine Frau und Schriftstellerin es verfaßt hatte, konnte man es in die »poetische Sphäre« abschieben. Der, dem es gewidmet war, hat es wahrscheinlich nie gelesen.

Am Abend trinken wir Wein von der Saale. Steffie Spira kennt die Sorten aus dem alten Bestand und läßt sich ihre Vorzugsmarke aus dem Keller kommen. Sie erzählt anekdotisch, Menschengeschichten, wie sie ihr grade in den Sinn kommen. Unmöglich, sie auf eine Chronologie festzulegen. Aber ich kenne ihr kleines Buch *Rote Fahne mit Trauerflor* und kann aus dem Kopf ergänzen.

Die Schauspielertochter aus Wien, 1908 geboren, hat mit siebzehn das Elternhaus verlassen, um ihrer ersten großen Liebe zu folgen, dem Schauspieler und Dramaturgen Günter Ruschin, mit dem sie bis zu seinem Tode 1963 verheiratet war. »Wir haben uns das Schwierigste ausgesucht: Kommunist, Künstler und dann noch Jude zu sein«, hat er einmal zu ihr gesagt, »das wird kein leichtes Leben werden.« Aber das Leichte, Normale, Bequeme ist nie ihre Sache gewesen, bis heute nicht, und so wie es war, hat es ihr gefallen. Auch wenn jetzt vieles zusammenbricht, war es doch ein gutes, großzügiges, mutiges Leben, von Freunden umgeben, von der großen Hoffnung getragen.

Mit dreiundzwanzig ist sie in die kommunistische Partei eingetreten, »um dieses langweilige, tausendmal gelebte Leben des Habens aus meinem Leben zu verbannen«. An der Berliner Volksbühne fand sie ein Engagement und machte nebenbei politisches Theater und Kabarett in der von ihr mitbegründeten Gruppe 31. Aus dieser Zeit stammt die Freundschaft mit Anna Seghers. »Die Anna« sagt sie oder auch »Tschibi«, das ungarische Wort für Eule. Wir waren nicht immer einer Meinung, aber wir konnten miteinander reden.

1933 wurde das Ehepaar verhaftet und eingesperrt. Steffie Spira gelang es, zu entwischen, ihr Mann wurde aus Versehen auf freien Fuß gesetzt. Über die Schweiz ging die Flucht zu Fuß nach Frankreich. Sohn Thomas wurde in Paris geboren. Um den Lebensunterhalt zu verdienen, nahm Steffie Spira Putzstellen an, während ihr Mann mit Stoffen handelte. Im Saal des Monsieur Duncan, Bruder von Isidora, spielten sie im Exil-Kabarett Stücke von Brecht. Als deutsche Truppen einmarschierten, wurde die Situation bedrohlich. Sie erzählt von der deutschen Frau eines französischen Widerstandskämpfers, die eine deutsche Kontrolle durch französisches Geplauder aufhielt, bis ihr Mann, Betreiber eines Geheimsenders, durch das Hinterfenster verschwunden war und in den Untergrund ging. Der Schock raubte ihr die Sprache. Stumm mußte sie dem Zusammenbruch Frankreichs zuschauen. Erst als ihr Mann nach der Befreiung zurückkehrte, fand sie die Sprache wieder.

Das Ehepaar Spira-Ruschin wurde in verschiedenen Lagern interniert. Im Lager Le Vernet habe ein Herr Goldstein einem Herrn Mitterrand aus dem Horoskop gelesen, daß er einmal Präsident von Frankreich würde. Als viele Jahre später die Voraussage eintraf, habe Mitterrand den Herrn Goldstein ausfindig gemacht und zu den Präsidentschaftsfeierlichkeiten eingeladen. Solche Geschichten erzählt sie.

Wieder gelang die Flucht, diesmal auf abenteuerlichen Wegen nach Mexico, wo eine politisch aktive Emigrantengruppe sie empfing. Fünfeinhalb Jahre lebten sie »in diesem weiten Land«, und immer wurde Theater gespielt: *Dreigroschenoper, Woyzeck, Sommernachtstraum, Gespenster* im Heinrich-Heine-Club und im Teatro de los Electrocistas.

1947, etwa zur gleichen Zeit wie Anna Seghers, die zunächst einen Aufenthalt in Schweden ins Auge gefaßt hatte, kehrten sie nach Deutschland zurück, wurden im zerstörten Hafen von Warnemünde ausgeschifft und per Bus nach Berlin transportiert, wo sie von Wilhelm Pieck mit großer Begrüßung empfangen wurden. Eine weniger große Zeit folgte: die Mühen der Ebene.

Jahrzehnte später notiert sie in ihr Tagebuch: »Wir leben in der DDR wie die Ameisen: die Königin stirbt gerade, ihre Soldaten umlagern sie, die Kraft, kaum daß sie je in ihren Genuß gekommen wären, ist verpufft ... ein bereits dem Tod geweihter Kreis gibt sich den starrköpfigen Gedanken seiner Erfolge hin, ohne die neue Zeit auch nur zu begreifen.« »Jetzt gehts uns besser besser besser, früher gings uns gut«, singt man im Kabarett.

Ulbricht war ein Unglück, sagt sie, ein böser Mensch. Der Kabarettist sekundiert mit Ulbricht-Witzen, die offenbar immer noch im Volk umgehen. Man habe ihn gehaßt, gefürchtet, verspottet in der kleinen Freiheit des Theaters.

So gehen die Jahre vorbei im Wechselbad zwischen Hoffnung und Enttäuschung. Tauwetter und Eiszeit. Beide arbeiten an der Volksbühne, Steffie Spira als Schauspielerin, Ruschin als Dramaturg. 1958 inszeniert er *Schwitzbad* von Majakowsky, ein Hohn auf Stalin. Das Stück wird verboten, Ruschin abberufen. Er darf das Theater nicht mehr betreten, erleidet einen Herzinfarkt, lebt noch ein paar Jahre als kranker Mann und stirbt 1963, 58 Jahre alt. Steffie Spira spielt weiter Theater. Das Land zu verlassen, sei ihr nie in den Sinn gekommen, sagt sie. Die armselige Welt des kapitalistischen Lebens, die Seite des Habens habe sie nie gelockt.

Es hat doch immer wieder Hoffnung gegeben, sagt der Kabarettist, eine davon habe einen Namen gehabt, nämlich Lambertz, Mitglied des Politbüros, zuständig für Agitation und Propaganda. Der hätte unser Gorbatschow sein können! Aber das ließen die Machthaber nicht zu. Sie schickten den gefährlichen Mann im Flugzeug nach Libyen. Das Flugzeug stürzte ab. Es war Mord – davon sind beide überzeugt.

1960 hat Steffie Spira zum erstenmal den Roten Teppich eines Staatsempfangs gesehen und lief, weil sie eilig war, darüber hinweg. Da kamen »fein gekleidete Herren« und verwarnten sie. Empört schreibt sie in ihr Tagebuch: »Arbeiterführer empfangen einander auf Königsebene – gibt es etwas Absurderes?«

Immer wieder hat sie sich in die Nesseln gesetzt, 1957, als sie mit ihrer Laienspielgruppe *Hoppla* Heiner Müllers *Lohndrücker* aufführte – ein heißes Eisen, das wegen seiner »negativen Aussagen« heftige Diskussionen auslöste. »Aber ich fühlte mich stark«, notiert sie, »wir waren junge Leute, ich war damals auch noch nicht so ungeheuerlich alt. Wir haben uns nicht einschüchtern lassen.« Ärger gab es auch mit dem Peter-Hacks-Stück *Moritz Tasso*, das wegen der Darstellung von Plünderungen – »eine Beleidigung für unsere Bauern« – verboten wurde. »In Wirklichkeit«, schreibt sie, »ging es um politische Fehlentscheidungen, die die Partei nicht eingestehen konnte, während ich fand, das könnten wir uns durchaus leisten. Wir sind stark genug, wir erwecken viel mehr Verständnis bei unseren Zuschauern und Zuhörern, wenn wir gestehen, daß wir gerade an diesem harten Anfang nicht immer wußten, wo die richtige Linie läuft, und daß man doch selbstverständlich auch Fehler machen konnte ... Der Weg des Sozialismus zum Kommunismus ist ein völlig neuer Weg und da darfst du keinen Fehler machen? Da kann ich nur lachen. Ich habe auch nie das schreckliche Lied ›Die Partei die Partei hat immer recht‹ mitgesungen. Wie kann man von einer Partei, die den dialektischen Materialismus zur Maxime ihres Denkens gemacht hat, so einen undialektischen Quatsch singen lassen!« Den Mund habe sie nie gehalten, auch in der Parteizelle kritisiert, geschimpft, protestiert. Genützt hat es einen Dreck! sagt sie grimmig.

Und die Anna? Nach dem Janka-Prozeß hat Steffie Spira sie gefragt: Warum sagst du nichts? Unwillig habe sie sich abgewandt: Ich will nicht. Ich mag nicht. Später, bei dem Schriftstellerprotest gegen die Ausbürgerung Biermanns habe man sie gar nicht mehr angesprochen. Diese Unterlassung habe sie den Kollegen nie verziehen. Mit der Freundschaft ist es vorbei, soll sie gesagt haben.

In den achtziger Jahren hat Steffie Spira *Nachruf* von Stephan Heym gelesen und mehrmals nach der Lektüre einen »bedenklichen Traum« geträumt. Sie befindet sich in einer verwahrlosten grauen Menge mit bösen traurigen Gesichtern, »keine revolutionäre Menge, die etwas von mir hören will, sondern Enttäuschte!« Im Traum fühlt sie eine tiefe Ratlosigkeit, die sich in den Tag hinein fortsetzt.

Am 6. und 7. Oktober, dem 40. Geburtstag der DDR, hängt sie eine rote Fahne mit langem schwarzen Trauerflor aus dem Fenster ihrer Wohnung im 7. Stock. An beiden Tagen sieht sie Polizisten auf der gegenüberliegenden Straßenseite patrouillieren. Mitbewohner sprechen sie im Fahrstuhl an: Wir lieben Sie.

Sie gehört zu den »Rädelsführern« des Aufbruchs. Immer wieder wird sie zum Reden geholt, in der Volksbühne, im Deutschen Theater, im Haus der jungen Talente. Am 4. November tritt sie vor das Millionenpublikum auf dem Alexanderplatz und spricht die Worte, die für einen großen, kurzen Augenblick die Herzen bewegten: 1933 ging ich allein in ein fremdes Land. Ich nahm nichts mit...

Es war ein Rausch, sagt sie, eine unglaubliche Begeisterung. Unbekannte umarmten sie auf der Straße. Körbeweise kamen Briefe und Blumen ins Haus. Unaufhörlich klingelte das Telefon: Was macht ihr jetzt? Wie geht es weiter mit der Revolution? Aber es ging nicht weiter, und das ist es, was sie »Mist« nennt: Krenz, Schabowski, die Bundesregierung hätten mit vereinten Kräften die Revolutionäre der ersten Stunde abgewürgt. Wie auf Kommando hätten Zeitungen, Zeitschriften, Rundfunkanstalten ihre Beiträge abgelehnt. Sie haben uns den Ton abgeschnitten, sagt sie, und dann dröhnte es durch den Blätterwald: die Intellektuellen sind mal wieder nicht dabei. Eine gelenkte Aktion! davon ist sie überzeugt. Ich sage, daß ich daran nicht glauben kann. Wir haben eine freie Presse, im Grundgesetz garantiert. Darauf sagt sie nichts.

Später, beim Herumblättern in Archiven, verstehe ich, was sie gemeint hat. Das nach dem 9. November 1989 einsetzende Trommelfeuer hämischer Bemerkungen über »ratlos schweigende«, »ohnmächtig«, »verblüfft«, »mit schreckensweit geöffneten Augen«, »am Rande stehende«, sozusagen im Schlaf von der Revolution überrollte Schriftsteller aus Ost und West ist tatsächlich erstaunlich. Als ich bei Bekannten nachfrage, die diese gehobene Presse lesen, finde ich bei ihnen, bereits einbetoniert, die gleiche Meinung vor, obwohl die Schriftsteller keineswegs geschwiegen haben, weder in Ost noch in West. Helmut Peitsch hat darüber recherchiert: Sie hätten nur Dinge gesagt, die dem eingeschlagenen Kurs zuwiderliefen.

Als ich dann lese, was die italienische Journalistin Anna Chiarloni in *Der deutsche Literaturstreit* geschrieben hat, spüre ich ein unheimliches McCarthy-Gefühl, eine Ahnung vom sanften Sog der »Psychological Guidance«. Sie schreibt: »Es ist interessant zu beobachten, wie in eben jener Phase eine gewisse bundesdeutsche Presse das Stereotyp vom Schweigen der DDR-Intellektuellen erfindet ... Dazu möchte ich eine kleinere, aber doch bezeichnende Episode erzählen. Im Dezember 1989 erreichen sechs unveröffentlichte Kurzgeschichten von Volker Braun zur Lage der DDR die Redaktion von *Libre*, einer damals in Zusammenarbeit mit anderen europäischen Zeitungen, darunter die *FAZ*, veröffentlichten Kulturbeilage. Uns erschien das eine außerordentliche Gelegenheit, das europäische Publikum auch unter einem DDR-internen Gesichtspunkt über die deutsche Situation zu informieren. Statt dessen legt die *FAZ* ein plötzliches Veto ein, das die Veröffentlichung von drei Texten, in denen Braun eine klare Position gegen die Massenübersiedlung von DDR-Bürgern in den Westen bezieht, verhindert... So kam es, daß seine Kurzgeschichten nur in der italienischen Ausgabe (L'Indice, Februar 1991) vollständig erscheinen konnten.«

Davon weiß ich noch nichts, als ich Steffie Spira in Wiepersdorf gegenübersitze. Sie übertreibt, sie ist eben eine Schauspielerin, denke ich. Hat sie in meinen Augen gelesen? Plötzlich verliert sie die Lust zum Reden. Es tut zu weh. Mühsam steht sie auf, verabschiedet sich von den jungen Männern. Ich begleite sie zu ihrer Zimmertür, und als ich ihr müdes altes Gesicht sehe, drängt es mich, ihr zu sagen, daß ich sie mag. Aber sie ist eine herbe Person und ich nicht so schnell bei der Hand mit Liebeserklärungen wie Antje Vollmer, die die Schauspielerin im Vorraum des SFB spontan umarmte: »Zum erstenmal in diesen Räumen hat ein Mensch gesprochen.«

Am anderen Tag ist das Haus totenstill. Das Kammerorchester ist schon gestern abend verschwunden, die beiden jungen Männer sind heute abgereist. Über Weihnachten ist das Haus geschlossen. Steffie Spira ist der letzte Gast...

Silvester 90/91. Wieder die Knallerei in den Straßen und das Gewaber des Feuerwerks hinter den Scheiben. Die Wohngemeinschaft hat zu einem großen Essen eingeladen, Freunde und Freunde von Freunden, auch meine Freunde dabei und meine Kinder und die beiden Enkel, Jakob zehn Jahre, Sophia, die Kleine, die letztes Silvester noch nicht auf der Welt war.

Inzwischen sind Teller und Platten leer. Der Säugling ist in meinem Bett zum Schlafen gebracht. Für Jakob habe ich hinter dem Geländer des Zwischenstocks, der wie eine Terrasse in den großen Gemeinschaftsraum hineinragt, ein Matratzenlager gerichtet. Nach langem Palaver und dem heiligen Versprechen, ihn rechtzeitig vor Mitternacht zu wecken, ist er neben mir eingeschlafen. Zögernd, ob ich noch einmal hinuntergehen soll, schaue ich durch die Geländerstäbe auf die Gesellschaft hinab wie ein Logenzuschauer auf eine Bühne hinabschaut.

Matt und satt sitzen sie um den verwüsteten Tisch, meist jüngere Leute, die einmal, aber das ist schon eine Weile her, zum Protestpotential dieser Stadt gehörten. Zwischen ihnen läuft mit witzigen Bemerkungen, Anspielungen, Nonsensgeschichten ein lässiger Blödeltalk, der in meinem Ohr zur Geräuschkulisse verschmilzt. Schon werden die Lider mir schwer. Der warme Schlafatem an meinem Knie verlockt zum Niederlegen und Wegdämmern.

Aber soweit kommt es nicht. Plötzlich tritt ein schärferer Ton in das Stimmenensemble. Ein Gast, offenbar des Geplänkels überdrüssig, hat Reizthemen angeschlagen, die das Gespräch für Augenblicke verwirren, dann eilig abgefangen und in die Harmonie zurückgelenkt werden, als gäbe es eine unsichtbare Grenze, vor der die Mehrzahl der Gäste zurückscheut wie Kühe vom Elektrozaun. Die Reizung geht von Worten aus, die noch vor kurzem zum täglichen Repertoire dieses Kreises gehörten und nun plötzlich alt aussehen, Requisiten einer Mode, die man nicht mehr trägt. Statt auf Widerrede stoßen sie auf ein kollektives Überhören, Überspielen, das sie dezent aus der Runde hinauskatapultiert. Unterschwellig läuft eine Mahnung mit: Keine Probleme bitte!

Aber der Störenfried gibt nicht auf. Er will diskutieren, wie man früher diskutiert hat, politisch, kritisch, Standpunkte verteidigen, Utopien entwerfen. Unter seinen Attacken spannt sich das Gespräch wie ein überdehntes Netz. Das Überhören, Überspielen wirkt zunehmend angestrengt. Wechsel der Körperhaltung, nervöses Händespiel, Abwendungen, Zuwendungen deuten das Entstehen feindlicher Fronten an und einen heimlichen Zorn bei denen, die sich von dem Mahner gestört fühlen, weil ihre Bilder sich jäh verändert haben und die veränderten Bilder nach anderen Worten verlangen, um den Worten von gestern, vor allem aber der eigenen Stimme darin, den Garaus zu machen.

Noch kommen sie nicht heraus, aber ich, hier oben auf meinem Zuschauersitz, höre sie in den gereizten Stimmen heranrollen – Absage an die alte Hoffnung, Ansage eines neuen konformen Pragmatismus, Schluß mit dem einsamen Kampf gegen Windmühlenflügel, endlich einverstanden sein mit dem, was sowieso passiert, nach soviel Friedensgelaber und Körnerfraß endlich der Biß in das real-existierende Steak: Die Welt ist wie sie ist. Die Menschen ändern sich nicht. Und der Vater aller Dinge ist auch wieder dabei.

Ich halte den Atem an. Gleich werden die neuen Worte herausspringen und im Zusammenprall mit den Worten von gestern den üblichen Sprachschutt erzeugen: die groben Verallgemeinerungen, die falschen Bezüge, die schiefen Vergleiche, die mißbrauchte Geschichte und wie der letzte Konsens, den sie noch hatten, darüber zu Bruch geht, so daß sie morgen vielleicht keine Freunde mehr sind.

Überlaut, daß sie erschrocken hochfahren, rufe ich zu

ihnen hinunter, daß es höchste Zeit sei, aufzubrechen und mit Sekt und Gläsern zum Käfermann zu gehen, zu Füßen des Käfermanns Silvester zu feiern wie im vergangenen Jahr. Ich sehe sie lächeln, Köpfe schütteln. Höflich bringen sie mir zur Kenntnis, daß es den Käfermann nicht mehr gibt. Die städtischen Arbeiter haben ihn abgeräumt, weil Schrottfiguren in der neuen Weltstadt Berlin nichts mehr zu suchen haben. Und der Kinderbauernhof wird auch bald verschwinden.

Das können sie doch nicht machen! sage ich und lese aus ihren Mienen, daß sie meinen Protest übertrieben finden, sentimental, nostalgisch. Nach einer Pause, in der auch das Gespräch der Tischrunde stockt, frage ich, wie er denn ausgesehen hätte, der Käfermann, ob jemand ihn mir beschreiben könne. Als er noch stand, hätte ich versäumt, ihn genau anzuschauen, und nun sei er fort.

Da stellt sich heraus, daß auch die anderen nicht genau hingeschaut haben. Was sie aus dem Gedächtnis zusammentragen, ist so unterschiedlich, als hätte jeder seinen eigenen Käfermann gesehen, je nach Temperament bunt oder schwarz, komisch oder unheimlich, interessant oder kitschig. Einige erinnern sich an ein grinsendes Clownsgesicht, andere haben überhaupt kein Gesicht bemerkt, nur das leere Rund einer Radkappe. Einig sind sie sich, daß der Rumpf aus einer hochgestellten VW-Käfer-Karosserie bestand, aber über die Haltung gibt es verschiedene Meinungen: auf senkrechten Stempeln aus Ofenrohren habe er massig dagestanden. Aber nein, ein Bein geknickt und vorangestellt habe er den Anschein erweckt, mit Riesenschritten voranzuschreiten, dem Vogel nach, den manche aber gar nicht als Vogel gesehen hatten, sondern als ein böses Insekt, eine Art Heuschrecke mit überlangen, dünnen, geknickten Beinen.

Allmählich dämmert mir, daß auch mein Käfermann und der Vogel, der ihm wie eine Hoffnung vorausflog, eine eigene Produktion gewesen sein könnten, erschaffen aus dem Verlangen, zwei entscheidende, sonst unvereinbare Lebenssituationen im Bild zusammenzubringen: das Trümmerberlin des letzten Kriegsjahres und, Jahrzehnte später, die bunte Zwischenzeit, als die Szene noch jung, intelligent, subversiv-kreativ war – ein Treibhaus für Hoffnungen, die in den etablierten Städten des Westens nicht gedeihen konnten. Habe ich, um die Hoffnung zu halten, nie richtig hingeschaut? Nun, während wir über den Käfermann streiten, verschwimmt er und löst sich allmählich auf, mit ihm die Stimmung jener Nacht, die Wärme, die Nähe, die Freundschaft.

Unten wird es laut. Wie ein Schwarm wilder Vögel fallen die Kinder der Freunde ein: Es ist soweit. Viertel vor zwölf. Wo sind die großen Raketen? Ich wecke Jakob. Schlaftrunken fährt er in Stiefel und Anorak. Aufbruchgetöse im unteren Raum, Streit, weil der Sekt nicht kaltgestellt ist.

He, du da oben, kommst du nicht mit?

Einer muß auf die Kleine aufpassen.

Chaotisch wie nach einer überstürzten Flucht liegt der Raum unter mir. Der Zugwind fegt die Gardine über den Tisch. Farbige Lichter zucken die Wände entlang wie Flammenschein. Ich steige hinunter und schließe die Tür. Durch die Scheibe sehe ich, wie Jakob jubelnd die Arme hochwirft: meine Rakete, die höchste, die schönste! Ich winke ihm zu, dann geh ich hinauf und ins Bett.

Als ich vorsichtig unter die Decke krieche, rührt sich der Säugling, Köpfchen erhoben, Augen offen, traumverloren. Ich murmle Reime, schaukle im Takt, bis der flaumige Kopf ins Kissen zurücksinkt. Während draußen die Böller krachen, lausche ich mit dem Inneren meiner Hand auf das Leben in dem winzigen Rücken – leichter Atem, eiliger Herzschlag wie Vogelpicken im Innern der Eierschale. Es sieht so aus, als wollte ich die Kleine beschützen. In Wirklichkeit ist es eher umgekehrt.

Diesmal reise ich von einem Bahnhof des ehemaligen Ostens ab, der noch früher Schlesischer Bahnhof hieß. Zu DDR-Zeiten hat man ihn aufwendig renoviert und zum Hauptbahnhof ernannt, obwohl seine Lage kaum Gelegenheit für eine entsprechende Infrastruktur bietet. Zu beiden Seiten der strahlend erleuchteten Vorhalle schwingen breite Treppen aus Marmorimitation, begleitet von goldenen Messinggeländern, zu der Balustrade empor, die mit zahlreichen Schaltern an der hinteren Wand entlangläuft. Ebensolche Treppen führen in den Untergrund, wo man eine U-Bahn vermutet, die jedoch nie installiert wurde. Es gibt Kino, Friseur, Blumenladen, Reisebüros, elegant eingerichtet, aus pulsierenden Röhren erleuchtet, aber zu dieser frühen Stunde geschlossen, wie auch die Schalter bis auf einen, an dem ich die Fahrkarte kaufe. Die luxuriöse Ausstattung verrät, daß Repräsentation beabsichtigt war, Staatsbesuch, rote Teppiche, Empfangsdelegationen. Allerdings, um die Repräsentation aufrechtzuerhalten, hätte man die Gäste mit verbundenen Augen wegtransportieren müssen, denn jenseits der mit Klinkerbögen umrahmten Ausgänge liegt Stadtwüste – Industrieanlagen, Bauzäune, Barakken, ein öder Platz, vielleicht für spätere Gestaltung vorbehalten, die aber nicht stattgefunden hat.

Der Klang meiner einsamen Schritte in der gnadenlos ausgeleuchteten Halle hat etwas Gespenstisches, als bewegte ich mich in einem fremden Traum. Ich habe nicht an den Kommunismus geglaubt, aber sein schäbiges Ende macht mir Angst um der Hoffnungen willen, die mit ihm verschwinden.

Eilig gehe ich zu den Bahnsteigen, in die Dämmerung der alten Gewölbe. Der Zug ist schon eingefahren …

Ich danke allen, die mit Gesprächen, Briefen und Texten und durch Ermutigung und Kritik zu dieser Arbeit beigetragen haben.